宁夏大学优秀学术著作出版基金
宁夏大学西部一流专业"汉语言文学"建设成果
"十三五"自治区重点专业"汉语言文学"建设成果
"十三五"自治区重点学科"中国语言文学"建设成果
国家社会科学基金项目"试律诗学理论史研究"（项目批准号19BZW008）阶段性成果

清代试律诗学研究

梁梅 ◎ 著

中国社会科学出版社

图书在版编目（CIP）数据

清代试律诗学研究/梁梅著 . —北京：中国社会科学出版社，2019.10
ISBN 978-7-5203-4944-4

Ⅰ.①清… Ⅱ.①梁… Ⅲ.①律诗—诗歌研究—中国—清代　Ⅳ.①I207.22

中国版本图书馆 CIP 数据核字（2019）第 195952 号

出 版 人	赵剑英
责任编辑	郭晓鸿
特约编辑	孙　靓
责任校对	刘　娟
责任印制	戴　宽

出　　版	中国社会科学出版社
社　　址	北京鼓楼西大街甲 158 号
邮　　编	100720
网　　址	http://www.csspw.cn
发 行 部	010-84083685
门 市 部	010-84029450
经　　销	新华书店及其他书店
印　　刷	北京明恒达印务有限公司
装　　订	廊坊市广阳区广增装订厂
版　　次	2019 年 10 月第 1 版
印　　次	2019 年 10 月第 1 次印刷
开　　本	710×1000　1/16
印　　张	18.25
插　　页	2
字　　数	244 千字
定　　价	96.00 元

凡购买中国社会科学出版社图书，如有质量问题请与本社营销中心联系调换
电话：010-84083683
版权所有　侵权必究

序

  试律诗依附于科举而存在。从唐代开始，试律就与科举一起进入文人的创作和学人的视野中。其间虽有宋代的王安石变更科举之法、元代的科举不兴以及明代八股取士，造成试律发展的断流，但仅就清代而言，从乾隆二十二年（1757）易表判为试律，到光绪二十四年（1898）取消试律取士，近一个半世纪里，试律在清代文人的文化生活中扮演了不可或缺的角色。清代士人进身的各类考试，试律往往都是必考之项，故士子在平时为科举而进行的训练中，为科举而结的各种文社诗社中，试律创作也是必选之项。在《如皋郑氏族谱》中，我们看到这样的记载："吾族青缃世业，赖祖考之灵，人文日盛，每三年大校观光者众，不可不先事奋兴，祠宇既立于堂之偏，室内供奉五魁像，子弟读书者月朔往谒祠，先敬礼神像。童生有志上进，联为文社，或月三次、六次于祠内面会，文一艺，作诗一首，自立规条，互相砥砺。又于房后院中设盖号舍十间，生监有志科场，联为文社，小课于祠内面会，文一艺，诗一首，或一月几次，自立规条；大课于号舍，宿卧如场中，例作文三艺，月一次，六腊、正月不行大课，科场正年每月照三场例，初八日至十六日为止。"（郑承霖修，郑振万纂《如皋郑氏族谱》卷十三）郑氏家族将士子的训练分为两个级别三个层次，第一个级别是童生，童生的文社一月三次或者六次，作文一艺，诗一首。所谓文的一艺，指来自经学的一道题目，即作四书文，或曰八股文；诗一首，即指试律诗。第二个级别是监生，监生的文社分两种，一是小课，一是大课，小课在家族祠堂内进行，一月数次，作文一艺，试律诗一首；大课在祠堂后专门模仿政府所建号舍而建的家族号舍内进行，吃饭、睡觉都按照政府号舍的规定执行，每月一次，作文三艺，不作诗。郑氏家族如此，其他家族有能力者（有的家族与他族联合办文社）也是如此。

　　书院是试律创作的一大主要场域。清初禁设书院，但自康熙时禁令松弛，雍正时各省会及学政官所在地书院开始恢复，雍正十一年（1733）正式解除禁令，并拨公帑资助设置书院。这样，乾嘉、道光时期迎来书院设置高峰期。省级、州府、直隶州、县级、乡镇，以及私人等各级书院遍布全国。各地的书院，课程不同，就性质分有馆课和师课，就周期分有日课、旬课、月课、季课、岁课等各类训练、模拟考试之名目，试律亦为必考文体。梁章钜的《试律丛话》载：有廖英佩香者，"乾隆间即有诗名，每在鳌峰书院会课，其试律必擅场"。蒲城朱秉铭"有《帖体课存》之刻，皆其及门高才生所作"，其中有几个人，是梁章钜"掌教南浦书院时课徒，契阔三十余年，阅其诗尚如晤对也"。梁章钜本人十三岁即受知于学使陆尔山，以试律诗"既雨晴亦佳"考入鳌峰书院，"花片落无声"一句最得陆氏欣赏，每对人扬誉之。后来院课，他为人斫刀，《夏雨生众绿》诗中有"静里机难遏，空中色自戒。雨人原普遍，著物最分明"四句，他自认为"写实追虚，颇兼其妙，而校阅者乃以四逗了之"，令他颇为不满。李文耕官山左时，"每考课泺源书院，辄有拟作"，如《太乙仙人乘莲叶舟》《三复白圭》《蓬瀛不可望》《鲲化为鹏》等，皆有名句流传。有的书院，把课艺集结成书，如《钟山书院乙未课艺》《南菁讲舍文集》《求志书院课艺》等，有的课艺集就包含试律诗，如粤秀书院的《粤秀课艺》收录制义文84篇，附录试律诗。一直到晚清，最先受到西方思想、制度影响的上海，其各书院考试，试律仍是重要一道。如光绪四年（1878），蕊珠书院县课题诗题为"赋得一夜飞渡镜湖月得'游'字"，蕊珠书院道课题诗题为"赋得君子养源得'源'字",蕊珠书院厅课诗题为"赋得水鸟带飞夕阳得'波'字";而同年敬业书院补课题通场诗为"新篁带籜与檐齐得'齐'字",敬业书院官师课题,五月二十八日通场诗题为"赋得鱼戏莲叶西得'西'字",六月二日补四月杨山长课,生诗题为"赋得农月无闲人得'无'字",童诗题为"赋得池荷纳夏凉得'荷'字"。光绪五年(1879),蕊珠书院三月二十一日课诗题为"赋得浅草才能没马蹄得'湖'字",蕊珠书院小课题为"赋得聚沙而雨得'雨'字",蕊珠书院厅课诗题为"赋得清溪绕屋花连天得'溪'字",蕊珠书院三月小课题诗题为"赋得桑下春蔬绿满畦得'畦'字",敬业书院同年闰三月师课诗题为"赋得诗债敲门不厌催得'催'字",等等。这些诗题下明确要求体裁限定为"五言八韵"或"五言八韵、六韵",也就是试律诗。还有些书院课诗题中未作"五言八韵"或"五言八韵、六韵"者,其实也是试律诗。

朝廷每三年在京城举行的会试,最关乎士子人生,也最为士子重视,试律是会试一项。中进士后,还有考试,还考试律诗。梁章钜在他的科举名著《试律丛话》中,不惮烦琐地列出了历次会试试律诗题,自乾隆二十二年丁丑科裁表判易以五言八韵诗(清代试律诗;唐代为五言六韵)始至道光三十年庚戌科,共45题;历次顺天乡试试律诗题,自乾隆二十四年己卯科至道光二十九年己酉科,共44题;历次朝考试律诗题,自乾隆元年丙辰科至道光二十年庚戌科,共4题;历次散馆试律诗题,自乾隆元年至道光三十年,共53题;历次大考翰詹试律诗题,自康熙二十四年至道光二十七年,共21题;历次时巡召试试律诗题,自乾隆十六年浙江召试至乾隆五十九年,共19题。这六大类别,都不是清代全部试律诗题;特别是各地乡试题目并不同。

在林则徐的日记中,他详细记载了自己作翰林院庶吉士时,为准备翰林岁考、考差等而参加诗课、文会的情形,如嘉庆二十一年(1816)一月十一日:"晚,赴潼溪处诗课,课题:'润叶津茎'得'甘'字;'明镜照心'得'心'字；'守道蒙福'得'全'字；'闰月定四时'得'时'字；'花里叫春禽'得'花'字。"一月二十一日，偕兰卿赴廖仪卿处诗课，共五题；二月初一日，赴达玉圃处诗课，共五题；二月十一日，赴徐莱山处会课，共五题；二月十五日，刘峒生处诗课，未赴，领课题回，共四题；二月二十三日，司文会，出诗题"仁义为巢"得"巢"字，"故人家在桃花岸"得"花"字；二十五日，补作前课排律的（试律）四首，兰卿司课，试律诗题四道；三月一日，兰卿司文课，一文题，三诗题；五月初七日，也有七次诗课；五月十六日正大光明殿考试，诗题是"赋得膏泽多丰年"。可见试律诗在平时文会诗课中的位置。

梁章钜《试律丛话》中载：纪昀尝言，他在《四库全书》馆时，"金坛于文襄公偶以'东壁图书府'题，属同馆共拟试帖"。陈宸书"作宰湘南而不废吟咏，有自撰《赐葛堂试帖》两卷，自为之注"。观察陈功"作试律胜于他诗，盖专致力于馆课者"。梁章钜自己于乾隆乙卯年（六十，1795）留京夏课，"主游彤卣侍御光绎宅，每夜同课试律一首，咸就正于侍御"。道光元年（1821），梁章钜由枢直扈跸，也就是随侍皇帝出行，"直中诸友多预考试差官，每日行帐公余，必分题各课试律一首"。张国泺初入庠，正遇上纪昀视学福建，当即试以"草色引开盘马地"诗，张诗中"一行青乍偃，十里猎初回"一联，得纪昀激赏，时有"张青草"之称。林东垣才美而不得馆选，便在礼部曹司任职，多清闲，"乃时时以诗自娱"。所作诗如《秋燕已如客》等，都是试律诗。在清代，试律诗创作简直可以说已日常生活化，以致不得参加考试的女子，也颇有创作、善作试律诗者。俞樾的《春在堂随笔》卷十就记载一位许氏女子外孙女三多，王孝亮室，自幼不读书，十岁外读蘅塘退士的《唐诗三百首》，也只读了一半，几年后居然会作诗，"于归后，为其婿斫刀，作试帖诗甚工"，俞樾记录其所作《重帘不卷留香久得"帘"字》《卓落观群书得"书"字》二首。而在《江南女性别集》中，也时见女性所作试律诗。

所以，有清一代产生了海量的试律诗。这是一个基本判断，乍看似乎毫无价值，但是，我要说的是，试律诗应用场合的普遍化、日常化，试律诗的大量涌现，催生了清代试律诗批评、试律诗理论的激增。清人于诗歌创作自称不如唐人，但对试律诗，却往往自诩超迈三唐，原因就在于试律诗于唐代诸诗人，往往一试而过，不像清人这样日锻句炼，苦心孤诣，各种考试、各类场合都写试律诗，"专心极造，毕力于斯"（《试律丛话》卷一引张熙宇语）。清人试律诗创作上的极端自信，以及他们对试律体式细致而深入的研究、解剖、把玩，对试律法制的掌握和灵活运用，对试律与国家兴衰、人才培养、经典阅读、人生志趣的理解以及他们对唐人试律不足之处的洞察，对清唐试律诗的比较，便通过各种各类的文字发表出来，这就形成试律批评、试律理论。这些批评、理论，有的针对具体的试律诗作、诗人，有的针对某一试律选本，有的针对某一个人的试律别集，有的针对某一试律群体比如书院诸生，有的针对某地的试律创作，有的针对某个时间段的试律创作，有的则比较清唐试律，有的针对试律之体、之法、之艺，更具有理论的创造性。发表主体，有的是试律诗作者，有的是作者的亲友、师长，还有的是书院山长、某科主考官或考试官，有的则是名公巨卿，是大诗人、大学者，或者就是著名评论家。所以说，有海量的清代试律诗作品，就有海量的清代试律诗批评、试律诗理论文献。有的有价值，有的没有价值；有的价值大，有的价值小。这就需要收集、甄别，需要对之加以系统地整理、研究，使之由碎片而成体系，由具体而抽象，由感悟式而理论化。

我对试律诗的关注于二十年前在图书馆古籍部时就开始了，那时注意的是唐代试律诗的异文考辨，2006年出版于《唐代试律诗》选本，后来扩大到清代试律诗、试律诗批评以及研究纪昀对试律诗理论的建构、梁章钜的试律诗体系。一路走来，迤迤逦逦，成果不多，但始终关注。当梁梅与我商量博士学位论文选题时，便提出了我对清代试律诗批评和理论的如上看法和认识，试探她的兴趣如何。梁梅做了积极回应，表示愿意以清代试律诗理论研究为学位论文题目。我很欣赏她敢于突破自己，尝试进行新领域学术研究的勇气。经过两年半的努力，她按时完成博士论文的撰写，顺利毕业。又经过一年多的修改，形成目前这部著作。现书稿出版在即，梁梅要我写几句话以为序言，作为第一读者我推辞不得，便拉杂说出本书的写作缘由。

我认为此书的最大价值，在于从历时性角度勾勒出清代试律诗学的发展脉络，深入剖析清代试律诗学从建构、发展到重构的阶段性特征，并对不同阶段的试律诗理论进行梳理，阐释有代表性试律诗论家的核心观点，辨析其异同、厘清清代试律诗理论的发展线索，考察在不同的政治、文化、思想背景下，试律诗学理论的发展和嬗变。根据清代试律诗创作的实际情况，书的重点是康熙后期到光绪末年二百年试律诗学理论的发展轨迹和时代特点。

在研究过程中，梁梅也遇到不少困难。她本来不是研究诗学的，对试律诗了解甚少，对文献学兴趣也不大，为完成这个题目，她最大的困难是要过文献整理这一关。试律诗学留存的资料丰富，可以用浩如烟海来形容，任何一个不起眼的坊刻试律诗选本，可能都有值得研究的试律诗批评观点；任何一篇试律序跋，都可能蕴含试律理论。但这些文献经过整理的并不多，目前进入学术研究视野的，还是以纪昀和毛奇龄的著作为主。对于一部学术著作而言，每一条结论的取得都要求掌握大量的一手资料。尤其是关于清代诗论的研究，必须首先对大量的刻本做基础的整理工作，然后才是理论的分析归纳和总结，这无疑增加了研究的难度。留存材料的相对丰富与文献整理的严重不足，也为本书增添了撰写的难度，但同时也是本书特点和价值所在。

试律文学普遍被认为品格不高，长期受到研究者的冷落。然而近几年，科举制度和诗歌的互动，已经成为学术界研究的热点，开始有越来越

序

多的学者关注试律，也发表了一些颇具灼见的论文。但这些成果，相对于试律诗学丰富的理论宝藏而言，显然未达到应有的格局。这也使得作者在得出结论时，每每以缺乏前期理论观照而困惑。从摸着石头过河到循序渐进，这是一个难得的成长的历练。我很高兴见证了梁梅从不了解试律到研究试律，从不喜理论到从事批评和理论研究的成长过程。

对试律或试律诗学进行研究，无疑有助于展示清代诗歌发展的整体面貌，此书的出版，当为人们认识清代诗学的特点和发展演变提供新的切入点。它从整体宏观的视野关注清代试律诗学的发展嬗变，对于解读试律这样一种特殊的科举文体和文化现象而言，无疑是有价值的，但同时也是远远不够的。无论是试律诗学，还是清代试律诗学，研究的空间还很大。梁梅已经有了一个很好的开始，我希望她能够继续研究下去，希望看到她进一步的研究成果，也希望能够看到学术界有更多的清代试律诗学的研究成果。

彭国忠

徒维淹茂相月书于沪渎

目　录

绪　论 ……………………………………………………………… 1
　　第一节　试律和试律诗学称名述略 ……………………………… 1
　　第二节　试律取士的背景和评判标准 …………………………… 7
　　第三节　论题研究概况及研究现状分析 ………………………… 18

第一章　清初到乾隆二十二年：试律诗学的发轫期 …………… 23
　　第一节　试律选士价值评估 ……………………………………… 23
　　第二节　毛奇龄试律诗学理论及影响 …………………………… 32
　　第三节　试律诗学理论的初步构建 ……………………………… 48

第二章　乾隆二十二年到嘉庆末年：试律诗学的完成期 ……… 65
　　第一节　当感情遭遇功令 ………………………………………… 65
　　第二节　温柔敦厚诗教观与感情的受限表达 …………………… 78
　　第三节　从讽刺到颂圣 …………………………………………… 99

第四节　乾嘉朴学与试律诗学 …………………………… 113
　　第五节　求而不得的最高境界——自然 ………………… 131

第三章　纪昀的试律诗学理论及影响 ……………………… 144
　　第一节　拟议与变化 ……………………………………… 145
　　第二节　有法而"我法" …………………………………… 157
　　第三节　对毛奇龄的批判、继承和超越 ………………… 171
　　第四节　纪昀试律诗学理论的影响 ……………………… 190

第四章　道光到清末：试律诗学的新变期 ………………… 204
　　第一节　回溯《诗经》——凝滞中的反思 ……………… 204
　　第二节　辨体与破体：试律诗学的重构 ………………… 222
　　第三节　法度的松动与程式的淡化 ……………………… 237
　　第四节　试律地位的提升与文体的消解 ………………… 254

结　语 ……………………………………………………… 271
参考文献 …………………………………………………… 273
后　记 ……………………………………………………… 279

绪　　论

试律似乎总也摆脱不掉它的尴尬处境。佳作流传，论者却鲜有提及；士子勤于此道，却随写随弃，不欲留存；属于唐诗，却被冠以"体卑"之名。事实上，它与士子命运息息相关，是科举制度在文学领域里的投射，是士子为争科名而创作的特定体裁的文学作品，与八股文等都是科举文学。科举文学中，最广为人知的是八股文，然而伴随封建科举制度始终的却是试律。从集合的角度讲，它应属于文学和社会制度两大集合的交集，同时具备科举考试的功能特征和政治标准，又有作为文学作品的艺术价值和审美标准。唐宋大部分时段，开科考试必考试律。《文苑英华》卷一八〇至一八九"省试类"收录唐试律有十卷之多。即便如此，有关试律的理论批评却相当薄弱，直至清代才开始真正对试律的创作规律和文体特征等进行系统的理论研究。

第一节　试律和试律诗学称名述略

何谓试律？前者"试"，表示它的功能特征，用来考量士子，选拔人才。后者"律"，表示它的文学特征，属于长篇排律。乾隆时期李因培的《唐诗观澜集》中有一篇《试律》可看作试律诗学的专题论文。"唐承隋制取士，永徽而后兼用诗赋。其诗自进士大科及府州小试，命题限字率以六韵号曰试律。"①（《唐诗观澜集·试律》）所以，试律是这种文学体裁官方正式的称名。例如，纪昀的《唐人试律说》、梁章钜的《试律丛话》、朱琰的《唐试律笺》、石渠的《葵青居试律》等皆以"试律"名之。但试律还有很多"别名"：有应试诗，如叶葆的《应试诗法浅说》、臧岳的《应试唐诗类释》；五言排律，如蒋鹏翮的《唐人五言排律诗论》、吴之章的《唐诗五言排律选注》；试体诗，如郑城的《贻经堂试体诗》、黄士珣的《翠云馆试体诗》等，但民间所通行的为试帖。

据李因培所考，试帖原是科举考试科目之一，考察士子对儒家经典的熟悉程度，即"帖经"。"至试帖之名，专指明经一科。《通典》称明经先帖文，然后行试帖经之法。以所习经掩其两端，中间惟一行裁纸为帖。凡帖三字，随时增损，可否不一，或得四或得五，或得六为通。……自近代选家标以试帖，谬误相袭，遂为世俗定名，今特为辩正，俾学者知所本焉。"②（《唐诗观澜集·试律》）这种考试太过机械，多为士子所不屑，因而颇有止步于此者。如果帖经考试没有通过，则可作试律来补救，称之为"赎帖诗"。因而，试律与试帖分属于不同的考试科目，但后来张冠李戴、以讹传讹，将试帖混淆为试律。接受这种称名的人越来越多，遂变成试律的另一主要别名。以试帖命名的试律诗集不胜枚举，如清代最早的一部唐人试律选本毛奇龄的《唐人试帖》，王植桂的《七家试帖辑注汇钞》、徐元璋的《长春花馆试帖》、王祖光的《守砚斋试帖》等。以之为名，只包含了科举的功能特征，文学特征反而湮没，以至于当它退出科场，终于以文学作品的姿态再度出现时，总是飘散出一种陌生的气息。

试律具体到每一首诗的题目也是五花八门。试律的题目分为主体和限定两个部分。主体部分与传统诗歌相同，因为是科举文学，这部分由主司

---

① 李因培：《唐诗观澜集》卷15，乾隆二十四年刻本。
② 同上。

命题。限定部分可以是"赋得",表示因题而作的性质,也可以标明主考机关,表明考试的级别。由尚书省礼部主持的考试称为礼部试、省试、都堂试;各级地方考试为府试、州试;由崇文馆、弘文馆、国子监主持的考试题目限定为馆试或监试;博学鸿词科考试称为制试。限定部分可有可无,灵活多样,如王表的《花发上林》在《唐人试帖》和《唐人试律说》中直接写明题目主体《花发上林》,而在《唐人五言长律清丽集》中则题为《赋得花发上林》。豆卢荣的《春风扇微和》在《唐人五言长律清丽集》中为《制试赋得春风扇微和》,在《诗法度针》和《唐人试帖》中则题为《赋得春风扇微和》。主体后也可以加限定成分"得某字",表示押韵之韵字,如纪昀的《赋得圆灵水镜,得圆字》。是否加限定部分本无定说,《唐人试帖》《唐人五言长律清丽集》《应试诗法浅说》等几种影响较大的唐试律选本皆无标明。

  试律属于诗,这本该是不争的事实,以"诗"命名的试律选本俯拾即是。然而,在研究试律最充分的清人眼中,试律变成一个身份可疑的政治与文学的混血。试律是否属于诗歌的范畴,便成为一个需要探讨的话题。

  洪亮吉的《江北诗话》载:"应制应试皆例用八韵诗。八韵诗于诸体中又若别成一格。有作家而不能为八韵诗者,有八韵诗工而实非作家者,如项郎中家达贵主事征,虽不以诗名家,而八韵则极工。项壬子年考差,题为'王道如龙首,得龙字',五六云'讵必全身现,能令众体从'。贵己酉年朝考,题为'草色遥看近却无,得无字',五六云:'绿归行马外,青人灌龙无'可云工矣。吴祭酒锡麒诸作外复工此体,然庚午考差,题为'林表明霁色,得寒字',吴颈联下句云:'照破万家寒。'时阅卷者为大学士伯和珅,忽大惊曰:'此卷有破、家字,断不可取',吴卷由此斥落。"[①]作家应该在文学方面有独特造诣,但是可称为作家的人却因为试律写作不

---

① 洪亮吉:《江北诗话》,中华书局1985年版,第26页。

符合政治标准而被黜落。相反，试律写得好却不一定可称为作家。甚至有论者认为试律不仅非诗，而且根本不具备文学表情达意的功能。"诗发乎性，止乎情。抚景抒怀，托物寄慨，各随其意。所欲言者，著之于辞，辞取达意而止，不以富丽为工，独试帖则异是。……今增至六韵八韵以之甄陶品类，歌咏升平，期间有绳尺有范围，而与作诗者之性情不相维系焉……盖其意在取青紫以博显扬，谓杂体乃适性怡情之作。"①（凌泗《长春花馆试帖·序》）这种观点从诗歌的产生和功能来说试律是区别于其他诗歌即"杂体诗"之外的另一种体裁。杂体即除试律之外的其他诗歌，皆为情而造文，创作目的是吟咏性情、表情达意。试律却要因题而作，有严苛的写作规范，目的是中举，为进献之资。它是区别于其他诗歌，即所谓杂体诗、散诗、古近（今）体诗、别体诗②的一个特殊诗体。试律与世俗的欲望相联系，而杂体则纯净高尚许多。更有甚者，则直接提出了试律非诗的观点。"试帖非诗也，然非深于诗者，不能工。"③认为试律非诗，是比普通诗歌更难创作的另一种文体。

但是大多数人仍然坚持试律属于诗，是运用于科举考试的具有特殊功能的排律诗。"诗之有试帖，犹文之有制艺也。"④试律既然属于诗，唐试律当然属于唐诗，它应该获得与其他唐诗同等的地位。然而事实却是"唐人省试诗，唐诗之一体也。选唐诗者多矣，而选省试诗者独少"⑤。"排律者仍是一首律诗也。中间排入四句，使两头略为通气。前二句不可上同于承，后二句不可下同于转。插此四句无伤于律，抽此四句无减于律，此排

---

① 徐元璋：《长春花馆试帖》，光绪十四年刻本。
② 商衍鎏在《清代科举考试述录》中称试律之外的诗歌为别体诗，本文为表述方便，亦沿用之。
③ 熊少牧：《读书延年堂试帖辑注》，同治五年刻本。
④ 周天麟：《水流云在馆试帖》，光绪二十三年刻本。
⑤ 顾桐村、朱辉珏：《唐人省试诗笺》，康熙刻本。

律之体也。唐初以此试士，其体最难。"① 袁式宏所作《唐诗六韵排律浅说》成书于康熙年间，其中对试律的解析仍以六韵为主。袁式宏认为试律就是在律诗原本四韵八句的基础上，中间加上四句二韵而成。其与普通律诗相比，只是形式上扩充，功能上特殊而已，就其根本仍属于诗的范畴。

试律是否属于诗？之所以有人持否定的看法基于以下三点：其一，试律因题而作的写作程式使作者感情因素大大降低。其二，试律是科举文学，是进身之阶，选士价值要远超过诗歌应该具有的审美价值。其三，试律创作法度谨严，不利于感情表达。

无可否认，试律的抒情成分的确比其他文体要少。风檐寸晷之间，金科玉律之下，创作自由度必然会下降。但是它仍然具有感情因素。言为心声，文学的表达不可避免地带有作者的感情色彩，哪怕是最讲究实录的史著也会带有作者的主观意愿，更遑论试律。尤其在清晚期，随着试律所承载的感情因素不断加强，与传统诗歌之间的距离也在不断缩小，反映的感情之厚度和强度与初期作品相较自不可同日而语。另外，试律是承担特殊功能的文体，有特殊的文体规范，但同时也具有高超的审美价值，能够给人带来精神愉悦和美的享受。读一首试律，便如"清新俊逸，庾鲍复生。研炼之精，如初写《黄庭》，字字到恰好地位。卷中起笔多如奇峰峭壁，天外飞来。转捩处或如万牛回首，或如饥鹰侧翅，神妙未易学也。清浅处、松秀处、流动处似易实难，令人不厌百回。读'凉月向人低''万绿护莺身'诸语可入摘句图，'小风鳞碧细'等联，天然图绘。是卷留置案头把玩数月矣。玉叔奉命使楚，亟墨而归之，颇以不能逐首细评为憾"。②（吴杰《养云山馆试帖·跋》）因为属于科举文学，试律的创作要遵循政治与艺术的双重标准。这对士子的创造力是一种束缚，但焉知不是另一种机

---

① 袁式宏：《唐诗应试排律笺注·唐诗六韵浅说·凡例》，袁式宏《唐诗应试排律笺注》，康熙刻本。

② 许球：《养云山馆试帖》，道光二十七年刻本。

遇。每一种文体都有自己的标准，别体诗又何尝不在四声八病和粘对律中上下徘徊。试律因为这种束缚增加了理解的张力，却也展示独特的审美效果。唐试律以五言六韵十二句为主，清试律大多是五言八韵十六句，具有整齐划一的形式美感；押韵圆熟、舒卷自如的音乐美感；起伏自然、开合有致的层次美感；虚实相间、峰回路转的句法美感；灵活流动、巧妙多姿的修辞美感。唯其如此，更凸显了试律特殊的存在价值。最后，社会功能与文学属性并非对立的两极。《论语·子路》曰："诵《诗三百》，授之以政，不达；实于四方，不能专对；虽多，亦奚以为?"① 中国古典诗歌以《诗经》为源头，既然《诗经》都有它的社会功能，而不害其为诗，那又何必拘于试律的科举文学属性。

  试律属于诗，是具有特殊功能的诗体。以试律为核心，研究它的创作、体派、流变、源流、特征等即可称为试律诗学。诗学提法，古已有之。狭义来讲，专指《诗》学，即专门研究《诗经》的学问，广义的诗学笼统地以古典诗歌为研究对象。但是到清代，试律首次进入诗学的批评领域中，逐渐形成全面深邃的理论体系。叶葆的《诗法百篇弁言》两次提到"诗学"："自廷试、馆选迄乡会直省科岁，两试皆以之近科，功令所昭，特严磨勘，声律之细与制义之文等重。使非格律稳谐，有合体制难以入彀。则诗学可弗亟讲欤?""余家塾授徒呐于口，而勤于笔。凡文法经义待指明者类作解以示之。而于诗学尤多绪论，语不涉深，言之易入，指画所及，意已豁如，一时兢传、借钞不一。"② 他强调此"诗学"以乾隆二十二年诏令试律取士为契机，研究声律、体制、文法、经义，显然是针对试律而言。清晚期林联桂的《见星庐馆阁诗话》同样以"诗学"指代研究试律的学问。"戴文端相国谓国朝人文蔚起，诗学昌明。迩来专刻甚多，纪

---

① 程树德：《论语集释》，程俊英、蒋见元点校，中华书局1990年版，第900页。
② 叶葆：《应试诗法浅说》，嘉庆间悔读斋重修本。

晓岚、吴谷人两前辈均有试帖行世，可为后学之圭臬。"① 明指试律选本为典范，以纪昀、吴锡麒为代表的作家，都在试律诗学的研究范围内。

清代试律诗学是在科举制度的影响下展开的。不管士子对试律鄙夷不屑，还是趋之若鹜，都不免在试律诗学指导下严格创作。从清初期的懵懂迷茫到后来理论观点的层出不穷，每一个过程都闪烁着诗论家的智慧光芒。试律诗学理论涵盖修养论、创作论、价值论等多方面。代表人物的理论观点通过试律选本、别集中的作品点评、文人序跋和随笔等方式保存下来。其深邃精微、完整系统的诗学体系渲染出古典诗学最后一抹霞光，值得学者深入研究、努力探讨。

第二节 试律取士的背景和评判标准

清顺治三年，朝廷开科取士。对于一个政权而言，科举除了选拔人才，借以宣示政权的合法性和稳定性之外，同时也是笼络汉族士子最有效的途径。作为一个异族统治的政权，清廷早已意识到，不可能征服有着悠久历史的儒家文化。但是对于代表这种文化的士子，却可用怀柔政策逐渐渗透，继而瓦解其对清政府的仇视和自身的文化优越感。士子对政权的臣服只需要两个条件：首先，祭孔庙、拜孔子，表示消除隔阂，同是儒家后人。其次达到一定的生活标准，满足一定的生活欲望。如果既能混得温饱，还能在一间斗室中闭门吟咏，拥有一些读书人的诗书情调，那么皇座上头戴龙冠、身穿龙袍的或甲或乙，姓甚名谁都无关紧要。

圣祖在位六十一年间，虽外讨内绥，兵威甚盛。然亦知汉族之不

---

① 林联桂：《见星庐馆阁诗话》，张寅彭《清诗话三编》，上海古籍出版社2014年版，第4027页。

可以武治也，乃用儒术以束缚之。计其政策有六，一崇祀孔子，亲往释奠，并饬国子监讲求程朱性理之学，以风示汉民。一举博学鸿词科，以网罗明季遗民及奇才杰士。一开馆编《会典》《字典》《明史》《佩文韵府》《渊鉴类函》等书，俾士人奉为准则。一巡游江南，召试名士，借以觇察民心。一开千岁宴，诏天下不论满汉官民，凡年过六十五者，皆得与宴赋诗，以示满汉一体。一采鄂尔泰奏议，取士复用八股，以牢笼志士，驱策英才。时八股之废且数年矣，满大学士鄂尔泰奏请复之。有"非不知八股为无用，而用以牢笼志士、驱策英才其述莫善于此"等语。自是以后，汉族始安，帝业始固。①

所以，在清人还没有坐稳江山时，科举制度就像一个临时救场的小演员，没有任何舞台排练经验，只听得鼓声一催，立刻粉墨登场。

缺乏对明政权覆灭的反思，更无视八股取士的弊端，清代科举考试一出场就带着局促和慌乱的味道。八股取士只从《四书》《五经》内出题，士子易于考前拟题，夹带关节，各种作弊手段防不胜防。顺治江南丁酉科场案，士子集体关节舞弊。消息传来，京城震惊，无奈以"春雨诗五十韵"为题重新考试。此科黜落举人三十余名，波及官员二十余人。所以，从顺治开始，对科举的改革便蓄势待发。《清史稿·选举志》载："（顺治）二年，颁科场条例。给事中龚鼎孳疏言：'故明旧制，首场试时文七篇，二场论、表各一篇，判五条，三场策五道。应如各科臣请，减时文二篇，于论、表、判外增诗，去策改奏疏。'帝不允，命仍旧例。"② 这时，围绕试律取士的辩论遂拉开帷幕。若从龚鼎孳所请，从顺治初年开始，试律便可以堂而皇之地进入科举的制度体系中。八股取士不利抡才，即便清廷已然有此共识，然而正值清初，大权尚未稳定，为避免士子不满，不能

---

① 小横香室主人：《清朝野史大观》卷3，上海书店出版社1981年版，第38页。
② 赵尔巽：《清史稿·选举志》卷180，中华书局1998年版，第3148页。

贸然取消八股。康熙对试律取士情有独钟,在康熙十八年博学鸿词科考试中就以《省耕诗》五言排律二十韵为题。从此,坊间掀起了刊刻唐试律选本的浪潮。受其影响,乾隆元年的博学鸿词科同样采用了《山鸡舞镜,得山字》七言八韵来考察士子。埋首于八股几百年的文人们几乎不知试律为何物,如今才如梦初醒。康熙五十四年,皇帝更是提出去除八股的建议。"二十七日甲子,上曰:'五经中式甚属无益,十七八岁之幼稚皆能之。不过写字快,以多为能,非其所学真优也。至于表、判,诸士子皆是平日读熟现成文字,进场之后一惟抄写,并不用做。此或易之以为诗,可乎?这数事尔等公同议之。'"①康熙明确指出现行考试制度不利于人才选拔,提议试律取士。虽然这一提议最终没有付诸实行,但却向天下昭示了朝廷改革科举的决心和举措,有力撞击了士子的内心世界。试律取士,势在必行,只是早晚而已。

乾隆皇帝雅爱诗章,所留诗作数量之多,为诗史之最。但从本质上讲,他只是一个精明果断的君主,而非浪漫飘逸的诗人。其治国之策,处事原则都是以世道人心、社稷稳固为根本。从圣贤之道出发,他同样不看好八股取士。乾隆五年钦颁太学《训饬士子文》曰:"士子所为汲汲皇皇者,惟是之求,而未尝有志于圣贤之道。不知国家以经义取士,使多士由圣贤之言,体圣贤之心,正欲使之为圣贤之徒,而岂沾沾焉文艺之末哉?"②治国与兴趣,孰重孰轻,不言自明。作为异族政权,得到士子的支持至关重要。乾隆九年,兵部侍郎舒赫德上奏,痛陈取士之弊:"今之时文,徒空言,而不适于用,此其不足以得人者一。墨卷、房行,辗转抄袭,肤词诡说,蔓衍支离,苟可以取科第而止,其不足以得人者二。士子各占一经,每经拟题,多者百余,少者不过数十。古人毕生治之而不足,

---

① 中国第一历史档案馆:《康熙起居注》,中华书局1994年版,第2145页。
② 素尔讷:《钦定学政全书校注》,武汉大学出版社2009年版,第11页。

今则数月为之而有余，其不足以得人者三。表、判预拟而得，答策随题敷衍，无所发明，其不足以得人者四。"① 据其分析，八股取士无益于实学，不切实用。因题目出处有限，且固定在《四书》《五经》中，所以容易和表、判一起被士子考前押题、模拟抄袭。如此这般，不能达到国家抡才之目的。此说鞭辟入里，但因并未指出解决方法，乾隆皇帝并不买账。回复他："且夫时艺取士，自明至今殆四百年。人知其弊而守之不变者，非不欲变，诚以变之而未有良法美意以善其后……若今之抄袭腐烂，乃是积久生弊。不思力挽末流之失，而转咎作法之凉，不亦过乎！"② 乾隆皇帝对八股取士之弊心知肚明，只是需要一个科举改革的契机。

乾隆中期，清朝统治达到全盛。时过境迁，汉人也早已习惯剃发易服。清廷朝政中心由夺天下变成治天下，改革科举一触即发。乾隆二十二年丁丑会试，下旨易表判为试律。

> 谕：前经降旨，乡试第二场止试以经文四篇，而会试则加试表文一道，良以士子名列贤书，将备明廷制作之选，声韵对偶，自宜留心研究也。今思表文篇幅稍长，难以责之风檐寸晷，而其中一定字面，或偶有错落，辄干贴例，未免仍费点检。且时事谢贺，每科所拟不过数题，而渊雅之士尚多出于凤构，而倩代、强记以图侥幸者更无论矣，究非核实拔真之道。嗣后，会试第二场表文可易以五言八韵唐律一首。夫诗虽易学而难工，然宋之司马光尚自谓不能四六，故有能赋诗而不能作表之人，断无表文华赡可观而转不能成五字试帖者。况篇什既简，司试事者得从容校阅，其工拙尤为易见。其即以本年丁丑科会试为始，现在各省会试举子，将已陆续抵京，该部即通行晓谕知之。③

---

① 素尔讷：《钦定学政全书校注》，武汉大学出版 2009 年版，第 28 页。
② 同上。
③ 王炜：《清实录科举史料汇编》，武汉大学出版社 2015 年版，第 357 页。

三年后又下旨从上到下，不论会试、乡试乃至学政考试等，大小考试均增加五言八韵诗一首。"礼部议准，安徽学政刘星炜奏称，岁科两试童生，请兼试五言六韵排律一首，诗文并优者，列在前茅，或文可入彀，而诗欠谐叶者，量为节取，并饬学官月课，一体限韵课诗。从之。"① 由于皇帝的强力推行，短短五年，试律以绝对优势在科场中夺得一席，成为士子进入仕途的必经之路。

毫无疑问，八股文是规范化写作。对它的写作技巧，士子已经耳濡目染了几百年，几乎可谈得上驾轻就熟。相比八股，试律似乎距离自己太遥远。以试律取士对于不精此道的他们来说如堕云雾。

试律与别体诗的写作标准并不完全吻合。就创作目的而言，别体诗是为了娱宾遣兴、抒情写意，而试律则是为进献之资。② 从传统鉴赏角度上看一首绝妙的别体诗，却未必是合格的试律。叶葆评刘纶的《山空气相合》曰："能摹难写之景，方成好句，能作难写之题，方称好诗。若'风花雪月'一字题，不过四时俗景，又不足觇人才思，见人笔意矣。"③ 所谓好诗，即是写难写的题目，足以显示自己的才华，达到助己飞升的目的。商衍鎏曾提到"究之试律，以其限于科场，不能如别体诗之直抒己见，议论宏远，褒贬尽情，讽刺任意。揆之兴、观、群、怨之旨，风、雅、比、兴之义，多有未合。是又一体，难以苛求"。④ 中国诗学理论是在儒家诗论基础上形成，但它们比之试律而言，却"多有未合"。试律感情表达从内容到强度都有更加细化的限定，本书将列专章分析。除此之外，试律的写作标准自成一体，不能按照传统诗学的观点生搬硬套，具体包括艺术标准和政治标准两类。

---

① 王炜：《清实录科举史料汇编》，武汉大学出版社 2015 年版，第 376 页。
② 后期试律向别体诗回归，在写作目的上趋于一致，但亦非主流。
③ 叶葆：《应试诗法浅说》卷 4，嘉庆间悔读斋重修本。
④ 商衍鎏：《清代科举考试述录》，故宫出版社 2014 年版，第 279 页。

艺术标准，要而言之无非四项，曰审题准确、押韵稳惬、层次清楚、文辞雅驯。

因题而作，是试律最重要的文体特征，试律的构思布局都要在题目的统摄之下。王锡侯在《唐诗试帖课蒙详解·论作诗法》中引黄思斋语曰："应试诗题，非举帖时事，则援用古典，或摘取前人诗赋中名句，或兼用及时景物，如时事，则朝贺祝诞、郊庙祥瑞、凯捷等类。"① 题目内容可以有咏古、时事、写景、咏物等，最多的是从经史子集中摘古人成语。会试和顺天府乡试试题由皇帝钦命，其他由考官命题。还有一些题目则无章法可言，完全由于一时兴起，比如"灯右观书""南坍北涨"等题。商衍鎏记载："若'灯右观书'，则因高宗于观书之际，宫监适将灯置于其右而碍目光，翌日以此命题试士，则等于游戏，而不足以为训矣。"② 原来皇帝看书时，偶然发现灯放在右边，便以此为题，和当科士子开了一个玩笑。然而作为选拔考试，越是难题越展示才华。叶葆评无名氏的《灯右观书》曰："人多舍难就易，此独因难见巧。名句叠出，乃令人一读一击节。为题有右字，便想到左图右书，想到右史记言，想到座右有铭。惟有精思，乃成名句。艰于构思，纵有敷佐，亦搜寻不到。"③ 此种无理之题，最难把握，但也更能考察士子的思维水平和写作能力。一个"右"字敷衍开来，可见巧于构思。通过士子对题目的准确理解来考察其学殖阅历和对诗歌整体的布局掌控。李因培评韩浚的《清明日赐百僚新火》"应怜萤聚夜，瞻望及东邻"曰："不切清明时候。"④ 审题必须稳惬，可以有自己的理解，但必须契合题面。清明天气尚未转暖，还无萤火虫，写"萤聚"就属于不切题。题目每一个字都不能抛荒，必要字字点清、面面俱到，否则为漏。

---

① 王锡侯：《唐诗试帖课蒙详解》，乾隆刻本。
② 商衍鎏：《清代科举考试述录》，故宫出版社2014年版，第278页。
③ 叶葆：《应试诗法浅说》卷6，嘉庆间悔读斋重修本。
④ 李因培：《唐诗观澜集》卷15，乾隆二十四年刻本。

例如《天骥呈材》只讲"天骥",不讲"呈材",则为"漏"。纪昀评《赋得鸦背夕阳多》曰:"此诗亦只以点缀刻画还之,然'背'字未能写到,终是一病,汝诵之不觉,吾自知之也。"① 试律写作尤重起句,必须在前四句将题目清出,位置妥帖自然。叶葆评纪昀的《花缺露春山》曰:"诗有炼句必响,琢对甚工,而读之毫无余味者,只坐在相题不真,下笔失分寸耳。"② "炼句必响,琢对甚工"为别体诗艺术标准,但于试律而言,若审题不工,则无余味,不能算创作合格。

押韵是写作试律关键的一步,要求稳惬自然。"作诗用韵,犹作室之立柱,一柱不坚则害一室,一韵不稳则害全章。"③ 几乎把用韵作为试律写作第一要务。清科举极为重视押韵,若一字不稳,必被黜落。地方学政专门准备了足量韵本,以备士子取用。唐试律以六韵为主,间或有四韵、八韵,甚至二韵,如祖咏的《终南积雪》只有两韵四句。作为最重规范的试律而言,此诗如此"桀骜不驯",不足为法,所以《文苑英华》并未收录。毛奇龄评潘炎的《玉壶冰》曰:"试帖限六韵,偶有八韵者。一是主司所限如《玄元皇帝应见帖》,举子皆八韵,则官限者也。一是举子自增,如此诗八韵,王季友诗仍六韵。《迎春东郊帖》,张濯八韵,王绰仍六韵,则举子自增者也。"④ 唐代限韵较为灵活,清代除童试六韵外都是八韵。韵字可以是题目中的字,也可以是题外字。唐、清两代比较流行的押韵方式是押题"中"字。是否押题外字,则由主司定夺。"乾隆辛亥大考翰詹以'眼镜'得他字命题。圣制诗云'八旬不用他',其时应考人员有云:'重瞳不用他',有云'圣明焉用此,臣昧必须他',皆在前列。至道光年间,

---

① 纪昀:《我法集》卷上,嘉庆五年刻本。纪昀评选《我法集》皆无注诗歌作者,下同,不具。
② 叶葆:《应试诗法浅说》卷4,嘉庆间悔读斋重修本。
③ 翁昱:《试律须知》,见黄秩模《逊敏堂丛书》,宜黄黄氏仙屏书屋本。
④ 毛奇龄:《唐人试帖》卷1,嘉庆六年听彝堂本。

亦以此命题，则以圣寿六旬以上，批览奏章，需用花镜故限用'明'字耳。"① 此押题外字。唐试律律法宽松，可押仄韵，清只能用平韵。"题字平仄俱见者，固以押平字为常例。然亦可押仄字，如《落日山照耀》题押'落'字，《洛出书》题或押'洛'字是也。押仄字诗多于平仄粘连不甚拘执，不可不知。"② 押仄韵不利于粘对，因此清代多不押仄韵。

试律属于排律，起承转合要求层次清楚、过渡明白，并且各层次之间要求有次第、浓淡、虚实、深浅之别，不能有意义上的重复，避免形式板滞。《试律丛话》引唐诗平语曰："唐考试多五言排律，此体尤其所加意。今观诸作铺叙次第，绝不凌越犯复，而且虚实相间，无痴肥板重之形，则知专炼字句不顾章法者，非唐人意矣。"③ 试律除起句和结句外，都要求对偶句，称联或比。各联所处的位置功能不同，必须安放自然妥帖。"厥体于起处必将字一一清出，谓之破题。或虚按或明点，或首联分疏则次联浑写，或首联原起则次联分疏。相题繁简以为节制，多不过两联，而止中间实发题蕴。虚实相间，深浅相生，或合或分，随心成矩。要在典切工妙，腴而不肤，炼而不涩，使声振篇中，气流句外。至于结处，概多寄托，又须浑涵。飘渺余味，曲包一代。"④ 试律最重起结两句。起句破题，或明破，或暗破，必须清晰准确，结句点题，照应题目。唐试律法度宽松，可以作者感情作结，清代正格则要求干请或颂圣。中间各联对题目内涵深度挖掘，由浅入深，由虚入实。如黄滔的《明月照高楼》首句破题，领联承题，其下八句为"深鉴罗纨薄，寒搜户牖清。冰铺梁燕噤，雪覆瓦松倾。卓午收全影，斜悬转半明。佳人当此夕，多少别离情。"蒋鹏翮评："'深鉴''寒搜'状月之致，'冰铺''雪覆'状月之色，四句以月为主，而实

---

① 龚守正：《龚文恭公艳雪轩试帖诗话》，见郑锡瀛《注释分体试帖法程》，光绪十九年刻本。
② 臧岳：《应试唐诗类释》，乾隆四十年刻本。
③ 梁章钜：《试律丛话》，上海书店出版社2001年版，第513页。
④ 李因培：《唐诗观澜集》，乾隆二十四年刻本。

赋'照楼',刻画已极。收者,楼收之;转者,楼转之也。二句又以楼为主,而见月照。然全收半转已统举此夕通宵之月,便恰引出多少离情意来,尤觉有水到渠成之妙也。"①"明月"和"高楼"是题目中两个描摹对象,作者极力表现明月之高冷凄清,以其为背景,映衬高楼在月色下若明若暗、形影相吊。结句抒情流畅自然,恰如水到渠成了无牵强之感。诗歌全篇构思均在正确审题的基础上进行,起句破题,结句点题,意脉贯通,浑然一体。否则,即便佳句频出,而缺乏对联、句的宏观操控,必然散缓错乱,如屋上架屋。或联、句之间可以互换,或结尾意尽笔枯,勉强为之,都不能称为好诗。

作为科举文学,试律是为选拔士子,充实吏治,以保证国家机器的正常运转,本就带有功利性。这就意味着它所代表的只能是当权者的立场,反映官方的意识形态,必须按官方的衡文标准完成写作。雍正十年,上谕:"特颁此旨,晓谕考官,所拔之文,务令清真雅正,理法兼备,虽尺幅不拘一律,而支蔓浮夸之言,所当屏去。"② 乾隆十九年,上谕:"场屋制义屡以清真雅正为训,前命方苞选录四书文颁行,皆取典重正大,为时文程式,士子咸当知所宗尚矣。"③ 乾隆二十四年,又谕:"为学政者果能以清真雅正为宗,一切好尚奇诡之徒无从幸售,文章自归醇正。否则,素日趋向分歧,一当大比,为试官者锁闱校拔,不过就文论文,又何从激劝而惩创之?"④ 这些上谕,虽为制义而发,但同为遴选人才,皇帝对试律的想法具有共通点,无非以典重正大之辞,撰清真雅正之文,使之能够起到提振士风、荡涤文风,有助劝惩的社会作用。上有所好,下必甚焉。在此思想影响下,诗学批评鼓荡起一股尚雅的潮流。"尝以《闻妙香斋试律》

---

① 蒋鹏翮:《唐人五言排律诗论》卷1,康熙五十四年刻本。
② 素尔讷:《钦定学政全书校注》,武汉大学出版社2009年版,第26页。
③ 王炜:《清实录科举史料汇编》,武汉大学出版社2015年版,第346页。
④ 同上书,第374页。

一百八十首，付其门人钮松泉殿撰_福保_逐句注释之，众美兼该，无体不备，而志和音雅，适合应试体裁。"①《见星庐馆阁诗话》引姚秋农侍郎言曰："今之科举，试以五言、其体实兼赋、颂。依题敷绎，惟在意切词明，所谓赋也。言必庄雅，无取佻纤，虽源本《风》《雅》，而闺房情好之词，里巷忧愁之作，不容一字阑入行间。"②强调文辞雅驯，内容鼓吹休明、吟咏太平。凡语涉不祥，男女情爱，以及一切负面情绪、怨戚之音皆不允许出现。《冷庐杂识》载："场屋中用忌讳字，往往被黜。嘉庆丁丑，孔梧乡学博卷已入额，旋因诗中'圣化'二字见摈，以'死'亦言'化'也。嘉善陆孝廉浚，工制艺。道光癸巳春闱，首艺识者决其必售，陆亦自谓文可夺命矣。榜发，竟被放。比阅落卷，则主试已填中式名次，复涂去，以次艺用'骞崩'二字也。捧卷大哭，目尽肿，寻得病，卒于都中。丙申殿试，何子贞太史卷已列进呈十卷之首，旋以'大行'二字为阅卷大臣某公指出，改置二甲第八名。"③凡皇帝都怕短命，言及死亡，势在必黜。

除了艺术标准外，形式上也要体现政权的绝对权威。这一政治标准甚至可以凌驾于艺术标准之上。即便士子妙笔生花，踏错一步也只能失解西归了。首先是抬写。与皇权有关的一切都要抬写，区别在于抬几格，不抬或者少抬都要处罚。比如形容皇帝恩泽、皇帝钦定书籍、皇帝住所书斋均须抬写。对抬写的位置、字体均有规定，且不得涂改、挖补。如果抬写格式错误也要受到处罚。所以，论者多将抬写列为专门一项，如叶葆的《应试诗法浅说》则列"抬写法"。清后期，抬写规定益发严格，郑锡瀛的《重刻分体试帖法程》将抬写内容全部列出。应抬写字，大略如下：

---

① 梁章钜：《试律丛话》，上海书店出版社2001年版，第604页。
② 林联桂：《见星庐馆阁诗话》，见张寅彭《清诗话三编》，上海古籍出版社2014年版，第4028页。
③ 陆以湉：《冷庐杂识》，上海古籍出版社2012年版，第300页。

凡诗赋拟古者须顶格写。拟古之赋，因无抬头颂圣之处，故可顶格写。

诗赋策应抬头者：恭遇天、祖等字抬三格。首一字出格外写，圆丘、方泽、常雩、寝庙之类是也。

皇帝及恩、膏、德、泽等字皆抬二格。朝廷及宫等字皆抬一格。所用宫阙等字不指我朝者不必抬写。

不得以三抬误作双抬，双抬误作单抬。亦不得以双抬误作三抬。

诗策及经解内引用列圣纂定书籍，凡有"钦定""御案"等字皆用三抬，不得沿袭旧本以致错误。

皇帝颁行书籍有钦定字者皆用双抬，又如"乐善""味余"等字俱系列圣书室之名。乾隆嘉庆间人，诗赋中引用有作双抬者宜三抬，亦不得沿用。凡颂圣之字不必别求新奇，只以眼前习见必无错误者为妙。抬头字不得误写，不得挖补，不得涂改重写，不得于夹缝中添注。题目及抬头字不得用省俗字，草稿用正字楷书。题字，错者改正；落者，添注不得。错落过多，不得将全题添入夹缝，不得涂改全题，隔行另写。以上诸式犯者岁科试虽有佳文，概行屏斥。①

其次为忌讳，主要包括避国讳和圣讳，皇帝的庙号、名字以及孔子的名字都要避讳。若避讳不周，则罚三次不得考试，基本上失去了再度竞争仕途的机会。更有甚者，清末科举，还要避讳主考官和阅卷官的家讳。"光绪时，尚书裕德屡充主试或阅卷，见字句中有犯其家讳者，即起立，肃衣冠行致敬礼，毕，将卷搁置，不复阅矣。故遇裕主试时，有知其家讳者，恒戒所亲勿误触之。"② 所以，谈苑的《唐诗试体分韵·凡例》也着

---

① 龙启瑞：《龙翰臣修撰应试程式》，见郑锡瀛《重刻分体试帖法程》，光绪十九年刻本。
② 徐珂：《清稗类钞》，中华书局1984年版，第588页。

重强调"场屋宜知避忌，誊写宜知格式。今于末帙中，附载避忌一编"。①

综上所述，试律无论内容还是形式都有重重法度限制。比之带着锁链跳舞，洵不为过。遵守法度，最保险的方式无非鼓吹休明、吟咏太平的程式化写作。因此，内容单薄，感情苍白之弊便如痼疾难除。"人言应制《早朝》等诗，从无佳作。非无佳作也，人自不佳耳。故凡此等诗竟将堂皇冠冕之字，累成善颂善祷之辞，献谀呈媚，岂有佳作。"② 同样为功利所诱，试律诗学也在清代蓬勃兴起，至今仍留存有丰富的诗学材料。时至今日，试律作为科举文学的功能已经一去不复返，但这些诗学篇章却在艺术宝库里闪闪发光，它凝结着诗论家们的智慧，也吸引着我们继续深入挖掘，去把握它真正的价值所在。

第三节　论题研究概况及研究现状分析

在中国文学史上，没有任何一种文学体裁如试律一样同时受到两种极端的评价。赞之者曰"吹花嚼蕊，夏玉敲金"③；贬之者曰"诗至试律而体卑"④。认识的分歧本身就证明了试律存在的价值。正确认识试律和试律诗学对掌握科举文学的运动轨迹，全面了解清代诗学理论发展都具有不可忽视的作用。清人试律诗学观点在私人信札、别集序跋和诗歌点评中多有反映。但今人的学术研究却总在有意无意间轻轻跳过。在历史的进程中，试律作为进身之阶的功能永远消失了，而单就律诗的形式之一，它的存在也无法抹杀。相比传统诗词的研究，不论试律还是试律诗学都显得十分落寞。

---

① 谈苑：《唐诗试体分韵》，乾隆二十五年刻本。
② 薛雪：《一瓢诗话》，《原诗·一瓢诗话·说诗晬语》，人民文学出版社1998年版，第105页。
③ 恩锡：《槐云馆试帖》，同治十年刻本。
④ 纪昀：《唐人试律说》，山渊堂重刻本。

一 研究现状分析

从20世纪末开始，试律逐渐进入学者的研究视野。首先，有关试律作品的整理评述。陆伟然、范震威（1989）的《唐代应试诗注释》编选注释270首唐试律，对唐试律做了初步的文献整理工作。何庆善（1995）点校《唐诗评三种》，其中吴智临的《唐诗增评》第三卷中包含70首唐试律。彭国忠师（2006）的《唐代试律诗》，以纪昀的《唐代试律说》为蓝本，选取唐代171首试律，并辑录清人如叶忱、朱琰、毛奇龄、纪昀、臧岳等主要理论家之评语。其次，对试律创作规律的分析探讨。启功的《说八股》（1991）中比较了制艺和试律的创作特点，初步概括了科举文学的写作特点。汪小洋（2005）的《科举文体研究》设"清代试律诗"专章，简要勾勒出其复兴背景、文体特征等。彭国忠（2007）的《唐代试律诗的称名、类型及性质》全面地介绍了试律的文体特征。杨春俏、吉新宏（2007）的《清代会试试帖诗题目出处及内容类型分析》剖析了试律题目类型。蒋金星（2007）的《清代科举试帖诗"得×"字中的"×"的位置》、王兆鹏（2005）的《唐代试律诗用韵频率考》分析试律题目和用韵特点。罗积勇、黄燕妮（2012）的《唐代试律诗中的情感表达》分析了试律表达情感的内涵。徐晓峰（2015）的《唐代科举与应试诗研究》讨论了试律对应制的借鉴，试律章法与制艺文法的比较，深入考察了试律科举的文学特征。当前学者对于试律的关注点已经从试律的创作规律、艺术价值和产生的历史背景向其理论批评转移。宫存波（2005）的硕士学位论文《纪昀诗歌批评研究》引用了纪昀《唐人试律说序》有关士子修养的内容。韩胜（2008）的《清代唐试帖诗选本的诗学意义》探讨了唐代试律选本所体现的诗学思想，指出其深化了清代诗学"诗教"观、宗唐风气，从诗法方面充实了清代诗学内容。徐美秋（2009）的博士学位论文《纪昀评点诗歌研究》涉及纪昀关于试律写作技法的批评。彭国忠师（2014）的《〈唐人试律说〉：纪昀的试律诗学建构》以纪昀的试律诗学理论为考察对象，给试律诗学研究打开一个缺口。蒋寅（2014）的《科举试诗对清代诗学的影响》分析了试律诗学和传统诗学的互动，指出试律诗学的勃兴促进了诗学整体的复兴和繁荣。其着力点仍以清代诗学为主，但对试律诗学的研究非常具有启发意义。刘和文、李媛（2014）的《法式善〈同馆试律汇抄〉与清人试律诗之研究》概括法式善诗学核心思想为"雅正"，并分析其对试律结构与内容上的要求。蒋寅（2015）的《纪昀的批评理念与诗歌批评成就》将古典诗歌分成试律诗与学人诗，肯定了纪昀等人的诗歌理论缘于试律观念的影响。唐芸芸（2015）的《试帖诗与翁方纲诗学观》分析比较了翁方纲的试律诗学和"普通"诗学理论。

总体来看，目前学术界对试律诗学的研究成果呈现三种态势。其一，研究视野尚可拓展。目前学者的研究视野多数集中于唐试律，清试律相对关注较少。人物也限于纪昀、毛奇龄等具有较高社会地位的诗论家，而对叶葆、臧岳等具有突出贡献的诗论家考察不足。对于试律的考察着眼于点题、用典、用韵等过于微观的创作问题，忽略了其作为科举文学的本质特征。其二，基本概念有待明确。如混淆试律与应制、制艺等文体的区别；对试律发展的阶段性特征认识不够。如界定试律为五言六韵或五言八韵，就会忽略清初的七言作品，同时用"赋得"体规定试律诗的称名，必定会将清后期大批命名自由的试律错误地划到范围之外，由此显示了对于试律认识的模糊，从而影响了结论的准确性。其三，理论深度还需开掘。目前的研究或从历史的角度考察试律选士的原因始末，或从文学创作角度分析试律的写作规律，而较少从诗学角度研究试律的理论批评。或者肯定试律诗学的理论影响，而在具体阐发时，却较少涉及。总之，目前学术界对试律诗学的研究已经取得了丰硕的成果，使我们对清代试律诗学有了初步的认识，但仍有可提升的空间。理论研究和文献整理仍然处于初始阶段，对现有的试律诗学理论也未能做到系统地归纳与总结。同清代留存于世的大量试律诗学理论著作相比，目前的研究远未达到应有的格局，仍然需要进行全面的考察和更为深入的论证。

二 研究对象、任务和价值

本书主要研究清代试律诗学，通过考察诗学家和其理论著作，分析其理论批评，掌握其核心诗学观点，阐述清代试律诗学的发展脉络。研究对象包括：

试律选本。从清初开始就有唐代试律选本刊印，但目前留存于世、最早的是毛奇龄论定的《唐人试帖》。此后不断有唐人试律选本涌现，如毛张建的《试体唐诗》，顾桐村、朱辉珏的《唐人省试诗笺》，叶忱、叶栋的《唐诗应试备体》。纪昀的《庚辰集》后又出现了大量清试律选本和别集，如张熙宇的《七家诗》，邵承照、陈德寿的《批注十九年同馆试帖》，张之洞、樊增祥的《二家试帖》、翁同龢的《笙华书屋试帖稿》、王葆修的《棣萼山房试帖》等。以上选本或别集中的序跋、凡例、批注、评点集中体现了清代诗论家的诗学观点，是本文的主要研究对象。由于清初对试律文体特征认识不清，试律选本称名亦时有混淆。如蒋鹏翩的《唐人五言排律诗论》、袁式宏的《唐诗应试排律笺注》、徐曰琏的《唐人五言长律清丽集》，虽称名不同，但内容皆为评定试律，亦为本文的主要研究对象。

诗话著作。如林联桂的《见星庐馆阁诗话》、纪昀的《纪河间诗话》、梁章钜的《试律丛话》、洪亮吉的《江北诗话》、毛奇龄的《西河诗话》、袁枚的《随园诗话》都有大量的试律诗学观点，可与各种选本、别集互相补充。此外，清前诗学虽涉及较少试律，如葛立方的《韵语阳秋》、胡应麟的《诗薮》，直接或间接提到了试律或者相关内容，本书同样将其纳入研究对象范围。

史著。诗学批评需要依托于政治学术背景，附庸于科举制度的试律诗学批评更要关注各种背景条件。同时作为一种特定的文化现象，史著当中亦可反映当时文人的创作思想。如科举史料、清史笔记、地方志、族谱、人物传记等。其中包括历史背景史料，如《康熙起居注》《乾隆起居注》、钟琦的《皇朝琐屑录》、徐珂的《清稗类钞》、小横香室主人的《清朝野史大观》。科举史料，如赵尔巽的《清史稿·选举志》、素尔讷的《钦定学政全书》、王炜的《清实录科举史料汇编》。清史笔记，如金埴的《不下带编》、陆以湉的《冷庐杂识》。学术背景史料，如梁启超的《清代学术概论》和《中国三百年学术史》、刘师培的《清儒得失论》《十三经注疏》等。其中反映的诗学思想可以作为诗学理论的印证和补充，有助于更好地解读其发展之原因始末。以上各类书籍中都保存有丰富的诗学资料，亦列为研究对象。

  清初到乾隆二十二年，是试律诗学的发轫期，完成了试律诗学的初步构建。乾隆二十二年到嘉庆末年，是试律诗学的完成期。道光到清末是试律诗学理论发展的第三阶段即新变期。本文即依这三个时间段落为线索，以试律诗学理论著作为核心，深入剖析其发展的阶段性特征，对不同阶段理论进行梳理，辨析其异同，厘清其发展线索，考察清代试律诗学理论的发展嬗变。总结清代，重点是康熙后期到光绪末年二百年间试律诗学理论的发展轨迹和时代特点，梳理这段时间试律诗学的发展脉络。

  试律依附于科举制度而产生，试律诗学虽属于古典诗学的研究范畴，但又具有民族特色和个性特征，自有其存在价值。缺乏对试律诗学的研究，会影响古典诗学研究的完整性和准确度。清代试律诗学的研究无疑可以形成对整体诗学研究的有益补充，也有助于更深刻地理解科举文学乃至清代诗学的发展演变，同时对古典诗学的整体认识和理论阐释都会有不同程度的深化。所以，清代试律诗学研究是古典诗学研究领域中不可或缺的重要环节。

第一章 清初到乾隆二十二年：试律诗学的发轫期

恐怕没有哪一种社会制度能比得上科举对士子心灵造成的冲击。从隋代创制以来，科举越来越成为士子精神生活的指挥棒，士子人生最美好的时光都在准备考试和考试中度过。它决定了士子的审美取向，强化了他们的思维模式。科举是他们的精神领袖和信仰追求，掌握科举就等于抓住了士子的精神命脉，从而掌握了整合社会秩序的关键。清朝入关，承袭明制，以八股取士。后来虽有几次制度改革，但八股取士的基本国策从未动摇。然而，康熙十八年的博学宏词科给士子传达了一个重要信息：以诗取士，将试律纳入选士制度是科举发展的必然趋势。这一信息提示八股独尊的地位即将被扭转，对士子而言不啻狂风巨浪。从清初直到乾隆二十二年，试律正式纳入科举体系之前，这一阶段的试律诗学理论探讨围绕着选士展开，也逐渐拉开了清代试律诗学批评的序幕。

第一节 试律选士价值评估

学而优则仕，中国的文人总是怀揣着入仕的渴望。与此相反，清代的文人却端着一副考证训诂的学究派头，在故纸堆中寻求答案，小心翼翼地与政治保持着疏离。异族统治下，文字狱的高压已足以让世人心灵枯萎，但有一个阶段可以例外。梁启超提到，康熙二十年以后，清政府对文人实行怀柔政策。"形势渐渐变了，遗老大师，凋谢殆尽。后起之秀，多半在新朝生长，对于新朝的仇恨，自然减轻……一面社会日趋安宁，人人都有安心求学的余裕，又有康熙帝这种'右文之主'极力提倡。所以这个时候的学术界，虽没有前次之波澜壮阔，然而日趋于健实有条理。"① 宽松的政治环境再次激发了士子心中的政治热情，即便做学术也表现浓厚的政治色彩。康熙朝，试律取士尚未正式施行，相关的试律理论著作就已经出炉，成为朝廷政令的补充和回应。

  乾隆二十二年之前，将近百年的时间，试律取士一直酝酿而屡次搁浅。无论士子的心态还是诗学理论都未能做好准备，无疑也是其中原因之一。八股取士，士子皆以八股为重，在创作领域中，明显偏向于文，而轻视诗歌。"自胜国八股之制定，操觚者皆以诗为有妨举业，概置不讲，虽海内之大不乏好学深思，心知其义。而穷乡僻壤且有不知古风、歌行、近体、绝句为何物者？风气至此，亦诗运之一厄也。"② 因为功令，非但不学试律，即便别体诗也无法摆脱名利的魔咒。所以，此时的试律诗学主要讨论试律取士的可行性，围绕试律的选士功能而展开，力求破除诗歌"有妨举业"的执念。

一　试律的教化功能

  以试律取士，首先突出其教化功能。对于统治阶层而言，最需要以儒家道德教化天下以求得政权的巩固。正如《诗大序》所强调的"故正得失，动天地，感鬼神，莫近于诗。先王以是经夫妇，成孝敬，厚人伦，美教化，移风俗"。诗歌承载着伦理教化的功能，试律取士，意味着采用更

---

① 梁启超：《中国近三百年学术史》，商务印书馆2014年版，第19页。
② 臧岳：《应试唐诗类释》，乾隆四十年刻本。

有效的手段从上到下的发挥诗歌的教化功能。毛张建在《试体唐诗·序》中提到："唐以诗取士，学者童而习之，自府试省试以上及乎朝庙应制之作莫不有取于诗，故人才蔚兴，凡卓然可称者不下数百家，后之为诗者舍唐则蔑由取法焉。……以天子鼓舞之盛心与名公卿乐育人才之至意，使朝庙无取乎诗则已，苟有取乎诗，不责之闱中而何责？不取法于唐，而何法？"① 以唐作例，认为唐代人才济济、民俗敦美皆因试律取士。人才多足以振家邦，民风淳足以资国运，以诗取士有利于社稷民生。"余读《尚书》至'元首明哉，股肱良哉'，辄掩卷三叹，以为古昔盛时，君臣一德，未尝不借歌咏为拜献之资。成周《雅》《颂》之作，祖其遗意，照耀古今。降自汉唐诸体毕备，学者腹笥便便，征才遣调于以抒吐凤之词，擅雕龙之技，安见古今人之不相及。"② "元首明哉，股肱良哉"出于《尚书》，描绘的是一幅君贤臣良的和谐画面，象征了政治清明，百废俱兴。而《雅》《颂》之作，秉其余音。汉唐以来，诗歌诸体皆备，试律传自《雅》《颂》，同样验证了社会稳定、国泰民安，也同样堪为拜献之资。言下之意，凡盛世必有试律。试律取士，可以教化百姓，共谋太平。

明代以八股取士，教化的任务由八股承担。论者将八股与试律作比，突出试律教化之功更为深刻久远。"盖上悬之为功令，有以鼓舞天下之士，俾习之专而传之久且远者如此也。近代制科专尚时文，其始盖亦取阐扬先圣贤之意以为修己治人之助，迨沿之既久，士多以苟且幸获为事，其于圣贤之意终未能讲明而切究之也。特为功令所束，不得不殚其心力于其间。有一二瑰异之士，欲从事于诗者，父兄必动色相戒，以为疏正业而妨进取。卒其所谓时文者体与古文异，虽佳亦不能传之久远，故士甫释褐即弃

---

① 毛张建：《试体唐诗·杂说》卷1，毛张建《试体唐诗》，康熙刻本。
② 叶忱、叶栋：《唐诗应试备体·凡例》，叶忱、叶栋《唐诗应试备体》，康熙五十四年最古园刻本。

若敝屣。"① 以八股取士的初衷本是阐扬先圣微言大义，但名利所及，反成为幸获之具，而所谓圣贤训导早已置之脑后。所以，必以诗歌继之，才能将圣贤大业传之久远。然而现实却是，士子皆不愿作诗，认为有碍于科举。因此，以试律取士势在必行，因其可以由上及下，作用于各个阶层，充分发挥教化功能，是承传圣贤大业的必要举措。《唐人省试诗笺·序》曰：

> 窃谓下之所趋，视乎上之意指之所向。王者化起官廷，而复被之政教，涵濡长养需之岁月，及其成也，虽《兔苴》之武夫，《江汉》之游女莫不潜移默化而不自知。乃叹先王风俗之美，良有由也。惟文章亦然。唐之君若臣，类皆制作钜手，一时唱和诸什固已传播海内。而其试士也，外而州府，内而礼闱，必以诗，虽有瑰奇拔出之才，可以驰骋上下，亦必俯首帖志，遵循尺度，以求一当。积之久而风尚成焉，二三百年间，公卿大夫，下逮野人女子，淄流羽士，以诗名家者不可胜数。②

以诗取士则不仅士人，天下人也皆以诗为重。风俗之美表现在武夫游女皆受教化，久之，风俗变而民风淳。民风淳厚是国家长治久安的基础，试律取士是国家发展之必然。

二 试律写作的规范化

试律取士，源于唐代，五代至元，时断时续，明代试八股，遂就此中绝。清代重议旧题，关键要证明试律作为科举文学的选士价值，也就是其是否具有觇人才华的功能。

---

① 毛张建：《试体唐诗·杂说》卷1，毛张建《试体唐诗》，康熙刻本。
② 顾桐村、朱辉珏：《唐人省试诗笺》，康熙刻本。

科举考试必以文，但所志不在文学，而是为了培养选拔官僚机构的后备人才，充实到封建王朝的执政体系中。所以科举文体要易于掌握而难于精湛，写作规范要易于遵守而难于取巧。对于选士价值的探讨，首先强调重法贵格为第一创作特点。法度是试律的首要体制特征，程式化写作更利于人才的公平选拔。"有唐用以试士，夫亦取其法严而格饬、意密而词赡。寒俭者不能为其有，才思杰出，涵緜邈而吐滂沛，亦不得稍轶轨于绳尺矩度之中，而肆焉以逞。"① 无论腹笥如何，都不可越法而作，充分体现出作为科举文学所应该具有的公平特点。"诗各有体，而体不自排律始。是编独先举排律者，急遵功令也。且排律体格庄重，法度严谨，对偶精工，字句警炼，声调流朗，叶韵稳称。有一逾此，便非全作。故唐代试士每多排律而限之以六韵，盖欲使作者不得漏与溢也。"② 此处的排律即指试律，论者从风格、创作手法、修辞、押韵等方面概括了法度的具体内涵，同样也强调了规范与程式所呈现出的统一标准。"局法者，规矩也，诗文以及百工技艺莫不由之。而今之为诗者，语以诗尚好句，则轩眉而喜，叩以法则默然。此非心畏其难，即漫持一不必然之论，宜其鲁莽决裂与古人相谬戾也。夫为室必先栋梁，栋梁弗具，榱桷莫施；为服必事缝纫，缝纫弗完，彩绣奚附。故予于分合照应处辄觏缕言之，盖欲竭其愚忠为才人墨士进刍荛之一得，并为诗道绝续计耳。"③ 此言将法度上升到诗道的高度，以为室、为服作喻，证明法度是创作的基础，如此凸显出法度作为试律最基本文体特征的地位，以之取士公正合理。

三 试律文体的包容性

文体自产生便具有自足性和排他性，即有文体自身内在的规定，外化

---

① 蒋鹏翮：《唐人五言排律诗论·例言》，蒋鹏翮《唐人五言排律诗论》，康熙五十四年刻本。
② 黄六鸿：《唐诗筌蹄集·凡例》，黄大鸿《唐诗筌蹄集》，乾隆十二年新刻本。
③ 毛张建：《试体唐诗·杂说》卷1，毛张建《试体唐诗》，康熙刻本。

为文体的规范和法度。从科举角度而言，觇人学识需要从多方面考察，仅从一种文体着眼确为片面。且士子专习一体，则无暇旁顾其他，个人发展不平衡，不利于治国安邦。八股取士受人诟病，原因大抵如此，试律取士则必须克服这一缺点。试律作为文体，同样有其内在机制。六韵成诗，因题而作，官方限韵都是由文体本身所决定的。但与其他文体不同的是其本身所具有的文体包容性。各种文体之间可以通过试律交融互渗，彼此联系。以试律取士，可以完美地解决考试内容只能顾及其一，不可兼及其余的弊端。

毛奇龄《唐人试帖》首为试律取士张本，书中提到八股起于试律的理论命题，将试律、八股两种文体联系起来，以试律为八股之源。

> 且世亦知试文、八比之何所昉乎？汉武以经义对策，而江都平津太子家令并起而应之，此试文所自始也。然而皆散文也。天下无散文而复其句、重其语、两叠其话言作对待者，惟唐制试士。改汉魏散诗而限以比语，有破题、有承题、有领比、颈比、腹比、后比，而然后结以收之。六韵之首尾即起结也，其中四韵即八比也，然则试文之八比视此矣。今日为试文亦目为八比，而试问八比之所自始，则茫然不晓。是试文且不知，何论为诗？①

此论并非毛奇龄首创。吴乔《答万季野诗问》中就提到类似观点。"又问：'布局如何？'答曰：'古诗如古文，其布局千变万化。七律颇似八比：首联如起讲、起头，次联如中比，三联如后比，末联如束题。但八比前、中、后一定，诗可以错综出之，为不同耳。'"② 同样以布局为依据，他指出七律与八比的共通之处。吴乔于康熙三十四年辞世，此论必早于毛

---

① 毛奇龄：《唐人试帖》，嘉庆六年听彝堂本。
② 吴乔：《答万季野诗问》，见王士禛《诗问四种》，齐鲁书社1985年版，第191页。

氏作序之康熙四十年。但前者论及七律，毛氏改之为试律；前者以八股文为比，明确七律布局之法，毛氏将试律与八股文联系得更为紧密，称八股源出试律。那么，既然可以八股取士，以试律取士当然更加顺理成章。

不仅八股，试律对于其他各种诗体均能兼容。"试诗仅一体耳，然长不病冗而短不病促，段落之起伏，章法之照应，胥于是焉。在可以扩之为五七言长篇而敛之为五七言八句，学者习之以为应时传世之具，莫善乎此。"① 试律虽然六韵，扩展可为长律，压缩可为律诗，这种创作弹性使其文体具有包容性和灵活性。"排律者仍是一首律诗也。中间排入四句，使两头略为通气。前二句不可上同于承，后二句不可下同于转。插此四句无伤于律，抽此四句无减于律，此排律之体也。"② 律诗本为八句，中间插入四句两韵，但并不具备独立的起承转合的句法功能，因而有或没有都可称律诗。此论将律诗与试律等量齐观，加两韵为试律，减两韵为律诗，说明试律本身具有的弹性空间足可以一概全。"排律，特诗中之一体，取今时最急者先之耳。然诗虽一体，而取材淹博，理识明通，无不裕各体之用。以此挹彼，何所不宜。"③ 以一体而涵盖其他，试律取士可以充分考察士子对多种文体的掌握和文学功底的深浅。

四　试律法度易学难工

科举文学面对的是广大的士子阶层，"易学"即要士子克服畏难情绪，敢于迎头而上，写作必须易于上手。程式化写作不仅士子易学，而且阅卷易评。合则留，不合则黜，标准整齐划一。然而，毕竟是选拔人才，挑选精英的考试，总会有一定的合格率和淘汰率。在思想内容与形式技巧都有

---

① 毛张建：《试体唐诗·杂说》卷1，毛张建《试体唐诗》，康熙刻本。
② 袁式宏：《唐诗应试排律笺注·唐诗六韵浅说·凡例》，袁式宏《唐诗应试排律笺注》，康熙刻本。
③ 黄六鸿：《唐诗筌蹄集·凡例》，黄大鸿《唐诗筌蹄集》，乾隆十二年新刻本。

设定的前提下要写出特色,表现不同凡俗的气质,确乎"难工"。因而,只要是程式化写作,往往浪里淘沙而佳作难求,唯其如此,才能达到甄选良才的目的。试律写作易学难工,完全符合科举考试的体裁要求。

清初期对法度的理解简单疏阔,以起承转合的章法为主要考察内容。一般来说,只要审题清楚,转折明白,确乎不难。"夫唐以此体取士,法最严。合则取之,不合则黜之。其诗具存,班班可得而考也。然其法不过前后解数及起承转合耳。而今之学者,易之以为不足学。若欲神明于法之中,而能变通于法之外,则有累十年而不能尽者,以是知诗法虽多而总归于解数。起承转合由是而之焉,方不堕于云雾中也。"① 法度严格,但无非起承转合,易于掌握。士子不学,只是因为尚未将试律划入科举体系之内。但同时,论者指出如果想要得乎神明,高人一等,则需要长期案头功夫,绝非投机取巧可求而得也。

此外,试律仍然属于律诗。虽然清人对试律并不熟悉,但五律的写法却并不陌生。"唐人试诗定为六韵,其体裁极斟酌。盖起承转合,五律已具,复加四句则途径宽,而题之精实处发挥愈畅,如是方足极才人能事。然至此则题境亦尽,苟有所加不过踵事增华而已,岂能更越范围之外?故六韵者,排律之纲领也。"② 论者看来,试律是在五律基础上外加四句,法度和五律亦大同小异,只是加大了内容空间,更利于发挥题旨而已。显然,此论对于试律的理解稍显浮浅,但实际上蒋鹏翮刻意言之,意在降低试律的写作难度,突出试律的选士价值。

最后,任何文体的掌握都需要从模仿开始,试律尤然。明代国运三百年,士子不闻试律。而今再度以试律取士,"夫不习之于平时而责之于一

---

① 袁式宏:《唐诗应试排律笺注·唐诗六韵浅说·凡例》,袁式宏《唐诗应试排律笺注》,康熙刻本。
② 蒋鹏翮:《唐人五言排律诗论·例言》,蒋鹏翮《唐人五言排律诗论》,康熙五十四年刻本。

第一章 清初到乾隆二十二年：试律诗学的发轫期

旦，求如古人之卓然可称也，不亦难乎？"① 但有唐诗为写作楷模和模仿对象，可以极大降低士子的畏难情绪。因此，初期论者不约而同采取尊唐，以唐为法的路数。以毛奇龄为首，作《唐人试帖》，不仅编选唐试律中的佳作，在具体评论中亦处处以唐为法。例如，评潘炎的《玉壶冰》，"即此见唐人点题周到如是"，以唐试律为评判标准。再如评张谓的《赋得落日山照曜》："始知唐诗原有仄韵律，孙月峰作《排律辨体》，特出仄律一门，非误也。"② 蒋鹏翮亦持此论："是书为应试设。唐人试诗犹八比文之程墨也，故以为主，而应制附焉，其闲适诸篇则又附及之，非是无以博其趣也。学者观此，其于是体思过半矣。"③ 程墨即学习的范本和模仿的对象。以唐试律为程墨，学习唐试律的写作技巧则可对于试律了解过半。何以化难为易，化繁为简，论者们提示士子学习的方法，剔除畏难情绪。毛张建《试体唐诗·序》曰："唐以诗取士，学者童而习之，自府试省试以上及乎朝庙应制之作莫不有取于诗，故人才蔚兴，凡卓然可称者不下数百家，后之为诗者舍唐则蔑由取法焉。"④ 以唐试律为法，有法可依是学习试律的必由之路。强调若"童而习之"，则"卓然可称"，鼓励士子积极主动地学习试律。

从以上四方面综合考量，试律的教化功能、程式化写作、文体的包容性和易学而难工的创作特征，都证明试律用于取士的可能性和必要性。有了诗学理论的准备，乾隆丁丑易表判为试律就可以事半功倍。《唐诗韶音笺注》引乾隆二十二年谕："嗣后会试第二场表文可易以五言八韵唐律一首。夫诗虽易学而难工，然宋之司马光尚自谓不能四六，故有能赋诗而不能作表之人，断无表文华赡可观而转不能成五字试帖者。况篇什既简，司

---

① 毛张建：《试体唐诗·杂说》卷1，毛张建《试体唐诗》，康熙刻本。
② 毛奇龄：《唐人试帖》卷1，嘉庆六年听彝堂本。
③ 蒋鹏翮：《唐人五言排律诗论·例言》，蒋鹏翮《唐人五言排律诗论》，康熙五十四年刻本。
④ 毛张建：《试体唐诗·杂说》卷1，毛张建《试体唐诗》，康熙刻本。

事者得以从容校阅，其工拙尤为易见。"① 从作文与评阅两个方面肯定了试律作为科举文学的选士功能，可作为对初期论者的理论回应。

第二节　毛奇龄试律诗学理论及影响

乾隆二十二年起，清代乡试、会试均增试律一首，各种唐试律选本纷至沓来。目前留存最早的是康熙四十年刊刻，由毛奇龄论定的《唐人试帖》。毛奇龄，浙江萧山人，世称西河先生。康熙十八年荐举赴博学鸿词科，列上卷，授翰林院检讨、充史馆纂修官。此后，"西河不负主知，其诗其文皆足上越唐宋而下掩后来。间尝以其诗比之少陵，以其所为文拟之吏部，觉少陵与吏部俱无以过。且即以其学而较之唐之孔仲达、陆德明、小司马、李善；宋之刘敞、洪迈、王应麟、马端临辈，而诸公所著皆能指其瑕而摘其颣。"② 毛奇龄集文人学者于一身，勤于写作，于经、史、文皆有论述，《四库全书》收录其作品多达四百余卷，在清初有极高的社会地位和影响力。康熙中叶，虽然有博学鸿词科提倡试律在前，但既乏选本宣传，又无理论承继，士子对试律知之甚少。毛奇龄《唐人试帖》的刊刻为清代诗学开拓一个新的发展领域，同时有效地向士子介绍了试律及其诗学观念，发展了试律诗学理论批评。

一　诗学理论框架

反思明代灭亡，有识之士顺理成章地迁怒于明代的八股文，改革科举的议案从清初便接连不断。康熙博学鸿词考试以《璇玑玉衡赋》《省耕诗》五言排律二十韵为题，表明了当权者重建诗赋取士制度的意图。然而，面

---

① 沈廷芳：《唐诗韶音笺注》，乾隆二十四年刻本。
② 毛奇龄：《毛西河先生全集》，康熙刻本。

第一章　清初到乾隆二十二年：试律诗学的发轫期

对突如其来的挑战，士子显然不知该如何面对。清承明制，唯重八股，士子之于作诗不免懈怠，诗歌发展难以为继。乾隆时期，文人蒋世铨提到"吾乡自渊明以下，代多作者，数十年来老成凋谢，后生有才之士或专力八股文，弃诗不为或为之而不求其至……于是经生工诗者益希"。① 功令所指，士之所归，诗歌艺术链条被人为阻断。另一方面，唐代以诗取士，后世论及试律诗学者代不乏人。然而，"宋人已有论及省试诗之文字，元明人对试律之批评、总结，显然多于有宋，但都略显凌乱、破碎，不足为论"②。清初士子对于试律非常陌生。钱起的《省试湘灵鼓瑟》是试律中脍炙人口的名篇，它符合试律的创作规范，不能用一般别体诗的标准去衡量。然而《唐人试帖》载："（毛奇龄）住在扬州，与王于一论诗。王谓钱诗固佳，而起尚朴僿。相此题意，当有飘渺之致，霎然而起，不当缠绕题字。时余不置辨，但口诵陈季首句'神女泛瑶瑟'，庄若讷首句'帝子鸣金瑟'，谓此题多如是，王便默然。盖诗法不传久矣。"③ 可见，围绕题目进行破题、承题恰是试律创作的基本要求。王于一不知以为知，他的"飘渺"之说若论别体诗则可，若论及试律则不免贻笑大方。清代以前，试律的科举退场再加上理论探讨的缺失，其体制特征和创作要求的确不为人所熟知，恰如毛奇龄所言："古人制题之法，今人不晓矣。"④ 所以，士子所面对的是朝廷有意试律取士与缺乏诗学理论指导和训练的窘境。这就是毛奇龄试律理论阐发的主要目的，如其评孟封的《行不由径》所言："录此以备诗体。"⑤ 即明确试律的文体特征，宣传和普及试律的写作规范和美学原则，以适应清初科举取士的政治需求。

首先，必须明辨体制，通过试律之间或者试律与其他文体的比较，达

---

① 徐文弼：《诗法度针》，藻文堂刻本。
② 彭国忠：《〈唐人试律说〉：纪昀的试律诗学建构》，《文艺理论研究》2014年第5期。
③ 毛奇龄：《唐人试帖》卷2，嘉庆六年听彝堂本。
④ 毛奇龄：《唐人试帖》卷1，嘉庆六年听彝堂本。
⑤ 同上书，卷2。

到对其内在的质的规定性的把握，即给试律以准确定位。

> 夫诗有由始，今之诗非风雅颂也，非汉魏六朝所谓乐府与古诗也，律也。律则专为试而设。唐以前诗几有所谓四韵、六韵、八韵者？而试始有之。唐以前诗又何曾限以三声、四声、三十部、一百七部之官韵，而试始限之。是今之所谓诗律也，试诗也。乃人曰为律，曰限官韵，而试问以唐之试诗则茫然不晓。是诗且不知，何论声律？①

所谓"今之诗"特指试律。附会《诗经》或者乐府古诗已经成为提高文学品格的不二法门，尤其是一些非正统被鄙薄的文体，小说、戏曲无不如是。试律是科举文学，具有士人所不齿的仕途经济的世俗气，若其源于《诗经》，则显得出身高贵。然而毛奇龄并未人云亦云，他指出从《诗经》到乐府、古诗都没有格式押韵的限制，更不用说规定官韵，因此它们不是试律的源头。唐代科举取士，试律应运而生，诗歌才由古诗变为律诗。清代试律就是唐代试律的延续，与《诗经》等无关。这种观点之错误不言自明，律诗产生过程中，南北朝绝对是其重要发展阶段，但认为唐试律即试律的源头则可见毛奇龄更具有现代学者突破传统的理性精神。

既然由唐试律发展而来，就要肯定它的典范作用。毛奇龄在传统诗歌审美趣味上认同格调派，在试律诗学理论中同样倡导尊唐。"自无学者谓唐诗笼统，不知唐诗最刻画。曾读唐人试诗否？当光化戊午年长安省试，其题是《春草碧色》。时中式进士为殷文珪、王毂等皆用题'春'字作韵。其诗有'嫩叶舒烟际，微香动水滨。金塘明夕照，辇路惹芳尘'诸句。郑子真见之，以为未尽其义，因别作一诗，中有'窗纱横映砌，袍袖半遮茵。天借新晴色，云饶落日春。风光垂处合，眉黛看时颦'，何刻画也！"②

---

① 毛奇龄：《唐人试帖》，嘉庆六年听彝堂本。
② 毛奇龄：《西河诗话》卷6，嘉庆间重修本。

评宋华的《海上生明月》曰:"制题当中尚存颢气,初唐之殊于后来如此。"① 评潘炎的《玉壶冰》:"即此见唐人点题周到如是。"② 评濮阳瓘的《京兆府试出笼鹘》:"六朝《游猎篇》逊此劲爽,遂为三唐绝作。"③ 在毛奇龄看来,唐试律无论语言的表现力,诗歌境界的营造,还是审题的能力都妙绝千古,必须维护唐试律的正统地位和典范作用。

一般律诗与试律显然是有区别的。毛奇龄为了说明试律的特点,在首先肯定二者创作具有相似点的前提下,提到:

> 七律作法与试律无异,忆丙午年避人在湖西,长至夜饮施愚山使君官舍。愚山偶论王维、岑参、杜甫和贾至《早朝》诗,惟杜甫无法,坐客怫然。予解曰:"徐之,往有客亦主此说,予责其或过。客曰:'不然。律法极细。吾第论其粗者。律,律也。既题《早朝》,则"鸡鸣""晓钟""衣冠""阊阖",律法如是矣。王维歉于岑参者,岑能以'花迎'、'柳拂','阳春一曲',补舍人原唱'春色'二字,则王稍减耳。其他则无不同者。何则?律,故也。杜既不然。王母仙桃,非朝事也。堂成而燕雀贺,非朝时境也。五夜便日暖耶?舛也。且日暖非早时也。若夫旌旗之动,宫殿之高,未尝朝者也。曰朝罢,乱也。诗成与早朝半四句,乏主客也。如是非律矣。'予时无以应。然则愚山之论,此岂过耶?"④

安史之乱后,中书舍人贾至下朝后写诗赞叹唐朝中兴气象,杜甫亦有和作,即《奉和贾至舍人早朝大明宫》。原诗为:"五夜漏声催晓箭,九重春色醉仙桃。旌旗日暖龙蛇动,宫殿风微燕雀高。朝罢香烟携满袖,诗成

---

① 毛奇龄:《唐人试帖》卷1,嘉庆六年听彝堂本。
② 同上。
③ 同上。
④ 毛奇龄:《唐人试帖》卷4,嘉庆六年听彝堂本。

珠玉在挥毫。欲知世掌丝纶美，池上于今有凤毛。"这当然不属于试律的范畴，但正如施润章所说，假设肯定杜甫所作《早朝》属于试律，那么它是不符合试律的写作规范的。诗中所提到的并非朝堂之事，更非上朝之后；五夜即黎明时分，还谈不上"日暖"，如此破题就不得法。另外，一共八句诗，只有四句点题，其他是对贾至的恭维，脱离题目，所以施润章说杜甫"无法"。在传统诗歌领域内，如此评价杜诗，显然有"大不敬"之嫌，但用试律创作标准衡量，杜诗的确不符合法度。毛奇龄引用此事，也证明了对其观点的赞同。在律诗与试律的比较中强调后者的法度规范，尤其在于围绕题面破题、承题，且不能随心所欲地"出题"。

除此之外，还有试律与应制诗的比较。"唐有应试、应制二体。特应制无专本，且其体有七律、长律，但即事而不命题，与应试稍异，若其赋诗之法，则无不一辙。考应制与制科不同，无去取甲乙……持此虽与制科异，而甲乙去取，不异放榜，则虽谓之制科亦得耳。"① 通过比较，说明二者作法一致，都可以判定名次，区别是后者命题而作，并且有固定的形式要求。

毛奇龄最为重视试律与八比的联系。他在《唐人试帖·序》中提到："天下无散文而复其句、重其语、两叠其话言作对待者，惟唐制试士改汉魏散诗而限以比语，有破题、有承题、有颔比、颈比、腹比、后比，而然后以结收之。六韵之首尾即起结也，其中四韵即八比也，然则试文之八比视此矣。今日为试文亦目为八比，而试问八比之所自始，则茫然不晓。是试文且不知，何论为诗？"② 在详细比较了八比和试律的结构特征后，他指出试律六韵，中间四韵等同于八比之八股。另外两韵即八比之破题、结尾，所以八比是从唐试律演变而来。评张濯的《迎春东郊》："……（此）

---

① 毛奇龄：《唐人试帖》卷1，嘉庆六年听彝堂本。
② 毛奇龄：《唐人试帖》，嘉庆六年听彝堂本。

皆以经书出题，前此试士并未有此，固知八比始试诗也。"① 毛氏举出了从经书出题的试律，由此证明八比始于试律。虽然有以偏概全之嫌，结论并不可靠，但是试律与八比皆是因题而作，都要在有限的时间内完成规定格式的写作，做到起承转合、由浅入深，达到一定的体制要求，这的确有可比性。另外，此时士子最精通者莫过于八比。八股文起承转合的思维模式经过几百年的不断加强早就成为世人头脑中固有的定式，用八比的结构特点来解说试律的布局方式，不失为一种化繁为简的捷径。纪昀也赞同此法："然其（毛奇龄）谓试律之法同于八比，则确论不磨。夫起承转合、虚实浅深，为八比者类知之；审题命意、因题布局，为八比者亦类知之。"② 乾隆末年叶葆在《应试诗法浅说》中提到"初学习文，其于破题、承题、前比、中比、后比、结题之法讲之久矣。今仍以文法解诗，理自易明"。③ 以八比解诗对于普及试律写作方法来说确为明智之举。

其次，重法贵格。法，即律也，是试律创作必须遵循的法度；格，即规范、格式，是从形式方面来要求。"及格"是合乎规范，反之则称为"佚格"。遵守法度、合乎规范是试律创作的关键，除了有利于国家抡才，也有助于对试律的把握。毛奇龄为试律创作树立法则，并且率先垂范，运用于诗歌评论中。祖咏的《终南积雪》在唐试律中卓尔不群，堪称咏雪佳作。诗云："终南阴岭秀，积雪浮云端。林表明霁色，城中增暮寒。"毛奇龄评曰："按本事，咏应试赋此题才得四句，即纳于有司，或诘之，咏曰：'意尽'。据此，则试无二韵者，此咏自为之，非官限也。二韵已破例，不用题字，则更非例矣，不知当时何以有此。"④ 一般试律为五言六韵十二句，极少八韵或四韵。此为二韵，律诗尚且不是，又何谈试律。这首诗确

---

① 毛奇龄：《唐人试帖》卷1，嘉庆六年听彝堂本。
② 纪昀：《我法集·跋》，纪昀《我法集》，嘉庆五年刻本。
③ 叶葆：《应试诗法浅说》，嘉庆间悔读斋重修本。
④ 毛奇龄：《唐人试帖》卷1，嘉庆六年听彝堂本。

为唐试律中的特例，却足称唐诗中上品。后人论述颇多，但大多从审美角度鉴赏。即便同是试律诗学理论著作，也只是专注于它的艺术笔法。如康熙末年叶忱的《唐诗应试备体》评《终南积雪》："上句先破终南，用'阴岭秀'以含下'积雪'。下句承出积雪，用'浮云端'，又抱上'终南'，得不尽之意。"① 纪昀在《唐人试律说》中评："三句写积雪之状，四句写积雪之神，各隐然含'终南'二字。随口读之，是积雪，非新雪；是高山积雪，非平原积雪。"② 纪昀特重诗法，然而如此失法之处却视而不见，对试律法度规范的把握尚不及前人，怪哉！只有毛奇龄对这首诗存乎试律表示质疑，其重法可见一斑。

毛奇龄对于创作法度的阐述散见于诗歌评点中，其中主要有审题法、句法、押韵法、调度法。

试律因题而作，准确的审题是创作的起点，这是它文体的主要特征。试律通常要求起句破题，颔比承题，四句完题。通过考察作品，毛奇龄归纳出审题五法包括：①点注法，对应解释题字。如评李虞中的《府试初日照凤楼》起句"旭景开宸极，朝阳烛帝居"为"此以对起，作点注法"。③ "旭景""朝阳"点"日"，"宸极""帝居"点"凤楼"，这种方法最为常见。②直述法，直接重复题目。如评王泠然的《馆试古木卧平沙》起句"古木卧平沙，摧残岁月赊"为"直述一句，亦一作法"。④ 此法简单易行，但缺乏文采。③议论法，表达对题目的态度观点。如评孟封的《省试行不由径》"欲速竟何成，康庄亦砥平。天衢皆利往，吾道本方行"为"此以议论制题法"。⑤ 作者借题发挥，表明君子应光明磊落、正道直行。此法最可突显士子的逻辑思维能力。④破意法，转述题意。如评郑谷的

---

① 叶忱、叶栋：《唐诗应试备体·补遗》，康熙五十四年最古园刻本。
② 纪昀：《唐人试律说》，山渊堂重刻本。
③ 毛奇龄：《唐人试帖》卷1，嘉庆六年听彝堂本。
④ 同上。
⑤ 毛奇龄：《唐人试帖》卷2，嘉庆六年听彝堂本。

《京兆府试残月如新月》"荣落谁相似,初终却一般"为"不用题一字,而'新''残''如'字俱见,此破意之法"。① ⑤补题法,补充题目出处,或与题目有关其他内容。如评钱起的《湘灵鼓瑟》"善鼓云和瑟,尝闻帝子灵。冯夷空自舞,楚客不堪听"为"承点屈平一句,亦补题法"②。此题出于屈原《楚辞·远游》"使湘灵鼓瑟兮,令海若舞冯夷"句,承题补充原文和作者。乾隆时期,为严格考察士子的学术功底,诗中必点题目出处,此法就比较普遍了。此外还有特例。试律题目一般从集部中选取,最少两字,长题极少。毛氏评崔立之的《南至日隔仗望含元殿炉烟》曰:"四句虽完题,而无'隔仗'字,此长题次第也。"③ 说明长题题字不必全部点出。

除此之外,审题不当的情况分为三种。如评刘得仁的《京兆府试目极千里》曰:"茀以'低眉'起'目'字,反过巧耳。"④ 以"眉"来点"目",属于过分审题。评孔温业的《赋得鸟散余花落》起句"美景春堪赏,芳园白日斜"为"起太无着"。⑤ 起句必须点题,而"美景""芳园""白日"都与题目无关,是为"无着"。评韩愈的《精卫衔石填海》"人皆讥造次,我独赏专精"为"出题"。⑥ 试律要围绕题面敷衍开去,不可"精骛八极,心游万仞",离题而作,否则即为出题。

句法包括起句法和结句法,毛氏更重结句。如评童汉卿的《省试昆明池织女石》"还如朝镜里,形影自分明"为"关合祈请,浑化极矣。试诗必如此,方是完作"。⑦ 结尾写祈请,是最常见的收束方式。此外,也可以

---

① 毛奇龄:《唐人试帖》卷4,嘉庆六年听彝堂本。
② 同上书,卷2。
③ 同上。
④ 同上书,卷4。
⑤ 毛奇龄:《唐人试帖》卷2,嘉庆六年听彝堂本。
⑥ 同上。
⑦ 同上书,卷1。

颂圣或者称扬主司。评令狐楚的《青云干吕》尾联"恭惟汉武帝，余烈尚氤氲"为"直作颂语，体法一变"。① 评刘得仁的《京城府试目极千里》尾联"如何当霁日，无物翳平川"为"借言主司明也"。在句子构成上，毛奇龄指出唐试律中有用虚词组句，以文为诗的现象。如评张籍的《省试行不由径》"从易众所欲，安邪患亦生"为"是以文句入诗法，然终非俊语"。以文为诗虽然别出心裁，但对诗歌的表现力并无助益。评刘得仁的《京兆府试目极千里》"此心常极矣，纵目忽超然"为"以文句行诗，与题不合"。唐试律中以文为诗并不多见，毛氏遂认为不符合试律的写作规范。事实上，随着试律创作水平的提高，乾隆时期的以文为诗已经非常普遍，这是他无法预见的。

对于押韵之法，毛奇龄着眼于特例。评潘炎的《玉壶冰》："试帖限六韵，偶有八韵者。一是主司所限如《玄元皇帝应见帖》，举子皆八韵，则官限者也。一是举子自增，如此诗八韵，王季友诗仍六韵。《迎春东郊帖》，张濯八韵，王绰仍六韵，则举子自增者也。"② 唐试律一般押六韵，偶有八韵、四韵。试律通常押平声韵，也有押仄韵的。评张谓的《赋得落日山照曜》："题有无平字者，如《石鼓》《玉烛》类，必用仄韵。故题字平仄俱见者，亦任其择用，始知唐诗原有仄韵律。"③ 唐试律处于诗赋取士的初始阶段，法度尚未严明，创作相对自由。

试律要求在有限的时间内写出多组对偶句并形成有机的整体，如何布局谋篇就成为构思的关键。以偶句拼凑成文，意脉混乱、次第不明可说是试律的大忌。另外，同一联放在不同的位置产生的审美效果截然不同。评钱起的《湘灵鼓瑟》曰："此题所见凡五首，然多相袭句。如钱诗最警是'流水''曲终'四句，然庄若讷诗有'悲风丝上断，流水曲中长'句，

---

① 毛奇龄：《唐人试帖》卷2，嘉庆六年听彝堂本。
② 毛奇龄：《唐人试帖》卷1，嘉庆六年听彝堂本。
③ 同上。

陈季、魏璀诗俱有'曲里暮山青''数曲暮山青'句。始知诗贵调度，此诗调度佳原不止以江上数峰见飘渺也。善观者自晓耳。"① 对于士子而言，写上一两联警句并非难事，关键是如何调配才能恰到好处，发挥点睛作用。"调度"要求作者从宏观着眼，把握全篇结构，避免无次第拼凑成文。纪昀就是所谓"善观者"，他认同毛奇龄的调度之法，评陈季的《湘灵鼓瑟》曰：

> "暮山青"语略同钱作，然钱置于篇末，故有远神，此置于联中，不过寻常好句。西河调度之说，诚至论也。此如"大江流日夜，客心悲未央"，"怅一秋风时，余临石头濑"，作发端则超妙，试在篇中则凡语。"客鬓行如此，沧波坐渺然。问我今何适，天台访石桥"，作颔联则挺拔，设在结句则索然。此意当参。②

纪昀更加详细地指明"调度说"的概念内涵，并将之延展到了试律创作的布局与构思方面，与毛奇龄隔空呼应。

最后，试律承载着士人对世俗名利的全部想象，似乎与生俱来就是禄蠹的代名词，因而品格低下。纪昀就曾提到"试律体卑，作者率不屑留意"。③ 文人一边热心科举，一边从心底轻视试律。毛奇龄同样如此，如评焦郁的《赋得白云向空尽》："六语刻画殆尽，亦试帖有数之作。"④ 他认为从艺术价值考虑，试律佳作无多。与众不同的是，毛奇龄并未就此止步，反而创造性地致力于提高试律的文学品格位审美价值。

第一，毛奇龄借鉴别体诗论中"奇""神""俊""妙"等美学概念，既守法度，又突破绳尺，着力提高试律的审美价值。试律首先要符合规

---

① 毛奇龄：《唐人试帖》卷2，嘉庆六年听彝堂本。
② 纪昀：《唐人试律说·序》，纪昀《唐人试律说》，山渊堂重刻本。
③ 纪昀：《唐人试律说》，山渊堂重刻本。
④ 毛奇龄：《唐人试帖》卷3，嘉庆六年听彝堂本。

范，可也是因为这一要求，容易程式化、教条化。但它又和八比不同，不用"替圣人代言"，具有相对自由度。所以，毛奇龄强调士子应该在准确把握题目的基础上，运用丰富的思维想象能力，巧妙构思、出色布局，突破形式局限达到神奇的"有法而无法"的艺术境界。"奇"指构思思路开阔、新颖独特。如评《府试古镜》："即以镜合试事，大奇。"① 评郭求的《日暖万年枝》："上句实赋日暖，下句实赋万年枝，奇绝。"② "神""俊"则要求作者善于刻画，有超乎寻常的语言表现力。如评钟辂的《猴山月夜闻王子晋吹笙》："以无声反见闻笙，且合'夜'字，神来之句。"③ 评濮阳瓘的《京兆府试出笼鹘》："二语写'出笼'神笔。"④ 都指作者笔力超群，"妙"则专指写作技巧超妙。评郑谷的《京兆府试残月如新月》："屈指期轮满，何心谓影残"为"屈指、何心对妙"，⑤ 即针对修辞笔法而言。反之，语言寡淡、构思平俗，则斥之为"劣"或"拙"。如评周徹的《尚书郎上直闻春漏》结句"高台闲自听，非是驻征轮"为"言上直也，但句劣矣"。⑥ 符合法度，但语言缺乏文采，也非上乘之作。评孔温业的《赋得鸟散余花落》："共看飞好鸟，复见落余花"为"截然分对，亦未的确"。⑦ 对仗死板，缺乏灵动之气，更谈不上神妙。

　　第二，毛奇龄首次在试律诗学范畴内提出"自然"的审美标准。天工自然是别体诗的最高境界，试律的文体规范似乎与之毫无关联。创作环境的不"自然"，写作目的的功利性都决定了一切只能刻意为之。风檐寸晷，命题作文，无数清规戒律，实在无法"自然"。然而，以自然之真美来补

---

① 毛奇龄：《唐人试帖》卷1，嘉庆六年听彝堂本。
② 同上书，卷2。
③ 同上书，卷4。
④ 同上书，卷1。
⑤ 同上书，卷4。
⑥ 毛奇龄：《唐人试帖》卷2，嘉庆六年听彝堂本。
⑦ 同上。

第一章　清初到乾隆二十二年：试律诗学的发轫期

救试律人工雕琢的板滞之态，达到这一古典美学的艺术境界却是提高文学品位的必由之路。毛奇龄评裴杞的《风光草际浮》："自然卷舒，全不见纂组之迹"，① 达到意脉流淌，随物赋形，不见斧凿之痕正是文学创作最高的艺术标准。同样希望提高试律品位的纪昀亦持此论，其评《赋得栖烟一点明》曰："此题是神来之句，所以胜四灵者，彼是刻意雕镂，此是自然高妙。当时终日苦吟，乃得此一句，形容难状之景，终未成篇。今更形容此句，岂非剪彩之花持对春风红紫乎？"② 剪叶裁花，虽然五色俱备，却终乏天然造就迎风摇曳的活力神采。用古典美学自然的审美观来向别体诗靠拢，不失为一种提升试律的文学品位之法。

第三，提高创作主体的精神品格。作家由于个性禀赋的差异，在试律中便会呈现不同的风格特征，即文"气"不同。公乘亿的《郎官上应列宿》前两联曰："北极伫文昌，南宫早拜郎。紫泥乘帝泽，银印佩天光"，作者自诩为文曲星，总有一日会得到皇帝亲笔题名，封侯拜相。祈请而不猥琐，文辞间流动着"舍我其谁"的雄豪霸气。毛奇龄对之颇为赞赏，评为"绝不似制题，但以青壮之气行之。此三昧法也"。③ 与之相似的还有其评宋华的《海上生明月》："制题当中尚存颢气，初唐之殊于后来如此。"④ 肯定此诗异于后世诸多平庸干谒之作，具有清朗博大之气。

士子为功令所驱，不得不低眉折腰，英雄气短。他们在诗中祈请干谒，颂圣称扬，压缩自我甚至摇尾乞怜，这是最为毛奇龄所不满的一点。他引唐中宗景龙年间上官昭容评沈佺期、宋之问二人诗作语曰："二诗功力悉敌，但沈落句云'微臣凋朽质，羞睹豫章才'，词气已竭，不如宋诗云'不愁明月尽，自有夜珠来'，犹陡健举。"⑤ 相对沈佺期的妄自菲薄，

---

① 毛奇龄：《唐人试帖》卷2，嘉庆六年听彝堂本。
② 纪昀：《我法集》卷上，嘉庆五年刻本。
③ 毛奇龄：《唐人试帖》卷4，嘉庆六年听彝堂本。
④ 同上书，卷1。
⑤ 同上书，卷4。

更加肯定宋之问结句的乐观气度。如果词气欠缺，即便符合格式法度，审美价值也会大打折扣。反之，则无伤大雅。评喻凫的《监试夜雨滴空阶》尾联"病身惟辗转，谁见此时怀"云："结无丐态，甚佳。特词稍未俊耳。"① "气"指作家的精神气质和个性特征，以及二者在诗歌中的反映。毛奇龄所倡导的是正大阳刚的精神力量，清朗劲健的艺术风格。初唐自信昂扬的社会心态下所产生的"颢气""青壮之气"正是此后试律创作所缺乏的。如果无法做到大气磅礴，那也不能直接表露干请之意，而要含而不露、婉转陈情。评无名氏的《广州试越台怀古》尾联"不堪登览处，花落与花开"为"结不露干请意，只自伤沉滞，亦是一法"。② 升华主体的精神品格，从而提高试律的文学品格，这种修养论也被纪昀所继承，他提出："气不炼，则雕镂工丽仅为土偶之衣冠；神不炼，则意言并尽，兴象不远，虽不失尺寸，犹凡笔也。"③ 所不同的是，毛奇龄的"气"仅意味作家的精神气质，而纪昀的"气""神"则扩展开去，包括精神、学力、识见等多方面，并在他的基础上提出炼气、炼神，论述更为深入，范围更加广泛。

二 试律诗学的理论影响

毛奇龄在学术史上的评价毁誉参半。贬之者有之，如全祖望的《萧山毛检讨别传》中提道："则其中（《西河全集》）有造为典故以欺人者，有造为师承以示人有本者，有前人之误已经辨证而尚袭其误而不知者，有信口臆说者，有不考古而妄言者，有前人之言本有出而妄斥为无稽者，有因一言之误而诬其终身者，有贸然引证而不知其非者，有改古书以就己者。"他对毛奇龄的学术品格进行全面否定。但他也不得不承认"使其平心易气

---

① 毛奇龄：《唐人试帖》卷4，嘉庆六年听彝堂本。
② 同上。
③ 纪昀：《唐人试律说·序》，纪昀《唐人试律说》，山渊堂重刻本。

第一章　清初到乾隆二十二年：试律诗学的发轫期

以立言，其足以附翼儒苑无疑也"。① 赞之者亦有之。阮元的《毛西河检讨全集·后序》曰："至于古文诗词，后人得其一，已足以自立于千古。而检讨犹不欲以留于世，则其长固不可以一端尽矣……乡先生（毛奇龄）之书有以通神智而开蒙塞。人蓄一编以教子弟，所藉以兴起者较之研求注疏，其取径为尤捷。余囊喜观是集，得力颇多。惟愿诸生其置案头，读之足胜名师十辈矣。"② 他高度评价了毛奇龄不求名利的品德和学贯古今的成就。如此天差地别的评价出现在一个人身上，本身就昭示着毛奇龄的学术影响。

在纪昀的《唐人试律说》之前，毛奇龄的《唐人试帖》无疑是对士人影响最为深远的一部试律诗学理论著作。

首先，以八比解诗除了为士子提供一个可操作的试律解析方法外，还形成了以八比评诗的批评模式，即用起承转合的思维方式分析试律。乾隆二十二年刊刻的徐曰琏的《唐人五言长律清丽集》引用的汪东浦关于五言六韵作法的评论几乎全篇都是在毛奇龄八比解诗的理论上延展而来，不过加上了每一联的结构功能和艺术手法。乾隆五十四年叶葆的《应试诗法浅说》中列举了《诗法浅说十八则》，其中包括"篇法浅说""破题法浅说""承题法""提比中比联浅说""后比联浅说""末韵收题法浅说"等，也是通过八比评诗来解说诗法。毛氏此说原是想纠正士子不了解试律写作程式而拼凑无次第的毛病。遗憾的是，到了清代末年这依然是试律写作的通病，八比解诗的方法也依然应用于评点解诗中。如同治十二年刊刻的《棣萼山房试帖》引用汪少霞的点评就采取的这一传统方法，评《明皇羯鼓催花》："起态度安闲，毫不费力，承联衬托雅切，三四五舒卷自如，方家举止。六，一唱三叹，其声动心乐不可极，隐然于言外观之。结有情致。"③

---

① 全祖望：《鲒埼亭集·外编》卷12，嘉庆十六年刻本。
② 阮元：《研经室二集》卷7，续修四库全书本，第1479册，第156页。
③ 王葆修：《棣萼山房试帖》卷1，同治十二年刻本。

可见，毛奇龄的试律理论为后世提供了作诗和解诗的途径和方法，是试律诗学重要的理论资源。

其次，与之前在作品接受基础上的鉴赏、印象式点评不同，毛奇龄的批评受清初疑古惑经的思潮影响，是建立在怀疑基础上的。作为清初朴学的先驱，毛奇龄把朴学的考证方法、求实精神与诗学批评结合在一起，力求无征不信、实事求是。他没有将理论批评等同于客观阐释，而是以学术论诗，视之为学术研究。比如在审题法的论述中，通过对具体作品点评继而归纳总结，既有正面典范，也有反面例证，更有特例解析。评徐敞的《圆灵水镜》："水镜，旧本误作冰镜，以致元人作《韵府》者，亦以'冰'字收入韵脚，不知是题出自《月赋》，其下接以'周除冰净'。安得先犯'冰'字耶？"① 有实证，《月赋》原句就是"水镜"；有推理，原文一句之中不可能出现两个"冰"字。这种解析方式与朴学之考据别无二致，大大加强了试律诗学理论的专门性和学术性，与以往"以资闲谈"的随笔体悟迥乎不同。以学术论诗的方法在乾嘉朴学兴盛时期颇为流行。如纪昀的《我法集》中评《赋得野竹上青霄》曰："野竹在地，何以能到青霄？再加上一'上'字，意似运动之物，益不可解。盖山麓土坡陂陀渐叠渐高，竹延缘滋长，趁势行鞭，亦步步渐上，长到高处，故自园边水际望之如在天半也，从此着想，'上'字方不虚设，否则是赋得山顶竹矣。"② 显然，在毛奇龄的影响下，朴学考据求实的精神已经渗入试律诗学理论批评中，使之更具清代独有的学者气质。

最后，《唐人诗帖》是清代最早最有影响力的试律诗学理论著作，毛奇龄所提出的审美原则和创作规律在后世理论批评中多有余绪。批评家或以之为典范，直接引述他的观点，或认之为标靶，对其观点做出延伸性探

---

① 毛奇龄：《唐人试帖》卷4，嘉庆六年听彝堂本。
② 纪昀：《我法集》卷上，嘉庆五年刻本。

讨。乾隆时朱琰在《唐试律笺·发凡》中提出："西河《唐人试帖》四卷，诗一百五十九首，近人传诵，其中纰漏甚多，已于诗下辩证一二。"①但同时也承认毛奇龄的改写亦有较胜诸本之处。"毛本多改字，所改往往未妥。有可从，亦必存之，注曰：毛作某。若较胜诸本。间取一二字，则曰从毛本改，盖不欲忘所自也。"康熙五十四年的《唐诗应试备体》显然与《唐人试帖》具有理论上的继承关系，甚至在措辞上都十分相似。如叶忱在《唐诗应试备体·凡例》中提到"唐人应试诗为八比之所由始"，"应试诗原限六韵……此一定之体格。至或有八韵，有四韵者皆主司所限，非试诗体格之正也"②。此与毛奇龄评潘炎的《玉壶冰》之语如出一辙。当然，学界也不全是对毛氏理论随声附和的。如叶忱的侄子叶栋就在《唐诗应试备体·序》中提出了和毛氏完全不同的观点："此（八股）与诗学渺不相及者也，至于登高作赋，遇物能名，才人学士往往各出所见，抒写性灵则又别为一体。"③在他看来，八股属于科举文学，和抒情表意的诗歌完全不同，对毛奇龄八比始于试律的观点表示质疑。

在清代试律诗学理论建构中，毛奇龄是不可或缺的第一个环节。清末吴蓉的《守砚斋试帖序》曰：

> 国家自乾隆丁丑会试易表文以唐律，限五言八韵名曰试帖，尔后由州郡考迄廷试靡不系焉，而试差尤重。诚以是事也非含王李之韵，秋矩而春规；撷江鲍之腴，雕今而润古，则重台叠屋，既以铺叙紊次而失谋篇，牛鬼蛇神；又以陶浣不精而伤雅道。是以西河毛氏、河间纪公，提倡元音，标举程式，嗣是作者代有其人。④

---

① 朱琰：《唐试律笺》，乾隆二十二年刻本。
② 叶忱、叶栋：《唐诗应试备体·凡例》，叶忱、叶栋《唐诗应试备体》，康熙五十四年最古园刻本。
③ 同上。
④ 王祖光：《守砚斋试帖》，光绪二十四年刻本。

从清初对试律的不甚了了到乾隆时期对诗学的深入探讨,毛奇龄可谓厥功至伟。虽然他的理论显得零散而缺乏系统性,甚至有些观点仍值得商榷,但也足称为最有影响力和开拓性的诗论家。他首开试律诗学理论批评之先河,为清代试律诗学理论的构建奠定了基础。

第三节 试律诗学理论的初步构建

试律起于唐,兴于唐,但试律诗学发展却明显滞后于诗歌创作。唐代之后,科举虽仍有试律取士,但理论却零散无序。明代独重八股,试律诗学理论遂呈断流,与其他文体相比,处于明显弱势。诗学的发展离不开对既有理论的批判和继承,在创作实践的基础上对以往的理论批评或批判而自树立,或继承而尚因循,古典诗学莫不如是。清代试律诗学似乎游离出了这个模式。乾隆二十二年之前,尚未正式将试律列入官僚遴选体制中,但诗论家已经敏锐地觉察到试律取士的前奏,试律诗学遂作为对朝廷政令的积极回应破空而来。清人在缺乏当代创作实践的前提下,通过对唐代试律的评点以及注释,以唐试律选本的形式,进行清代试律诗学理论的初步构建。

八股取士,消磨了士子对试律的记忆。功令所系,兴趣所至,古今皆然。试律甚至连同别体诗一起都难逃被冷落的厄运。康熙末年"诗道之不明于世也,久矣。高旷者骋其才而不究所归,卑靡者疏于法而莫得其绪,是以言诗者多而其理益晦。古人之诗皆源于性情法律,犹万窍同号于一风,众流俱纳于溟海,咸有其经谈,岂更仆也。且夫《三百篇》,《十九首》之旨,世固有无能晰之者,其论唐诗亦复率多臆见"。[①]《诗经》为诗之源,《古诗十九首》为诗之母,此二者都混淆不堪,遑论其他。可以想

---

① 袁式宏:《唐诗应试排律笺注·序》,袁式宏《唐诗应试排律笺注》,康熙刻本。

见，试律的写作水平和理论发展都无法满足科举选士的需要。因此，理论构建首先应对的是士子对试律认识上的混乱模糊，必须提纲挈领地展示试律的文体特征和写作规律。正如毛张建所云："诗之法非特今人不知，即古人亦有离合，而试为尤甚。……且得失并举，则作者反藉以知所持择，而无歧途之惑。"① 走出迷惘困惑，使士子对试律有初步的印象，这是初期价值构建的意义所在。

一 试律的文体归属

刘勰《文心雕龙·序志》中提到"原始以表末，释名以章义，选文以定篇，敷理以举统"，概括出了古典文学理论批评的一般方法。首先，要考察文体的源流并分类，才能对其整体特征和创作风貌进行初步的把握。清初论者依然沿袭刘勰的研究思路，以一定标准编选唐试律为研究底本，论述试律的产生和发展演变。其次，通过对具体作品的点评释义，归纳试律的文体特征和创作方法。借用其他文体与试律之间的相似性，将试律归属于其文体框架中去。用既有的文体理论概念解说试律，从而以一种熟悉的概念为基点，拓展士子对试律的认识。但前提是两种文体无论在形式还是创作上，都具有明显的相似性。所以，论者多将试律比之排律、应制和八比，借以阐明试律的文体特征和写作原则。

试律属于排律，二者在体制、创作方法和艺术风格上有诸多相似点。吴纳的《文章辨体序说》论及排律云："杨伯谦云：'唐初五言排律虽多，然往往不纯，至中唐始盛，若七言则作者绝少矣。大抵排律若句炼字锻，工巧易能，唯抒情陈意，全篇贯彻而不失伦次者为难。故山谷尝云：老杜《赠韦左丞》诗，前辈录为压卷，盖其布置最为得体，如官府甲第，厅堂

---

① 毛张建：《试体唐诗·杂说》，毛张建《试体唐诗》康熙刻本。

房室各有定处，不相淆乱也。'作者当以其言为法。"① 从中可见，排律以五言为主，讲究锻炼字句，章法要求联句之间层次井然，但工巧有余而表情不足。足够的形式感和抒情写意的短板都与试律相一致，因而二者完全具有可比性。

将试律等同于排律的观点起源甚早。元代李存言及选士目的说："余是选之以明皇诗压卷者，以此省试诸首，则上以是取士下以为先资，揣摩合度，不失分寸。故次之继以初盛中晚诸名作，而后排律之变态悉备。"② 将试律界定为排律之变体，是用来取士的排律。清初文人亦持此论，沈德潜论及排律曰："长律所尚，在气局严整，属对工切，段落分明。而其要在开阖相生，不露铺叙、转折、过接之迹，使语排而忘其为排，斯能事矣。唐初应制、赠送诸篇，王、杨、卢、骆、陈、杜、沈、宋、燕、许、曲江，并皆佳妙。"③此言又被其引用："余尝论唐初长律，王、杨、庐、骆、沈、宋、陈、杜、燕、许、曲江，并皆佳妙。"④ 可见其所指长律即为排律，亦为试律。叶忱、叶栋亦言试律为六韵排律，专以用来取士。"盖《诗三百篇》，《国风》《雅》《颂》皆四言成章，咏叹淫佚，是诗之本源。自周迄汉，苏李始倡为五言古诗。历晋魏至宋齐梁陈之间，颜谢诸人始作五言排律。敷陈有体，寄托有情，能继古诗得《三百篇》之遗意。李唐因之取士，限以六韵，初盛中晚唐各自标奇领异，煌煌乎一代才华之盛具见于斯矣。"⑤ 此后张鹏翮、黄六鸿等论者干脆将试律等同于排律，以排律的

---

① 吴纳：《文章辨体序说·文体明辨序说》，《文章辨体序说》，人民文学出版社1962年版，第56页。
② 李存：《唐人五言排律选·序》，李存《唐人五言排律诗》，敬业堂刻本。
③ 沈德潜：《说诗晬语》，《原诗·一瓢诗话·说诗晬语》，人民文学出版社1998年版，第218页。
④ 徐曰琏：《唐人五言长律清丽集·序》，徐曰琏《唐人五言长律清丽集》，乾隆二十二年刻本。
⑤ 叶忱、叶栋：《唐诗应试备体·序》，叶忱、叶栋《唐应诗备体》，康熙五十四年最古园刻本。

第一章 清初到乾隆二十二年：试律诗学的发轫期

文体特征来解读试律。如顾桐村、朱辉珏亦曰："或以其限以排比，束以声韵，非性情之为，而姑置之。然'曲终江上'之句，至今脍炙人口。且排律一体，诸家选本固所不废，宁于省试而可遗诸。"① 黄六鸿曰："诗各有体，而体不自排律始。是编独先举排律者，急遵功令也。且排律体格庄重，法度严谨，对偶精工，字句警炼，声调流朗，叶韵稳称。有一逾此，便非全作。故唐代试士每多排律而限之以六韵。"② 借排律与试律的相似性，明确试律创作必须符合风格庄雅、对偶精工、音韵和谐等创作要求。

试律因题而作，与别体诗感于外物截然不同，这是它最重要的文体特征。其中应制诗虽为别体诗之一体，但其为朝臣奉上命应和酬唱而作。特殊的创作环境和作家群体，使应制之作内容多为歌功颂德，讲究形式技巧，风格典丽，语词华艳，此皆与试律相似。但最关键之处在于二者都存在创作主体性弱化，无法自由抒情的特点。正因如此，选家往往把应制与试律合辑。如陶元藻的《唐诗向荣集》将应制、试帖分卷收之，沈廷芳的《唐诗韶音笺注》将应制、试律打成一片，《历朝试帖应制诗类笺》同样收录两种文体。

但同而相异之处亦颇多。最早毛奇龄就已经敏锐地意识到二者之间区别明显。"唐有应试应制二体。特应制无专本，且其体有七律、长律。但即事而不命题，与应试稍异。若其赋诗之法，则无不一辙。考应制与制科不同，无去取甲乙。"③ 试律、应制为两种文体，不可混淆。在点明二者创作方法的相似性后，毛奇龄指出试律为五言六韵排律，应制却不拘文体；同样是创作主体性削弱，但应制因事而作，应试因题而作；创作心理中都有炫技的成分，但应试名次感显然更强。明确试律的文体特征，不是一味肯定二者的相似或相同之处，恰恰是关注到了二者的不同之处。毛奇龄之

---

① 顾桐村、朱辉珏：《唐人省试诗笺·序》，顾桐村、朱辉珏《唐人省试诗笺》，康熙刻本。
② 黄六鸿：《唐诗筌蹄集·凡例》，黄六鸿《唐诗筌蹄集》，乾隆十二年新刻本。
③ 毛奇龄：《唐人试帖》卷4，嘉庆六年听彝堂本。

后的诗学理论则更注重相似性的解读。

　　张鹏翮按照与试律文体特征的远近安排所选诗歌顺序,试律之后便是应制和闲适诗。"是书为应试设,唐人试诗犹八比文之程墨也,故以为主,而应制附焉,其闲适诸篇则又附及之,非是无以博其趣也。学者观此,其于是体思过半矣……闲咏之作或因诗而制题,应试、应制之篇则因题制诗者也。起即点清题面,中必实发题意,入后则写余波。大率四句为一解,亦有上下六句分截者,是在临文制变,其次第、转折、照应、联络与行文一理,细评特为指出,俾初学知所据,依久之斯可变化生心。"① 相对于其他别体诗如闲适诗,应制与试律在章法结构,行文笔法上有更多相似性。二者都是先有题,后有诗;章法结构分为三截,为点题、诠题、尾声,其他写作顺序和构思过程如出一辙。在具体的诗歌评论中,张鹏翮也时时以应制为比,凸显试律的创作方法。如评王士良的《南至日隔仗望含元殿炉烟》便与沈佺期、宋之间应制诗对比,曰:"前诗(按:指裴次元同题之作)跳脱,此诗精整,各极其胜,颇类《晦日幸昆明池》沈宋两作也。"②

　　张鹏翮仍将试律与应制分为二体,毛张建认为二者本质上完全相同,试律由应制发展而来,是应制的变体。"五律始于齐梁,而唐初应制盛宗之,故其时即定以取士。盖宜酌古今之所宜耳。予既采集试帖又附以应制诸诗,俾知试体之所自出,且多属燕许钜公之作,其揣摩简练、气象弘远,容有试帖所未逮者。学者苟以应制正其体裁,以试诗穷其变化,于斯道也庶几其近之矣。"③ 应制是试律之本源,且作者多为文坛巨擘,因而文学价值远高于试律。学习试律写作应对照应制,才能"于斯道"近。"五言不专六韵,唐初应制诸诗可考。试必以六韵者何?盖权乎长短之宜,而

---

① 蒋鹏翮:《唐人五言排律诗论·例言》,蒋鹏翮《唐人五言排律诗论》,康熙五十四年刻本。
② 蒋鹏翮:《唐人五言排律诗论》卷1,康熙五十四年刻本。
③ 毛张建:《试体唐诗·杂说》卷1,毛张建《试体唐诗》,康熙刻本。

第一章 清初到乾隆二十二年：试律诗学的发轫期

取其中以为式也，间有八韵、四韵者，传作寥寥，而六韵为多，诚试体之准则。学者神明其法，则虽或有体制长短之异，而权度既得可以应之有余矣。"毛张建认为所谓变体，即是从"非六韵"，转移到"专六韵"，将四韵、八韵折中。这种认识对应制与试律之间的差别理解得过于简单，以至于在作品评论中，虽明知为试律，但却称为应制。如评佚名的《华清宫望幸》曰："高华典赡，居然初唐应制之篇。"① 此诗《文苑英华》列为省试诗，即试律。毛张建此评混淆试律与应制界限，不免有误导士子之嫌。

以八比解诗，起源甚早，据清人所记，明人便已有之。"文与诗通，及八比文昉于诗之说，世或未尽前闻。今未斋黎君、西河毛君并详举之，知是说为不爽矣。然黎所论乃四韵律，毛所论乃六韵律。"② 此言所指黎未斋指明人黎久。在科举取士的明代，文人以八比解诗文，情有可原。风气相延，清代也有以八比解诗之说。如前文所引吴乔所著《答万季野诗问》中记载了作者与万斯同讨论诗歌布局的一段对话，即以八比论律诗。结合当时八股取士的制度前提，文人以八比论其他文体应该是当时社会的普遍风气，但却是毛奇龄首次提出以八比论试律的观点。③ 毛奇龄将试律与八比相联系的依据基于试律之前只有散文，没有韵文的认识。（按：此种观点尚值得商榷）其次比较二者章法结构，试律除去不押韵的首尾起结，刚好为四韵，类似于八比之颔比、颈比、腹比、后比。此言针对六韵尚可，但清代试律却以八韵为多，章法结构与八比已然不同。毛氏此言又太过片面，并不具有普适性。然而，八比与试律同为科举文学，皆因题而作，创作过程都讲究起承转合。这些相似点意味着二者具有其他文体所不具备的可比性。

作为清代试律诗学的奠基者，毛奇龄的理论具有不可忽视的影响力，

---

① 毛张建：《试体唐诗·杂说》卷1，毛张建《试体唐诗》，康熙刻本。
② 黄六鸿：《唐诗筌蹄集·凡例》，黄大鸿《唐诗筌蹄集》，乾隆十二年新刻本。
③ 参见本章第一节"试律文体包容性"所引毛奇龄诗学理论相关内容。

加之八比解诗本身的合理化因素，论者每每信手拈来。如叶忱、叶栋的《唐诗应试备体·凡例》中曰："唐人应试诗为八比之所由始。其起联即诗之破题，二联即诗之承题，三联即诗之起比，四联五联即诗之中比，后比末二句，即诗之结尾。是集每首注其如何起，如何承，如何转合，令阅者一目了然，知其作法。"①以八比来论析试律的章法结构，清晰点明每一联句的功能，突出了层次感和可操作性，对于理解试律的创作方法大有裨益。但也有论者并不认同八比解诗之法。叶栋亦曰："自古设科取士之法代变屡更，不相沿袭，惟八股独盛于明。海内之士翕然从风，习为举子业，专主发挥经义，考辨源流。隆万以前，风气近古，语不出经传，毋敢滥觞。此与诗学渺不相及者也。"②八比就四书五经出题，范围有限，内容"代圣人立言"，士子不能自由发挥，在创作上比试律更有局限性，所以二者"渺不相及"。蒋鹏翮主张以应制论试律，委婉地否定了毛奇龄的见解。其将试律章法以"解"为单位进行剖析，划分为两解或三解，与毛奇龄在章法划分和创作思路上大相径庭，所以"若谓是为八比所由来，则非所敢知也"③。袁式宏并未提及毛奇龄的观点，但与蒋鹏翮一致，都以"解"来论析试律的章法结构，同时明言"排律者仍是一首律诗也"。④ 强调试律与八比分属于诗与文这两种不同的体裁范畴，即便同是科举文学，在构思运笔上仍然不可一概而论。

　　经过清初对试律文体归属的讨论，试律文体的认识逐渐明确。试律属于诗，是诗歌中用于科举取士，有特殊功能的文体。"排律，特诗中之一

---

① 叶忱、叶栋：《唐诗应试备体·凡例》，叶忱、叶栋《唐诗应试备体》，康熙五十四年最古园刻本。
② 同上。
③ 蒋鹏翮：《唐人五言排律诗论·例言》，蒋鹏翮《唐人五言排律诗论》，康熙五十四年刻本。
④ 袁式宏：《唐诗应试排律笺注·唐诗六韵浅说·凡例》，袁式宏《唐诗应试排律笺注》，康熙刻本。

体。取今时最急者先之耳。然诗虽一体，而取材淹博，理识明通，无不裕各体之用。以此挹彼，何所不宜。"① 别体诗的创作原则也可适用于试律，但同时试律有自己的基本准则。"诗先气骨取高古，次体制取端庄，又神味取深远，又辞章取典雅。然在应试之作，有不可以此说拘者。"②（毛张建《试体唐诗·杂说》）试律与应制、排律、八比皆有相似之处，但却不能完全归属于其中任何一个类别。无论体制特征、写作笔法还是基本风格，试律都与以上文体有较明显的差别，只能在诗学批评或者写作方面有所借鉴。

二 试律的艺术典范

唐代以后，中国诗歌发展便以唐诗为中心，通过对其学习与超越而步步推进，诗学史更以对唐诗的鉴赏、接受和阐释为核心内容。然而，这一过程并不包括试律。"唐人省试诗，唐诗之一体也。选唐诗者多矣，而选省试诗者独少。或以其限以排比，束以声韵，非性情之为，而姑置之。"③诗歌皆为性情之作，目之所及，心神荡然，遂诉诸笔端。试律短于抒情写意，缺少了正牌唐诗的意气风神，遂被置于唐诗研究范围之外。朝廷试律取士的政策指向强化了试律的政治地位，使推广普及试律的创作方法和文体特征更加具有必要性和紧迫感。文学理论的概括和观念的提出必须基于大量的作品批评，这样才能使抽象的理念具体化为可以感知的法度规范。自然而然，在缺乏清试律创作实践的前提下，唐试律一跃成为学习和研究的典范，寄托着论者的诗学理想，支撑着整个理论系统的构建。

试律并非专属于唐代，然而清初论者口必言唐试律，何者？唐诗的地位在明代被七子提升到无以复加的高度。也从明代开始，诗论家就纷纷对

---

① 黄六鸿：《唐诗筌蹄集·凡例》，黄大鸿《唐诗筌蹄集》，乾隆十二年新刻本。
② 毛张建：《试体唐诗·杂说》卷1，毛张建《试体唐诗》，康熙刻本。
③ 顾桐村、朱辉珏：《唐人省试诗笺》，康熙刻本。

此文坛异象进行反思，清初论者顺延其波，同样不满席卷天下的拟唐之风。然而，不管理论批评的影响如何深远，如何新颖，都无法回避一个事实：唐诗在诗歌史上的作用和地位无法动摇。正如蒋寅所言：

> 既然确立了这一前提（诗必学唐），唐诗就成为古代诗歌传统的不祧之宗，任何对诗歌史的重新解释都不能以否定、取代唐诗为前提和目的，任何对诗歌观念和诗歌理想的修正都必须立足于唐诗的基准之上。这使清初所有对诗歌传统或艺术楷模的重构最终都成为一种出于策略的选择，而不是真正的趣味变异。①

在尊唐的诗学背景下，以唐诗为比照对象成为最自然的学习途径，以唐诗为典范更是诗体发展的必由之路。将唐试律树立为写作典范，是论者在尊唐的创作背景下的学术惯性使然。

《文苑英华》将唐试律列为"省试诗"集中记载，为诗学批评提供了文本基础。清初流传下来的试律选本都以唐试律为主。毛奇龄《唐人试帖·序》记载："当予出走时，从顾茂伦家得《唐人试帖》一本携之以随。每旅闷辄效为之，或邀人共为之。"② 康熙四十年之前，就有名为《唐人试帖》的试律选本，后毛奇龄将其中的作品编辑裁汰，并加评点，重以《唐人试帖》之名付梓，因此两书虽同名但内容不同。只是前者已经散佚，今之《唐人试帖》仅指毛氏所辑选者。叶忱说："今年初夏偶检园中所藏书，见唐人应试诗旧本，因与家宇上侄更搜求诸集中所载，增入百余首。"③ 同样在旧本基础上，增录诗篇，辑为新作。这都证明清初缺乏清试律的创作实践，有或者仅有唐试律流传，成为康熙年间大量出现唐试律选本的底

---

① 蒋寅：《清代诗学史》，中国社会科学出版社2012年版，第113页。
② 毛奇龄：《唐人试帖》，嘉庆六年听彝堂本。
③ 叶忱、叶栋：《唐诗应试备体·凡例》，叶忱、叶栋《唐诗应试备体》，康熙五十四年最古园刻本。

本。所以从《唐人试帖》开始，清人对唐试律的选本层出不穷。如顾桐村、朱辉珏的《唐人省试诗笺注》、毛张建的《试体唐诗》、蒋鹏翮的《唐人五言排律诗论》、黄六鸿的《唐诗筌蹄集》、叶忱和叶栋共同编辑的《唐诗应试备体》、袁式宏的《唐诗应试排律笺注》等。选家不约而同地将自己的选本冠以"唐"，来表明理论观点的合理性和正统性。诗学批评也以唐试律为典范，总结理论观点和创作规律，将尊唐的观念从传统诗学扩展到了试律诗学领域。

尊唐，同时也能凸显清人强调创作规范，讲究法度的诗学理念。对清人而言，唐试律最讲究法度，是创作的标准。"夫唐以此体取士，法最严。合则取之，不合则黜之。其诗具存，班班可得而考也。"① 因而，唐试律被视为写作标准。"是书为应试设，唐人试诗犹八比文之程墨也，故以为主。"② 程墨即范本，以唐试律为典范，规范写作，使之成为士子竞相模仿与学习的对象。"唐以诗取士，学者童而习之，自府试省试以上及乎朝庙应制之作莫不有取于诗，故人才蔚兴，凡卓然可称者不下数百家，后之为诗者舍唐则蔑由取法焉。"③ 更加强调唐试律作为创作典范的唯一性。

在普及试律的初级阶段，树立模仿典范，有利于论者从中总结诗学思想和创作规律。在文学传承的链条中，向以往作品的借鉴是必不可少的环节。然而，随着创作水平的提升，时代环境的变化，迫切要求清试律走出唐试律之樊篱，形成自己的创作个性。如果依然强调唐试律的典范作用，无异于削足适履。从模仿因循到各自风流，清人走了将近百年。

---

① 袁式宏：《唐诗应试排律笺注·唐诗六韵浅说·例言》，袁式宏《唐诗应试排律笺注》，康熙刻本。
② 蒋鹏翮：《唐人五言排律诗论·例言》，蒋鹏翮《唐人五言排律诗论》，康熙五十四年刻本。
③ 毛张建：《试体唐诗·序》卷1，毛张建《试体唐诗》，康熙刻本。

三 试律的创作原则

与别体诗不同，作为科举文学的试律，遴选人才是其主要的价值体现。科场的标准必须公正统一，才能给士子们提供平等的选拔机会。士子的才情各别，际遇不同，即便同样的题目，采用不同的艺术笔法，作品也会五花八门，乱人眼目。所以，试律必须有统一的创作原则，才有利于士子进行规范化写作，从而形成整齐划一的试卷更有利于阅卷官同中取异，有效率地评阅。因而，初期的理论构建致力于从唐试律选本中归纳法度作为创作原则，指导士子写作，普及推广写作规范。在评选中，合则行，不合则黜，将严守法度作为试律基本的写作原则。

文学写作，固必有法，但文学史中却很少有一种体裁如试律般强调依法创作。按照传统的审美理念，诗歌以表情达意为主要写作目的，更应该讲究自然随性如天马行空般的写作状态，尽情描绘诗人的奇思妙想，达到"常行于所当行，常止于不可不止"的艺术境界。试律亦属诗，却缺少了别体诗自由洒脱的创作状态，其谨守法度原则也是受到文人轻视的原因之一。"少学试帖体，颇苦纤仄。洎入词林，日课一篇，限于格式，仅取圆熟而已。本不欲存，亦本无足存者。"① 规定的格式，程式化创作，只是将文字音韵填充其中，势必穿凿附会而失灵性，无怪文人对其不屑存之。但即便如此，论者都毫无例外地将法度视为试律基本的写作原则。

> 局法者，规矩也，诗文以及百工技艺莫不由之。而今之为诗者，语以诗尚好句，则轩眉而喜，叩以法则默然。此非心畏其难，即漫持一不必然之论，宜其鲁莽决裂与古人相谬戾也。夫为室必先栋梁，栋梁弗具，榱桷莫施；为服必事缝纫，缝纫弗完，彩绣奚附。故予于分

---

① 郭柏荫：《天开图画楼试帖·自记》，郭伯荫《天开图画楼试帖》，同治刻本。

第一章 清初到乾隆二十二年：试律诗学的发轫期

合照应处辄覼缕言之，盖欲竭其愚蠢忠，为才人墨士进刍荛之一得，并为诗道绝续计耳。①

毛张建托古人以重其说，强调法度是作诗的基础，写作的规矩，甚至将诗法推高到诗道的高度，赋予其无与伦比的崇高地位。袁式宏亦云："所谓律者，犹法律之律，音律之律也，一有不合，即非律矣。故起承转合为一定之法，前后解数乃不易之制。虽有盖代之才，莫之敢变。"② 他认为法度是写作本来的规律，是不以人的意志为转移而需要绝对遵守的理念。此外，论者在诗作评点中也极力贯彻遵守法度，依法而作的原则。毛张建评丁泽的《主上元日梦王母献白玉环》结句"仙圣非相远，昭昭晤寐间"曰："总结浑成，仍不脱'梦'。通篇有起法，有承法，有分法，有合法，有回顾法，有收束法。此作诗之规矩也。"③指出唯规矩不可破，法度之不可轻。蒋鹏翮评李舒的《元日观百僚朝会》曰："约略叙次，亦自不疏不蔓，读者须细观其用法之工稳，不可徒赏其词采之华赡而已也。"④"稳"即合乎法度，重要性明显高于词采，是创作的第一标准。对于选本的初衷则强调可以明晰法度，才能对士子写作有所裨益。如"是集每首注其如何起，如何承，如何转合。令阅者一目了然，知其作法"。⑤

试律诗体最显著的特点在于因题而作。全诗的思想内容、布局结构和艺术风格都必须在题目的统摄之下，所以在众法之中首重审题法，列为谨守法度的核心内容。毛张建的《试体唐诗·杂说》中云："诗先气骨取高古，次体制取端庄，又神味取深远，又辞章取典雅。然在应试之作，有不

---

① 毛张建：《试体唐诗·杂说》卷1，毛张建《试体唐诗》，康熙刻本。
② 袁式宏：《唐诗应试排律笺注·唐诗六韵浅说·凡例》，袁式宏《唐诗应试排律笺注》，康熙刻本。
③ 毛张建：《试体唐诗》卷1，康熙刻本。
④ 蒋鹏翮：《唐人五言排律诗论》卷1，康熙五十四年刻本。
⑤ 叶忱、叶栋：《唐诗应试备体·凡例》，叶忱、叶栋《唐诗应试备体》，康熙五十四年最古园刻本。

可以此说拘者。盖试题多采古人成语或集事为题,则一句中便有数义最难简括。如'夜雨滴空阶','雨'是主意,又要切'阶',又要切'夜';'尚书都堂瓦松','松'是主意,脱瓦不得,脱'堂'不得,势必以交互穿插为工。"①毛张建先举出传统诗歌审美所重视的气骨、体制、神味、辞章等内容,然后话锋一转,说明此皆为应试之作所不拘者。接着分析试题出处,点题重点,以此证明审题对于试律而言比之风骨辞章更为重要。袁世宏的《唐诗六韵排律浅说·序》中亦云:"又诗贵肖题,题系庙堂,着不得草野风景;题系山林,着不得台阁气象。布衣入朝,冠佩游山,均非所宜。其他宜补斡、宜双关、宜平列、宜侧串,因题制局,要自有定法也。"② 题目决定了试律风格、章法,是作诗的关键和前提。"诗须审题。题之不明,诗弗工也。集中论之详矣。"③ 正确审题是试律成功的起点,所以审题法是清初诗学批评的中心环节,如蒋鹏翮评郑谷的《光化戊午举公见示省试春草碧色诗偶赋》曰:"题必从'碧色'生意,乃为切贴。都官意嫌试帖未足,故赋此。此可示人认题之法,若'春水绿波'题不能刻画'绿波',弊亦犹是也。"④

综上所述,清初论者通过对唐试律选本的研读批评,对以往作品的分析归纳总结,从文体归属、艺术典范、创作原则三个方面对试律诗学理论进行了初步的构建,比较有效地指导士子的学习和创作,极大地推广和普及了试律的文体特征和写作规范,为乾隆二十二年易表判为试律后的诗学理论建设打下基础。然而,诗学理论的构建必须以大量诗作批评为基础,而清初的理论构建所依赖的文本基础却相当有限,几乎只能在《文苑英华》"省试诗"中来回往复。同时,与前代的诗学理论成果无法实现有效

---

① 毛张建:《试体唐诗·杂说》卷1,毛张建《试体唐诗》,康熙刻本。
② 郑锡瀛:《重刻分体试帖法程》,光绪十九年刻本。
③ 蒋鹏翮:《唐人五言排律诗论·例言》,蒋鹏翮《唐人五言排律诗论》,康熙五十四年刻本。
④ 蒋鹏翮:《唐人五言排律诗论》卷3,康熙五十四年刻本。

对接，所以不可避免地存在一些不足之处。

第一，法度的概括，往往简单疏阔。既缺乏文本的支撑，又没有以往诗学理论的继承，清初的试律诗学主要基于论者的直觉体验，深度分析明显不足。比如对于诗体形式的探讨，只能不厌其烦地关注强调"六韵"。毛奇龄的《唐人试帖》首次涉及，后蒋鹏翮的《唐人五言排律诗论》、顾桐村和朱辉珏的《唐人省试诗笺》、叶忱和叶栋的《唐诗应试备体》亦反复申说。但对于创作核心的点题，却颇为宽松。如《唐诗应试备体》中评崔颢的《赋得澄水如鉴》第五联"对泉能自诚，如镜静相临"曰："此联始正出题，而又是一体格。"① 试律要求四句两联点清题目，否则即为"过缓"。第五联点题已经属于不合法的作品，不能以"又一体格"而轻轻放过。再如毛张建评李疏的《长至日上公献寿》曰："前篇（张叔良作）'献寿'起，逆点'至日'，此篇'至日'起，顺出'献寿'，局阵各别。"② 试律点题必须严格按照题目顺序，只能先"至日"，后"献寿"，否则同样为不合法。初期论者无法明断，只能名以"别格""别体"姑且存之。毛张建评李体仁的《飞鸿响远音》结句曰："余情可想，深合比兴之意。"③ 试律笔法以赋为主，恰与比兴不相及。毛张建所言显然出于审美直觉，而缺乏对试律文体的深度领悟。

清初诗学普遍对于作品分析流于表面化，理论分析深度不够，过分重视典故，以疏通文义为主，对试律文体本质特征观照不足。毛张建在《试体唐诗·杂说》中提到："至诗中所引故实，唐人本不采僻书隐事，凡留心风雅者，无不洞晓，在初学容有睹记，所未及者或因昧其所出，致诗之所以工者而并失之，虽熟读其词无当也。"④ 将诗歌妙处等同于故实，不仅

---

① 叶忱、叶栋：《唐诗应试备体》卷4，康熙五十四年最古园刻本。
② 毛张建：《试体唐诗》卷1，康熙刻本。
③ 毛张建：《试体唐诗》卷4，康熙刻本。
④ 毛张建：《试体唐诗·杂说》卷1，毛张建《试体唐诗》，康熙刻本。

浅显，而且偏颇。但此论非一家所持，黄六鸿在述及撰述目的时，曾言道："因点定唐诗诸体约千首，授之读。数月而茫然。余曰，'是不可无注释矣。夫注释之家，发明义理，援验故实，二者不可偏废。今问以鼠豹蠰蛪不能对语，以鳌掷鲸呿不能知，宜乎其茫然也。'因取所集之千首，句索其解，字求其故，务于一时之意蕴精神无不毕现。"①同样他错误地将不能解诗的原因归结于典故不明，诗歌之意蕴和精神弱化至字解句疏。此消彼长，强化典故的作用使理论批评偏离文体特征诠释的正确方向，造成了对法度理解的简单化、表面化。如袁式宏认为"然其法不过前后解数及起承转合耳……以是知诗法虽多而总归于解数。起承转合由是而之焉，方不堕于云雾中也"。②批评重心的转移导致了认识的偏颇。起承转合只是试律章法，不能如此简单地以一法而概括所有法度。

第二，毛奇龄是清代试律诗学的奠基者，其后的诗论家无不受其影响，直至清末仍然可见其思想之折光。尤其在发轫期，论者的诗学理论基本停留在对毛奇龄诗学理论的祖述阐释，或者更深一步地反驳辩论的层次，总体缺少发明建树。首先表现为对毛奇龄理论的整体征引。如毛奇龄评潘炎的《玉壶冰》时提到："试帖限六韵，偶有八韵者。一是主司所限如《玄元皇帝应见帖》，举子皆八韵，则官限者也。一是举子自增，如此诗八韵，王季友诗仍六韵。《迎春东郊帖》，张濯八韵，王绰仍六韵，则举子自增者也。"③《唐人省试诗笺·凡例》载："录诗以六韵为主，唐制也。其八韵一是主司所限，如《玄元皇帝应见》，举子皆八韵是也。一是举子自增，如《玉壶冰》，潘炎八韵，他人仍六韵是也。"④此为全文征引，还有化用其意，转述毛奇龄的观点。"应试诗原限六韵，有起句以破题，有

---

① 黄六鸿：《唐诗筌蹄集·序》，黄大鸿《唐诗筌蹄集》，乾隆十二年新刻本。
② 袁式宏：《唐诗应试排律笺注·唐诗六韵浅说·注序》，袁式宏《唐诗应试排律笺注》，康熙刻本。
③ 毛奇龄：《唐人试帖》卷1，嘉庆六年听彝堂本。
④ 顾桐村、朱辉珏：《唐人省试诗笺》，康熙刻本。

颔联以承题，有颈联以转合题面，有中联以实赋题位，有后联以开拓之，有结句以收束之，此一定之体格。至或有八韵有四韵者，皆主司所限，非试诗体格之正也。"① 其次以毛奇龄理论作为比照，提出相关的诗学主张。如对于卢纶的《清如玉壶冰》，毛奇龄评曰："此诗通体有'清'、'如'字，王按：指（王维同名诗作）逊此矣。"② 臧岳评卢纶诗曰："愚谓王（王维）乃出奇制胜之法，此乃堂堂之师，正正之旗也。"③ 蒋鹏翮评王维的《清如玉壶冰》曰："此题又有卢允言作，通体以'循吏政初成'立说，评者多称其以人为主，能发'如'字，大胜王作。此由未悉右丞用法之工，认题之细。"④ 此处"评者"就是毛奇龄。臧岳和蒋鹏翮都肯定王维之作，指出毛奇龄对作品评价有失公允。

也有论者对毛奇龄诗学核心观点表示质疑，如蒋鹏翮以解论诗，并不认可其八比解诗的观点，"若谓是为八比所由来，则非所敢知也"。⑤ 或者对其理论本身有异议，如"诗之韵有以题中字为韵者，有不拘韵而另限韵者，是吟咏之常事，而试题更自难拘也。时刻于此扯淡饶舌，兹集悉屏而不载"。⑥ 批评矛头直指毛奇龄。但毫无疑问，《唐人试帖》是清初最早的一部唐试律选本，毛奇龄的诗学批评影响深远。清初论者无不受其助益，亦无不受其局限，在其理论框架之中左冲右突，而难以自树立。

第三，清初的试律诗学理论显然处于初级阶段，如果说论者之间观点分歧有利于研究的深入，那么个人或者同一选本中的理论存在抵触矛盾，

---

① 叶忱、叶栋：《唐诗应试备体·凡例》，叶忱、叶栋《唐诗应试备体》，康熙五十四年最古园刻本。
② 毛奇龄：《唐人试帖》卷1，嘉庆六年听彝堂本。
③ 臧岳：《应试唐诗类释》卷2，乾隆四十年刻本。
④ 蒋鹏翮：《唐人五言排律诗论》卷2，康熙五十四年刻本。
⑤ 蒋鹏翮：《唐人五言排律诗论·例言》，蒋鹏翮《唐人五言排律诗论》，康熙五十四年刻本。
⑥ 袁式宏：《唐诗应试排律笺注·唐诗六韵浅说·凡例》，袁式宏《唐诗应试排律笺注》，康熙刻本。

只能认为理论阐发过于主观随意，缺乏系统性和科学性。如叶栋在《唐诗应试备体·序》中对毛奇龄八比解诗的观点并不赞同，但此书的凡例显然不是叶栋撰写，因为后者明显服膺毛说，"唐人应试诗为八比之所由始"。①毛张建《试体唐诗》认为应试属于应制，是应制诗之变体。其《杂说》中提到："予既采集试帖又附以应制诸诗，俾知试体之所自出……学者苟以应制正其体裁，以试诗穷其变化，于斯道也庶几其近之矣。"②但此书体例以试律诗歌内容分卷，第四卷中又赫然将应制与鸟兽、杂题、早朝、寓直等同时收入，似乎应制也应该包含于试律中去，此与《杂说》中的观点自相矛盾。同一论者的理论表现得如此的模棱两可，不仅暗示其理论本身就具有某些不合理因素，同时也表明其缺乏可操作性。因而对于试律的普及和士子写作的指导作用就会相当有限。

乾隆二十四年，蒋世铨的《诗法度针序》将初期理论批评的不足归结为坊间以牟利为目的而导致试律选本的泛滥："乾隆丁丑钦命二场兼试以诗，圣天子兴贤育材、振兴风雅之意，至精且大。天下之士咸勃然奋发向上，斤斤操选者乃仅争取《唐人试帖》数十篇及近年词馆课试诸集，雕镂炫鬻、汲引后进，使小生辈诵习之，便于抄袭以求塞一日之责。是无异于镂水求剑、扪烛扣盘，何其陋也。"③蒋世铨只是提到乾隆二十二年之后，其实早在康熙后期，坊刻试律选本就已经层出不穷。然而，为利所驱就不免粗制滥造，最简易可行之法便是以《唐人试帖》为底本，随意增添删减便可改头换面，堂而皇之地出现在士子书桌。这就不难解释为何论者皆株守毛奇龄的理论，难于突破，并且重视典故注解而略于理论阐发。

---

① 叶忱、叶栋：《唐诗应试备体·凡例》，叶忱、叶栋《唐诗应试备体》，康熙五十四年最古园刻本。
② 毛张建：《试体唐诗·杂说》卷1，毛张建《试体唐诗》，康熙刻本。
③ 徐文弼：《诗法度针》，藻文堂刻本。

第二章　乾隆二十二年到嘉庆末年：试律诗学的完成期

乾隆二十二年，朝廷正式下令科举考试增五言八韵律诗一首，试律取士遂成定制。此举同时催生了一大批试律诗学理论著作，如纪昀的《唐人试律说》《庚申集》《我法集》，徐文弼的《诗法度针》，叶葆的《应试诗法浅说》，徐曰琏的《唐人五言长律清丽集》，李因培的《唐诗观澜集》，谈苑的《唐诗试体分韵》等。功令所系，理论界鼓荡起一阵学习研究试律的热潮。诗学批评从前期的简单疏阔渐至系统深入。论者以感情的表达为切入点，极力追求写作的自然境界，剖析试律的文体特征，并以此论证试律与别体诗的区别。最后，试律诗学的发展离不开乾嘉朴学的文化背景。其以考证为主的研究方法、求真求实的治学精神，也对诗学理论形成影响。

第一节　当感情遭遇功令

古典文学大部分属于抒情文学，尤其是诗歌更以抒情为主线。早在先秦，《尚书·尧典》就明确了诗歌表现主观感情的艺术特征。其中"诗言志，歌永言，声依永，律和声"[①] 已成为儒家诗论的开山纲领。此种

[①] 李学勤主编：《尚书正义》，十三经注疏标点本，北京大学出版社 1999 年版，第 79 页。

"志"是志向、感情、意愿的综合。汉代《诗大序》更是明确地把诗与情感相联系，认为"诗者，志之所之也，在心为志，发言为诗。情动于中而形于言，言之不足故嗟叹之，嗟叹之不足故永歌之，永歌之不足，不知手之舞之足之蹈之也"。① 诗人情动于中，不吐不快必须诉诸笔端。情因何而生？《礼记·乐记》认为："凡音之起，由人心生也。人心之动，物使之然也。感于物而动，故形于声。声相应，故生变；变成方，谓之音；比音而乐之，及干戚羽旄，谓之乐。乐者，音之所由生也；其本在人心之感于物也。"② 音乐与诗歌一样由心而生，感情使人内心激荡。而人心之动，是因为客观外物的激发，即客观外物是产生感情的源泉。人的内心如一潭秋水，黑云翻墨，白雨跳珠，在纸笔间便凝结成了诗歌。诗歌的创作过程是由外物到内心，再由内心而语言的自然过程。陆机在《文赋》中又把《礼记·乐记》所提到的"物"具体为自然景物和书籍文章。其言曰："伫中区以玄览，颐情志于典坟。遵四时以叹逝，瞻万物而思纷。悲落叶于劲秋，喜柔条于芳春。心懔懔以怀霜，志眇眇而临云。咏世德之骏烈，诵先人之清芬。游文章之林府，嘉丽藻之彬彬。慨投篇而援笔，聊宣之乎斯文。"③ 外界客观事物和阅读带来的感受都能使诗人由此及彼，联想到个人遭际，从而满怀激情，产生创作冲动。钟嵘的《诗品序》"气之动物，物之感人，故摇荡性情，形诸舞咏"④ 和刘勰的《文心雕龙·明诗》"人禀七情，应物斯感，感物吟志，莫非自然"都是在延续"因物所感"的理念，即主体的感情由外界事物的变迁所感召。传统诗歌的情感生成基本上由这条思路发展而来。

场屋之内、风檐寸晷，创作试律需要怎样的感情激荡？既没有思妇游

---

① 李学勤主编：《毛诗正义》，十三经注疏标点本，北京大学出版社1999年版，第6页。
② 同上书，第1074页。
③ 陆机：《陆机集》，中华书局1982年版，第1页。
④ 钟嵘：《诗品》，古直笺，曹旭整理集评，上海古籍出版社2012年版，第1页。

子,也没有春花秋月,在缺乏外界刺激的情况下,感情由何而来? 或者更进一步,试律是否具有表达感情的功能。

一 抒情表意的功能缺失

试律取士,功令所驱,科举制度的改革掀起了试律写作的学习热情。然而,士子在内心深处埋藏的却是对试律挥之不去的轻视。李因培在《试律》一文中提到:"试律中尽美之作原不能多,兹选自气体极高,下逮稍稍雅驯者,并广为搜罗,以资考镜。"①他一口气用了"尽""极""稍稍""广"四个词语,表明并非本人标准严苛,实在是试律水平太低,如果要从中寻求学习范本,必须要广泛搜罗,而结果也不过是从试律极品中选择一些略微符合标准的诗作。后出的《唐诗向荣集》对试律同样报以轻视态度,陶元藻在《唐诗向荣集·序》中云:"应制应试诗之不易佳,而佳者之洵难多观也。"②纪昀在《唐人试律说序》中证明了士子对试律的普遍轻视:"诗至试律而体卑,虽极工,论者弗尚也。"③士子们鸡窗吟课,所习者非诗即文,甚至有些人毕生心血都在钻研如何写好试律。但即便如此,试律文稿也是随写随弃,绝少留存。"然所得句,但求妥帖,殊少刻画。警策处则限于才也。稿多未收回,即随手散失。"④试律似乎脱离了"经国之大业,不朽之盛事"的区间,只是获得功名的手段工具而已。这种轻视的观点非常普遍,可以说在试律诗学批评中俯拾即是,直到清后期才有所改观。

形成这种观点的原因有很多,但是归结起来无非三种:

其一,价值工具论。试律既然是进身之阶,它的价值仅在于选士功

---

① 李因培:《唐诗观澜集》卷15,乾隆二十四年刻本。
② 陶元藻:《唐诗向荣集》,衡河草堂刻本。
③ 纪昀:《唐人试律说》,山渊堂重刻本。
④ 梁运昌:《秋竹斋试律附存·序》,见纪宝成《清代诗文集汇编》,上海古籍出版社2010年影印本,第499册,第61页。

能，即依附于科举或其他相似性质的考察制度而存在，为干禄体和进献之资。这种特殊的功能决定了试律的时效性，考试结束，脱离场屋，其本身的价值也就随之消解了。直至清末，这种观点依然存在。朱德根的《两强勉斋试帖·序》中记载了其师父倪文蔚之言："唐韩昌黎谓'礼部所试诗赋，皆耻过作非者为'。欧阳永叔亦谓'学者徇时之文，皆为急希利禄'。是区区者乌足以问世？"① 也正因为它只是针对考试而存在，所以不能像其他文学体裁可以作为道德载体或感情媒介，因此又被称为"小道"。士子在热心科举文学时，又每每扪心自问："（每作试律），顾或谓'以子澄之才、之学、固宜研部务、审时变，志其大且远者，而顾分心力于此，奚为耶？'"②

其二，写作程式化。"余惟试律一体屈于格式，本非诗家所尚。"③ 无论从何种角度讲，试律都是古典文学体裁那样中法度规范最为严苛的一类，它在审题、押韵、章法、句法、字法、修辞等方面都有自己特殊的要求。这种程式化使写作逐渐变成缺乏创造性和个性化的技艺，无法显示士子真实的艺术水准。"然而体制既限，程式斯立，荼荠亩同，苍素色异。轮囷之才以格拘，穿札之力为题缚。精骛八极而绳墨不逾寸。简言富千篇而推敲难安一字。虽长袖不克善其舞，美目不能巧于笑焉。"④ 举目四望，一片黄茅白苇，平庸单调而乏生机。士子必须在特定的时间，规定的场合，用程式化写作完成指定题目。其结果必然要敛才就法，无法显示才学，以遵守法度为上。"试帖虽小道，然准绳规矩尺寸惟谨，即高明之士不能以盛气争也。"⑤ "然无才不可，无学不能，而题以制之，法以绳之。

---

① 倪文蔚：《两强勉斋试帖》，光绪九年刻本。
② 延清：《锦官堂试帖·序》，延清《锦官堂试帖》，光绪十一年刻本。
③ 延清：《锦官堂七十二侯试律诗·序》，延清《锦官堂七十二侯试律诗》，民国六年石印本。
④ 熊少牧：《读书延年堂试帖辑注·序》，熊少牧《读书延年堂试帖辑注》，同治五年刻本。
⑤ 赵新：《还砚斋试帖·序》，赵新《还砚斋试帖》，光绪八年黄楼刻本。

才可运而不可得骋,学可用而不可得夸。役于题外,与滞于题中,二者均失,故甚难也。"① 在这种环境下,中第之人未必才高八斗,落榜之人却可能学富五车。只要有程式,就提供了投机的条件。长于诗歌之人,有可能不会写试律。不会写诗的人,却可能擅长试律。两种情况发生的概率相同。所以,对于诗人来讲,试律不同于任何一种文体,它限定了思维,具有程式化、概念化的特点,不能充分展示个性才情。那么能写试律的人当然就无足称道,反之,不写试律却可标举自己的特立独行:"高明之士游情四库,不屑仅效官韵之作。"②

其三,心态趋附感。对于士子而言,科举是人生命运的拐点。决定他们将要面对是春花秋月还是万丈深渊的,就是各级阅卷官和最高一级的皇帝。因此,在创作试律时,心态不可能如作别体诗一样淡定悠然。不论士子是桀骜不驯还是绝情刚直,在名利诱惑下都将趋附于权势。试律在内容上必须有颂圣或者干请。唐代及清初试律法度宽松,并不强制要求。在清中期便成为硬性规定,以颂圣为试律正格,不论何种题目都要颂美。士子不得不使出浑身解数,摆出一副讨好谄媚之相,如俳优一般时刻注意迎合君主好恶。"近世方闻辍学之士,动睥睨应举文字,类于俳优之辞。"③ 类于俳优,已经让士子放弃了尊严和骄傲,甚而抛弃了传统儒家的人格操守。"(以诗取士)致称仙拟圣之才,毕生不得一第。而竖儒俗子、揣摩巢袭者,咸猎取科名而去。于是诗之体格日变于伪,而其所以为教者遂亡。"④ 士子之身而为猎取功名之徒,自甘堕落为竖儒俗子,如此而位列公卿,无怪乎试律的选士功能屡遭质疑。

清晚期前,士子对试律的认识大多为以上三种:工具论限制了试律的

---

① 宋湘:《红杏山房试帖诗·序》,宋湘《红杏山房试帖诗》,嘉庆二十五年刻本。
② 李因培:《唐诗观澜集·序》,李因培《唐诗观澜集》,乾隆二十四年刻本。
③ 朱德根:《两强勉斋试帖·序》,倪文蔚《两强勉斋试帖》,光绪九年刻本。
④ 蒋世铨:《诗法度针·序》,徐文弼《诗法度针》,藻文堂刻本。

表达功能，程式化压制了士子的创造性，趋附感削弱了创作主体的自觉意识。换言之，试律的法度规范使得士子无法进行真实的感情抒发。"时或以诗取士，则又偏求于声律之工，而性情旨趣所归未能悉穷其蕴蓄。"① 古典文学的主体是诗歌，而诗歌的主体是抒情诗。在历史的长河中脱颖而出，与日月同辉的往往是抒情大家和他们的抒情诗。所以，对于中国文学而言，抒情毫无疑问是主要的艺术特征和功能体现。是否真实有效地反映作者的思想感情是评价诗歌写作水平的重要标准。徐复观在《环绕李义山（商隐）〈锦瑟〉诗的诸问题》中就提出：

> 我应首先指出，诗的好坏，不是以易懂或难懂为标准，而是以读者读了以后，尤其是反复读了几遍以后，有没有"诗的感觉"为标准。读了没有诗的感觉，越读越觉得无味，则不论它是易懂或难懂，都不是好诗，或者干脆说，那不算诗。所谓有"诗"的感觉，好像说得很模糊，我姑假借《论语》中孔子所说的"诗可以兴"的"兴"字来作尝试性的说明。朱元晦对"兴"字的解释是"感发志意"，稍稍扩大一点讲，"兴"的意思，是读了一首诗后，在自己的感情上觉得受到了莫名其妙地感发、感动、感染。再通俗地说，觉得很有味道、意思。这并不关系于对其内容上的了解不了解，或了解得正确不正确。因为读者所得的是自己情绪上的"无关心的满足"，而不是在知识上，在实用上，得到了一点什么，在情绪上不必追问懂不懂，和正确不正确。②

诗歌最重要的功能无关于实用目的，而在于是否能给读者带来精神愉悦和审美享受。所以充分表达情感，与读者产生情感共鸣才是诗歌永恒的

---

① 蒋世铨：《诗法度针·序》，见徐文弼《诗法度针》，藻文堂刻本。
② 徐复观：《中国文学论集》，九州出版社2014年版，第165页。

魅力所在。

但是，当感情遭遇功令，当士子面对法度，在重重禁忌之下，个人感情势必被名利挤压，从而拉低诗歌的文学价值。"唐人省试诗，唐诗之一体也。选唐诗者多矣，而选省试诗者独少。或以其限以排比，束以声韵，非性情之为，而姑置之。"① "今增至六韵八韵以之甄陶品类，歌咏升平，期间有绳尺有范围，而与作诗者之性情不相维系焉。"② 这里，论者干脆否定了试律抒发感情的功能，以其为"非性情之作"。正因为如此，试律中佳作颇少。沈德潜分析道："唐时五言以试士，七言以应制。限以声律，而又得失谀美之念先存于中，揣摩主司之好尚，迎合君上之意旨，宜其言之难工也。钱起《湘灵鼓瑟》、王维《奉和圣制雨中春望》外，杰作寥寥，略观可矣。"③ 得失谀美与主司好尚压榨了真实的情感表达。"唐人应制应试诗最夥，而佳者殊不多得。盖绳之以法律，惕之以忌讳，困之以寸晷风檐，是犹太行崴嶪、羊肠屈曲而欲施其控纵驰骤之技，虽渥洼神马无以见其长也。"④ 这是论者的共识，法度所限，即便是才情万丈也难以有发挥余地，更不用说表情达意。

二 "情生乎文"的情感生成序列

诗歌的创作动机一般是由外界事物的激发而产生内心感情的涟漪，这是传统诗学的不刊之论。人秉七情，因物婉转，恰如《文心雕龙·物色》所谓"岁有其物，物有其容。情以物迁，辞以情发"。触景生情，因物起兴，客观外物→情→文，这是一般别体诗所遵循的情感生成序列。然而，

---

① 顾桐村、朱辉珏：《唐人省试诗笺·序》，顾桐村、朱辉珏《唐人省试诗笺》，康熙刻本。
② 凌泗：《长春花馆试帖·序》，见徐元璋《长春花馆试帖》，光绪十四年刻本。
③ 沈德潜：《说诗晬语》，见《原诗·一瓢诗话·说诗晬语》，人民文学出版社1998年版，第251页。
④ 陶元藻：《唐诗向荣集·序》，陶元藻《唐诗向荣集》，衡河草堂刻本。

对于试律而言，最基本的创作模式是因题阐发，审题完题，先有题，后有诗。全首诗必须在题目的统摄下完成，缺少外界事物作为感情产生的诱因。在特定的环境，既定的时间下创作，面对题目的区区几字，缺少客观外物作为感情的媒介，士子要如何产生缠绵悱恻之情，绵延不绝之感呢？

但是，看似无情却有情，试律也可以同别体诗一样表达感情，因为它有自己的"情感"脉络。与别体诗的情感生成不同，试律遵循的序列是题→情→文。题目代替了客观外物，成为情感产生的诱因。李桢在分析试律情感发生时提到："诗本发乎情，试律则为题所拘。然遇有情之题，亦可以见情矣。"① 这点明了题目与诗歌感情之间所具有的因果关系。题而有情，是为题情。叶葆在《学诗须知》中提到："愚按场屋诗题多摘前人成语，诗句贵乎肖神，每多刻画求工。夫题既着一二字，着意刻画，则作者得其用意，自应亦向他着意之字上用心摹写，方不辜负题情。"② 题情二字原为动宾短语，表示抒发感情。如吴文英的词《八宝妆》："江寒夜枫怨落，怕流作，题情肠断红。"最早在文学评论中点到"题情"的是明代魏大中的《臧密斋集》，其中有文《付洰儿》："词与意，题固无所不受，妙处在题情受之。妙达题情，自生变化。人奇我文为创，而不知我固以题因也。"③ 此处题情已经变成偏正短语，是题目所包含之感情意蕴。清代方苞的《钦定隆万四书文》载其评徐日久的《象日以杀舜为事》语曰："题中义蕴无不醒豁，更能于题外寻出波澜，以鼓荡题情，是谓妙远不测。"④ 以"题情"论八股，表示题目本身包含的思想内容。最早以"题情"二字论诗歌创作的是雍正时期浦起龙的《读杜心解》。其在评杜甫的《燕子来舟中作》时曰："题情全在一'来'字，故句无呆设。"⑤ 乾隆年间方东树的

---

① 李桢：《分类诗腋》卷2，嘉庆二十二年刻本。
② 叶葆：《应试诗法浅说》，嘉庆间悔读斋重修本。
③ 魏大中：《臧密斋集》卷17，续修四库全书本，第1375册，第30页。
④ 方苞：《钦定隆万四书文》卷6，光绪二年刻本。
⑤ 浦起龙：《读杜心解》卷4，中华书局1978年版，第680页。

《昭昧詹言》提及"题情",相对于"题面"。其评谢朓的《临高台》曰:"起二句先点题情,得势倒点题面。"① 题面指标题字面的意思,题情即指标题所蕴含的寓意、旨意、感情。

陶元藻评无名氏的《广州试越台怀古》"壮气曾难揖,空名信可哀。不堪登临处,花落与花开"时曰:"登第与落第之情何如?以感慨动人,妙只在题目腔子里。"② 腔子里,指题目本身蕴含的精神主旨,即题情。古人登高必赋。居高临下,主体视野的开阔带来思维空间的拓展,容易酝酿出宇宙人生、命运遭际的感慨。此诗将历史兴衰之感与考试之情结合,阐发题意又联系自身,可谓合作,即合乎法度之作。叶葆的《审题法浅说》中云:"愚按场屋诗题多摘前人成语,诗句贵乎肖神,每多刻画求工。夫题既着一二字,着意刻画,则作者得其用意,自应亦向他着意之字上用心摹写,方不辜负题情。"③ 肯定题情,指出士子必须了解原作者用意,才能把握题情。《唐诗应试备体》评裴夷直的《春色满皇州》"大红妆暖树,急绿走阴沟。思妇开香阁,王孙上玉楼"时曰:"默会题情,触手写来,自然合节。"题情是题目本身所蕴含的感情因素,它是全诗感情的生长因子,作者的感情必须依据题情,在一定范围内敷衍开来,从而表达题目所限定的感情,即题上生情。朱琰在《试律举例十二则》中曰:"结联或用颂扬,或用祈请。颂扬贵合体制,祈请贵得身份。总要在题上生情。"④ 不光是颂扬祈请,试律的感情抒发都必须在题情的范围内进行,否则为不切题,是试律写作的硬伤。

毛奇龄在《唐人试帖·序》中提到"诗贵言情,人实不解。而至于八比则敷词帖字而并不得有心思行乎其间。今毋论试诗紧严,有制题之法、

---

① 方东树:《昭昧詹言》卷7,人民文学出版社1961年版,第189页。
② 陶元藻:《唐诗向荣集》卷2,衡河草堂刻本。
③ 叶葆:《应试诗法浅说·审题法浅说》,叶葆《应试诗法浅说》,嘉庆间悔读斋重修本。
④ 朱琰:《唐试律笺·试律举例十二则》,朱琰《唐试律笺》,乾隆二十二年刻本。

有押韵之法、有开承转合、颔颈腹尾之法,而即以用心论,穷神于无何之乡,措思窅渺。虽备极工幻,具冥搜之胜而见之,而颐解目触,一若有会心之处遇于当前,夫乃所谓诗也。"① 首先肯定诗言情的艺术特征,接着点出试律与八股不同。八股文要代圣人立言,用圣人的口吻阐发题意,创作主体处于失语的状态,没有表露感情的空间,即"不得有心思行乎其间"。但试律虽然法度谨严,却是用心之作,并非代他人口气为之。接着他描述了士子面对试题的艺术想象过程。士子在构思活动时,充分发挥想象,从题目中幻设意境,即"无何之乡"。神游其中,见到同样是幻设的意象,如同真实存在的事物一样,即"一若有会心之处遇于当前",达到与别体诗同样的审美效果,即"颐解目触"。《唐诗应试备体》中评白行简的《李太尉重阳日得苏属国书》结句"回头向南望,掩泪对双鱼"时曰:"情生乎文。"② 题目所提供的信息量有限,它的题面或出处都只能是感情的生长点,即"情生乎文"。其中"文"仅指题目题面而言。根据题面幻设的意境和意象成为表达感情的真正媒介,它们取代了可以耳闻目睹的客观外物,成为士子创作试律表现感情的基本要素。

别体诗的思维活动始终和客观物象结合在一起,而物象与诗人感受、情趣的结合便是意象,它是感情表达的首要媒介,伴随着诗人感情的动荡起伏,便会如《文心雕龙·神思》中所谓的"神与物游"。意象的组合构成了整体灵动的画面,再经过感情的渲染便是境界,二者都是感情的载体。试律的意象和境界都是由士子根据题目而幻设摹想的假境界。如蒋鹏翱评赵存约的《鸟散余花落》曰:"可谓刻画精丽矣,所欠者题中一'余'字,竟未着落。须知惟余花,故易堕。易堕故因鸟散而下。略此一字则题中失去一假境界。"③ 其中"假境界"就是由士子虚拟的并不存在

---

① 毛奇龄:《唐人试帖》,嘉庆六年听彝堂本。
② 叶忱、叶栋:《唐诗应试备体》卷6,康熙五十四年最古园刻本。
③ 蒋鹏翱:《唐人五言排律诗论》卷2,康熙五十四年刻本。

的境界。虽然是虚拟的，但由于是作者本人幻设得来，所以并不妨碍其抒发感情。《唐诗应试备体》中评公乘亿的《临江迟来客》"向来殊未至，何处拟相寻。柳结重重眼，萍翻寸寸心"曰："从江上即景写情，琢句新鲜。"① 写江上景色柳树婆娑、浮萍飘动全由题目中"江"字而来。因题情而联想出境界，由境界而成文，同样可以做到一往情深。朱琰评孙昌胤的《越裳献白雉》："北阙欣初见，南枝顾未回。敛容残雪净，矫翼片云开"，曰："'北阙欣初见，南枝顾未回'并写出依依恋阙意。下便形容'白'字，景随情到。"② 因题目中有"白"字，所以就幻设出"残雪""片云"。景随情到，改变了魏晋以来人们所认同的由景生情的情感生成序列。李因培评张少博的《雪夜观象阙待漏》曰："'待'字中景物。"③ 题面中有"待"字，诗歌中景物如"北斗""曙星"全由此字联想而来，是作者想象百官于待漏院中等候上朝时所能看到的景色。

"山川草木，造化自然，此实境也。因心造境，以手运心，此虚景也。虚而为实，是在笔墨有无间衡是非，定工拙矣。"④ 由题而生情，由情而造景，由景而成文，在创作过程中虚拟幻设的景物境界为虚景，即并非作者耳闻目睹或身临其境。幻设的景物、境界是否能淋漓尽致地反映感情，也是衡量试律创作水平的重要指标。《湘灵鼓瑟》是唐代流传下来的试律作品中最著名的一个题目。它有多位作者，除了钱起的"曲终人不见，江上数峰青"让人津津乐道外，魏璀和陈季也有同题作品。朱琰在评魏璀之作时曰："陈季亦云'一弹新月白，数曲暮山青'，然此是曲终余情。魏诗用意题外，故以此作正面语，到结处自能不竭。陈则用意题中，便难为后，低下二联，遂成剩语。"⑤ 二人作品的区别在于"用意题外"和"用意题

---

① 叶忱、叶栋：《唐诗应试备体》卷4，康熙五十四年最古园刻本。
② 朱琰：《唐试律笺》卷上，乾隆二十二年刻本。
③ 李因培：《唐诗观澜集》卷15，乾隆二十四年刻本。
④ 方士庶：《天慵庵随笔》，中华书局1985年版，第1页。
⑤ 朱琰：《唐试律笺》卷上，乾隆二十二年刻本。

中"。魏璀诗中如"寒水""暮山""良马""游鱼"等景物、意象皆是从题目幻设而来的虚境,即用意题外。采用联想的意象表达感情,源源不断让人不觉滞涩。陈季之作,其中意象除了"新月"与"暮山"之外,全从题面和题目出处写去,即用意题中。然而以实境描摹毕竟有限,结句"遗音如可赏,试奏为君听"便使人觉得意尽笔枯,难以为继,即"卑弱"。通过两首诗的对比,朱琰肯定了用意题外,即以心造境,用幻设的虚境表达感情;同时,反对局限于题面,用意题中而缺少发挥。李因培评颜粲的《白露为霜》结句"独念蓬门下,穷年在一方"曰:"用本诗意结,笔稍卑弱。"① 题目出自《诗经·蒹葭》,而结句依然采用原诗的意象及主题,缺少发挥,所以文思窘迫。朱琰评郑谷的《乾符丙申岁奉试春涨曲江池》曰:"妙在'疑'、'似'字作虚景摹写。黄滔诗云'引将诸派水,别贮大都春'实写'涨'字,味反短矣。"② 只就题目描摹,意境狭窄,感情寡淡,诗味自然淡薄。由此,意象的联想对于试律写作和意境摹写来说是必需的过程。叶葆在评无名氏的《洞庭秋月》中曰:"大抵景到而情寓焉。言之有物,诗味方厚。此未可单于试律中求之"。③ 试律写作必须描摹景物,以景寓情,以景传情。丰富的情景描写,才能扩展境界,使诗歌的内容充实厚重。这是诗歌写作的共同规律,所以叶葆说"未可单于试律中求之"。

意象摹写,境界开拓要求做到题目比附密切,描写自然逼真。试律因题而作,任何创作过程都要在题目的统摄之下,即便虚拟也要在题目辐射范围内。朱琰的《试律举例十二则》提到:"诗家感触都由兴象,即事成章、因诗制题。试律则先立题而后赋诗,大要以比附密切为主。"④ 士子所

---

① 李因培:《唐诗观澜集》卷16,乾隆二十四年刻本。
② 朱琰:《唐试律笺》卷下,乾隆二十二年刻本。
③ 叶葆:《应试诗法浅说》卷5,嘉庆间悔读斋重修本。
④ 朱琰:《唐试律笺·试律举例十二则》,朱琰《唐试律笺》,乾隆二十二年刻本。

表达的感情、虚拟的意象、描摹的境界必须与题目紧密相连,即"比附密切"。真正做到因题而感,由题而生,不可拉杂其他,才能切而不脱。在"切"的基础还要做到"真"。虽然景与情都并非真实存在,但在描摹的过程中要"祭神如神在",从内心认可其存在的合理性,肯定其必然性,即毛奇龄《唐人试帖》中所谓"一若有会心之处遇于当前"。既然如同亲身经历,就会感同身受,感情表现自然而然,无矫揉造作之态。正如纪昀评周存的《白云向空尽》所谓:"描写难状之景,而自在涌出,无刻镂艰苦之痕。毛西河以为试帖绝作,信然。"① 而且,自然之情必为真实之情。李桢的《分类诗腋》中提到:"情景二字,最难描写。况景中有情,情中有景。或一句景,一句情,尤属难工。总以真切为妙。"② 虚景中的感情也要做到真实具体、细致自然,从而虚中有实,假中有真。《唐诗应试备体》中评熊孺登的《赋得日暮天无云》"渐吐星河色,遥生水木烟"曰:"摹想景象逼真。"③ 朱琰评无名氏的《月映清淮流》曰:"若诗之佳处,更在由虚而实,次第绝好。次联虚写'映流',四联写'映清淮流',亦用虚摹。至五联则切淮上用事。此等句原不宜多也,句句填砌清淮故事,气必窒而不通矣。如四联极其蕴藉,不必有淮上事,何尝非淮上真景耶?"④ 句句切清淮摹写,不必用典故,不必仰望清空明月,俯视流水如斯,亦能描真景,抒真情。切、真、自然,互相融合,构成了试律表现情感的最高标准。

---

① 纪昀:《唐人试律说》,山渊堂重刻本。
② 李桢:《分类诗腋》卷2,嘉庆二十二年刻本。
③ 叶忱、叶栋:《唐诗应试备体》卷3,康熙五十四年最古园刻本。
④ 朱琰:《唐试律笺》卷下,乾隆二十二年刻本。

第二节　温柔敦厚诗教观与感情的受限表达

试律同别体诗一样可以表达感情，然而，试律的感情表达必须受制于题目，与题情相吻合。并且，作为与政权中心最为接近的诗体，其思想内容、技巧笔法都被赋予政治和道德色彩，加入主流意识形态中。正因为如此，试律比别体诗更深刻地受到温柔敦厚诗教观的影响。它所表达感情的内容、性质和强度进一步受到限制，由此更加拉大了其与别体诗的距离，也拉低了试律的审美价值。

一　诗教观的递变

温柔敦厚是儒家诗学核心观念，其源出自《礼记·经解》："孔子曰：'入其国，其教可知也。其为人也，温柔敦厚，《诗》教也。'"① 这一理论最初只言及《诗经》对于性格的熏陶濡染，即人格修养问题，并非涉及艺术创作，孔子也没有用温柔敦厚去衡量《诗经》作品。所以，若以后世对温柔敦厚的理解为标准，《诗经》当中不合之作甚多。但如同"文质彬彬"之类命题一样，经历代儒学家的阐释，温柔敦厚也逐渐被融合诗歌创作之中，成为重要的审美标准。

作为经典的诗学命题，温柔敦厚的诗教观具有无限的阐释空间。每一个时代的诗论家都会根据实际要求对其进行打磨润色使之表现不同的内涵特征。于清代而言，以康熙朝为界，可以明显地将其划分为明清之际的文人诗教和康乾之后的官方正统诗教。朝代更替，两种文化之间的冲击将诗教观的讨论推升到一个新的高峰。

沈德潜所编选的《国朝诗别裁集》列钱谦益为清朝诗人第一位。抛开

---

① 李学勤主编：《礼记正义》，十三经注疏标点本，北京大学出版社1999年版，第1368页。

第二章 乾隆二十二年到嘉庆末年：试律诗学的完成期

其人格经历不论，钱谦益的文学思想在当时影响颇大，可为清初文人代表。《胡致果诗集序》中，钱谦益提到：

> 余自劫灰之后，不复作诗，见他人诗，不忍竟读。金陵遇胡致果，读其近诗，穆乎其思也，悄乎其词也。愀乎忧乎，使人为之歔欷烦酲。屏营彷徨，如听雍门之琴，聆庄舄之吟，而按蔡女之拍也。致果自定其诗，归其指于"微"之一字，思深哉！其有忧患乎。《传》曰："《春秋》有变例，定哀多微词。"史之大义，未尝不主于微也。二雅之变，至于"赫赫宗周，瞻乌爰止"。诗之立言未尝不著也。扬之而著，非著也；抑之而微，非微也。著与微，修词之枝叶，而非作诗之本原也。学殖以深其根，养气以充其志，发皇乎忠孝恻怛之心，陶冶乎温柔敦厚之教。①

文中所引雍门鼓琴、庄舄越吟、蔡女胡笳三个典故都具有悲情色彩，钱谦益以"微"总括其诗，可见胡致果诗中应该有许多愁苦悲戚之词。赞其有忧患之思，说明沈德潜对诗中的衰微之象给予了肯定，甚至将之比附史书，指出史书的意义在于从衰世中总结经验教训，从而证明诗歌写衰世之哀愁悲切更具合理性。"赫赫宗周""瞻乌爰止"引于《诗经·小雅·正月》，表现周朝沦落的哀婉叹息，在《诗经》中属于变雅，非正。但在他看来，变雅与温柔敦厚的诗教观协调一致，因而，他大力鼓吹诗歌中的哀怨之词，悲戚之感。

"变雅"之名出自《诗大序》，"至于王道衰，礼义废，政教失，国异政，家殊俗，而变风变雅作矣"，指《风》《雅》中表现周朝政治衰败的作品，其感情基调以愤激悲切为主。称之为"变"，区别于主流正脉之"正"，主次权衡，显而易见。黄宗羲与钱谦益的历史评价迥别，但在对温

---

① 钱谦益：《牧斋有学集》，上海古籍出版社1996年版，第800页。

柔敦厚的理解上如出一辙，同样肯定"变"。其在《陈苇庵年伯诗序》谈及正变时提到：

> 《风》自《周南》《召南》，《雅》自《鹿鸣》《文王》之属以及三颂，谓之正经。懿王、夷王而下讫于陈灵公淫乱之事，谓之变风、变雅。此说诗者之言也。而季札听诗，论其得失，未尝及变；孔子教小子以可群可怨，亦未尝及变。然则正变云者，亦言其时耳，初不关于作诗者之有优劣也。美而非谄，刺而非讦，怨而非愤，哀而非私，何不正之有？夫以时而论，天下之治日少而乱日多，事父事君，治日易而乱日难。韩子曰"和平之音淡薄，而愁苦之声要妙；欢愉之词难工，而穷苦之言易好。"向令《风》《雅》而不变，则诗之为道，狭隘而不及情，何以感天地而动鬼神乎？……诗之为教，致使开卷络谷，寄心冥漠，亦是甘苦辛酸之迹未泯也。①

"说诗者"即汉儒，黄宗羲认为汉儒划分正变是以时代为先后，不以优劣为诠次，即正与变之间并无上下之分。将正变标准重置，从根本上打破了传统文人崇正黜变，以"变"为亡国之音、乱世之音的观点，肯定了变风、变雅的存在价值，同时也证明了悲怨激愤之情的存在价值。接着从历史发展的高度说明治世少而乱世、亡国之日多，变风、变雅才是真实反映社会的艺术形式，悲切之情才可以具有巨大、长久的感染力。有些含蓄之作，实因害怕得咎而隐约其词，其实辛酸苦辣自在言中。

清初文人历经丧乱，身陷颠沛流离之苦，国破家亡之难，这使他们更能清醒地认识现实。于是，从实际出发，根据时代背景重新诠释儒家温柔敦厚的诗学观念，肯定变风、变雅之作，提倡抒发哀怨愁苦之情成为主流。时过境迁，当清政权稳固，温柔敦厚的具体内涵也随之改变，并且加

---

① 黄宗羲：《黄梨洲文集》，中华书局1959年版，第345页。

第二章 乾隆二十二年到嘉庆末年：试律诗学的完成期

入主流意识形态建设的体系中，由当权者从上到下强力推行。儒家文学思想关注社会伦理，虽从未脱离政治，但也从未如清代这样被当作朝廷法典，由皇帝直接颁行，而进入官方意识形态中。康熙、乾隆两任皇帝雅爱辞章、博学能文。在他们身上，既有政治家的凌厉和睿智，又有军事独裁者的残忍和果决，还有诗人的敏感多思。康熙曾亲自编选考订《御选唐诗》，乾隆也曾钦定、编选和评定了《御选唐宋诗醇》。其中体现的文学思想充分表现了作为统治者以社稷稳固为本的特色。更因为他们的特殊身份使官方的诗学观点足以形成新的创作主流，而广泛影响到士子们的创作。

康熙五十二年作《御选唐诗·序》曰：

> 古者，六艺之事皆所以涵养性情而为道德之助也，而从容讽咏感人最深者莫近于诗……盖讨索贵于详备，而用以吟咏性情则当挹其精华而漱其芳润……孔子曰：温柔敦厚，诗教也。是编所取虽风格不一，而皆以温柔敦厚为宗。其忧思感愤、倩丽纤巧之作虽工不录，使览者得宣志达情，以范于和平，盖亦用古人以正声感人之义。《记》有之："君子在车，则闻鸾和之音，行则鸣珮玉。是以非辟之心，无自而入也。"审此而朕之寄意于诗与刊布是编之指，俱可得而见矣。①

康熙根据政治统治的需要重新定义了温柔敦厚诗教观的内涵，肯定了诗歌的教化功能。六艺皆可以"涵养性情，而为道德之助"，作为最具有感染力的文学体裁，诗歌更应服务于政治教化，起到道德熏陶和人格典范的作用。因此唐诗中的精华在于符合温柔敦厚诗教观的诗歌，并不包括"忧思感愤、倩丽纤巧之作"。其从抒情性质和写作风格上对诗歌创作加以限定，凡涉及负面情绪作品，皆被排斥于精华之外。批评钱谦益、黄宗羲等人在论及温柔敦厚时，以变声为感人，强调悲愤愁苦之情的观点。引用

---

① 玄烨：《御选唐诗》，武英殿刻本。

《礼记·玉藻》中的典故，认为文人必须规范言行，异端思想才不会乘虚而入，诗歌必须秉承温柔敦厚的原则，规范写作，臻于中正和平以为当世楷模。

　　康熙的温柔敦厚诗教观又回到了传统的轨道上，崇正黜变，倡中正和平之音。相比之下，乾隆的观点则更为保守。在《御制沈德潜选〈国朝诗别裁集〉序》中，把诗歌所要表现的感情直接规定为忠孝之情。"且诗者何？忠孝而已耳。离忠孝而言诗，吾不知其为诗也。"① 以忠孝言诗，认为诗歌存在的唯一依据就是忠孝。除此之外，任何一种感情都不足以表现诗歌，更不可称之为温柔敦厚。以忠孝为标准，乾隆又斥钱谦益为"非人类"，钱名世为"名教罪人"。事实上，以其论评定整个传统文学，则鲜有是"人类"而非"罪人"者。《御选唐宋诗醇》中，乾隆从两代诗人群中只拈出六家，唐代有李白、杜甫、白居易、韩愈，宋代只有苏轼和陆游，其他诗人诗作皆为"忠孝"标准所鄙弃。其书《凡例》中表明乾隆的选诗标准：

　　　　唐宋人以诗鸣者，指不胜屈，其卓然名家者，犹不减数十人。兹独取六家者，谓惟此足称大家也。大家与名家犹大将与名将，其体段正自不同。李杜一时喻亮，固千古稀有，若唐之配白者元，宋之继苏者有黄，在当日亦几角立争雄，而百世论定，则微之有浮华，而无忠爱。鲁直多生涩而少浑成，其视白苏较逊。退之所以文为诗，要其志在直追李杜，实能拔奇于李杜之外。务观包含宏大，亦犹唐有乐天。然同骚坛之大将旗鼓，舍此何适矣？②

能以诗鸣，自非泛泛之辈，其作品可称为优秀。但依然有大家和名家之

---

① 沈德潜：《国朝诗别裁集》，乾隆刻本。
② 弘历：《御选唐宋诗醇》，浙江书局刻本。

分，作品也有假正之别。虽然仍秉持内容和艺术两条标准，但关键还要看有无忠爱之情，这才是区别假正的重要原则。

在集权社会中，至高无上的皇帝掌握着话语权，并且是主流意识形态建设的核心。臣僚的思想必须作为延伸和补充与皇帝保持同步。沈德潜以他的诗学理论验证着这一馆阁文人基本的为官之道。与乾隆一样，沈德潜大力提倡温柔敦厚诗教观，在《明诗别裁集·序》中他将明之国运与诗教兴衰相联系，认为二者有必然的因果关系："虽其间（明弘治、正德之间）规格有余，未能变化，识者咎其鲜自得之趣焉，然取其菁英，彬彬乎大雅之章也。自是而后，正声渐远，繁响竞作，公安袁氏，竟陵钟氏、谭氏，比之自郐无讥，盖诗教衰而国祚亦为之移矣。此升降盛衰之大略也。"① 明弘治、正德间，国力正处于强盛时期，诗坛遂崇正黜变。此后无论公安派，还是竟陵派都偏离正轨，而明代国力也逐渐衰落。因此沈德潜得出兴诗教，崇正声则国运强，反之则衰的结论，将诗教提升到与国计民生、社稷稳固同等重要的地位。早在康熙五十六年，沈德潜作《唐诗别裁集原·序》中就提到："人之作诗，将求诗教之本原也。唐人之诗，有优柔平中、顺成和动之音，亦有志微噍杀、流僻邪散之响。由志微噍杀、流僻邪散而欲上溯乎诗教之本原，犹南辕而之幽、蓟，北辕而之闽、粤，不可得也。"② 唐诗中也有正变之分，其中"优柔平中、顺成和动之音"符合诗教，属于正声，此外的"志微噍杀、流僻邪散之响"则与诗教相悖，属于变声。提倡诗教，必须主张正声，否则就会南辕北辙，去取失当。在乾隆二十八年所作的《重订唐诗别裁集·序》中沈德潜具体阐释了诗教对于国家社会长治久安的功用所在："至于诗教之尊，可以和性情，厚人伦，匡政治，感神明，以及作诗之先审宗旨，继论体裁，继论音节，继论神韵，

---

① 沈德潜：《明诗别裁集》，上海古籍出版社2013年版，第1页。
② 沈德潜：《唐诗别裁集》，上海古籍出版社1979年版，第1页。

而一归于中正和平。"① 此言与《诗大序》所谓"故正得失，动天地，感鬼神，莫近于诗。先王以是经夫妇，成孝敬，厚人伦，美教化，移风俗"看似相同，但实际所指对象不同。沈德潜强调诗教的功能，而《诗大序》只宽泛地言及诗歌整体的作用。沈德潜在汉儒的基础上进一步强化了诗教的作用，以其文坛盟主的身份影响了乾隆时期诗歌发展的主导趋势。

二 试律感情的内涵限定

从明清之际的正变两存到康乾时期的崇正黜变，理论阐释从一般文人群体到皇权直接干预，逐渐将哀怨悲愤等负面情绪从诗歌感情表现范围中剔除，一味地提倡中正和平之音，反映忠爱之情。"从康熙到乾隆，是弘扬诗教最强烈的时代，可以说在此前的任何一个时代，诗教与政治的联系都没有这一历史阶段密切。"② 温柔敦厚诗教观对诗歌的影响越来越趋于保守性、强制性。通过科举的有效途径，试律也被赋予了温柔敦厚的诗教观，由上到下通过政令予以推广，并在诗学理论中加以体现。黄六鸿在《唐诗笙蹄集·序》中曰："唯愿天下学者得其传于李杜高岑，以求夫温柔敦厚之教，上可黼黻圣明之盛化，下可昭垂模范于来兹。"③ "唐人省试之诗非第侈为颂祷取媚当世已也，流逸之词，隽永之思，浑灏之气，温柔敦厚之旨往往而见。"④ 论者在试律诗学领域亦极力强调温柔敦厚诗教观。

温柔敦厚是儒家从伦理道德层面对文人人格品性提出的要求。科举作为官员的选拔考试，人品是评判的主要标准。从考试目的来说，重要性甚至超过了士子的文学修养。乾隆三年十月辛丑谕："士人以品行为先，学问以经义为重。故士之自立也，先道德而后文章；国家之取士也，黜浮华

---

① 沈德潜：《唐诗别裁集》，上海古籍出版社1979年版，第4页。
② 刘文忠：《温柔敦厚与中国诗学》，上海古籍出版社2015年版，第148页。
③ 黄六鸿：《唐诗笙蹄集·凡例》，黄大鸿《唐诗笙蹄集》，乾隆十二年新刻本。
④ 顾桐孙、朱辉珏：《唐人省试诗笺序》，顾桐孙、朱辉珏《唐人省试诗笺》，康熙刻本。

而崇实学。"① 嘉庆十八年，上谕："御史傅棠奏，考试军机章京请钦派大臣在举场公所将试卷弥封，以昭慎重一摺。军机章京入直枢廷，先取人品端谨，再参以文理清顺、字画工楷，方为无愧厥职。"② 皇帝选拔人才，必定以统治需求为重，以试律而考察士子德行，先品性道德而后文章才学。黄六鸿在《唐诗筌蹄集·序》中提出："近复重濂洛关闽之学，崇国风雅颂之教，下其议于朝，欲变论体为制艺，易五判为声诗。所以使人知学术之本原，而得陶情淑性之具，甚盛典也。"③ 将试律看作砥砺性情的工具。乾隆丁丑之后，这种观点更加普遍。沈德潜在《唐诗观澜集·序》中说："从此习雅颂而考声律者，始而诵习，继而涵咏，久而沦浃，可以调性灵而中和矣。"④ 中和的性情指温文尔雅、敦厚持重的儒家理想人格。再结合沈德潜的《四焉斋诗集·序》："古人之作诗者，求达其意而不惟语言之工，故诗之成，可以表性情，将忠敬，厚伦纪，而读其诗者，有以觇其人品之立，与风俗之盛。又其甚者，荐之庙朝，于以成政治，格人鬼，而导一世于和平之中，盖诗之教如此其大也。"⑤由此可知，只有中正和平之性情才是符合温柔敦厚诗教观的。这种理想人格的标准移植到文学作品中即所谓中和的审美原则。

中和之美反映在试律作品的思想内容和情感表达以及艺术技巧等多个层面。首先思想内容要符合中和之美，感情的表达要符合儒家伦理道德和审美原则，即孔子在《论语·为政》中所提出的"思无邪"。"思无邪"的内涵，古往今来，莫衷一是。但对于明清两代士子而言，最为熟悉的版本应该是朱熹的《四书章句集注》。朱熹曰："凡诗之言，善者可以感发人之善心，恶者可以惩创人之逸志，其用归于使人得其情性之正而已……程

---

① 王炜：《清实录科举史料汇编》，武汉大学出版社2015年版，第238页。
② 同上书，第656页。
③ 黄六鸿：《唐诗筌蹄集·凡例》，黄大鸿《唐诗筌蹄集》，乾隆十二年新刻本。
④ 李因培：《唐诗观澜集》，乾隆二十四年刻本。
⑤ 曹一士：《四焉斋诗集》，乾隆十五年刻本。

子曰：'思无邪，诚也。'"① 这就要求感情要符合诚、正的要求，即思无邪。这是情感内容的限定。温柔敦厚的哲学内涵是中庸，而美学要求便是中和。《礼记·中庸》曰："喜怒哀乐未发谓之中，发而皆中节谓之和。"② 朱熹解释曰："喜怒哀乐，情也，其未发，则性也。无所偏倚，故谓之中。发皆中节，情之正也。无所乖戾，故谓之和。"③ 能中和者，为君子，反之则为小人。"君子之所以为中庸者，以其有君子之德，而又能随时以处中也。小人之所以反中庸者，以其有小人之心，而又无所忌惮也。"④ 喜怒哀乐，人之常情，但表之于文，必须有所节制，做到"发乎情，止乎礼义"。这是对情感表现的强度进行限定。文学作品的情感表现涉及儒家文学理论中最重要的审美范畴和审美理想，虽历经不同时代，不同学者的诠释，但截至朱熹，感情的范畴依然宽泛。情感复杂多变，虽喜怒哀乐四字亦不能总括其万一。然而，到了清代，温柔敦厚要求的情感内涵进一步缩小为两极，必须表达正向、积极的感情。消极、负面感情如哀怨悲愤等都属于非中正和平之情，由此陷入白马非马的怪圈当中。如钱泳所云："古人以诗观风化，后人以诗写性情。性情有中正和平，奸恶邪散之不同，诗亦有温柔敦厚、噍杀浮僻之互异。"⑤ 将情感机械地划分为中正和平与奸恶邪散两个极端，直接影响到作品的艺术表现。

清初唐试律选本中常有白行简的《李都尉重阳日得苏属国书》一诗。李因培评之曰："慷慨悲歌，诗有真气，不徒貌为都尉而已，此试律中佳构也。"⑥ 从题目来看，李陵重阳节收到苏武书信，劝其归汉。故国之思、家乡之念、降虏之耻，已经百感交集。感情悲凉慷慨，顺承题意。结句

---

① 朱熹：《论语集注》，朱熹《四书章句集注》，中华书局 1983 年版，第 53 页。
② 李学勤主编：《礼记正义》，十三经注疏标点本，北京大学出版社 1999 年版，第 1422 页。
③ 朱熹：《中庸章句》，朱熹《四书章句集注》，中华书局 1983 年版，第 18 页。
④ 朱熹：《四书章句集注》，中华书局 1983 年版，第 18 页。
⑤ 钱泳：《履园谭诗》，王夫之《清诗话》，上海古籍出版社 2015 年版，第 872 页。
⑥ 李因培：《唐诗观澜集》卷 17，乾隆二十四年刻本。

"登台南望处，掩泪对双鱼"，抒情含蓄，余韵悠长，确不失为佳构。同样一首诗，选于《唐人试律说》中，纪昀却诲莫如深，评曰："此题颇难措语，就题还题，一字不着论断，最善用笔。"① 难措辞处，恐怕就是题中显而易见的悲凉氛围。黄滔的《秋夕闻新雁》云："湘南飞去日，蓟北乍惊秋。叫出陇云夜，闻为客子愁。一声初触梦，半白已侵头。旅馆移欹枕，江城起倚楼。余灯依古壁，片月下沧州。寂听良宵彻，踌躇感岁流。"蒋鹏翮评曰："新秋闻雁，是何境象，赋之何为？此所谓题神也。略貌取神，转从客感着笔，意味自深，词尤清隽可喜。"② 题目有"秋"与"雁"的意象已经包含了悲凉的意味。秋乃肃杀凄凉之意，雁寓家园思念之情，无不让人惆怅凄婉。作者一个"乍"字写出秋景在内心引起的激荡。"客子""白头"又有功名未就、老人迟暮之意。抓住题目之"愁"，方不至于表面描摹而有内蕴。但无论是"悲"还是"愁"，都是带有消极成分的负面情绪，违背了清代试律创作的原则。所以，此诗只能出现于清初法度疏阔时期的唐试律选本里，极少得见于乾隆后期的选本中。

经过对温柔敦厚诗教观的阐释，乾隆时期对试律情感表现有了更加严格具体的限定。

首先，感情格调尚雅去俗，表达官僚情感，排斥社会下层的世俗情感。实际上，个人情感大抵皆为世俗情感，所以这一规则等同于表现官僚群体情感，排斥个人情感。试律的作者为应试士子，虽未必皆雅人韵士，但也属于士人阶层，原与一般作者有所区别。"乡会试八韵，岁科童子试六韵。今上已允大臣之请，次第举行。是集六韵较多而八韵较少。然昔人论五言四韵诗，如四十贤人在座，着一屠沽不得。"③ 并非指屠沽都非贤人，只是感情必须雍容典雅、平和庄重。林联桂的《见星庐馆阁诗话》集

---

① 纪昀：《唐人试律说》，山渊堂重刻本。
② 蒋鹏翮：《唐人五言排律诗论》卷2，康熙五十四年刻本。
③ 谈苑：《唐诗试体分韵·凡例》，谈苑《唐诗试体分韵》，乾隆二十五年刻本。

中探讨试律创作规律,是清代试律诗学最重要的诗话之一。其中提到:"姚秋农侍郎谓:今之科举,试以五言,其体实兼赋、颂。依题敷绎,惟在意切词明,所谓赋也。言必庄雅,无取佻纤,虽源本《风》《雅》,而闺房情好之词,里巷忧愁之作,不容一字阑入行间。"① 在他看来,闺房里巷皆超出馆阁文人的视野范围,恋情忧愁之情也绝不可掺杂于试律内容之间。朱琰的《试律举例十二则》同持此论:"张萧远《履春冰》'一步一愁新',张籍《行不由径》'田里有微径',是村夫子口角,皆寒俭也。"② 此诗反映作者内心惆怅凄凉,论者却以之为寒俭,即缺乏士大夫的雍容之态,反而有山野村夫唯利是图、斤斤计较的世俗气。

儒家文人的理想人格是中正平和,与之相反的恰是世俗百姓的直言不讳,无所顾忌。在清人眼中,二者如泾渭分明:

> (学诗者)身虽生于三代之后,心宜存乎隆古之间,凡吐辞造句,须争上流,于以挽回平民风世运。赓歌飏拜,当如元首之光昌;忠君爱国,当如少陵之恳挚;悠游闲适,当如靖节之高旷;感时述志,当如屈宋之骚辨。引喻而含蓄,大抵总归于淳厚而已。若夫号冤诉怨,直刺显讥,与夫绮语嘲歌,淫词艳曲,乃夫村夫俚妇轻儇狎浪所为。③

士子必吐属典雅,心怀社稷,抒情委婉而秉性纯良,与一般民众才能有所区别。因此,试律写作中拒绝俗情。如纪昀评《赋得识曲听其真》曰:"此与他乐之赏音有别,如泛填'古调'、'知希'等字,是琴瑟不是筝,此中著语须有分寸。不写筝声,不是此题。一写筝声,则上文明说是新声,必不庄重,又非场屋之体。"④ 此题选自《古诗十九首》之《今日良

---

① 林联桂:《见星庐馆阁诗话》,见张寅彭《清诗话三编》,上海古籍出版社2014年版,第4028页。
② 朱琰:《唐试律笺·试律举例十二则》,朱琰《唐试律笺》,乾隆二十二年刻本。
③ 黄六鸿《唐诗筌蹄集·凡例》,黄大鸿《唐诗筌蹄集》,乾隆十二年新刻本。
④ 纪昀:《我法集》卷上,嘉庆五年刻本。

第二章　乾隆二十二年到嘉庆末年：试律诗学的完成期

宴会》：“今日良宴会，欢乐难具陈。弹筝奋逸响，新声妙入神。”新声，指市井流行的民间音乐，代表的是世俗情感，试律不应言及。但若非如此，又不切题，所以士子举棋不定，不知如何下笔。

崇雅去俗，试律选本往往把雅正或雅驯作为选诗标准。

> 试律中尽美之作原不能多，兹选自气体极高，下逮稍稍雅驯者，并广为搜罗，以资考镜。①

> 比年以来，家居多暇，于教授诸生之余，敬观圣祖仁皇帝《钦定全唐诗》册，恐承学之士或因卷帙浩繁，难于遍阅，谨择其言之尤雅者都为一集。②

> 是集所选无多，惟取其质而典雅者以为鹄。盖质则近于古，典雅则不流于俗也。恐开滥溢之门，勿哂耳目之隘。③

> 吾友臧括斋好古能文，兼擅五七言长城，读书之暇，博搜唐人试帖，择其言尤雅驯者得若干首。④

> 间取唐人试帖诸本，选其尤雅正者，得若干首，复为之注。⑤

> 兹更取毛检讨奇龄《试帖》，择其雅炼者录一卷于后，和平中正，颂扬得体，似于场屋更为切近。⑥（沈廷芳《唐诗韶音笺注·凡例》）

雅，具有丰富的审美内涵，陶元藻甚至将其列为试律创作的基本规律。“为此诗者亦有道焉：曰清、曰雅、曰切。得其道，即急就亦有名篇；失其道，虽幸获得终非佳构。”合乎雅的标准，试律则工，反之"第工于一

---

① 李因培：《唐诗观澜集·试律》，李因培《唐诗观澜集》，乾隆二十四年刻本。
② 沈廷芳：《唐诗韶音笺注·序》，沈廷芳《唐诗韶音笺注》，乾隆二十四年刻本。
③ 袁式宏：《唐诗六韵排律浅说·凡例》，袁式宏《唐诗应试排律笺注·唐诗六韵浅说·凡例》，袁式宏《唐诗应试排律笺注》，康熙刻本。
④ 叶之荣：《应试唐诗类释·序》，臧岳《应试唐诗类释》，乾隆四十年刻本。
⑤ 顾桐村、朱辉珏：《唐人省试诗笺·序》，顾桐村、朱辉珏《唐人省试诗笺》，康熙刻本。
⑥ 沈廷芳：《唐诗韶音笺注》，乾隆二十四年刻本。

日，工于一题，使异日易题为之，而工者又忽拙。盖作者每狃一偏之论以求合于体裁，是以下笔辄重浊而不灵，而俗响浮言层见叠出，则甚矣"。①其中，"俗响浮言"便指世俗感情。尚雅去俗，才能符合试律文体创作规范和中正和平的美学要求。

乾隆丁丑后，试律表现感情的范围进一步缩小。李因培的《唐诗观澜集·凡例》："诗者，持也，所以维持世教，兴道致治也。故上自朝廷邦国，下逮妇人、孺子，美盛德之形容，感时物而兴，思莫不发乎情，止乎礼仪焉。"②诗歌的抒情范围进一步局限在歌功颂德，除此之外的感情似乎都与传统的温柔敦厚诗教观相悖。如其评濮阳瓘的《出笼鹘》结句"以君能惠好，不敢没遥空"曰："忠厚之至。"总评曰："英风四起，飒飒有神，一结忠爱惓惓更得风人之旨。"③王荫槲评《路旁时卖故侯瓜》曰："结联忠爱之心溢于楮墨，此温柔敦厚之旨也。"④ 袁守定的《诗法度针·序》曰："而诗者，橐籥元化、甄陶国风。古者，軺轩采之，奏之郊庙，是务以发抒性情，聿归忠孝为正则耳。"⑤ 中正和平被等同于忠孝，情感的范围又一次缩小，而离自然本真的表达越来越远。

其次，崇尚正向、积极情感，摒弃负面、消极情感。面对不同的外物，人们有不同的主观体验，愉快或悲哀，愤怒或恐惧，也各有不同的情感表现。抒情诗之所以感人至深，即是因为不同的情感色调都能够引起不同读者的心理共鸣。然而试律写作却将人类正常情感以衰飒与否分成两类，只能表现正面积极情感，抹杀人的消极负面情感。以行政手段干预诗歌发展创作，清代皇帝所为可谓旷古绝今。康熙作《御选唐诗·序》就提到："其忧思感愤、倩丽纤巧之作虽工不录。使览者得宣志达情，以范于

---

① 陶元藻：《唐诗向荣集·序》，陶元藻《唐诗向荣集》，衡河草堂刻本。
② 李因培：《唐诗观澜集》，乾隆二十四年刻本。
③ 同上书，卷20。
④ 蔡琳：《获华堂试帖》卷上，光绪十八年刻本。
⑤ 徐文弼：《诗法度针》，藻文堂刻本。

第二章 乾隆二十二年到嘉庆末年：试律诗学的完成期

和平。"① 为了粉饰太平，宣示政权的合法性，忧思感愤之作被排除唐诗范围。在清朝统治者看来，也许文人本不应拥有负面情感。《清稗类钞》第一册"高宗斥世臣诗稿"条记载：

> 高宗驻跸盛京，祗谒陵寝，以祭器潦草错误，革盛京礼部侍郎世臣职。又以世臣诗稿有"霜侵鬓朽叹途穷"之句，谕谓："卿贰崇阶，有何穷途之叹！彼自拟苏轼之谪黄州，以彼其才其学，与轼执鞭，将唾而鄙之。"世臣诗又有云"秋色招人懒上朝"，谕谓："寅清重秩，自应夙夜靖共，乃以疏懒鸣高，何以为庶僚表率？"诗又云"半轮明月西沈夜，应照长安尔我家"，谕以"盛京为丰沛旧乡，世臣不应忘却"严旨斥责，即令满员官盛京者各书一通，悬之公署。②

叹老嗟卑是古典诗歌中一个重要题材。宦海烟波，起伏不定，个中难与人说。年华老去，功业未就，所以"霜侵鬓朽叹途穷"；秋风乍起，一怀愁绪，当然"秋色招人懒上朝"；明月西垂，乡情切切，怎不"半轮明月西沈夜，应照长安尔我家"。三种最为正常本真的感情却被乾隆严旨斥责并悬之公署。此人之仕途可以想见，命运可以想见，文人的尊严亦随之扫地。

风动于上而波震于下，朝堂上从来不缺善于体察圣意的臣子。沈德潜《午梦堂集序》曰："诗教主于温柔敦厚，凡怨诽之音，兀傺之习，非诗之正也。"③ 试律写作必须中正平和，否定一切消极情感，忌用一切负面字眼。"愁嗟等字，韵不甚佳，似非应制所宜，有可用处当善用之。"④ 叶忱评喻凫的《监试夜雨滴空阶》结句"病身惟辗转，谁见此时怀"曰："结

---

① 玄烨：《御选唐诗》，武英殿刻本。
② 徐珂：《清稗类钞》，中华书局1984年版，第248页。
③ 叶袁绍：《午梦堂集》，中华书局1998年版，第1094页。
④ 聂铣敏：《聂蓉峰寄岳云斋论试帖十则》，郑锡瀛《注释分体试帖法程》，光绪十九年刻本。

无丐态,甚佳。然遇试不可用'愁'、'病'等字。"① 纪昀的《唐人试律说》中评黄滔的《白云归帝乡》曰:"庄子'乘彼白云,至于帝乡'。郭象注曰:'气散则无不之'。明以登遐为言,殊难措笔。故此诗就题论题,直以帝乡为京师。凡题有应顾本旨者,如'风雨鸡鸣',必不可不切君子;有可不拘本旨者,如'春草碧色',可不必切送别,各以意消息之。"② 题目"春草碧色"出自江淹的《别赋》,陈离别之情,"白云归帝乡"亦有消散之意,二者都具有消极的味道。试律写作非常重视题目出处,审题调度必须与之相合,称为切题。然而遇到此消极题目,却不能一概论之,而要消除原有的萧飒之气,换之以平和之感。另一个著名的题目是"玉卮无当",出自《韩非子·外储说右上》:"夫瓦器至贱也,不漏可以盛酒,虽有千金之玉卮,至贵而无当,漏不可盛水,则人孰注浆哉。为人主而漏其君臣之语,譬犹玉卮之无当。"卮为酒器,"当"即杯底。虽为玉制,但杯而无底,则华而不实。若据题意而实发,必多消极之语。纪昀评曰:"韩非此意,言玉卮无当,不如瓦卮有当,然试律之体,有褒无贬,有颂无刺,不得不立意斡旋,此立言之体也。"③ 谈苑评曰:"题乃美中不足语,故起语即作回护。"④ 不管"消息""斡旋"或是"回护",都要求士子抹去题情中的消极色调,坚持感情的积极正面表达。

试律写作拒绝一切负面情感,能否转化感情色调从消极负面为积极正向,这是考察士子思力识见的重要指标,也是评价试律的重要标准。这条清代试律写作一以贯之的准绳,唐代便开端绪。蒋鹏翮评李肱的《霓裳羽衣曲》曰:"按《云溪友议》,文宗元年秋,诏礼部侍郎高锴复司贡籍曰:'宗子维城宜无令废绝,常年宗正寺解送人,恐有福薄以忝科名,在卿精

---

① 叶忱、叶栋:《唐诗应试备体》卷2,康熙五十四年最古园刻本。
② 纪昀:《唐人试律说》,山渊堂重刻本。
③ 同上。
④ 谈苑:《唐诗试体分韵》卷1,乾隆二十五年刻本。

第二章 乾隆二十二年到嘉庆末年：试律诗学的完成期

检，勿妨贤路。'"① 福泽深厚才能中第，福薄灾生必定黜落，标准之一就是有无表露消极情感。乾隆时期，陶元藻评李君房的《石季伦金谷故园》曰："'月落'句为'故'字勾魂，真属有神有味。然连用'落'、'吊'、'空'三字，觉萧飒太甚，为近今场屋所忌。盖唐时主试者识见高，而避忌少。故但取其句之工，不计其字面之吉与否也，至后世则不然矣。且主司又往往于此觇人之富贵福泽，故凡一切忧愁、哭泣、悲哀、疾病、患难、丧乱、孤苦、衰朽、崩陨等字俱宜慎用。学者幸勿藉口古人，自贻伊戚。"② 陶元藻为乾隆贡生，号称才子但屡试不第，无奈转而著书立说。此中提到唐代试律创作自由是因为主司识见高明，避忌尚少之故，满腹牢骚，溢于言表。可见，此条标准的确至清代而转为严格。有无衰飒字眼，是否表达负面感情，是阅卷过程中最易把握，最为直观的尺度，也是论定士子命运凶吉的标志。恰如纪昀评《赋得以虫鸣秋》："题颇衰飒，然既作试帖，自作不得十分衰飒语，仅见大意足矣。"③ 言下之意，题情虽涉及衰飒，若十分切题则过犹不及，稍点题面，斯为足矣。虽然试律必须要因题而作，但感情的限定标准已经凌驾于审题法度之上。

最后，从感情内容上摒弃风月言情。陆机的"诗缘情而绮靡"强调诗歌表达内心情感，给读者带来美感享受。此中的"情"本是宽泛的概念，并未与儒家传统诗论冲突。但他只提"缘情"，而并未"止乎礼义"，因此情的范围被误解为男女之情。唐代楼颖的《国秀集·原序》曰："诗缘情而绮靡'是彩色相宜，艳霞交映，风流婉丽之谓也。仲尼定礼乐，正雅颂，采古诗三千余什，得三百五篇，皆舞而蹈之，弦而歌之，亦取其顺泽者也……风雅之后，数千载间，词人才子礼乐大坏。"④ 其论将陆机所谓

---

① 蒋鹏翮：《唐人五言排律诗论》卷2，康熙五十四年刻本。
② 陶元藻：《唐诗向荣集》卷2，衡河草堂刻本。
③ 纪昀：《我法集》卷上，嘉庆五年刻本。
④ 芮挺章：《国秀集》，明新安程明恕刻本。

"情"与《诗经》相对。《诗经》之情既体现合于性情之正,又有教化功能,为孔子所要求的顺泽之情。"彩色相宣,艳霞交映,风流婉丽"皆指男女之情。沉湎其中,使士子迷惑本性,败坏了儒家伦理道德。言下之意,男女言情之作背离了儒家传统诗教观。

沈德潜的《国朝诗别裁集》可以将"贰臣"钱谦益列于清诗人之首,但却无法容忍言情之作,其在《凡例》中提到:

> 诗之为道,不外孔子教小子、教伯鱼数言,而其立言一归于温柔敦厚,无古今,一也。自陆士衡有"缘情绮靡"之语,后人奉以为宗,波流滔滔,去而日远矣。选中体制各殊,要惟恐失温柔敦厚之旨……诗必原本性情,关乎人伦日用及古今成败兴坏之故者,方为可存,所谓其言有物也。若一无关,徒办浮华,又或叫号撞搪以出之,非风人之指矣。尤有甚者,动作温柔乡语,如王次回《疑雨集》之类,最足害人心术,一概不存。①

沈德潜肯定温柔敦厚为古今诗歌的基本原则,批评陆机的观点有悖诗教,尤其反对温柔乡语的爱情诗,极力痛斥之为"害人心术"。纪昀同样强调温柔敦厚,在《云林诗钞·序》中提到:"一则知'发乎情',而不必其'止乎礼义',自陆平原'缘情'一语引入歧途,其究乃至于绘画横陈,不诚已甚欤。"② 与沈德潜的观点异曲同工,批评了陆机缺乏对感情的限定,只知"发乎情",不知"止乎礼义",以至于流为宫体诗的泛滥。爱情有害心术,动摇情性之正,在这种情感论的影响下,选家皆避之唯恐不及。徐文弼的《诗法度针·凡例》称:"宫闱艳词纵称工绝,概置不收。虽贞淫美刺并载风诗,然后人于香奁伪体,穷力追新,未必足以惩创,故

---

① 沈德潜:《国朝诗别裁集》,乾隆刻本。
② 纪昀:《纪文达公遗集》卷9,嘉庆十七年刻本。

凡属无题托寓诸作,必兢兢别裁,总祈不失性情之正。"① 凡有宫闱恋情者,皆可判为性情不正,一概摒弃。

男女之情是人类最基本、最纯真的感情,也是传统诗歌中最动人的篇章,但却被列为禁地,让士子们望而却步。叶葆评吴秘的《吴宫教战》曰:"如此题,若作游戏小题看,或涉香艳,便不合体。是作中写教战,未免稍涉浓艳,然尚不大伤雅道。"② 此题写后宫女子,不免香艳,不符合诗教。但又涉及教战,是国之大事,才勉强评之"不大伤雅道"。樊增祥的《两强勉斋馆课诗赋·序》论及试律之"失"时,言到:"至于仿佛闺襜,流传宫体。吐艳则惊蛱蝶,缘情而赋鸳鸯,百宝流苏非时即挂,七襄文锦随地可施。岂知北里清歌,未许参随法部;新丰冶叶,讵堪移种灵和。是故工玉谿之绮语朝籍无名,摘小山之艳词儒流不乐。若斯之类,其失也佻。"③ 他将爱情等同于艳情,批之曰"佻",贬之无余。提醒士子凡善言情者,如李商隐、晏几道皆遭儒林鄙弃而致仕途无望,决不可写男女之情,效仿其轻佻之失。

三 试律感情的强度限定

温柔敦厚的哲学内涵是中庸,体现在文学的最高审美原则中是中和。中庸出自《礼记·中庸》,子曰:"舜其大知也欤!舜好问而好察迩言,隐恶而扬善,执其两端,用其中于民。其斯以为舜乎。"④ 朱熹解曰:"两端,谓众论不同之极致。盖凡物皆有两端,如大小厚薄之类。于善之中又执其两端,而量度以取中,然后用之,则其择之审而行之至矣。然非在我之权度精切不差,何以与此?此知之所以无过不及,而道之所以行也。"⑤ 舜具

---

① 徐文弼:《诗法度针》,藻文堂刻本。
② 叶葆:《应试诗法浅说》卷3,嘉庆间悔读斋重修本。
③ 樊增祥:《樊山集》,光绪二十八年刻本。
④ 李学勤主编:《礼记正义》,十三经注疏标点本,北京大学出版社1999年版,第1425页。
⑤ 朱熹:《中庸章句》,朱熹《四书章句集注》,中华书局1983年版,第20页。

有大智慧,他的执政秘术即中庸之道。两端为万物两极,过犹不及,都不符合中庸,必须权衡折中,才能不偏不倚。文学亦要体现中庸之道,便是中和之美。《论语·八佾》中孔子"乐而不淫,哀而不伤"的观点就体现了中和的美感。文学作品的感情必须有所节制,不能过与不及。《诗大序》中"发乎情,止乎礼义"同时对情感的性质和强度进行约束,要求符合中和原则。感情表达杜绝随性、任意,必须含蓄蕴藉,达到婉转悠远的艺术效果。

康熙四十一年御制《训饬士子文》,重申了温柔敦厚的原则,要求士子"敦孝顺以事亲,秉忠贞以立志。穷经考业,勿杂荒诞之谈;取友亲师,悉化骄盈之气。文章归于醇雅,毋事浮华;轨度式于规绳,最防荡轶"。①荡轶即抒情肆无忌惮、放荡不羁,"发乎情"但没有"止乎礼义"。沈德潜的《说诗晬语》更加秉承温柔敦厚原则,批评感情浮夸不实。"点染风花,何妨少为失实?若小小送别,而动欲沾巾;聊作旅人,而便云万里;登陟培塿,比拟华、嵩;偶遇庸人,顿言良哲。以至本居泉石,更怀遁世之思;业处欢娱,忽作穷途之哭。准之立言,皆为失体。"② 相较而言,纪昀所持论点最为通达,哪怕对于艳体诗,也绝非一概否定。他在《云林诗钞·序》中曰:"李、杜、韩、苏诸集岂无艳体,然不至如晚唐人诗之纤且亵也。"③ 虽为艳体,抒写有度,不至于浮靡轻艳,也无损于温柔敦厚之旨。他更强调士子应提高性情修养,强化对感情的积极把握:

夫"欢愉之辞难工,愁苦之音易好",论诗家成习语矣。然以龌龊之胸贮穷愁之气,上者不过寒瘦之词,下而至于琐屑寒乞无所不至,其为好也亦仅。甚至激忿牢骚,怼及君父,裂名教之妨者有矣。

---

① 素尔讷:《钦定学政全书校注》,武汉大学出版 2009 年版,第 8 页。
② 沈德潜:《说诗晬语》,《原诗·一瓢诗话·说诗晬语》,人民文学出版社 1998 年版,第 242 页。
③ 纪昀:《俭重堂诗·序》,纪昀《纪文达公遗集》卷 9,嘉庆十七年刻本。

第二章　乾隆二十二年到嘉庆末年：试律诗学的完成期

> 兴观群怨之旨彼且乌识哉？是集以不可一世之才困顿偃蹇，感激豪宕而不乖乎温柔敦厚之正，可谓发乎情，止乎礼义者矣！①

以和平敦厚之性弱化不平之气，使之无碍于国家政权的长治久安，无损于儒家伦理道德。在《风月诗集·序》中纪昀言及诗之正轨曰："真穷而后工，又能不累于穷，不以酸恻激烈为工者，温柔敦厚之教其是之谓乎？三古以来，放逐之臣，黄馘牖下之士不知其凡几，其托诗以抒哀怨者亦不知其凡几。平心而论，要当以不涉怨尤之怀，不伤忠孝之旨为诗之正轨。"②哀怨之情人常有之，纪昀对此并未否定，但不能动摇根本的忠孝之心。发乎哀怨，而止乎忠孝，有限度的抒情才是诗之正轨，士子必须对感情的强度进行有效的调控。

试律题目出于万端，歌舞升平与惆怅孤寂之题兼而有之；士子之心恰如其面，意气风发与寒酸落魄者亦兼而有之。而抒情却要一律，不可萧飒，不可激越。"又或题境索莫，亦必于淡中着相。此试律第一义也。"③总而言之，就是要淡而化之。浓中取淡，重中取轻，弱化感情色彩，降低感情强度。这一点，温柔敦厚对试律创作的影响要超过别体诗。徐守真的《韦每斋试帖·序》中曰："又不敢作古体诗。以余生性粗豪，蓄于心者放斯，发于口者妄。无诗则已，凡有题咏类皆目空一世，不欲作寻常语，而自夸自大未免近于狂而纵矣。不得已而寄意于排律，盖为题所缚，斯粗豪之性□由得而逞焉。"④虽然题目对感情内容有所规定，但一题多作，完全有可能呈现不同的风格。题情对感情的约束远没有温柔敦厚诗教观的作用深远强烈。按照中和原则，士子会不自觉地降低感情的强度，调整感情的内容，从关西大汉变成妙龄女子，收束起自身的愤懑激情，淡而化之。

---

① 纪昀：《俭重堂诗·序》，纪昀《纪文达公遗集》卷9，嘉庆十七年刻本。
② 同上。
③ 朱琰：《唐试律笺·试律举例十二则》，朱琰《唐试律笺》，乾隆二十二年刻本。
④ 徐守真：《韦每斋试帖》，光绪二十四年刻本。

小结

人之情发于自然,本无关乎道德、政治。温柔敦厚也只是儒家对人格修养的要求,经过历代学者的不断阐释,衍生出中正平和的审美原则,"发乎情,止乎礼义"的抒情原则。自从汉代儒学被定为官学后,儒家文学观点便成了官方思想,从而对文学创作,尤其是清代试律诗学,起到了无可比拟的影响力。政治法规、道德伦理的几度筛选后,试律所表达的情感破除了个体情感而变成士大夫群体情感;拒绝消极情感,坚持颂圣,而变成了政治情感;排斥艳情之作而变成道德情感,属于主体的情感被极度挤压。与此同时,委婉含蓄的抒情方式,中正平和的审美要求又弱化了感情的表现强度。个体情感的复杂性、多变性被道德政治剔除,使之无法加入试律情感的生成序列中,无法真切自然地表现士子的真情实感。"今增至六韵八韵以之甄陶品类,歌咏升平,期间有绳尺有范围,而与作诗者之性情不相维系焉。"① 创作主体与试律内容之间存在着难以逾越的距离感,终隔一层。"诗起歌谣,出于天籁,本不于章句求工。赤子之心,质实无伪,所谓啼笑皆真实,诗之本原也。至后来章句悉工时,则天机夺于人为,而真意亡矣。"② 无论何种文学体裁都应该是个性化创作,反映创作主体的真实感情。科举文学之所以评价不高,其根本在于士子的情感被创作规范所遮蔽,而试律的抒情功能亦被硬性削弱。功名富贵系于斯,士子不得不敛情就范,从而直接拉低了试律的审美价值。

---

① 凌泗:《长春花馆试帖序》,徐元璋《长春花馆试帖》,光绪十四年刻本。
② 梅根居士:《蓼花斋试帖·序》,罗萱《蓼花斋试帖》,光绪三年刻本。

第三节 从讽刺到颂圣

"赋、比、兴"是对《诗经》表现手法的归纳,但深而言之,也是诗学史上含义最为复杂和丰富的概念。历代诗学不断地将其赋予新的内容,使之承受了越来越多的政治和道德伦理的使命,从而脱离表现手法的范畴而有所轩轾。"赋、比、兴"本身的含义就各有侧重。相对于赋而言,比、兴都有隐喻的意味,更具有讽刺的功能。《文心雕龙·比兴》载:"比则蓄愤以斥言,兴则环譬以托讽,盖随时之义不一,故诗人之志有二也。"不论斥言还是托讽,作者都是心怀感愤,诉之于文,采用了讽刺笔法。刘勰显然非常认同"比、兴"的讽刺手法,又云:"楚襄信谗,而三闾忠烈,依《诗》制《骚》,讽兼比兴。炎汉虽盛,而辞人夸毗,讽刺道丧,故兴义销亡。"肯定《离骚》从《诗经》继承的比兴手法,对比之下,汉赋作家奴颜媚主,不敢讽刺,遂远离《诗经》比兴传统。这里的比兴与讽刺笔法具有同质性,与二者相对的是"夸毗",指文人的谄媚苟且没有骨气,不符合"蓄愤"的主观条件。"夸毗"之作必多颂扬讨好之语,自然不可能以讽刺而揭露时弊,以比兴而抒发愤慨。

清初期论者尚以比兴论诗。如毛张建评李体仁的《飞鸿响远音》结句"欲知多怨思,听取暮烟中"曰:"余情可想,深合比兴之意。"① 蒋鹏翮评张子容的《长安早春》曰:"鸿渐莺迁,点缀早春,恰兴起欲仕意,以桂枝联入柳条,亦复有裁缝灭迹之巧。"② 皆有因物起兴,比喻言情之意。但从乾隆时代开始,比兴渐渐从试律的评论术语中消失,论者往往只提及"赋",而少"比兴",逐渐将之抽离试律诗学理论体系。"诗有六义,其

---

① 毛张建:《试体唐诗》卷4,康熙刻本。
② 蒋鹏翮:《唐人五言排律诗论》卷2,康熙五十四年刻本。

妙在于比兴与风。今应制诸体，辞兼雅颂，试律之义敷陈居多，扩而充之，举非其类。"① "诗有六艺，三经、三纬。是已今之科举试以五言，其体实兼赋颂。盖依题敷绎，惟在意切辞明，所谓赋也。言必庄雅，无取佻纤，虽源本《风》《雅》，如闺房情好之词，里巷忧愁之作不容一字阑入行间。"② 此论将本为表现手法的"赋"，涂抹了更多的道德色彩。将比兴剔除最初"赋比兴"的整体，明确昭示出试律与别体诗的本质不同。

一 清初对讽刺笔法的肯定

从孔子的"兴观群怨"到《诗大序》的"主文而谲谏"，儒家诗学都在不遗余力地强调诗歌的社会政治功能，使之成为中国诗学的核心观点之一。文学是一种社会实践活动，不存在纯粹的、不食人间烟火的纯文学。讽刺对于文人来讲，无异于参与国家建设的权利和途径。试律与政权中心距离尤近，更应该体现怨刺上政的特点。

唐试律法度宽松，去别体诗尤未远，其中便有讽刺的作品。"人言应制、《早朝》等诗从无佳作，非也。此等诗竟将堂皇冠冕之字，累成善颂善祷之辞，献谀呈媚，岂有佳作？若以堂皇冠冕之字，寓箴规，陈利弊，达万方之情于九重之上，虽求其不佳，亦不可得也。余选《唐诗正雅集》中，颇有此等诗，未尝不佳。但后人作此，措辞炼句，切须顾虑周详，毋致与璧俱碎，则尽善矣。"③ 与别体诗相比，试律佳作的确不多，古今论者多不看好。康熙末年，试律选士的改革举措呼之欲出，大批唐试律选本随之出现，《唐诗正雅集》即属此类，也以应制、应试为主。薛雪对讽刺诗评价极高，认为它们可以"以堂皇冠冕之字，寓箴规，陈利弊，达万方之

---

① 李因培：《唐诗观澜集·凡例》，李因培《唐诗观澜集》，乾隆二十四年刻本。
② 姚文甲：《瀛海探骊集·序》，朱埏之《瀛海探骊集》，嘉庆十九年刻本。
③ 薛雪：《一瓢诗话》，《原诗·一瓢诗话·说诗晬语》，人民文学出版社1998年版，第687页。

第二章 乾隆二十二年到嘉庆末年：试律诗学的完成期

情于九重之上"。能以试律的形式而有针砭现实、讽刺时政的力度，还可上达天听，文质彬彬，可谓佳矣。但这种做法显然颇有风险，薛雪不禁善意提醒士子，必须考虑周详，否则祸不久矣。丁泽是唐大历十年状元，他的试律写作应该能代表当时的潮流。蒋鹏翮的《唐人五言排律诗论》收其一首《主上元日梦王母献白玉环》，评曰："西王母之说，本属不经。入梦献环，正《周礼》所谓思梦，因觉时所思而梦者也。落句说得森然，即更灵妙，'归物外'、'晓人寰'。梦则既已觉矣，王母安在耶？玉环安在耶？方寸灵台，仙源斯在？清心寡欲，即是金丹，岂必求之身外哉？绝妙点化，其词近似颂扬，其意则深于讽刺矣。"① 又评马异的《观开元皇帝东封图》结句"何年复东幸，鲁叟望悠哉"曰："然而东幸则安可复望哉？康伯可题宋徽宗画云：'玉辇宸游事已空，尚余奎藻绘春风。年年花鸟无穷恨，尽在苍梧夕照中'，与此意亦相类也。"② 观盛世图画，联想到国运日衰，繁华不在，心念社稷，感喟遂生。以试律为讽刺，看似颂扬实则讽喻，婉转含蓄，深合汉儒讽刺之旨。

讽刺笔法首先要求作者具有独立的主体性。因为它是"一种高尚的精神和道德的情操，无法在一个罪恶和愚蠢的世界里，实现它的自觉的理想，于是带着一腔火热的愤怒，或是微妙的巧智和冷酷辛辣的语调，去反对当前的事物"。③ 创作主体是有高尚的道德和情操的独立的个体，作品才能自由地表现出他们的愤怒和巧智。这种完整自在地反映自己的感情，发泄自己的情绪，即刘勰所谓"蓄愤"。在试律中体现自己的精神意愿、思想气质称为有"身份"。言为心声，通过诗歌的写作，观其言、察其行，则可真实地反映作者的学殖修养，甚至操守人品。这也是试律有选士功能的主要依据。唐试律往往能反映士子的身份，体现诗歌的主体性特点。如

---

① 蒋鹏翮：《唐人五言排律诗论》卷1，康熙五十四年刻本。
② 同上书，卷2。
③ ［德］黑格尔：《美学》卷2，朱光潜译，商务印书馆2011年版，第266页。

李因培评席夔的《赋得竹箭有筠》"虚心如待物，劲节自留春"句曰："说得有身份。"① 士子以竹自喻，表明高风亮节、虚怀若谷。评陆贽的《禁中春松》"愿符千载寿，不羡五株封"句曰："何等气骨。"② 蒋鹏翮评王季友的《玉壶冰》结句"正值求珪瓒，提携共饮冰"句曰："画亦无此工确矣，末以珪瓒自比、饮冰自励，恰好双结而身份更高。"③ "身份"即士子自身的写照，是对自身人格力量的肯定。拥有独立的人格，便可以在诗歌中表现自己的见解，抒发个人的感情，也可以相对自由地议论。例如，韩愈《春雪间早梅》全首以梅自比，清高自许。结句"愿得长辉映，轻微敢自珍"，表明心迹，即便人微言轻，也不改铮铮傲骨。韩愈此首咏梅诗在清代可谓异调别响，按照试律写作规范来说，不合法度。李因培评曰："韩公笔凝重有力，然多拗气，以之为试律，别是一格，而无伤于大雅。"④ 对于试律正格而言，此种"拗气"只能算是变格，但论者显然对其颇为欣赏，显示出清初对于创作主体性的重视。

试律创作尤重结句，唐试律结句多样化，可以干请、自寓或者直接关合试事。从重视"身份"出发，清初批评对结句干请往往不喜。毛奇龄评喻凫的《监试夜雨滴空阶》结句"病身惟辗转，谁见此时怀"曰："结无丐态，甚佳。"⑤ 李因培评罗立言的《赋得沽美玉》起句"谁怜被褐士，怀玉正求沽"曰："起有乞相，在'求'字上说，即低。"⑥ 只就字面上理解，此句正是关合试事，符合实情。考场士子待价而沽，生杀予夺全在主司一念之差。然而就实情而写，虽符合试律写作，却显得人格萎缩，英雄气短，以至于拉低整首诗的品格，即乞儿相，或丐态。评郑谷的《乾符丙

---

① 李因培：《唐诗观澜集》卷17，乾隆二十四年刻本。
② 同上书，卷15。
③ 蒋鹏翮：《唐人五言排律诗论》卷2，康熙五十四年刻本。
④ 李因培：《唐诗观澜集》卷20，乾隆二十四年刻本。
⑤ 毛奇龄：《唐人试帖》卷4，嘉庆六年听彝堂本。
⑥ 李因培：《唐诗观澜集》卷17，乾隆二十四年刻本。

申岁奉试春涨曲江池》结句"桂花如入手,愿作从游人"曰:"无味。"①虽然唐试律可以干请,符合创作规范,但凡干请,多半非或陋即无味,只能显示功利之心。而且多半拼凑,与整首诗意境不合,终是意尽笔枯,浅薄滞涩。以干请为结句取消了主体表达感情和评判现实的权利,削弱了士子在试律创作中的存在感,也即"士"子的身份降低。

二 讽刺笔法的湮没

中国的文人延续着从先秦以来士的政治血液。他们总是主观地认为可以作为民意的代表褒贬政治,也可以作为最底层的统治阶层或者官僚阶层的后备军协调社会政治正常运行。他们有忧黎民、济苍生的社会责任感,能以诗为剑,以笔为矛。诗歌的"怨刺"使之生来就拥有一般老百姓不敢奢望的政治特权。然而与宋代、明代不同,清廷严禁官僚士子议论朝政。《国史大纲》记载"虽内如翰林编、检、外如道、府长官,亦不得专褶言事",因为"翰林院编修、检讨皆由庶吉士授职,士林欣羡,以为荣遇,然谋议不参,谏诤不纳。僚友过从,但以诗、赋、楷法相砥砺,最高讨论经籍训诂,止矣。较之明代以翰林储才之初意,差失甚远"。而且"又严禁士人建白军民利病",为此"顺治九年,立卧碑于各省儒学之明伦堂。凡军民一切利病,不须生员上书陈言。如有一言建白,以违制论,黜革治罪"。② 文人不能言政,这等同于剥夺了他们在社会历史中的存在感,士人的人格完全湮没于政治的泥淖之中。

艺术来源于生活,对于试律这种科举文学而言,更多地来源于政治生活。因此,唐试律当中针砭社会、拯救时弊之作自应有之,而在清人选本中它们却备受冷落。《唐诗韶音笺注·凡例》载:"《全唐诗》五言八韵尚

---

① 李因培:《唐诗观澜集》卷19,乾隆二十四年刻本。
② 钱穆:《国史大纲》,商务印书馆2013年版,第841页。

多杰作,是集率皆略去,或以题虽应制而声律未谐,或以气味虽佳而体裁未协。盖所选即间有闲适之作,要皆明堂清庙之音。其余放言逸响既于应制非宜,概置弗录。"① 这些与应制体裁不符合的"放言逸响"大概就是肆意讽刺之作。叶之荣的《应试唐诗类释序》中曰:"顾唐诗之流布于今者不下数十百种,而应试诗独寥寥无几,盖应试诗如今日之乡会墨,大率皆敛才就法帖。然于规矩准绳之中,非如嘲风弄月、对景兴怀之大放厥词而驰骋其才华者可比。"② 同样,这些"大放厥词"之作也被加以否定。士子被忠告务必恪守本分,不得越职言事。"古人立言之体,职思其居。在官言官,在府言府,其准则也。是以君子无越畔之思,有靖共之义。江湖魏阙,各道其常。至于赠答言情,恒就目前抒写。"③ 士子必须认清自己的身份,不能对政策有任何异议,更加不能反映在诗文当中。所以,清代诗学理论相比前代更加保守,最好提笔不涉讽刺,开口莫言谏诤。

南宋周紫芝的《竹坡诗话》记载了柳公权与唐文宗联句。唐文宗有"人皆苦炎热,我爱夏日长"之句,柳公权云:"熏风自南来,凉殿自微凉。"周紫芝评曰:"殊不寓规谏之意何也?盖责文宗享殿阁之凉,而不知人间之苦,所以讥之深矣,晓人岂不当如是耶?"④ 周紫芝为柳公权辩护,认为其句中并非不含讽刺之义,只是比较婉转含蓄而已,言下之意认同诗歌中应含有讽刺之意。苏轼同样不满柳公权句中不含讽刺,遂替之补充,以完全诗,并曰:"柳公权小子与文宗联句,有美而无箴,故为足成其篇云。"⑤ 宋代朝廷倡导风闻言事,宋诗遂以议论为诗,发挥讽刺的创作精神,这是宋调的主要特色。不管周紫芝还是苏轼都认为诗歌必须讽刺议论,对此他们意见一致。不过,表面看来,柳公权所联诗句确实看不出有

---

① 沈廷芳:《唐诗韶音笺注》,乾隆二十四年刻本。
② 臧岳:《应试唐诗类释》,乾隆四十年刻本。
③ 李因培:《唐诗观澜集·凡例》,李因培《唐诗观澜集》,乾隆二十四年刻本。
④ 周紫芝:《竹坡诗话》,何文焕《历代诗话》,中华书局2004年版,第344页。
⑤ 苏轼:《苏轼文集编年笺注》,李之亮笺注,巴蜀书社2011年版,第479页。

多少讽刺。乾隆时,马位的《秋窗随笔》同样引用这则材料:"柳公权与唐文宗联句,周少隐云:'责其享殿阁之凉而不知人间之苦,所以讥之深矣,晓人不当如是耶?'此论甚是,东坡嫌其有美无箴续之,反失诗人讽喻之旨。"① 马位以子之矛攻子之盾,认为苏轼的补充才是狗尾续貂,反而失去诗歌的本意。他所谓的讽喻之旨,其实就像周紫芝所云,必须"讥之深"。从此则材料可以想见清人和宋人对诗歌讽刺的不同态度。宋人强调讽刺,诗必以议论行之,务必要针砭时弊。清人则崇尚委婉含蓄,避免直白议论。

徐文弼的《诗法度针》中有《杂论》,包括"五戒""十宜""十四论",其中五戒第一便是"戒讪讥"。文后论曰:"若夫号冤诉怨、隐刺显讥,与夫虐语嘲歌、訏词匿谜,乃轻狷鄙夫所为,益形心术之险,愿勿效尤。"② 讽刺变成了人心险恶的表现,儒家一直崇尚的艺术传统已经被贬低至无以复加的地步。沈德潜是乾隆前期的诗坛巨擘,不论在诗坛还是政界都有极高的影响力,他对讽刺的认同也相当有限。"《匏有苦叶》刺淫乱也。中惟'济盈不濡轨'二句,隐约其词以讽之,其余皆说正理,使人得闻正言,其失自悟。"③《国风》当中多有讽刺作品,沈德潜强调讽刺必须隐约其词,不能直言不讳。凡讽刺者,皆非正言;非正言,当然不值得提倡。屈原的《楚辞》从汉代起就褒贬不一,明显持批评态度的是班固。其在《离骚序》中批评屈原"露才扬己""责数怀王"。这是在汉代"罢黜百家、独尊儒术"的文化背景下对屈原忠君爱国之心最大的曲解。刘勰在《文心雕龙·比兴》中为屈原正名,认为《离骚》上继《诗经》的比兴讽刺手法,"依《诗》制《骚》,讽兼比兴"。沈德潜引用朱熹语似乎为屈原

---

① 马位:《秋窗随笔》,王夫之《清诗话》,上海古籍出版社2015年版,第832页。
② 徐文弼:《诗法度针·杂论》,徐文弼《诗法度针》,藻文堂刻本。
③ 沈德潜:《说诗晬语》,《原诗·一瓢诗话·说诗晬语》,人民文学出版社1998年版,第191页。

辩解，但实际立场与班固如出一辙。"朱子云：'《楚辞》不皆是怨君，被后人多说成怨君'此言最中病痛。如唐人中，少陵故多忠爱之词，义山间作风刺之语。然必动辄牵入，即偶尔赋物，随境写怀，亦必云主某事，刺某人。水月镜花，多成粘皮带骨，亦何取耶？"① 沈德潜同样认为君不可怨，诗不可刺。凡有讽刺，即便是李商隐诗也不足取。诗歌当中最容易用讽刺手法的是咏史诗，以古谏今、以古讽今几乎已成写作套路。沈德潜却坚决反对："拟古咏怀，断不宜入近世事与近世字面。锦葛同裘，嫌不衬也。"② 锦葛与裘袍是不同季节的服装，沈德潜以之为喻，认为古代与当代属于不同的时间段，不具有可比性，所以不管拟古、咏怀切不可言时事。袁守定几乎用是否有讽刺作为评价诗歌的唯一标准。"乃或摇荡心精兢为浮薄，律之风雅何以称焉？《玉台》《香奁》无关体要，隐语、歇后有类俳优。所当一切扫除，以防陷溺《离骚》之怨也，《十九首》之思也。"③ 他将《离骚》之怨刺与艳情俳优相并列，很明显反对诗歌内容夹以讽刺。这种观点不具有任何说服力，只能从当世背景和创作潮流中去解释其观点的合理性。那么，试律最安全而且迎合上意的写作方法只能是颂圣。

三 颂圣的固化

"我们在研究文学的经济基础和作家的社会地位时，势必要研究作家与读者的密切关系，研究他在经济上对这些读者的依赖问题。甚至那些支持作家的贵族保护人，也是一种读者，而且往往是一种苛求的读者，他们不仅要求作家奉承他们个人，同时还要求作家与贵族阶级的规范保持一

---

① 沈德潜：《说诗晬语》，《原诗·一瓢诗话·说诗晬语》，人民文学出版社1998年版，第242页。
② 同上书，第243页。
③ 袁守定：《诗法度针·序》，徐文弼《诗法度针》，藻文堂刻本。

第二章 乾隆二十二年到嘉庆末年：试律诗学的完成期

致。"① 试律的读者可以是各级主司，但最终是皇权的统治者。这个特殊的读者掌握着士子生杀予夺之大权，无疑是写作中最应重视的因素。

比起汉人，清人没有源远流长的文化；比起前一个少数民族政权元朝，又缺乏可以横扫亚欧的雷霆兵力。这种先天不足带来的自卑几乎伴随着清政权的始末。明代八股取士本已弊病百出，清人改革，势在必行。更重要的是八股无法补偿他们内心深处不断膨胀的自卑，也无法以强制手段使清政权在士子心中得到承认。这种自卑越到清末就越浓重，就越要求在试律中表现对政权的肯定。雍正十年，上谕："制科以四书文取士，所以觇士子实学，且和其声，以鸣国家之盛也。语云：言为心声。文章之道，与政治通，所关巨矣。"②（同治元年）谕："诗赋一事，亦系古雅颂之流，庶吉士从事于此，原以备鼓吹休明之用，非谓此外遂无实学也。"③ 不论是国力强盛的康乾盛世，还是日暮途穷的晚清，吟咏太平、鼓吹休明都是当权者对科举的一贯要求。其中康熙、乾隆两任皇帝以其皇权影响了试律创作的基本格局。

康熙的睿智不仅表现在执政能力上，更反映于其处世之道。作为天才政治家的他，不喜虚言，更不爱臣子的溢美之词，反而表现得有些许厌恶。《康熙起居注》载"（上）曰：'至于一切颂扬之文，俱属无益。朕见近来颂圣之语殊多，表策内亦以此等语铺张凑数，悉应停止。凡事皆宜务实，何必崇尚虚文？即如尔等师生之间，一发议论，即互相推赞，书札往来，亦大都奖誉过情，此甚无谓也。'大学士李光地奏曰：'表策中颂扬之文，诚无实际，但是相沿旧例。'上曰：'虽系旧例，然颂扬亦不必太过也。'"④ 在康熙的支持下，早期的试律写作，颂扬尚为变格。徐文弼评令狐

---

① [美]勒内·韦勒克：《文学理论》，刘象愚译，江苏教育出版社2005年版，第107页。
② 素尔讷：《钦定学政全书校注》，武汉大学出版社2009年版，第26页。
③ 王炜：《清实录科举史料汇编》，武汉大学出版社2015年版，第897页。
④ 中国第一历史档案馆：《康熙起居注》，中华书局1994年版，第2160页。

楚的《青云干吕》结句"恭惟汉武帝,余烈尚氤氲"曰:"结语不假双关寓意,直作颂词,此另一体式。"① 乾隆虽时时以其祖为楷模,但其生性好大喜功、反复无常,臣子奏疏皆以谄媚为能事。《唐诗韶音笺注》载:山东按察使沈廷芳的两封奏疏,满纸溢美之词,充塞眼帘。"恭诵圣祖仁皇帝,世宗宪皇帝御制文集,敬绎篇章,莫窥涯涘。迨由词科蒙恩得读秘书,仰荷圣天子钦赐《乐善堂集》及御制《初集》。天章焕彩,云烂日华,猗欤盛哉!虞廷作歌之美,复见于今矣。""钦惟皇帝陛下,天章光被,人文化成,秘殿挥毫,撷英华于百代;法宫染翰,洒珠玉于重霄。陋武帝《大风》之词,瞠乎其后;轶文皇《七德》之咏,倬彼为章。"② 此两篇奏疏都被作者收于选本之中,自然十分珍视,而当时谄媚之风可见一斑。嘉庆元年,上谕:"本日,覆勘试卷大臣进呈广东、四川等省乡试各卷。朕披阅各该省所出《四书》题、《五经》题,多涉颂圣,诗题亦系习见语,殊属非是。试官简抡人才,出题考试,固不可竞尚新奇,然亦须择其题句足以发挥义理、敷陈经术者,方可征实学而获真才。若只将颂圣语句命题试士,何足以觇底蕴?"③ 虽言及八股命题,但可以想见乾隆一朝科举文学的发展脉络,颂圣已经固化在文人的作品中。清末皇帝虽时时加以反对,要求甄选良才、杜绝颂圣,然而却痼疾难除,回天乏力。

名公钜儒很快对皇帝的圣谕做出回应。沈德潜在《唐诗观澜集·序》中曰:"唐以诗取士,故有韵之语至唐极盛。乐章用以祀天祖,如祀圜邱、祀昊天上帝、祭方邱、享太庙诸章。铙歌用以奏恺乐,如韩吏部《元和圣德诗》、柳仪曹《鼓吹曲》,及《平淮夷雅》诸章,歌功颂德、炜炜煌煌。其余扈从会朝,称符献瑞,前如陈、杜、沈、宋,后如燕、许、李、杜诸公,凤举龙腾,允为一朝冠冕,试帖特其一体也。皇上用以取士,亦谓他

---

① 徐文弼:《诗法度针》卷4,藻文堂刻本。
② 沈廷芳:《唐诗韶音笺注》,乾隆二十四年刻本。
③ 王炜:《清实录科举史料汇编》,武汉大学出版社2015年版,第584页。

日为侍从臣，相与润色鸿业、黼黻休明，以谐和之音导之为先路耳，岂尝以五言八韵限哉？"① 全篇都在为试律颂扬张本。为了形象解释颂圣缘由，沈德潜举出乐章、铙歌、韩愈的《元和圣德诗》、柳宗元的《唐铙歌鼓吹曲》，及《奏平淮夷雅表》等诗为例。宗庙颂歌自不待言，为颂歌。铙歌是庆祝胜利的军乐，《元和圣德诗》洋洋洒洒地歌颂唐宪宗英明神武、德被四海。柳宗元的两首诗也是不遗余力地为高祖、太宗、宪宗歌功颂德，赞美他们文治武功，平定叛乱。而"试帖其一体也"，自然也要"润色鸿业、黼黻休明"。在另一试律选本《唐人五言长律清丽集·序》中，沈德潜同样强调："然而（试律）格和以庄，律严以细，鼓吹休明，觇考蕴蓄，必资乎此。有唐用以试士，而一代公私永言之作，铿鏐炳蔚，流传至今，可覆按也。"②

沈廷芳又将此观点继续延伸，认为试律发源于唐代，而诗体却来自虞廷《赓歌》。"窃惟赓飏有作，诗体肇自虞廷；声律取人，试帖传于唐代。"③《赓歌》出自《尚书·虞书·益稷第五》，"股肱喜哉，元首起哉，百工熙哉。元首明哉，股肱良哉，庶事康哉。元首丛脞哉，股肱惰哉，万事堕哉。"此诗由虞舜和臣子共同唱和完成，内容为歌颂君主英明、国家太平、诸事平顺，表现对帝王的倾慕。既然源自颂扬之歌，那试律的歌功颂德就顺理成章了。君臣上下，一片祥和，"将见莘莘菶菶，并和声以鸣国家之盛；熙熙皞皞，咸击壤而歌比屋之封矣"。④ 更有甚者，将试律与《诗经》做比较，表明试律只是在雅颂上与之相同，而怨刺为主的《国风》与试律并非一类。"诗有六义，其妙在于比兴与风。今应制诸体，辞兼雅颂，试律之义敷陈居多，扩而充之，举非其类。"⑤《试律丛话》载法式善

---

① 李因培：《唐诗观澜集》，乾隆二十四年刻本。
② 徐日琏：《唐人五言长律清丽集》，乾隆二十二年刻本。
③ 沈德潜：《唐诗韶音笺注·序》，沈廷芳《唐诗韶音笺注》，乾隆二十四年刻本。
④ 同上。
⑤ 李因培：《唐诗观澜集·凡例》，李因培《唐诗观澜集》，乾隆二十四年刻本。

言曰:"翰林者,风雅之渊薮也。试律一体固不足以尽其材,而总乡会试、朝考御试、馆课诸作,鼓吹群籍、漱涤万态,其至者足以继赓歌,飏拜唐虞三代之风,而其余亦皆出奇制胜,和其声以鸣国家之盛。盖功令所重在是,则专精极致,人各出其所长,以表见于一时者,无不在是。"①说得很直白,科举考试要求如此,如果想入彀,就要使出浑身解数以"鸣国家之盛"。

为了便于颂圣,试律题目被按照能否颂圣分为两种。"遇句可以颂圣题,即当颂圣,不可过于别致。亦不可抬头过多,至使题意蒙糊不清。宜切定本题,引入颂扬,不纤不滥,方为合法。如讲到草木便云'宸衷动茂对',讲到雨露便云'盛朝多厚泽',此最取厌。矫此弊而走入尖巧一路,亦为大雅所讥,至题有难于颂圣者,须善用意。如纪晓岚先生《指佞草》起句云'盛世原无佞,孤芳自效忠'。"②颂圣一类的试律自然要颂圣,而且要有分寸,谄媚亦须技巧,不能人云亦云,徒增厌恶。不能颂圣的题目也要曲为比附,最终要达到媚上求荣的目的。颂扬由开始的鸣国家之盛变为颂一人之圣,由变格变成正格。

乾隆时期叶葆的《应试诗法浅说》细致探讨了试律的创作规律和文体规范。在《末韵收题法浅说》中他比较了唐试律与清试律结句,强调的就是清试律的颂圣。

> 末韵收结,即文字之锁题也。唐人试律结法不一,有以自谦意作结者,如《日暖万年枝》诗是也;有以祈请作结者,如《禁中春松》诗是也;有以言志作结者,如《秋山极天净》诗是也;有以勉励作结者,如《出笼鹘》诗是也。要皆借题寓意,不粘不脱。但细为衡量,

---

① 梁章钜:《试律丛话》,上海书店出版社2001年版,第515页。
② 聂铣敏:《聂蓉峰寄岳云斋论试帖十则》,郑锡瀛《注释分体试帖法程》,光绪十九年刻本。

第二章 乾隆二十二年到嘉庆末年：试律诗学的完成期

祈请者邻于干进，言志者涉于矜张，即自谦自励，亦是俗套，总非应试体裁，论应试还当以颂圣作结为正式。盖空格写题原为抬写而设，无抬写何取空白。要知颂圣正自有法，非概用套语，如常用"圣朝时序正""圣朝恩泽溥"之谓。其谓引事就我，用意切题，却出语冠冕，不落小样。总之，一关照法尽之。唐人试律不皆颂圣，惟国朝馆阁诗曲尽其妙。①

唐试律结句多样，可以自谦、祈请、言志、勉励，叶葆对此皆不以为然。在他看来，这些结法非俗即陋，颂圣才为正格，显然他对清人擅长颂圣颇为自豪，并誉为"曲尽其妙"。实际上，颂圣要比这几种结句更加低俗浅陋，但潮流影响所致，诗论家也失去了审美判断的能力，不由自主地融合进来。

科举考试在一定程度上规定了士子的写作思维，清代士子的思路都在颂圣或避讳上做文章。颂圣要新颖，务必搔到痒处；避讳要全面，切忌触到霉头。梁章钜的《试律丛话》载："王表《花发上林》句云：'地接楼台近，天垂雨露深'，名贵称题。结云：'欲托凌云势，先开捧日心。当知桃李树，从此必成荫'，立言有体。独孤授此题诗，世亦传诵，然结云：'愿君勤采摘，不使落风沙'，则逊前作远矣。"② 王表所作结句有感谢皇恩之意，颂圣而符合试律体制。而独孤绶却向皇帝谏言，超越了士子的本分，且在暗示君上不"勤"，使得花"落风沙"。两相对比，梁章钜当然肯定前者。《清稗类钞》载："乾隆末年，高宗谒陵，中途严寒。上廑念二麦，从官以麦宜寒凉对，上因叹为君之难。旋考试差，诗题'麦浪，得难字'。时惟李松云太史尧栋独得其解，诗中'一天新雨露，万顷绿波澜'十字，极蒙宸赏。仁宗亲政，李已外任，陛下见时，犹垂问见之，盖在潜

---

① 叶葆：《应试诗法浅说·诗法浅说》，叶葆《应试诗法浅说》，嘉庆间悔读斋重修本。
② 梁章钜：《试律丛话》，上海书店出版社 2001 年版，第 28 页。

邸时奉派读卷,实手定李卷第一也。"① 要想龙颜大悦,必须会揣摩圣意。李松云所作内容吉祥,暗示皇恩浩荡如雨露滋养,庄稼感受皇恩,定然丰收在望。皇上出巡,作为太史,李松云有可能随侍伴驾。他的"第一"就靠体察圣心和满纸祥瑞而来。乾隆时期,号称盛世,试律出现颂圣情有可原,可是晚清咸丰时期,士子还是绞尽脑汁地颂扬鼓吹。"咸丰己未,大考之试题为'半窗残月梦莺啼',万文敏公青藜时官编修,有句云:'九重开曙色,万户动春声',拔置第一。盖题近衰飒,而句有兴会也。"② 可见,颂圣已经固化在士子的试律创作思维之中。然而,在风雨飘摇的清末居然幻想"开曙色""动春声",此种颂圣亦无异于自欺欺人。

小结

刘师培在《清儒得失论》中分析了明清两代士子之不同。"清代之学迥与明殊。明儒之学用以应事,清儒之学用以保身。明儒直而愚,清儒智而谲。明儒尊而乔,清儒弃而湿。盖士之朴者惟知诵习帖括,以期弋获,才智之士,惮于文网,迫于饥寒,全身畏害之不暇,而用世之念汩于无形。加以廉耻道丧,清议荡然,流俗沈昏,无复崇儒重道,以爵位之尊卑判己身之荣辱。"③ 荣华富贵和政治高压使士子们忘记了肩负的民族大义和历史使命,丧失了判断思考问题的能力,放弃了大济天下、拯救万民的社会责任感。在颂圣和一系列的写作规范束缚下,士子抛开自己的"身份",从政权的参与者、政治的实践者逐渐变成俯首帖耳、摇尾乞怜的土偶木梗。传统士阶层终于在科举的威逼利诱下无可逆转地垮掉。"嘉庆川楚之乱,仁宗忧甚,作诗以责臣工曰:内外诸臣尽紫袍,何人肯与朕分劳。玉杯饮尽千家血,银烛照残百姓膏。天泪落时人泪落,歌声高处哭声高。平

---

① 徐珂:《清稗类钞》,中华书局1984年版,第316页。
② 同上书,第699页。
③ 刘师培:《清儒得失论》,中国人民大学出版社2004年版,第259页。

居漫说君恩重，辜负君恩是尔曹。"① 其情可悯，一切本不该如此，但历史终究是历史。

第四节　乾嘉朴学与试律诗学

学术思潮的发展，必然触及社会各个层面。乾嘉时期，朴学进入全盛阶段。其风所向，学术各门类皆展现不同以往的态势。"启蒙之考证学，不过居一部分势力，全盛期则占领全学界。"②高举复国大旗的通儒大多谢世，清政权已经趋于稳定，愈演愈烈的文字狱将更多的文人抛出社会的洪流，使他们甘愿埋首于书案。朴学悄然滤去匡时救世的爱国情怀，变成纯粹的学问，为更多学者所接受，从而对古典诗学乃至试律诗学产生深刻的影响。

试律的创作和研究都有关于一个特殊的群体。他们最初是文人，之后便是官僚，或者已经在思想上做好成为官僚的准备的士子。而在乾嘉时期，文人还被赋予了另一个重要的身份——学者。试律诗学在每一发展阶段都会有代表人物。前期毛奇龄可谓试律诗学的奠基者，其所评定的《唐人试贴》是目前留存最早的试律选本。中期纪昀同样处于核心地位，他的诗学著作《唐人试律说》《我法集》《庚辰集》风行海内，是试律诗学的纲领性著作。与此同时，在朴学发展史上，他们也都写下了浓重的一笔。影响所及，梁章钜等其他诗论家的诗学著述也染上了炫目的朴学光辉，表现了现代学术特征。

毛奇龄著述颇丰，《四库全书》载其著作多达四十部。且其尤擅经学，

---

① 徐珂：《清稗类钞》，中华书局1984年版，第248页。
② 梁启超：《清代学术概论》，上海古籍出版社2014年版，第29页。

据梁启超考证:"所著经学书凡五十余种,合以其他著作共二百三十四卷。"①《清代学术概论》中梁启超就毛奇龄的学术研究给予了很高的评价:"若论清学界最初之革命者,尚有毛奇龄其人。其所著《河图原舛篇》《太极图说遗议》等,皆在胡渭前;后此清儒所治诸学,彼亦多引其绪。……平心而论,毛氏在启蒙期,不失为一冲锋陷阵之猛将。"② 相比之下,阮元对毛奇龄的朴学贡献更为肯定。其在《毛西河检讨全集后序》中提到:"有明三百年,以时文相尚,其弊庸陋谫僿,至有不能举经史名目者。国朝经学盛兴,检讨首出于东林、蕺山。空文讲学之余以经学自任。大声疾呼,而一时之实学顿起……检讨以博辩之才睥睨一切,论不相下而道实相成。迄今学者日益昌明,大江南北著书授徒之家数十,视检讨而精核者固多,谓非检讨开始之功,则不可。"③《清儒学案》亦有相似之言:"盖自明以来,申明汉儒之学,使人不敢以空言说经,实自西河始。而辩证图书,排斥异学,尤有功于经义。传之恕谷,而其学益昌。"④ 从中可见,清代倡导汉儒考据之术,力排宋明理学,自毛奇龄始,其人于清代朴学实有开山之功。

与毛奇龄学术广博不同,纪昀在学术方面主要是倾尽毕生精力于《四库全书总目提要》的编纂,以及版本目录、校雠。《清儒学案》载:"(纪昀)服官五十余年,以学问文章著声公卿间,国家有大著作,非先生莫属。其学在辨汉、宋儒术之是非,析诗文流派之正伪,主持风会,为世所宗。"⑤ 以辨汉宋、析正伪,概括其学术成就,显示了浓厚的朴学考证特色。纪昀辨章学术、考镜源流,为后世提供治学门径和方法,成为乾嘉朴学的代表人物,但他影响于朴学发展更在于对考据学者的提携与帮助。其

---

① 梁启超:《中国近三百年学术史》,商务印书馆2014年版,第208页。
② 梁启超:《清代学术概论》,上海古籍出版社2014年版,第15页。
③ 阮元:《研经室集·二集》,续修四库全书本,第1478册,第156页。
④ 徐世昌:《清儒学案》,中华书局2008年版,第640页。
⑤ 同上书,第2070页。

第二章 乾隆二十二年到嘉庆末年：试律诗学的完成期

小者，赞助戴震刊刻《考功记图》；其大者，推荐朴学学者参与《四库全书》的编纂工作。纪昀与乾嘉著名朴学大师如戴震、钱大昕、段玉裁、王念孙、阮元等都有过交集。乾隆三十八年开《四库》馆，纪昀任总纂官，大力举荐朴学学者参与其中。"余集、邵晋涵、周永年、戴震、杨昌霖等人原本无缘入馆，但皆因善于考订典籍，符合修书章程需要，遂被纪昀及全书总裁刘统勋、裘曰修推荐入馆，预修秘籍。"① 学者们考证辨伪、辑佚校雠，于版本目录、音韵训诂等诸多方面皆有进益，无形中推进了乾嘉朴学的发展。"乾隆之初有顾栋高、吴鼎、陈亦韩，以乡曲陋儒口耳剽窃，言淆雅俗，冥行索途，转以明经婴征辟，擢官司业，号为大儒，故汉学犹不显于世。及《四库》馆开，而治汉学者踵相接。"② 此前本以学术为进身之具，但修《四库》显然焕发出学者的治学热忱，使朴学真正成为一门显学。乾嘉朴学之兴，纪昀有提携之功、召集之劳，实为不可或缺之关键人物。

试律是贴近权力中心的诗体，当权者的好恶对于诗学发展至关重要。清代对学术影响最为深刻的皇帝当属康熙。其雍容大度，气度恢弘，是最富有科学精神的统治者。康熙生平有两大举措对于推行学术颇为有效。其一为康熙十八年举办的博学鸿词科，不少朴学精英在此次考试中脱颖而出。其二便是开《明史》馆，以修《明史》而笼络人心，使文人局限于书屋斗室，用心于文字爬梳。彭孙遹与毛奇龄便是如此被笼络于清人旗下。虽然康熙的初衷是为了清廷社稷稳固，但实际效果却是召集了一大批文人学者，致力于朴学研究，客观上推动了学术的发展。除此之外，康熙本人对朴学亦十分推崇。李天馥的《西河文集领词》载："皇上开制科时，特手《西河卷》以女娲补石与益都相公相咨询。皇上引《楚辞》《列子》证

---

① 陈垣：《办理四库档案》，民国二十三年铅印本，第1册。
② 刘师培：《清儒得失论》，吉林人民出版社2013年版，第230页。

之。及西河上《通韵》一书,左右儒臣皆无所可否。而皇上辨韵精析,独谓此书最详核。令宣付史馆,敕知礼部,且留其书于皇史宬。至岭南贡生献《沈韵》者,敕重出其书而参对之。其为圣主所知如此。"① 具有怀疑精神,不盲从,不轻信,敢于疑古惑经,是考证存在的内在前提;举证、分析、推理、校雠都是考证的主要方式。可见康熙深谙朴学,并好之乐之。作为君主,康熙用皇权支持着朴学的发展。由他组织编纂了《康熙字典》《历象考成》《古今图书集成》等,在文化史上具有里程碑的意义。"一面社会日趋安宁,人人都有安心求学的余裕,又有康熙帝这种'右文之主'的极力提倡。所以这个时候的学术界,虽没有前次之波澜壮阔,然而日趋于健实有条理。"② 在科举选拔中,康熙也表现了敦崇实学的倾向。康熙五十二年,上谕:"经书内有不可出之题,试官自然不出。其余出题之处,须以各种题目试之,则怀才实学之士,自无遗弃矣。"③ 明确以求实学之士作为科举的目标。文人纷纷感慨:"至今圣主(康熙)登极以来,益大振文运。杰才伟器、翼赞鸿钧者,前后济济于朝。主司久已黜浮词,求实学,全场精进者,方得入彀。"④ 康熙以其个人影响力奏响了乾嘉朴学的序曲,乾隆执政多学康熙,除了即位之初,便开博学鸿词科之外,又开《四库》馆,笼络不少汉学家。此外,科举政策亦以实学为重。《钦定学政全书》载乾隆五年上谕:"今之说经者,间或援引汉唐笺疏之说。夫典章制度,汉唐诸儒有所传述,考据固不可废。"⑤ 提倡实学已经融入社会整体的文化氛围中,成为诗学批评不可忽略之影响因素。

---

① 李天馥:《西河合集领词》,毛奇龄《西河合集》,康熙刻本。
② 梁启超:《中国近三百年学术史》,商务印书馆2014年版,第19页。
③ 王炜:《清实录科举史料汇编》,武汉大学出版社2015年版,第127页。
④ 金埴:《不下带编》,中华书局1997年版,第40页。
⑤ 素尔讷:《钦定学政全书校注》,武汉大学出版社2009年版,第25页。

第二章 乾隆二十二年到嘉庆末年：试律诗学的完成期

一 实事求是的学术精神

崇尚实学，带来了新的创作理念和研究方法。对比传统学术，朴学是最具求真求实之现代学术精神的一门学问。梁启超在谈到朴学治学要义时提到："盖无论何人之言，决不肯漫然置信，必求其所以然之故；常从众人所不注意处觅得间隙，既得间，则层层逼拶，直到尽头处。苟终无足以起其信者，虽圣哲父师之言不信也。此种研究精神，实近世科学所赖以成立。"① 现代科学精神的核心内容便是实事求是，追求真理。必如梁启超所言，破除权威，无论圣哲父师，唯真相是从。无征不信，纠谬考辨，以获取真相为目标，以求实精神为引领。

乾嘉朴学影响于试律，首先体现在对毛奇龄的集体驳正。毛奇龄学识广博，著述繁复，但其好辩与喜改古人原文却为人所诟病。如果好辩也是探求真理的手段，那任意修改原作确为学术精神所不容。朱琰评李华的《尚书都堂瓦松》曰：

> 四联若弟就句相较，毛本佳。然通篇自有次第，语脉不可紊乱。"天然斯所寄"接上三联，"地势太无从"起下五联。本一气旋折，改出句曰"近天欣所寄"，则与"近九重"复。乃改"近九重"作"盖九重"，九重可盖耶？尚书都堂可盖九重耶？悖谬之甚。改对句曰"拔地叹无从"，则不属"瓦松"说。在旁边衬托，"近天""接栋""连薨"皆说瓦松，而此句忽横出，势不相贯。"宁知深涧底"一结，反觉絮叨无味。至"近天""拔地""接栋""连薨"四句平头，又小疵也。故从原本，使学者得领会古人章法。②

---

① 梁启超：《清代学术概论》，上海古籍出版社2014年版，第34页。
② 朱琰：《唐试律笺》卷上，乾隆二十二年刻本。

据《文苑英华》和《全唐诗》所载，此诗原为："华省秘仙踪，高堂露瓦松。叶因春后长，花为雨来浓。影混鸳鸯色，光含翡翠容。天然斯所寄，地势太无从。接栋临双阙，连甍近九重。宁知深涧底，霜雪岁兼封。"毛奇龄的《唐人试帖》将第四联改为"近天欣所寄，拔地叹无从"，第五联改为"接栋临双阙，连甍盖九重"。朱琰从写作法度、逻辑关系、审美体验几个方面驳斥毛本。从章法上看，第四联有承上启下的作用，改后原本紧凑的结构变得松散。其次，改动之后的"近天"与下联中的"近九重"重复而涉语病。为避免重复又改下句为"盖九重"，逻辑不通。再次，题目为"瓦松"，原指苔藓，此物生于瓦上，本无从"拔地"，改对句"拔地叹无从"，与题目不符，且突兀一句，语气横隔。又次，改第四联为"叹无从"，已经有感喟之意，则结句显得烦冗无味。最后，毛氏所改，犯四句平头，拘谨呆板，缺乏灵动的美感。朱琰层层剖析，批评了毛奇龄以今人而改古诗，论证翔实，分析透辟，以求恢复唐人之旧，诗歌之实。可贵之处在于朱琰评定毛奇龄的成就同样实事求是。其评钱起的《湘灵鼓瑟》曰："题用古事，必按来历，此是屈平《远游》句，故曰'楚客不堪听'。西河此条（按：指毛奇龄关于调度之说）最好，调度之法，学者不可不知。"① 求真求实，客观冷静，过滤掉传统诗评中常见的意气之争，颇具考据学者风范。

李因培同样受朴学影响，秉承实事求是的精神，对毛奇龄任意改诗提出批评。《唐诗观澜集·凡例》载："尝见毛西河先生所选试帖本，删削润色，多非唐人之旧。使学者不见唐代文笔，殊无谓也。"② 又评李虞仲的《府试初日照凤楼》曰："按李虞仲，杭州司马端之子，亦工诗，登元和进士第，仕至吏部侍郎，《旧唐书》有传。毛本改作李虞中，非是。且后三

---

① 朱琰：《唐试律笺》卷上，乾隆二十二年刻本。
② 李因培：《唐诗观澜集》，乾隆二十四年刻本。

联皆非原本。今悉从《文苑英华》《全唐诗》改正。"① 李因培以《旧唐书》《文苑英华》《全唐诗》为证，纠正毛奇龄将李虞仲改作李虞中之弊。纪昀虽未正面批评毛奇龄，但也以之为鉴。"文太繁者，不免删节，然皆不敢窜易字句。其有文势相承不可割裂，如'聘乂气如白虹'语，不连上文则不知所指何物者，宁多载数言，亦不敢櫽括其词，以己语为古语。"② "櫽括其词，以己语为古语"是毛奇龄学术研究之大谬，纪昀虽服膺于毛奇龄的诗学，但也对此种掩盖真相，妄加臆测的做法表示反对，并引以为戒。

其次，创作内容的精准把握。审题是试律创作的第一步，考察士子能否对题目正确理解。叶忱评范传质的《荐冰》曰："全体精确明亮。"③ 用精确论诗，标示清人不同以往的审美旨趣，要求对题目本身的理解必须做到绝对准确。"野竹上青霄"出自杜甫的《陪郑广文游何将军山林十首》，描绘野竹生长旺盛，高插云际。以夸张的手法为之，表现竹之挺拔高耸的气势。梁章钜的《试律丛话》记载了纪昀对此题目的理解："（纪昀）自注云：野竹在地，何以能到青霄？再加上一'上'字，竟似运动之物，益不可解。盖山麓土坡陂陀渐叠渐高，竹延缘滋长，趁势行鞭，亦步步渐上，长到高处，故自园边水际望之如在天半也，从此着想，'上'字方不虚设，否则是'赋得山顶竹'矣。"文末，梁章钜又加按语曰："此吾师教人认题之法，以平易之笔，写真实之理，不特为作试帖之准绳，即凡诗文皆可从此隅反。而近人评本辄云：'不会者学之，便成钝腐'云云，真门外汉语。"④纪昀没有从艺术审美的角度来解释"野竹上青霄"，而是别出心裁地以竹生长于坡，而坡不断向上延伸，所以竹子看起来如同上青天这

---

① 李因培：《唐诗观澜集》卷17，乾隆二十四年刻本。
② 纪昀：《庚辰集·凡例》，纪昀《庚辰集》，山渊堂重刻本。
③ 叶忱、叶栋：《唐诗应试备体》卷4，康熙五十四年最古园刻本。
④ 梁章钜：《试律丛话》，上海书店出版社2001年版，第540页。

样类似于逻辑推理的方法解析题目。事实上，审美的生成是超逻辑的，甚至是不可言喻的。如此用科学的理念来解释艺术手法，诗之不诗，全无美感。但这种说法似乎很有市场。梁章钜瓣香于纪昀，从按语中看，他就极为肯定此审题之法，甚至推为文学创作的基本法则。

审题必须细致入微，严格符合客观事实，不可武断臆测。蒋鹏翮评陈羲的《曲江亭望慈恩寺杏园花发》领联"照日欲成霞，紫陌传香远"曰："杏花以色韵胜，不以香胜。云'浮香'尚可，此云'传香远'则较甚矣。若他作'异香飘'与'香遍千门'则尤不类。如此即何异咏梅若桂耶！"① 杏花色彩娇艳，但香气清淡。如写"传香远"，则与杏花习性不符，如"咏梅若桂"，审题不确。李因培评韩浚的《清明日赐百僚新火》："应怜萤聚夜，瞻望及东邻"曰："不切清明时候。"② 此题出于清明改火旧俗。士子望文生义，见有"清明""新火"便臆断出萤火虫。岂知清明天凉，还无萤火虫，所以不切题。

历史典故更须确凿，不可臆断。李因培曰："诗之有注，原以便于考稽。然诗人用事，旨远词文，其寄托往往在酸咸之外，若横加笺释，纵足自畅，其说未必合于诗人本意，是集引注但略具此字由来，与此事本末，令读者讽咏涵濡其义自见。"③ 典故属于历史，确凿无疑，可以一一罗列。但如何运用典故，表达怎样的思想感情，取决于作者的实际把握。所以李因培选择略举典故由来，至于内涵怎样，不可妄生穿凿，更不可以己意强加于读者。反映朴学崇尚质朴求实，不谈玄虚，强于实事考据而弱于抽象思辨的学术特征。《唐人试帖》载陆贽的《禁中春松》，王锡注释曰："秦始封泰山，遇雨，休树下，因封其松为五大夫。按五大夫，秦官名，非五

---

① 蒋鹏翮：《唐人五言排律诗论》卷2，康熙五十四年刻本。
② 李因培：《唐诗观澜集》卷15，乾隆二十四年刻本。
③ 李因培：《唐诗观澜集·凡例》，李因培《唐诗观澜集》，乾隆二十四年刻本。

第二章 乾隆二十二年到嘉庆末年：试律诗学的完成期

株松也。然诗句自不拘耳。"① 此言点明陆贽典故错讹，秦始皇封松树为"五大夫"，是官职名称，不是五棵松树。陆贽"愿符千载寿，不羡五株封"，却把五大夫之名理解成五株松树，这在试律创作中无疑是硬伤。但康熙时，朴学尚未达到全盛，所以又言"然诗句自不拘耳"。乾隆中期时，李因培评此诗曰："句句切合，苦心结撰。松本封五大夫，非五株也，向来用者多误。《汉官仪》秦始皇上封泰山，逢疾风暴雨，得松树，因覆其下，封为五大夫。"② 亦指出典故有误，并进一步举出《汉官仪》作为证据，表明自己并非口说无凭。但因此诗"句句切合，苦心结撰"，所以仍然收录于集中。即便如此，其后纪昀的《唐人试律说》和叶葆的《应试诗法浅说》全都弃而不取，可见对典故准确性的要求已经超越了诗歌的审美价值。

若遇无法求实之题，自有一套变格作法，与通常创作之常格不同。纪昀评《赋得炼石补天》曰："尝见试帖有此题，以张湛注为出路。审题极确，词旨亦殊工雅。然犹用常格铺叙，直论曲终奏雅，已代说一篇荒唐话在前面矣。盖开手不驳正，不得不顺题敷衍，亦势使然也。因作此诗以示汝，使知题为情理所有而其事有失，其论未确者，可以篇终驳正。若如此出格无理之题，则入手先须叫破，如八比之有断作，与顺口气不同，不能以常格拘也。"③ 试律与八股同为科举文体，在创作理念上具有相似之处。八股写作要代古人语气为之，按照题目所包含的意蕴敷衍开来，称为"顺口气"。但不可一概而论，遇无理之题，必须"断作"，称为变格。无理之题，即以子虚乌有之事为题。此诗写炼石补天，即无理之题，应与试律常格铺叙题面的"顺口气"不同，宜用变格，使用驳论，证明其荒谬不实。其诗开头两联："帝魁书尚佚，况乃帝魁前。谁记娲皇事，偏教列子传。"

---

① 毛奇龄：《唐人试帖》卷3，嘉庆六年听彝堂本。
② 李因培：《唐诗观澜集》卷15，乾隆二十四年刻本。
③ 纪昀：《我法集》卷上，嘉庆五年刻本。

帝魁指上古五帝时代，彼时书籍已经散佚，在此之前的事情更无由得见。以此说明记载女娲补天神话的《列子》纯属无稽之谈。尾联"张湛徒劳注，卮言亦妄诠"，讽刺张湛不明就里，注解《列子》只能徒劳无功。纪昀深知试律的常格创作，但求真的精神高于一切，全篇驳斥，以明其实。

由此扩展开来，凡以虚构为特征的小说、戏剧均不能出现在试律题目和内容中：

> 《环云阁集》有《单刀会》句云："酒气埋深帐，霜锋冷战袍。逡巡三顾起，谈笑万人挠。"有声有色，恰好称题。或疑"单刀会"三字为小说演义语，不宜命题。按：《三国·吴志·鲁肃传》云"肃与关相见，各驻兵马百步上，但请将军单刀俱会，肃因责数关公"云云，是正史中实有其事，小说家特从而演之耳。①

> 吾乡某孝廉会试文已中式，以诗中"一鞭残照里"句摈落。盖题为"草色遥看近却无"，闱中嫌其用《西厢》语，黜之。其实本人并不知《西厢记》中有此句也。②

> 徐曰琏评白行简《李都尉重阳日得苏属国书》："《文选》有《李陵答苏武书》，唐李周翰注曰：'汉书曰：陵降后，与苏武相见匈奴中。及武归，为书与陵，令还汉。今考《汉书》无武与陵书事。'而此题且有重阳日得书，不可解。唐人惯以小说家事命题。不足凭也。"③

必以事实为根据，言而有征，实事求是，这些折射出清晰的清代朴学学术特征。

清末，朴学式微，此类无理之题才逐渐受到肯定，因其能提供更自由

---

① 梁章钜：《试律丛话》，上海书店出版社2001年版，第591页。
② 同上。
③ 徐曰琏：《唐人五言长律清丽集》卷2，乾隆二十二年刻本。

的发挥空间，更能显示士子笔法高妙。如徐廉峰评《广寒宫修月》曰："题本荒唐，以空灵超脱之笔出之，为才人吐属。"① 肯定士子能展开想象，营造奇幻玄妙的艺术境界，而不再斤斤于题目内容是否客观真实。从中也可窥见清晚期朴学影响逐渐衰退的痕迹。

二　科学严谨的研究方法

"中西文论不同点"是 20 世纪初自西方文学思想大量涌入后，学者普遍思考的一个问题。王国维在《论新学语之输入》中提出："抽象与分类二者，皆我国人之所不长，而我国学术尚未达到自觉之地位。"② 西方学术研究长于抽象和思辨，而我国恰恰不善于此，所谓概括、分类、归纳、演绎皆从西方学习。叶维廉在《中国文学批评方法略论》中同样涉及传统学术研究特点，他提出：

> 在一般的西方批评中，不管它采取哪一个角度，都起码有下列的要求：一、由阅读至认定作者的用意或要旨。二、抽出例证加以组织然后阐明。三、延伸及加深所得结论……不管用的是归纳还是演绎——而两者都是分析的，都是要把具体的经验解释为抽象的意念的程序。这种程序与方法在中国传统的批评文学中极为少见，就是偶有这样的例子，也是片段的，而非洋洋万言，娓娓分析证明的巨幅。③

西方学术相较于我国传统学术有两大特征：

其一，理论内涵的确定性。西方理论具有确定性，不需要读者自己延伸解读，中国反是。西方学者采用一系列范畴概念把感性材料综合在一起形成判断，也就是结论，其内容是确定具体的，不会提供过多的阐释空

---

① 许球：《养云山馆试帖》卷 2，道光二十七年刻本。
② 王国维：《唤大地清华》，北京大学出版社 2012 年版，第 239 页。
③ ［美］叶维廉：《中国诗学》，人民文学出版社 2006 年版，第 3 页。

间。而结论也往往具有排他性，不存在其他解释同时正确的可能性。为了让读者通过阅读接受自己的理念、观点，学者秉承科学的方法，说理务尽，分析到位，务求透彻明白。对于读者而言，只能被动地接受，缺乏对理论进行再创造的可能。相反，中国文论往往点到即止，更重视读者的领悟。不同的读者在阅读的过程中会产生不同的理解，然后通过各自的性灵改造原作，从而生成不同的新的理论。既有的文论只是提供了一个生长点，而非确实排他的结论。它具有广阔的阐释空间，读者的理解和运用是理论价值实现的必要环节。因此，一些审美范畴如"辞达""思无邪""境界"等经过历代笺注，至今依然具有无限的可阐释性。

  其二，研究方法的科学性。叶维廉所言及的归纳、演绎都是具有现代科学意义的研究方法，在中国传统文论中确实比较少见。张伯伟就此提到："和西方文学思想相比，古人在表述其思想的方式上，并不像西方学者那样有意识地以系统的文章结构来表达其思想结构，往往是直抒结论而略去过程，或是因人而异地当机发论。所以在形式上，绝大多数的诗论、画论、书论、乐论，所采取的是随笔体或语录体。"[①] 传统文论少有严格意义上的论文或专著，诗学著述往往是诗话、诗格或者论诗诗。在论述观点时，往往忽略分析过程，缺乏科学精神。不管是诗话还是论诗诗，其实都可归入文学作品中，易名曰随笔、小品或诗歌，比如杜甫的《戏为六绝句》和欧阳修的《六一诗话》。为了使读者乐于理解与接受，诗论总是文采斐然，洋溢着诗情画意。如司空图的《诗品》在阐述"沉着"风格时，写道："绿杉野屋，落日气清。脱巾独步，时闻鸟声。鸿雁不来，之子远行。所思不远，若为平生。海风碧云，夜渚月明。如有佳语，大河前横。"全文运用比喻、象征手法，描绘风清月朗的动人画面。美则美矣，却缺乏了现代科学的确定性表达。

[①] 张伯伟：《中国古代文学批评方法研究》，中华书局2002年版，第4页。

第二章　乾隆二十二年到嘉庆末年：试律诗学的完成期

总之，传统诗学论述体现审美性、鉴赏性，重视读者的体悟和解读。诗学研究少有分析、判断、推理、归纳、演绎、举证等现代研究手段，结论具有开放性、可阐释性，排斥唯一性、确定性。

"中国旧有的学术，只有清代的'朴学'确有'科学'的精神。"① 朴学虽仍属于传统学术的研究范畴，但是所采取的考据之法却包含了演绎、归纳、分析、综合，颇有现代学术研究的气质。梁启超的《清代学术概论》中总结了正统派（朴学）之学风，共有十点，其中关于举证就包括不可无证据而臆断其有无、不用孤证、以古为尚的原则。在这种严谨求实、实事求是的治学精神影响下，试律诗学甚至整体清代诗学研究都表现出与传统诗学论述所不同的学术品格。"（清代诗学）其成就不是基于一种创造性的冲动，而是一种征实的学术精神。清代诗论家不再满足于将自己对诗的理解、期望和判断表达为一种主张，而是努力使之成为可以说明的，可以从诗歌史获得验证的定理……清代诗学著述由此显出浓厚的学术色彩，由传统的印象性表达向实证性研究过渡。"② 诗学研究突破了审美、鉴赏的固有格局，采用考据作为研究方法，作者以证明结论为目的，不再依靠读者的体悟和阐释，更具有学术研究的品格。试律诗学与传统诗学同源异派，论者又多是朴学中人，所以更容易受到朴学的影响，表现也更充分。

清代朴学的主要特色就是重视考据，此处尤能体现出学人严谨求实的治学风气，文学批评也因此表现出独特的治学品格。"清代文论与前代最大的不同，就是它成了专门之学。前人研究诗文，不过是为帮助写作，而清人研究文学，却常出于学术的兴趣，所以他们常像治经一样，用实证方法来探讨文学问题。"③ 试律诗学亦循此风，考据几乎运用于所有试律诗学

---

① 胡适：《清代学者的治学方法》，胡适《胡适文集·胡适文存》，北京大学出版社1998年版，第288页。
② 蒋寅：《清代诗学史》，中国社会科学出版社2012年版，第19页。
③ 蒋寅：《古代文论研究的回顾与前瞻》，《文学遗产》2008年第1期，第20页。

批评中，讲究为论必以考据为主，不轻下结论。纪昀评《赋得羌无故实》："'羌'字是发语之词，《楚辞》多有。明人刻本妄改为'差'字，可谓昌黎生金根车矣，汝读古书，遇不解处，须再考慎，勿轻下雌黄。即此一题，可以为戒。"① 强调结论的取得必须有充分的证据才可信服。乾嘉时期，试律创作普遍尊唐，又鉴于杜甫在唐诗中的地位，有关唐代或者杜诗的例子最能佐证结论。试律创作讲究押韵稳协，押韵不稳谓之悬脚，有悖于写作规范，属于不合之作。但若有杜甫之作在前，则可如法炮制。纪昀在评《赋得鸦背夕阳多》中论悬脚曰："此种押法谓之悬脚，悬脚者如人立于碎砖乱石之上，虽不至颠仆，却摇摇然不踏实地，终不稳当也。遇窄韵不能避此者，必须有出典乃可。如此句之'讹'字，《刻鹄类鹜》诗第二首之'毛'字皆有悬脚之病，幸是杜工部已经悬脚在前，今日依样壶卢，便不算悬脚。譬如公家案牍，前人有如是行者，援以为例，便有依据。无例则不免干议矣。"② 援引杜诗为据，便足以证明此处悬脚可行，符合以古为尚的原则。《试律丛话》载："南宋时，有以'黄花如散金'命题者，通场俱误作菊花解，不知此张季鹰的《杂诗》：'暮春和气应，白日照园林。青条若总翠，黄花如散金。'既断非菊花，则止可以野花还之。《我法集》中此题诗起八句云：'春意阑珊后，余春尚可寻。四围芳草里，一路野花深。疏朵多依水，繁英自满林。有时疑是菊，总为散如金。'"③ 此处黄花并非菊花，为证明这点，梁章钜举出两个例证：张季鹰《杂诗》中有"黄花如散金"，但所指是暮春时节，所以并非是菊花。纪昀同题诗"有时疑是菊，总为散如金"，从句意判断亦非菊花。以两处前人诗句作为强有力的证据支撑，符合孤证不为定说的原则。

  以上三处考据皆与审题、押韵有关，可以考察士子的知识素养和写作

---

① 纪昀：《我法集》卷上，嘉庆五年刻本。
② 纪昀：《我法集》卷下，嘉庆五年刻本。
③ 梁章钜：《试律丛话》，上海书店出版社2001年版，第537页。

功底。但朴学影响所及，与创作无关之处也要考证。徐文弼评纥干讽的《新阳改故阴》曰："按《嘉话录》，今谓登第为迁莺，盖本之《毛诗》'出自幽谷，迁于乔木'也。然本文并无'莺'字，顷试《早莺求友》，及《莺出谷》诗别无证据，岂非误与唐阳桢诗'轩树已迁莺'，苏味道诗'迁莺远听闻'，后来遂承袭用之。"①此诗题目出自谢灵运的《登池上楼》："初景革绪风，新阳改故阴。"谢诗并无"莺"字，但此试律结句为"韶光如可及，莺谷免幽沉"，却多出"莺"的意象来。举杨桢与苏味道诗作为例证，证明从彼时起，便以登第为迁莺，后更以讹传讹，沿袭而来。这一考证即使与创作关联不大，但论者为求事实依然乐此不疲。

　　在严谨求实的治学风气引导下，论者多不会轻下结论，妄为臆测。搜集材料，严加考证成为诗学研究的主要特色。"是集征引诸书，严加参订。凡有事迹于诗未安者，必质诸同学，务使词义比附，本末灿然。此亦疑义与析之意，并不臆为揣度，屈古人以从我也。"② 同时，批评传统诗论中故弄玄虚、语焉不详的表述方式。"昔严沧浪之论诗也，曰羚羊挂角，无迹可求。元裕之之论杜诗也，曰如九方皋相马，得天机于灭没存亡之间，是固然矣。孟子不云乎'知其人，论其世，以意逆志，是谓得之'。读古人书而漫以不解解之为高，恐亦非前人论诗意也。是集字求训诂，句求归宿，篇求法度。期于析疑疏滞，见笑大方有不暇恤。"③ 所谓"无迹可求""得乎天机"还自诩为"不解之解"的手法皆无助于疏疑解惑。对于读者，尤其是即将面对科举考试的士子，他们需要的是确凿无疑的结论，而非诗情画意的玄妙之谈。诗学理论应是完整、自足的，不需要个人阐释。更加希望论者能以老师的身份，以质朴无华的语言和详尽丰富的考证使诗

---

① 徐文弼：《诗法度针》卷5，藻文堂刻本。
② 叶忱、叶栋：《唐诗应试备体·凡例》，叶忱、叶栋《唐诗应试备体》，康熙五十四年最古园刻本。
③ 徐曰琏：《唐人五言长律清丽集·凡例》，徐曰琏《唐人五言长律清丽集》，乾隆二十二年刻本。

学研究成为自己的诗海津筏，为其导夫先路。因此诗学著述必须易读易晓，清楚明了，才可以起到授业解惑的作用。梁启超在谈到朴学之历史价值时，首先提到的就是"吾辈向觉难读难解之古书，自此可以读可以解"。① 书之可读可解无疑是试律创作和批评的先决条件。详细的论证，丰富的考据使诗学著述真正做到了可读可解。"（此书）选择之余，详加评论，共得二十四卷，曰《唐诗观澜集》，命苏松人士之富于才者为之注释，援据古典，一一确凿。予于是服先生抉择之精，嘉诸子搜罗之细。"② "确凿""精""细"都标示清代试律诗学特有的学术性和时代感。

三 规范系统的研究体例

胡适言及清代音韵学时提到："凡成一种科学的学问，必有一个系统，绝不是一些零碎堆砌的知识。音韵学自从顾炎武、江永、戴震、钱大昕、段玉裁、王念孙直到章炳麟、黄侃研究古音的分部，声音的通转，不但分析更细密了，并且系统条理也更清楚明白了。"③ 彼时，非只有音韵学、朴学研究皆表现系统化、条理化、规范化的学术特点。梁启超也有相似观点："其所奉为信条者，一曰不俗，二曰不古，三曰不枝。盖此种文体于学术上之说明，最为宜矣。"④ 其中"不枝"大抵为文本条理清晰，结构严密。与这种严谨精密的学术风气相呼应，试律诗学也向着专门化、细致化的方向发展。试律诗学的著述体例极少有以往所通行的诗话或者论诗诗，而代之以学术论文的形式，完整准确地反映论者的观点，而非零散的只言片语。

叶葆的《应试诗法浅说》是乾隆后期试律诗学的代表作，可称为前期

---

① 梁启超：《清代学术概论》，上海古籍出版社2014年版，第48页。
② 沈德潜：《唐诗观澜集·序》，李因培《唐诗观澜集》，乾隆二十四年刻本。
③ 胡适：《胡适文集·胡适文存》，北京大学出版社1998年版，第302页。
④ 梁启超：《清代学术概论》，上海古籍出版社2014年版，第65页。

第二章 乾隆二十二年到嘉庆末年：试律诗学的完成期

诗法的总结。开篇《诗法百篇弁言》即相当于现代论文中之"前言"。其文中首先论述选题原因："特是穷乡僻邑，愧乏师承，徒事袭取，全无讲贯。既苦于诗法不合，而坊刻简略，仅列笺释，绝少发明；又苦于诗律不细。二者均失，固然其足怪。"接着表明研究基础，已掌握的研究条件："余家塾授徒呐于口，而勤于笔。凡文法经义待指明者类作解以示之。而于诗学尤多绪论，语不涉深，言之易入，指画所及，意已豁如，一时竞传借钞不一。"最后是研究目标："是编之出，虽无当于鼓吹修明之助，而学诗者喜得捷径，授徒者乐有成书。"①正文中根据士子的学习基础可分为两组专题论文。第一组针对初学者之《学诗须知六则》，是试律诗体之总论，包括《诗体须知》《诗韵须知》《限韵须知》《平仄须知》《裁对须知》《记韵须知》。第二组《诗法浅说十八则》针对具体写作而言，涉及篇法、审题法、句法、字法、修辞法、抬写法、读诗法、选料法、押韵法等十八条法则。其文由浅入深，立论严谨，层次清楚。此外，郑锡瀛的《重刻分体试帖法程》正文之前收《聂蓉峰寄岳云斋论试帖十则》《龚文恭公艳雪斋试帖诗话》《陈青文学使试帖论》《岁科试磨勘例》四篇诗学论文。臧岳的《应试唐诗类释》正文前有论文名曰《应试唐诗备考》，以"试帖以六韵为主""试帖为八比之始""制科与应制"为主题进行专题研究。李因培《唐诗观澜集》正文前有论文《试律》，介绍了试律称名、唐代考试制度等几个问题。总之，都是围绕试律，或为前人理论总结，或有个人独到见解，力求具体明确地反映有关试律的各种问题，从各个角度阐述论者的观点。

在条目安排上也具有极尽细致周详的特点。诗话记载了文人的随意"闲谈"，往往基于冲动或者兴趣。而试律诗学批评，必须求真求实，为士子指引入仕门径，态度认真谨慎。论者多为塾师或学政，有过从教经历或

---

① 叶葆：《应试诗法浅说·诗法百篇弁言》，叶葆《应试诗法浅说》，嘉庆间悔读斋重修本。

参加过各级科举考试。如《诗法度针》的作者徐文弼时任芝山书院山长，《应试诗法浅说》的作者叶葆曾为塾师，纪昀亦有主持会试和在家教授儿孙辈的经历。他们的诗学理论和批评乃是潜心于此数十年心血之结晶，因而更讲究系统性和专门性。诗学著作的条目安排力求完备齐全，体现周密的思考，严谨的论证。臧岳的《应试唐诗类释》每首诗下有题解、音注、质实、疏义、阙疑、附考、参评，涉及注音、典故、文义、鉴赏、存疑等方面。《应试诗法浅说》则列举题解、笺释、疏义、评注。《诗法度针》同样列举补注、增解、原评、附论。理论探讨大多秉承科学严谨的态度，罗列周详、考证严密，与传统诗论之随笔闲谈大异其趣。精细之极者，纪昀的《庚辰集》仅二百余首诗，而注解便达到十七万字。纪昀自序："此书训释太繁，可已不已，然初学之士，一以知诗家一字一句必有依据，虽试帖小技亦不可枵腹以成文；一以知兔园册子事多舛误，当反而求其本源，不可挦撦以自给，则无用之文，安知不收其有用耶？"①"必有根据""反求其源"恰恰体现乾嘉朴学崇尚考据、严谨求实的治学精神。

小结

张扬严谨求实的学术精神，采用考据的研究方法和系统的研究体例，这在乾嘉朴学之前是极少见的。历史的变迁赋予了试律诗学以崭新的面貌，使它们更接近于现代科学的治学精神。得之，抑或失之。文学表现社会生活，是人们情感世界的升华，绝不是精确地推衍归纳。不能牺牲诗歌的审美价值，转而采用学术标准来要求写作。《我法集》记载纪昀评《日高花影重》曰："此题之本难也，不写'高'字、'重'字，直是赋得日中花影，岂复成诗？一写'高'字、'重'字则非用算法测量，断不能清出，此种花香草媚之题，忽然讲到句股（按：疑为勾股）角线更何成文

---

① 纪昀：《庚辰集·序》，纪昀《庚辰集》，坊刻本。

理？此又作诗之难也。此诗以不能不用算法，故从本体春宫怨入手，以'昼长'引出'倦绣'，以'倦绣'引出'看花'，以'看花'引出'看花影'，即以'闲检点'引出'细形容'，得'细形容'三字作脉则以下接入测量日影，自然斗榫合缝，不觉突兀矣。"①诗歌论析要参用算法，近于数学推算公式。如此确实精确，然却无复审美之境界。纪昀虽觉"讲到句股角线更何成文理"，但也层层转折，定要引出测量日影。并且自以为融合朴学之精准与文学审美而"不觉突兀"，可见考据影响之深。沈德潜就对当时朴学向诗学的渗透极为不满："读前人诗而但求训诂，猎得词章记问之富而已，虽多奚为？"②毋庸置疑，试律缺乏传统诗歌含蓄蕴藉的动人美感，与考据极有关联。然而，即便有不满，沈德潜也无可避免地受到了考据影响，在他的诗论中考据比比皆是。可见，士风如此，学风如此，凡清之学者，谁可以跳脱出去。

第五节 求而不得的最高境界——自然

文学的创作恰如艺术品的精雕细琢，作者的功底、智慧、心血和灵感凝结在每一次字斟句酌，每一番揣词度句。对于试律而言，雕琢更属当行本色。朱琰评朱延龄的《秋山极天净》曰："'极天净'三字，不烦刻画，此争上流法也。"③争上流在考试中意味着拔得头筹，强调极尽刻画是成功入彀的必要手段。蒋鹏翮评郑若愚的《春草碧色》："作调不甚高，然刻画之工蔑以加矣。"④肯定精雕细刻是试律创作的本真状态，在试律创作中具

---

① 纪昀：《我法集》卷上，嘉庆五年刻本。
② 沈德潜：《说诗晬语》，《原诗·一瓢诗话·说诗晬语》，人民文学出版社1998年版，第243页。
③ 朱琰：《唐试律笺》卷下，乾隆二十二年刻本。
④ 蒋鹏翮：《唐人五言排律诗论》卷2，康熙五十四年刻本。

有重要作用。然而，与之相悖的是，在试律诗学理论中却随处可见崇尚自然的美学追求。

　　试律属于诗，二者有着共通的美学追求。汪凤藻的《锦官堂试帖·序》载："惟一二咏史题，间有不全点题字者，余皆字字清出，位置妥帖，纯任自然，见其良工心苦。"① 徐文弼评卢肇的《江陵府试澄心如水》曰："此题易夹入理语，便不免学究气，内明一联固见理渊然，遣句天然，总由洮笔莹然也。"② 又评黄滔的《白云归帝乡》："'和霜带月'，'触月连曙'，衬帖'白'字，妙从'归'字带出，自然无着意之迹。"③ 纪昀的《唐人试律说》评郑谷的《奉试春涨曲江池》："'翠低'二句，穷形尽相而出以自然。"又评张乔的《华州试月中桂》："刻画精警，自然超妙，纯以神行。"④ 叶葆《应试诗法浅说》评王表的《花发上林》："结就'上林'推开，归美主试，运用旧事，恰合自然。"⑤ 曾经肯定刻画雕琢为争上流法的朱琰，在评张仲素的《赋得玉绳低建章》亦曰："描摹语，妙近自然，诗忌刻画太甚，过此必入于痴。郑谷《残月如新月》'家人应误拜，栖鸟反求安'，毛以为警句，且拟之曰'女惊妆罢拜，人似醉归看'，陈以为纤词拙句，平心察之，情趣索然。胶柱鼓瑟，刻舟求剑，太费人工，致离天巧。必破除此重菩障，方见不二法门。"⑥ 显示对天巧自然的笃定。自然之美与人工雕琢之美矛盾得存于试律的审美追求中，甚至共存于同一论者的诗学理念里，这在诗学史上都是罕见的现象。

---

① 延清：《锦官堂试帖》，光绪十一年刻本。
② 徐文弼：《诗法度针》卷6，藻文堂刻本。
③ 同上书，卷4。
④ 纪昀：《唐人试律说》，山渊堂重刻本。
⑤ 叶葆：《应试诗法浅说》卷2，嘉庆间悔读斋重修本。
⑥ 朱琰：《唐试律笺》卷上，乾隆二十二年刻本。

第二章　乾隆二十二年到嘉庆末年：试律诗学的完成期

一　"自然"的审美内涵

"自然"原本是道家的哲学范畴，南北朝时被引入文艺理论中。刘勰《文心雕龙·原道》中曰："心生而言立，言立而文明，自然之道也。旁及万品，动植皆文，龙凤以藻绘呈瑞，虎豹以炳蔚凝姿。云霞雕色，有逾画工之妙；草木贲华，无待锦匠之奇。夫岂外饰，盖自然耳。"这里有两个自然。其一涉及文学的产生。外物激荡于内心，才有了文。这个自然，表示必然、自然而然的过程。既然如此，那文学就像天地万物，虎豹云霞一样有自己的装饰，不需要人类的干预，从而引出第二个自然。文学亦如万物，通过所包含的内容意蕴感动读者，不需要过多的技巧修辞，只是为了表达作者的真情实感。

这一理论形成后世对于自然的三种解读。第一，文学创作必须基于真情。这种感情并非儒家所提倡的饱含社会道德使命的群体感情或政治感情，而是如钟嵘《诗品·序》中所言："气之动物，物之感人，故摇荡性情，形诸舞咏"，由于外界景物的感召而产生的个人审美的感情。其中也包括社会变迁、命运起伏等一切人类活动，"嘉会寄诗以亲，离群托诗以怨。至于楚臣去境，汉妾辞宫，或骨横朔野，或魂逐飞蓬，或负戈外戍，杀气雄边；塞客衣单，孀闺泪尽。又士有解佩出朝，一去忘返；女有扬蛾入宠，再盼倾国：凡斯种种，感荡心灵，非陈诗何以展其义，非长歌何以骋其情？"[①]诗歌创作的动因是真实的所见所感，完全来自自己的内心世界。皎然的《诗式·重意诗例》载："曩者尝与诸公论康乐，为文真于情性，尚于作用，不顾词采，而风流自然。"[②] 明确了以真感情为核心的，崇尚自然的审美取向。清代袁枚的"性灵说"同样强调诗歌要反映心灵，抒

---

①　钟嵘：《诗品》，古直笺，曹旭整理集评，上海古籍出版社2012年版，第1页。
②　皎然：《诗式校注》，李壮鹰校注，人民文学出版社2003年版，第118页。

发真情实感。每种理论提出的背景不同、对象有异，但是强调真感情是文学创作的主导因素，诗歌审美价值评判标准首先在于是否表达了真感情，这一主线从未改变。

第二，古典文学以抒情题材为主，表达感情是文学创作的主要目的，而如辞藻、修辞、法度等都是抒发感情的手段，即刘勰所谓之"外饰"。对于创作，钟嵘提出"直寻"的方法。目之所见，耳之所闻与心灵契合即可达到自然的艺术境界。同时，反对大量用典等艺术技巧，批评其文为"蠹文"："近任昉、王元长等，词不贵奇，竞须新事，尔来作者，浸以成俗。遂乃句无虚语，语无虚字，拘挛补衲，蠹文已甚。但自然英旨，罕值其人。"① 任昉、王融等人大量用事，讲求技巧，形成了一股创作逆流，钟嵘称其丧失了诗歌的"自然英旨"，影响了作品的感情表达。何为自然？司空图的《二十四诗品》对其诗意阐释："俯拾即是，不取诸邻。俱道适往，着手成春。如逢花开，如瞻岁新。真与不夺，强得易贫。幽人空山，过雨采萍。薄言情悟，悠悠天钧。"② "自然"是诗歌创作的风格和至高的审美境界，排斥过分的技巧，过分的修饰。不需苦心经营，刻意谋求而"俯拾即是"，不需过多技巧，因为"强得易贫"。它能带来高超的审美体验，"如逢花开，如瞻岁新"，从心中流出，不矫揉造作，不堆砌粉饰，一切自然而然，如"幽人空山，过雨采萍"。

第三，自然作为一个哲学范畴，同样反映人们对于生命的理解，对生活本质的认识。河上公注《老子·安民第三》"不尚贤，使民不争"曰："不争功名，返自然也。"元代吴澄解释道："尚谓尊崇之，贵谓保重之，见犹示也。人之贤者，其名可尚。上之人苟尚之，则民皆欲趋其名而至于争矣。货之难得者，其利可贵。尚之人苟贵之，则民皆欲求其利而至于为

---

① 钟嵘：《诗品·序》，钟嵘《诗品》，古直笺，曹旭整理集评，上海古籍出版社2012年版，第11页。
② 司空图：《二十四诗品》，何文焕《历代诗话》，中华书局2011年版，第40页。

盗矣，盖名利可欲者也。不尚之，不贵之，是不示之。以可欲使民之心不争、不为盗是不乱也。"① 自然是不为世俗社会功名所拘的生存状态；无法可法，顺应自然的人生境界；随缘任运、潇洒乐观的自在之心。这是自然境界对创作主体审美心理的审视。儒家哲学专注于社会人生，以治国平天下为己任，但对自然的心境亦心向往之。《论语·先进》里孔子一句"吾与点也"，给了多少有报国梦想而又处处碰壁的儒士以精神退路。杜甫作为儒家理想人格的象征一边吟诵着"穷年忧黎元，叹息肠内热"（《自京赴奉先县咏怀五百字》），一边向往着"水流心不竞，云在意俱迟"的意境中（《江亭》）。自然是不断遭受外界压力而行将扭曲的世人心灵最好的调节和精神慰藉，是对无拘无束、自然而然的全力追求。

二 自然的美学追求

作为科举文学，试律先天就与自然的审美追求存在距离，这是清人普遍认识到的。纪昀评《赋得栖烟一点明》曰："此题是神来之句，所以胜四灵者，彼是刻意雕镂，此是自然高妙。当时终日苦吟，乃得此一句，形容难状之景，终未成篇。今更形容此句，岂非剪彩之花持对春风红紫乎？"②题目"栖烟一点明"出自惠崇的《池上鹭》，据说是惠崇苦思冥想之后的灵光一闪，因此纪昀称为"神来之句"。又将之和四灵以及没有成篇的寇准的诗句相比较，纪昀明显倾向于惠崇的"自然高妙"，他认为试律的创作属于人工雕琢的剪彩之花，无论如何色彩斑斓、仪态万方终究不及花朵在空中摇曳的自然之美。评《赋得松风水月》"蟾光送棹还"曰："有水便可行舟，从水生出'棹'字，棹舟有往必有还。从'棹'字生出'还'字，即从'还'字生出'送'字，是以一'送'字，将'月水'融

---

① 吴澄：《道德真经注》，华东师范大学出版社2010年版，第5页。
② 纪昀：《我法集》卷上，嘉庆五年刻本。

为一片也。又如'竿籁闻松径'句，'竿籁'暗藏一'风'字。'楼台近水湾'句，'楼台'暗藏一'月'字。此皆费力雕琢，而又磨去雕琢之痕者。此于诗家为小乘禅，不称高品，然试帖遇细腻题不能不如此运思。汝于此等处宜细求其用意，便有悟门。"① 自然并不排斥雕琢，但要无斧凿之痕。纪昀肯定了这首诗的创作，又认为此诗不过是传统诗歌的一般水平，即小乘禅，没有可称道之处。反之，对于试律来讲，当然不能算小乘禅，能够达到"自然"审美要求的才可称为高品。

清人普遍将自然作为最高的审美标准。如何无中生有，使得原本不具备"自然"产生条件的试律具有自然的美感，也是诗学讨论的一个课题。所以，在提到"自然"的时候，往往会用上如"造""臻""到"等具有明显主观能动性的字眼。如"笔力沉着，足破余地，而风格端谨，妙造自然"。②"要其苦心精诣，妙造自然，一字未安，手推髭断，非甘苦共赏者不能喻也"。③"试帖虽小道，然准绳规矩尺寸惟谨，即高明之士不能以盛气争也。深体默造，以臻自然，为力博矣。"④ 从此种措辞即可看出论者对于自然的不懈追求。

另一方面，自然分明是一种可以努力达到的艺术境界。首先试律也可以表达真挚的感情。诗歌的题目因为出处不同会蕴含某种情绪即题情，作者点题，即将此种感情投射在内心。由其文字信息瞬间感应到所蕴含的情感信息，于是因题而生情。"诗本发乎情，试律则为题所拘。然遇有情之题，亦可以见情矣。"⑤ 比如"春水绿波"题，出自江淹的《别赋》，则诗

---

① 纪昀：《我法集》卷下，嘉庆五年刻本。
② 钱振伦：《望三益斋试帖·跋》，吴棠《望三益斋试帖》，同治十三年成都使署刻本。
③ 徐善来：《铸铁砚斋试帖·序》，高继珩《铸铁砚斋试帖》，纪宝成《清代诗文集汇编》，上海古籍出版社 2010 年影印本，第 600 册，第 234 页。
④ 郭柏荫：《还砚斋试帖序》，赵新《还砚斋试帖》，光绪八年黄楼刻本。
⑤ 李桢：《分类诗腋》卷 2，嘉庆二十二年刻本。

歌必带怀人之思。聂铣敏有诗"送将清梦远，流出别愁多"，① 满含离愁别绪。题目"浣花草堂"，本为杜甫书斋名，彭王雯有诗"万间思广厦，十载念京华"，道出杜甫的忧国忧民之思。李桢评曰："杜老一生心事十字写尽。"② 还可以从题目的一字或者几字中联想而生情。叶葆认为题中主要阐释对象为题之"正义"，但情感的渲染却有赖于其他文字完成。"所选《经训为菑畬》题，自是以'经训'为题正义，而用意下字，却处处从'菑畬'上生情。"③ 其题解白居易的《窗中列远岫》曰："题眼在'窗中列'三字，是四围皆山，开窗尽是之景。勿泛写远山，方于题上三字有情。"④ "远山"是正义，但感情却从"窗中列"三字生发开来。即便题目并不携带任何感情因素，也可以通过用典而使诗歌充溢着某种感情。李桢评吴锡麒的《鸡乳》"催晨惊昨梦，起舞感今吾"曰："题本无情，用事而通以意，则情生。徒诠题面者可悟。"⑤ "鸡乳"即二十四节气中之大寒，指到了大寒就可以孵小鸡。此题原本无意，但作者却由"鸡"生发开去，围绕闻鸡起舞的典故，表现功名未建、时不我待的感慨。

与别体诗一样，真切是试律表现感情的首要法则，即便这种感情是由毫无生机的文字传达出，再由作者展示在诗歌中，也要符合这一基本原则。《诗法度针》原评顾伟的《雪夜听猿吟》："凄清之调，亦正与三峡啼声相肖。"⑥ 题目通过"猿吟"的特定意象反映凄楚悲哀之情，诗歌就必定以此为基调。然而，感情是最难描摹的。别体诗总是通过写景来表现感情。作者的感情折射于外物，采用情景交融的手法做到景中有情，情中有景，试律同样如此。"情景二字最难描写，况景中有情，情中有景。或一

---

① 李桢：《分类诗腋》卷2，嘉庆二十二年刻本。
② 同上。
③ 叶葆：《应试诗法浅说·学诗须知》，叶葆《应试诗法浅说》，嘉庆间悔读斋重修本。
④ 叶葆：《应试诗法浅说》卷2，嘉庆间悔读斋重修本。
⑤ 李桢：《分类诗腋》卷2，嘉庆二十二年刻本。
⑥ 徐文弼：《诗法度针》卷9，藻文堂刻本。

句景，一句情，尤属难工，总之以真切为妙。"① 对于试律而言，这种真切就是要求感情必须因题而生，直抒胸臆，不虚伪造作，也不夸大其词。

其次，清人对"自然"这一审美范畴的理解偏重于主体的轻松自如的创作状态，未尝有意求工而工的艺术境界。"其傅色揣称，运词选韵，未尝有意求工，而实具神明变化之妙。"② 场屋之作皆有意为之，而自然就要求士子超越世俗功利心，在创作中有意识地不作为，不需刻意为之，减少雕琢痕迹。《诗法度针》原评《霜隼下晴皋》曰："崇山峻谷，气象魁杰，故其驭题也，有风抟物激，自然相应之妙。"③ 这一观点源出陈师道的《后山诗话》。原文为："扬子云之文好奇而卒不能奇也，故思苦而辞艰。善为文者，因事以出奇，江河之行，顺下而已。至其触山赴谷，风抟物激，然后尽天下之变。子云惟好奇，故不能奇也。"④过于刻意，达不到应有的审美效果，应如江河流水，奔流直下而势不可挡，不受任何外力影响，顺势而为。《诗法度针》基于此观点立论，表明试律解题也应因势利导，不可力强而致。如江河奔流，自由随性，才能凸显题目本身内蕴。自由随性的创作心态首先要求心境淡泊，超然物外，不为名利所动，不可患得患失，方能在创作过程中保持轻松自如，字句信手拈来。梁章钜的《试律丛话》引用王廷邵言曰："曰：'然则为试帖者，何以基之？'曰：'法必老，气必空，词欲其灵，笔欲其卓，四者相需，缺一不可。舍是而以虚夸藻缋为工，失之远矣。'"⑤ 这种"气必空"的理论与韩愈的"气盛言宜"相反，它要求士子放空自己，超脱世俗欲望之外，与现实保持适当的距离感，内心归于纯净清澈，然后才能万象俱来。《诗法度针》原评无名氏的《寒流

---

① 李桢：《分类诗腋》卷2，嘉庆二十二年刻本。
② 钱骏祥：《水流云在馆试帖·序》，周天麟《水流云在馆试帖》，光绪二十三年刻本。
③ 徐文弼：《诗法度针》卷8，藻文堂刻本。
④ 陈师道：《后山诗话》，何文焕《历代诗话》，中华书局2011年版，第309页。
⑤ 梁章钜：《试律丛话》，上海书店出版社2001年版，第516页。

聚细文》曰:"静细之思可掬。"① 正因为"静"所以能"细",可以自由冥想。纪昀评《赋得能使江月白》:"月岂待听琴而白,江岂待听琴而深,而神清心静之余是有此意。"② 心静而神思清明有利于正确审题。少谷晋康评《落月挂柳看悬珠》曰:"状难写之景,出显入微,心思静细,遂使题中数虚字妙韵无遗。"③ 心思静细能挖掘出诗歌的无限妙谛,达到超凡脱俗的艺术境界。内心澄静才可以轻松自如,于有意无意间发挥出奇思妙想。李宪之评《贪看梅花过野桥》曰:"写梅处不脱'贪看'二字,写桥处不脱'野'字,制题圆紧,用笔亦轻松,洵为佳构。"④ 因为轻松,所以本无意经营,正是在有意无意间写出自然。李桢评宓如椿的《诗王》曰:"掩映关合,在有意无意之间。"⑤ 评宓如椿的《秋学礼》曰:"信手拈来,自然工切。"⑥ 有意无意之间,反而心无窒碍,能够达到自然的艺术境界。正如钱骏祥的《水流云在馆试帖·序》曰:"其侔色揣称,运词选韵,未尝有意求工,而实具神明变化之妙。"⑦ "未尝有意求工"正是强调主体轻松自如的创作状态。

三 试律与"自然"的对立

能够表达感情使试律具有了追求自然的可能性,创作的静、空心态更加笃定了诗论家对于自然的追求。然而,试律的功能指向和文体特征却是其无法逾越的障碍。

首先,试律创作的根本动因是应举,决定了主体的创作心态不可能如

---

① 徐文弼:《诗法度针》卷6,藻文堂刻本。
② 纪昀:《我法集》卷下,嘉庆五年刻本。
③ 王祖光:《守砚斋试帖·初集》卷4,光绪二十四年刻本。
④ 同上书,卷3。
⑤ 李桢:《分类诗腋》卷2,嘉庆二十二年刻本。
⑥ 同上。
⑦ 周天麟:《水流云在馆试帖》,光绪二十三年刻本。

别体诗一样轻松自如。天下士子如过江之鲫，为利而来，为名而往。对于绝大多数的寒门士子而言，改变命运的唯一途径就是科举。在功名的诱惑下，本真的人格被挤压而扭曲。科举越发展到极端，对士子精神的戕害就越严重。更有甚者，为达到目的而无所不用其极。《国史大纲》载嘉庆四年，洪亮吉上疏曰：

> 十余年来，士大夫渐不顾廉耻。有尚书侍郎甘为宰相屈膝者；有大学士七卿之长，且年长以倍，而求拜门生为私人者；有交宰相之僮隶，并乐于抗礼者。太学三馆，风气之所由出。今则有昏夜乞怜，以求署祭酒者；有人前长跪，以求讲官者。翰林大考，国家所据以升黜词臣。今则有先走军机章京之门，求认师生，以探取御制诗韵者；行贿于门阑侍卫，以求传递代请藏卷而去，制就而入者。大考如此，何以责乡会试之怀挟替代？士大夫之行如此，何以责小民之夸诈夤缘？辇毂之下如此，何以责四海九州之营私舞弊？①

士子本有提振世风的使命，但在功名利益的影响下，不惟风流儒雅的气质荡然无存，寡廉鲜耻犹过于一般百姓。本应忧国忧民的他们却击穿了道德底线，沦落为地方一害，把士子形象从渺渺云端踩进了污浊泥淖。猥琐的人格不能达到轻松自如的创作状态，自然境界对于创作主体的要求随之落空。

其次，试律可以反映真实情感，但无论是严苛的创作法度还是险恶的政治环境都无法做到对情感表达的绝对支持。试律创作最重要的特点就是因题而作，并非因情而文，这是它与其他别体诗的重要区别。士子面对的仅是题目区区几字，既无春花秋月，也无沧海桑田。感情激发受题目所限，即"束我就题"。"杂体之诗，趋题就我，试帖之作，束我就题。"②

---

① 钱穆：《国史大纲》，商务印书馆2013年版，第866页。
② 王锡侯：《唐诗试帖课蒙详解·例言》，王锡侯《唐诗试帖课蒙详解》，乾隆刻本。

第二章　乾隆二十二年到嘉庆末年：试律诗学的完成期

重法贵格，程式的创作严重限制了士子的创作思维。此外，尚有抬头、颂圣，不得有衰飒语，不得有任何负面的情绪表达等多项禁忌。所有的规范法度都在警示士子严守本分，不能犯雷池一步。事实上，试律与政治的关系远比其他文学体裁要紧密得多。科举制度发展到清代，流弊更甚，已经成为控制士子言论、监督其思想的有效手段。"雍正四年，世宗以浙人查嗣同、汪景祺诗文悖逆，风气恶薄，停止浙士子乡会试六年。经李卫、王国栋、王兰生等奏称两浙人士，省愆悔过、士风丕变，谕准照旧应试。前后三年浇漓尽革。"① 科举成为钳制士子思想的利器。更有甚者，科场大狱还实行连坐制度。一人言语稍有违碍，则同考、主考皆受牵连。如此种种，史所未有。在名利的利诱中、政府的高压下，天下士子皆仰人鼻息而无独立人格，谨小慎微而乏自觉意识。即便可以有表达真实情感的客观条件，也已经不具备真实感情表达的主观愿望。

最后，进身之阶的特殊使命，迫使士子更注重试律的选士功能，一心在形式技巧上求新求异。乾嘉时期，各种法度规范包括布局、审题、修辞、检韵已经组成了一个完整严密的理论体系。士子就在这个体系内上下运作，小心谨慎地避开所有不符合规范的因素。而同时，为了激浊扬清，选拔真才，科举也在不断增加创作难度，使得这种规范日趋严格，取士范围不断收窄。同时，大量试律诗学理论著作出现，规范逐渐固化为格套，技法也随之平庸滑易。为了脱颖而出，士子追求技巧的独特，花样翻新，千奇百怪。"试律至今日诚所谓巧而更巧矣，然纤侧之弊即由此生。"② 写作不断追求技艺精进，打破沉闷的规范，制造新鲜的视觉效果。押险韵、用虚字各种新奇的招式成为时尚。"近来诗多喜用虚字，意亦期于流丽动目。然过多则失之薄，以作诗原有异于为文也。每首中或间以一二联则

---

① 钟琦：《皇朝琐屑录》，国家图书馆出版社2011年版，第190页。
② 钱振伦：《望三益斋试帖·跋》，吴棠《望三益斋试帖》，同治十三年成都使署刻本。

可，必须出自成语，方有隽味，不可任意杜撰。"① 句中过多用虚字，则失去诗歌本身的形式感，且影响内容的表达，然而这对于士子而言，本无足轻重，恰如叶忱评王维的《清如玉壶冰》曰："数联极刻入，自可冠场。"② 为求提高作品辨识度，士子不惜极尽雕琢之能事。所以，刻画才能符合规范，也只有刻画雕琢才能科场夺魁，除此之外，别无他法。

小结

"自然"这一审美范畴在清试律而言就是一个矛盾的存在。试律本不具备自然所依存的条件，但由于传统审美观念的影响，无论因题生情，还是强调"静""空"的创作心态，清人都在极力向自然靠拢。但"试帖虽喜雕琢，终须自然。过于自然，则失之滑，过于雕琢，气便膈塞不通，所谓过炼伤神也。必雕琢而出，以自然使人不见雕琢之迹，方为试帖胜境"。③ 对于试律而言，浅俗滑易比膈塞不通更称得上硬伤。试律的写作并非真的有感而发或者直抒胸臆，而是符合标准，就题还题。客观地讲，特定阅读对象的审美趣味很难把握。但有一点可以确认，在人生歧路口，任何人都不可能豁达到波澜不惊。雕琢刻画是试律创作的必由之路和本真状态，平滑浅易绝难入彀。自然只能作为审美理想，是求而不得的理想境界。李桢的《分类诗腋》以"自然"为最高创作标准，但也专列"琢句"一章。梁章钜评之曰："自古大家未尝以琢句见长，白太傅诗老妪都解，李长吉乃以佳句贮锦囊，他日足成之。长爪生之鬼才，究不及广大教主也，下至四灵专以琢句为事，诗之格乃日卑矣。试律诗但取悦一夫之目，

---

① 聂铣敏：《聂蓉峰寄岳云斋论试帖十则》，郑锡瀛《注释分体试帖法程》，光绪十九年刻本。
② 叶忱、叶栋：《唐诗应试备体》卷4，康熙五十四年最古园刻本。
③ 聂铣敏：《聂蓉峰寄岳云斋论试帖十则》，见郑锡瀛《注释分体试帖法程》，光绪十九年刻本。

固不容入于率易,则李君之论琢句亦未可厚非,然诗之源流亦不可不知也。"① 其观点本身有待商榷,所谓"大家"之文并不意味着冲口而出,精妙之文也绝不排斥雕琢刻画。梁章钜虽然也对雕章琢句时有微词,但文末却对李桢列"琢句"一条深以为然。可见试律宁可失于雕琢也不能流于率易,而"自然"终究只能求而不得。

---

① 梁章钜:《试律丛话》,上海书店出版社2001年版,第599页。

第三章　纪昀的试律诗学理论及影响

在中国文化史上，纪昀的名字伴随着一部大型丛书《四库全书》而熠熠生辉。《清史稿·纪昀传》曰："昀学问渊通。撰《四库全书提要》，进退百家，钩深摘隐，各得其要指，始终条理，蔚为巨观。"① 身处乾隆时期的权力中心，又是《四库全书》的总纂官，纪昀的一言一行足以让天下士子瞩目。最足称道的是，纪昀的诗学思想尤其是试律诗学理论更可称为宦海津筏，直到清晚期，士子依然视其理论为金科玉律。

除《四库全书总目提要》外，纪昀著作并不多。陈鹤的《纪文达公遗集序》载纪昀尝曰："自校理秘书，纵观古今著述，知作者固已大备，后之人竭其心思才力，要不出古人之范围；其自谓过之者，皆不知量之甚者也。故生平未尝著书；间为人作序、记、碑、表之属，亦随即弃掷，未尝存稿。"② 可见纪昀性情孤高，不愿俯仰世俗。凡作品不能出古人之右者，皆不愿留存于世，而留存的，便是其一生心血之所寄。除了《阅微草堂笔记》和其孙纪树馨所编辑的《纪文达公遗集》外，所存最多的就是其诗学理论著作。纪昀多半时间致力于诗学，尤其是试律诗学理论批评。"纪文达公为昭代名儒，记问赅博，初未尝以诗鸣。然公生平无书不读，而于有韵之语，则尤道人所不能道。论者以为公之诗得于天分者为多，而不知非

---

① 赵尔巽：《清史稿》，中华书局1998年版，第10771页。
② 纪昀：《纪文达公遗集》，嘉庆十七年刻本。

也。公校书天禄，于古今诗学之源流，举凡体裁、标格，无不一一熟于目而了于心。故发而为诗，能融会古人成法，而自抒其性情，绝无依傍模拟之迹。"① 其诗学理论散见于对《文心雕龙》《瀛奎律髓》和李商隐诗歌的评点中。但集中反映其诗学思想的恰恰是三部试律选本《唐人试律说》《庚辰集》《我法集》。主持科举，磨勘试卷贯穿了纪昀宦海生涯的全过程。其《壬戌会试录·序》载："伏念臣北地庸才，叨两朝知遇。凡校阅文字之役，十恒得预其八九。至会试为抡才大典，自甲辰、丙辰至今壬戌，亦三膺是任。"② 这些经历都为纪昀的试律诗学批评积累了丰富的实践经验。在这三部著作中，纪昀指点法程，对试律创作提出一系列观点，形成了一个相当完整的理论体系，由此奠定了纪昀继毛奇龄后试律诗学史上最重要的诗论家的重要地位。

第一节 拟议与变化

纪昀编撰了《四库全书总目提要》，《四库全书》也成就了纪昀的诗学造诣。在遍阅群书后，纪昀总结了丰富的创作经验，进而概括和升华，才能从文学史的制高点更有效地考察诗歌的发展流变。"诗日变而日新。余校定《四库》，所见不下数千家，其体已无所不备。故至嘉隆七子，变无可变，于是转而言复古；古体必汉魏，近体必盛唐，非如是，不得入宗派。然模拟形似可以骇俗目，而不可以炫真识。于是公安、竟陵，趁机别出，幺弦侧调，纤诡相矜。"③ 这是纪昀对于明代诗歌发展的总结。从汉唐

---

① 邵承照：《纪河间诗话·序》，纪昀《纪河间诗话》，张寅彭《清诗话三编》，上海古籍出版社2014年版，第6716页。
② 纪昀：《纪文达公遗集》卷8，嘉庆十七年刻本。本章所引序跋、书信，除《唐人省试诗笺·序》外如未标明作者，皆为纪昀所著。
③ 纪昀：《四百三十二峰草堂诗钞·序》，纪昀《纪文达公遗集》卷9，嘉庆十七年刻本。

开始，诗歌就在复古与新变中前后踱步。明代的复古之风更是愈演愈烈。前七子提出"文必秦汉，诗必盛唐"的主张，一个"必"字杜绝了一切变化的可能性，显示理论的狭隘。后七子接踵而至，在前七子之后提出"文必西汉，诗必盛唐，大历以后书勿读"，将拟古之风推向高潮，也使得文人的创作视野更为闭塞，取径更为狭窄，作品只能在前人的圈子中打转，无缘学到古人精华。万历以后，复古思潮逐渐退去，公安、竟陵又走向另一个极端，坚持创新，反对模拟。然而，矫枉过正，又陷入浅俗滑易的怪圈。虽然只提及明代，但推而广之，纪昀认为整个诗歌发展史也如明代一样。《鹤街诗稿·序》中曰："然自汉魏以至今日，其源流正变，胜负得失，虽相竞者非一日，而撮其大概，不过拟议、变化两途。从拟议之说，最著者无过青丘，仿汉魏似汉魏，仿六朝似六朝，仿唐似唐，仿宋似宋。而问青丘之体裁何如，则莫能举也！从变化之说，最著者无过铁崖，怪怪奇奇，不可方物，而卒不能解'文妖'之目。其亦劳而鲜功乎？"① 纪昀举出从汉魏至当日的诗歌发展中两种极端倾向，首先是拟议，即纯粹的模仿而无变化，只求面容相似，失去了自身的风格，如高启。其次是纯粹的变化，缺乏对前代的学习，一味标新立异，必然走上怪奇之路，如杨维桢。这是纪昀在全面把握古典文学发展规律后，高屋建瓴地提出两种应该批判的创作倾向。"其云诗学'大概不过拟议，变化两途'一言，可谓道尽诗史、诗法之根本，与袁枚之'性灵说'括尽诗人之根本，两家之说即可执住乾隆诗学之牛耳，格调、肌理等说尚不得同日而语也。"② 纵观文学史，拟议、变化之说相比于同期其他诗学观点，显得深刻而全面，更可把握住诗歌的发展的脉络。

针对这两种倾向，纪昀提出以下诗学主张：

---

① 纪昀：《纪文达公遗集》卷9，嘉庆十七年刻本。
② 邵承照：《纪河间诗话提要》，纪昀《纪河间诗话》，张寅彭《清诗话三编》，上海古籍出版社2014年版，第6711页。

一 发展个性，反对模拟

文学史是不断向前发展的，每一个时代都有自己的文学特点，不能用以往的创作观点束缚当下的文学发展。"阳和阴惨，四序潜移，时鸟候虫，声随以变。诗随运会，亦莫知其然而然。论诗者不逆挽其弊，则不足以止其衰；不节取其长，则不足以尽其变。诗至五代，骎骎乎入于词曲矣。然必一切绳以'开宝'之格，则由是以上将执汉魏以绳'开宝'，执《诗》《骚》以绳汉魏，而《三百》以下，且无诗矣，岂通论哉？"① 诗歌发展恰如自然界变化，每一个历史时期都有各自的时代特色，是不随人的意志为转移的客观存在。论者需要扬长而避短，不能处处以古为优，贵远贱近，用以往的标准衡量当下。否则，不断推衍上去，只有《诗经》才可以算得上诗歌，其他则无足道矣。这种带有革新改良意味的观点在当时拟唐、拟宋争论不休的时期无疑似一记响雷，引导人们反思复古的合理性以及重新考察当下文学的发展状态。

清试律在唐试律基础上发展而来，所以处处以唐试律为典范。"虽然唐人省试之诗非第侈为颂祷取媚当世已也，流逸之词，隽永之思，浑灏之气，温柔敦厚之旨往往而见，则以一体而论，而诗亦未尝不盛也。士之操觚而应当代之求者，舍此奚取法哉？"② "恭逢我皇上崇尚实学，特命乡会场增入六韵排律一首。一时应举之士茫然莫寻其涯涘。夫昔之应试诗即今之应试诗之标的也。"③ "是书（《唐人五言排律诗论》）为应试设，唐人试诗犹八比文之程墨也。"④ 以唐试律为标准一时蔚为风气，甚至不惜为之巧为回护。如蒋鹏翮评李舒的《元日观百僚朝会》："唐人试作多以题字为

---

① 纪昀：《书韩致尧翰林集后》，纪昀《纪文达公遗集》卷11，嘉庆十七年刻本。
② 顾桐村、朱辉珏：《唐人省试诗笺·序》，顾桐村、朱辉珏《唐人省试诗笺》，康熙刻本。
③ 叶之荣：《应试唐诗类释·序》，臧岳《应试唐诗类释》，乾隆四十年刻本。
④ 蒋鹏翮：《唐人五言排律诗论·例言》，蒋鹏翮《唐人五言排律诗论》，康熙五十四年刻本。

韵，亦有不拘者，疑当时习尚如此，非必出自功令也。"① 唐试律法度规范较清代简易，论者不以为误，反认为社会时尚如此，替唐试律开脱。同时，凡对唐试律的怀疑皆大加批判："夫唐以此体取士，法最严。合则取之，不合则黜之。其诗具存，班班可得而考也。然其法不过前后解数及起承转合耳。而今之学者，易之以为不足学。若欲神明于法之中，而能变通于法之外，则有累十年而不能尽者。"② 对于清初而言，士子轻视唐试律确有不妥，但太过拔高同样不妥。这种极端地尊唐即是纪昀所谓拟议。

拟议作为文学发展的方式无可厚非，它是士子学习的必由之路。学习试律写作必须从模仿唐试律开始。但是在经过了康熙到乾隆丁丑几十年的摸索后，清试律早已不是蹒跚学步的孩童，应该拥有自己的文学品格。另外，不同的写作背景下，文学体裁会呈现出不同的面貌，更无须用唐试律的创作规律来强求清试律亦步亦趋。

首先，唐清两代试律基本的形式结构和用韵规则不同。清试律以八韵为主，唐试律四韵、六韵皆有，更为灵活。语言空间的扩充，内容不免延展，如果把以往的六韵强行填充为八韵，势必产生内容的歧义。纪昀评王鸣盛的《残月如新月》曰："'残月'有二解，一曰向晓之月，一曰望后之月。望后之说较长。唐诗'佳人应误拜，栖鸟反求安'二说并用，非也。礼堂在余绿意轩作此诗，本根六韵，坊本欲足八韵之数，撫唐诗语益之遂致两解骑墙，今从原稿。"③ 此评中"唐诗"特指郑谷的《京兆府试残月如新月》，"骑墙"即谓模棱两可。唐试律六韵成诗，坊间牟利，竟平添两韵凑成八韵之数。然而，唐试律已经形成了自足的音义体系，强行扩为八韵，只会造成语义不明的弊病。纪昀强调唐清两代试律形式结构的不同点。从押韵来看，从唐到清，音韵不断发展，试律押韵必须符合当下而非

---

① 蒋鹏翮：《唐人五言排律诗论》卷1，康熙五十四年刻本。
② 袁式宏：《唐诗应试排律笺注·序》，袁式宏《唐诗应试排律笺注》，康熙刻本。
③ 纪昀：《庚辰集》卷4，山渊堂重刻本。

以往的韵部划分系统。其评蒋防的《秋月悬清辉》时曰:"唐韵收字最宽,如'麻'韵有'佳'字,'模'韵有'浮'字之类。宋修《广韵》乃删,未可以宋韵定唐韵出入也。"① 每一时代的押韵标准都不同,唐试律押韵宽松,韵部收字多,宋韵与唐韵都已经有很大出入,更遑论清韵。评侯冽的《金谷园花发怀古》曰:"'朱弦','弦'字妍韵,然唐韵与今多不同,未可遽非。"② 非但官方韵书的收录内容不同,就是用韵规则也大相径庭。评李勋的《泗滨得石磬》曰:"凡律句有单拗,'何时一樽酒',三四互换,'小园花乱也'一三互换是也。有双拗,'落日鸟边下,秋原人外闲',第三字上下互换是也,皆可以入之试律。他若'向晚意不适,驱车登古原','流水如有意,暮禽相与还',上句不拘平仄,下句以第三字救之,亦为谐律。故李义山《桃李无言》诗,落句即用此格,然施于今日则骇矣。如此种拗律,今日亦不可效,取其审题不苟可也。"③ 评陆复礼的《中和节诏赐公卿尺》曰:"第一句'令'字用仄,平仄失调,唐人起言原不拘,如文昌《反舌无声》诗并二四亦不谐是也,今则不可,必不得已,下句当以平仄平救之。"④ 通过对比唐试律与清试律的押韵现象,证明唐试律宽泛于清试律,唐试律的创作法则已经不适合当下的试律创作。

其次,唐试律创作背景已经时过境迁,相应的,其写作规范不适合清代的时代背景。清试律讲求避免一切负面、消极情绪,而唐代远无清代文网严密,创作显得自由宽松。如评《赋得高山流水》曰:"此首以伯牙为主,言苟真高调,必有知音。唐人试帖往往自陈沦落,感慨知稀。盖其时主司之于举子,如今督学之于诸生,试日可以面谈,故试帖或陈诉以求知,或矜夸以炫鬻,沿成习径,不以为非,今则皆干禁例,故此四首皆作

---

① 纪昀:《唐人试律说》,山渊堂重刻本。
② 同上。
③ 同上。
④ 同上。

近情之语,而此首直以怀才必遇为言。"① 干禁例即触犯条例。自陈沦落,知音稀少,便是对君主存有怨怼之心,抱怨自己有才不获骋。这种表述在清试律看来是一大禁忌。而写明怀才必遇其实是称赞野无遗贤、政治清明,如此颂圣了无痕迹。试律创作必须符合当下的创作环境,而作"近情之语"。此论与时俱进,虽然不脱阿谀之嫌,但比一味拟古要开明得多。又如评《赋得云消出绛河》曰:"此诗为诸生乡试时拟作,故借刘宾客'曾随织女渡天河,记得云间第一歌'之语,以作吉谶,非本题所应有。然唐试帖确多此例。"② 此试律结句"新声谁第一,侧耳听清歌"运用刘禹锡"云间第一歌"典故。刘禹锡曾参加过永贞革新,被贬为司马。听到以前宫人唱歌,想到故交零落而感慨万千,遂作《听旧宫人穆氏唱歌》,诗云:"曾随织女渡天河,记得云间第一歌。休唱贞元供奉曲,当时朝士已无多。"所谓"吉谶"者,预祝诸生必科举中第。但是刘禹锡虽身处官场,却宦海沉浮,命运多舛,这"吉谶"也就具有了消极的色彩,有违中正平和的法则,犯清试律写作禁忌。纪昀以"唐试帖确多此例",提醒士子关注两代试律的不同之处。

最后,唐试律仍处于试律文体出现之初,法度粗疏。清人专注于试律诗学已逾百年,写作规范化、程式化,讲究法度。以唐试律束缚清人,无异于因陋就简。试律创作必须精于起结。起句点题,务要夺人眼目,结句总束全篇,照应题面。起结精彩与否,是试律创作是否成功的关键。然而唐试律文法宽松,于此多有疏漏,这也是令纪昀不满之处。如评郑谷的《奉试涨曲江池》曰:"'桂华'句太率,唐人试律结句多不留心,不可为训。"③ 此诗结句为"桂花如入手,愿作从游人"。诗歌的字数本就有限,在有限的空间里创作出符合题意、遵守创作规则,又要表现士子的才情,

---

① 纪昀:《我法集》卷上,嘉庆五年刻本。
② 同上。
③ 纪昀:《唐人试律说》,山渊堂重刻本。

有充实内容的作品，的确不易，所以就要求每一句、每一字务必精雕细刻。然而此诗的结句却显得浅俗滑易，即纪昀所谓"太率"。对唐试律而言无足轻重的细节，对清试律来说就"不可为训"。在评刘得仁的《监试莲花峰》中纪昀重申了这一观点。"得仁试律，往往工于发端而拙于收束。"① 这与纪昀一贯对唐试律圆熟平庸的批判相一致。其采用批判的眼光重新审视唐试律，客观真实地批评诗歌，在文坛一片尊唐风气中，难能可贵。

唐试律已经往者不可追，所以纪昀每次提及，必名之曰古法或旧法，以区别于今法或新法。如评饶学曙的《风过箫》曰："前四韵写题面，后四韵抉题所以然，结处点明正意，最合古法。"② 评张模的《秋月照寒冰》曰："'水月'是题面，'千载心'是题意。先浑写而后明点，唐人旧法。于浑写处俱含本意，方不画作两橛。"③ 评姚左垣《王道荡荡》："后四句以试事作关合，唐人旧法。"④ 古人之法，意味其已经不适合当下的创作环境。《删正帝京景物略·后序》中曰："然古之人去今日远，其沈思奥义，类非后人所解，即其句格、语助，亦往往与今日殊。后人所赏，尚未必古人之自赏，而妄訾其瑕，不亦癫耶！"⑤ 唐清两代间距遥远，时移世易，唐人之作品非清人所能理解，两代的创作原则和读者的审美标准截然不同。一味抹杀唐试律的缺点，无视试律的发展，盲目模仿以至于剽窃唐试律的作法，无异于"偷"。如评柴宿的《海上生明月》曰："'金镜'、'玉壶'今已为吟诗恶套，然自后来用滥，不得归咎创始之人。'金镜'、'玉壶'之类，本非古人佳处，而初学剽窃专在此等，昔人所谓偷语钝贼也。况诗

---

① 纪昀：《唐人试律说》，山渊堂重刻本。
② 纪昀：《庚辰集》卷3，山渊堂重刻本。
③ 同上。
④ 纪昀：《庚辰集》卷5，山渊堂重刻本。
⑤ 纪昀：《纪文达公遗集》卷8，嘉庆十七年刻本。

之为道，非惟语不可偷，即偷势偷意亦归窠臼。"①

二 夺胎酌中，弃短取长

纪昀反对模拟，但绝非拒绝拟议。如何避免全盘模拟，他提出"夺胎"的观点。他在评《赋得以风鸣冬》中曰："此诗又是一格，起四句先完题面，次四句作一大开，次四句作一大合，末四句推到题后作结，纯以气焰挟题而走。《庚辰集》中香树先生《春从何处来》诗即是此格，均夺胎于玉溪《筹笔驿》诗，夺胎与模拟不同，模拟是全仿其格局，如法帖之双钩，夺胎则因此而得悟门又变化之……香树诗不袭其格调，而用笔却是一样，谓之夺胎。夺胎者，佛氏之法谓换一身体仍是此魂灵也。"② 纪昀称此试律中的布局之法脱生于李商隐的《筹笔驿》，但并非全盘模拟。其以双钩廓填为喻，表明全盘模拟无非拟其外貌而无神采，拟其形状而无个性。与之相反的夺胎，却是因原诗而有所启发，笔法相似而全非原作。此夺胎法，纪昀称其源于佛教。但依然能看出江西诗派"夺胎换骨"的痕迹。具体如何夺胎，纪昀在评柴宿的《海上生明月》中如此阐述：

> 夫悟生于相引，有触则通；力迫于相持，势穷则奋。善为诗者，当先取古人佳处涵咏之，使意境活泼如在目前，拟议之中，自生变化。如"萧萧马鸣，悠悠旆旌"，王籍化为"蝉噪林愈静"；"光风转蕙，泛崇兰些"，荆公化为"扶舆度阳焰，窈窕一川花"，皆得其句外意。水部《咏梅》有"攲枝却月观"句，和靖化为"水边篱落忽横枝"；"疏影横斜水流浅"，东坡化为"竹外一枝斜更好"，皆得其句中味也。"春水满四泽"，变为"野水多于地"；"夏云多奇峰"，变为"山杂夏云多"，就一句点化也。"千峰共夕阳"，变为"夕阳山外

---

① 纪昀：《唐人试律说》，山渊堂重刻本。
② 纪昀：《我法集》卷上，嘉庆五年刻本。

山";"日华川上动",变为"夕阳明灭乱流中",就一字引申也。"到江吴地尽,隔岸越山多",变为"吴越到江分",缩之而妙也;"曲径通幽处,禅房花木深",变为"微雨晴复滴,小窗幽且妍。盆山不见日,草木自苍然",衍之而妙也。①

遇一佳作,必涵咏鉴赏,久之,乃可触发灵感。领略其"句外意"和"句中味",即诗作的精神韵味。然后加以变化,或引申扩展,或浓缩精炼而得其神妙。模拟而自有变化,变化而能学习前人。他认为兼顾变化与模拟,才能意境生新,活泼生动。

从明代开始,诗坛被极端的思想所笼罩,文学发展被简单粗暴地划分为唐和非唐两种。一方面,毫无选择地崇拜抬高唐诗;另一方面,却在贬低与唐诗有着异质因素的宋代诗歌。这种非黑即白的思维方式本身就是片面迂腐的,它让人们的思想深陷泥潭,百年而不能自拔。纪昀遍览群书,有着常人所无法企及的阅读经历,才能跳出窠臼,另辟蹊径。评《赋得东壁图书府》曰:"此种典重之题,须是笔笔谨严,方合事体,方合文体,用不得一切尖巧之词,所谓言岂一端,各有当也。"② 评马戴的《府试开观元皇帝东封图》③ 曰:"'粉痕'二句,以诗法论之,点缀纤巧,所谓下劣诗魔也,在试律则不失为好句。文各有体,言各有当,在读者善别择之。"所谓"当"者,即可取之处。不同的文体,不同的言论,总有其闪光之处,不存在绝对的权威。矛盾的双方也并非完全对立,而是相辅相成,对立统一的整体。思想上偏执一端,就无法折中观点、调和矛盾而真正解决问题。

"酌中"在纪昀思想中一以贯之。《嘉庆丙辰会试策问五道》中曰:

---

① 纪昀:《唐人试律说》,山渊堂重刻本。
② 纪昀:《我法集》卷上,嘉庆五年刻本。
③ 纪昀:《唐人试律说》,山渊堂重刻本。按:此诗题目别本为《府试开元皇帝东封图》,此本疑误。不作擅改,以存原貌。

"北地、信阳以摹拟汉、唐流为肤滥,然因此禁学汉、唐,是尽偭古人之规矩也。公安、竟陵以荈甲新意,流为纤佻,然因此恶生新意,是锢天下之性灵也。又何以酌其中欤?"① 专为模拟,则禁锢天下性灵,专为新意,则有违古法,解决的方法就是"酌中"。《书韩致尧翰林集后》中曰:"就短取长,而纤靡鄙野之习则去其太甚焉,庶几乎酌中之制耳。"② 酌中即就短取长,扬长避短,既不失古人创作之法,又能自出机杼,不失个人气韵灵秀。"今观所作,一一能抒其性情,戛戛独造,不落因陈之窠臼,而意境遥深,隐合温柔敦厚之旨。亦不偾古人之规矩,其鲜华秀拔,神骨天成,不强回笔端作朴素之貌,而自然不入于纤丽。是真能自言其志,毅然自为一家矣。"③ 如此这般,在模拟与变化之中酌其中,取他者之长,补已之短,客观公允评价双方优劣,博采众家之长,才能形成自己独特的创作风格,而跳出前人窠臼。

夺胎与"酌中"使纪昀的批评视野更为广阔,持论更公允,理论见解往往更深刻而独到。

首先,表现在对宋诗的认识上。清试律是在唐试律的基础上发展而来,唯唐试律马首是瞻已经成为弥漫一时的写作风气,对宋诗则避之唯恐不及。然则,唐宋各别,不同的时代风貌孕育出不同的诗歌样式,宋诗的存在已经证明了它的价值。纪昀往往从唐宋诗的对比中,提炼宋诗独特的诗学价值。评《赋得前身九方皋》曰:"'意足不求颜色似,前身相马九方皋',陈简斋题《墨梅》诗也,以绝不相干之典故引来点缀,生出情景,乃江西派特开此法,为唐人所未及。"④ 比起唐诗来,江西诗派更讲究技巧法度,应该更符合试律的创作法则。纪昀用宋诗技法比照清试律,并且指

---

① 纪昀:《纪文达公遗集》卷12,嘉庆十七年刻本。
② 纪昀:《纪文达公遗集》卷11,嘉庆十七年刻本。
③ 纪昀:《鹤街诗稿·序》,纪昀《纪文达公遗集》卷9,嘉庆十七年刻本。
④ 纪昀:《我法集》卷上,嘉庆五年刻本。

出其"为唐人所未及"。评《赋得春帆细雨来》曰:"古来善押险韵无过韩、苏。然以昌黎古诗押法入试帖是自求颠蹶。东坡押法却于试帖相近,其假借灵活处皆可师也。"① 韩愈、苏轼相较,明确提出唐试律也有病犯之处,不可一概效法,所以要取法苏轼。评黄滔的《白云归帝乡》曰:"'杳杳'句,唐人试律之陋调,不宜效之。"② 对于无原则地打压、鄙薄宋诗的观点提出批评。如评梅圣俞的《金山寺》曰:"至谓'结句无处不可移',又谓'凑在'忘岁月'三字,则有意吹求矣。大抵二冯纯尚西昆,一见宋诗,先含怒意,亦是习气。"③ 他反对以个人意气代替客观评价,剔除先入为主的谬误。

其次,对个别作品、作家做到公正客观评论,全面考察,衡量长短。如评元稹的《数蕣》曰:"'十'非月之数,此避下句'日'字而然,然是语病。五日从星,亦牵合无理。"④此诗第二联为"一旬开应月,五日数从星"。一旬才为十天,并不足月,下句"五日从星",更加不明所以。虽然为了押韵对偶,有时不得不对句式有所变动,但也不能因此出现常识性错误。而同时代其他选本如《唐诗观澜集》中李因培却如此解释道:"二句合看,言旬有五日而遍。"⑤ 意为一旬十日,加上五天正好半月,蕣荚可以一生一落。其为贤者讳,不惜巧为辩解。而《诗法度针》更加荒谬,评曰:"旁推交通,运思入细,通体无懈劲。"附论:"题义敷陈难尽,今于六十字中觉题之本位及题之前后均畅发无剩义者,总由无一闲字阑入。"⑥皆因作者为元稹,而不顾客观事实,曲意回护。纪昀评韩浚的《晨光动翠华》:"若此句'逐'字费解,三句'在'字太稚,后四句支缀完篇,且

---

① 纪昀:《我法集》卷下,嘉庆五年刻本。
② 纪昀:《唐人试律说》,山渊堂重刻本。
③ 纪昀:《瀛奎律髓刊误》卷1,嘉庆五年刻本。
④ 纪昀:《唐人试律说》,山渊堂重刻本。
⑤ 李因培:《唐诗观澜集》卷17,乾隆二十四年刻本。
⑥ 徐文弼:《诗法度针》卷7,藻文堂刻本。

'直宜'句文义不明,皆是疵病,不必曲为之词。"① 他一针见血地批评某些论者罔顾事实,因为作者的身份年代而未能对作品做出客观评价。

再次,通过唐清试律的艺术水平的充分比较,提高创作清试律的自信心。"常人贵远贱近,向声背实",此一陋习,自古而然。清试律创作初期,对文体规范、创作规则还不甚了了,的确需要树立学习典范。但在乾隆后期,如果还在唐试律的阴影下低眉顺眼,无异于画地为牢,只会阻碍创作个性发展。纪昀通过唐清试律的比较,证明清试律的创作价值,打破这一壁垒坚冰,为清试律的发展冲破束缚,打开出路。如评郑虎文的《空水共澄鲜》曰:"唐试律亦有此题,'海鸥飞天际,烟林出雾中',句句可谓超妙,然中间'空''水'分帖,神理索然。此诗处处合说,乃写得'共'字意思出。"② 将唐试律与清试律做比较,唐试律没有厘清题面之间的逻辑关系,而且还有漏题之病。评钱陈群的《春从何处来》曰:"唐试帖亦有此题,痴写春光,下四字消归乌有。论者曲为之词,正如拙于女红反嗤纂组为伤巧,此乃课虚叩寂,妙入希夷。"③ 批评唐试律审题不确,论者不明是非。为了突出对比的效果,纪昀尤其注意与一流作家和作品的对比。如评赵大鲸的《精卫衔石填海》曰:"句句精悍,驾昌黎旧作而上之。"④ 评杨兆麟《飞鸿响远音》曰:"从'飞'字做出'远'字,最得题神。结亦妙有远致,不减'江上峰青'。"⑤ 钱起《湘灵鼓瑟》可谓唐试律的压卷之作,以之为比,更能突出清人的创作高妙。评费奎勋的《一览众山小》曰:"气脉高阔,风骨遒上,不减张乔《月中桂》诗。此题须此笔写之。"⑥ 在对比中肯定了清试律的创作。评张四教的《春风扇微和》:

---

① 纪昀:《唐人试律说》,山渊堂重刻本。
② 纪昀:《庚辰集》卷2,山渊堂重刻本。
③ 纪昀:《庚辰集》卷1,山渊堂重刻本。
④ 同上。
⑤ 纪昀:《庚辰集》卷5,山渊堂重刻本。
⑥ 同上。

"'淡若'二句拾诸目前，而为唐人诸诗体貌所未到。余亦字字精到。"①高度评价了清试律的写作水平，是唐试律所不能及。

乾隆中期后，清试律已经逐渐发展成熟，理应具有自己的创作风貌，不能再依附于唐试律的母体。况且，唐诗虽佳，而唐试律却未必能胜于清试律。纪昀评祖咏的《终南积雪》曰："摩诘之《秋日悬清光》《清如玉壶冰》，文昌之《夏日可畏》、茂政之《东郊迎春》、昌黎之《精卫衔石填海》、柳州之《观庆云图》，大抵疵累横生，不足为训。是皆百里不治，不害其为庞士元者也。后人震于盛名，曲为之说，是非倒置，疑误宏大。余于诸诗，率置不录。"②破除权威意识，指出自己的选文标准仅参照试律的创作水平，不会受到作者时代名望影响。他认为应放弃门户之见，摒弃意气之争，不以名望为限，不以时代为序。唐清试律势均力敌，如双鹄并翔，二鼠相斗。评柴宿的《海上生明月》曰："如是有得，乃立古人于前，竭吾力而与之角。如双鹄并翔，各极所至；如两鼠斗穴，不胜不止。思路断绝之处，必有精神坌涌，忽然遇之者，正不必捃撦玉溪，随人作计也。"③他认为学习唐人亦能出乎其内，超乎其外。在拟议中变化，在学习中超越，正视清试律的个性发展，才能走出自己的创作道路。

第二节　有法而"我法"

拟议即以古为法，学习前人写作的法度规范，这对于试律而言，尤为重要。试律属于律诗，在各种文学体裁中最为讲究法度。凡押韵、平仄、修辞、句法、章法皆有严格的法度要求，审题、避讳、颂圣也全都有法可

---

① 纪昀：《庚辰集》卷5，山渊堂重刻本。
② 纪昀：《唐人试律说》，山渊堂重刻本。
③ 同上。

依。乾隆二十二年之前，士子对试律并不熟悉，严格的规范训练是学习写作的捷径。所以在纪昀试律诗学理论中，拟议与变化的讨论更多围绕着法度而展开。拟议重法，需在法度的约束下进行规范性创作。然而，作为选士目的而言，又要求变化，否则千人一面，士子的个性和才华无法从试律中得以展现，也就不能达到觇人才华的目的。另外，文学艺术从根本上应该是非理性的，① 越是刻意为之，越显得刻板教条，审美价值就越有限。重法与无法，如选其一，则或循规蹈矩，或疏漏怪异。如何在二者中间寻求一个黄金分割点是纪昀不断探索的诗学课题。

纪昀的试律诗学在清代具有广泛而深远的影响，其贡献主要在于三部试律选本。它们分别是创作于乾隆二十四年的《唐人试律说》、乾隆二十六年的《庚辰集》和乾隆六十年的《我法集》。其中《庚辰集》辑选康熙庚辰至乾隆庚辰六十年间的文人创作，首开清人选清试律之先河。《我法集》则选诸孙课业，亦为清人试律。三本著作年代相差三十余年，但是纪昀试律诗学的核心理论却一以贯之。其最早于《唐人试律说》中提到："大抵始于有法，而终于以无法为法，始于用巧，而终于以不巧为巧。"②《庚辰集》中纪昀又首创"我法"的概念，"我用我法，自成令狐、元氏之书尔"。③《我法集》中延续早期观点，并直接将此书命以"我法"之名。提法虽然不同，但内容实质大体相似。三个选本互有侧重，互相补充，以《我法集》为终结，共同完成了纪昀关于试律法度的阐述。

《唐人试律说》旨在从宏观角度为初学士子解说试律文体特征。试律取士后，虽坊间试律选本激增，但对试律体制的描述依旧模糊。书商牟利，故弄玄虚，反使士子不知所云。"诸家选本仅笺典故令读者略观大意，

---

① 勒内·韦勒克的《文学理论》提到"同时也大大增强了一个信念，即艺术由于在根本上是非理性的，因此，只应该去'鉴赏'（不能人为强行解释）"。
② 纪昀：《唐人试律说·序》，纪昀《唐人试律说》，山渊堂重刻本。
③ 纪昀：《庚辰集·序》，纪昀《庚辰集》，坊刻本。

不求甚解，谬以不解解之者。"① 而知诗者，又鄙薄诗体，不愿涉及，于是就出现了"顾知诗体者皆薄视试律，不肯言，言试律者又往往不知诗体。众说瞀乱，职是故也"。② 所以，《唐人试律说》只求士子对试律有整体的印象，了解其文体特征。"余于庚辰七月闭户养疴，惟以读书课儿辈。时科举方增律诗，既点定《唐试律说》，粗明程式。"③ 作《庚辰集》时，纪昀在家课试儿辈。诗歌批评为明诗意，以考据故实为主，诗法评点辅之。纪昀自言之："此书虽训释太繁，可已不已，然使初学之士，一以知诗家一字一句必有依据，虽试帖小技亦不可枵腹以成文；一以知兔园册子事多舛误，当反而求其本源，不可挦撦以自给。"④ 此书恰如私塾教授学生用的教科书，只疏通文义，法度尚在其次。且由于彼时，试律创作技巧尚未精纯，所以纪昀并未集中阐述。《我法集》并非纪昀主张刊刻，乃其孙纪树馨辑纪昀关于试律的一些谈话记录，"会香林（纪树馨）收先生近日所论，录为一编，刊以问世，嘉其口传奥诀，不自秘惜而与众共之"。⑤ 指向明确，以法度为准，可以看作纪昀穷其半生研究试律创作规律的理论总结。

一 不变之法

不论《唐人试律说·序》中提到的"大抵始于有法，而终于以无法为法，始于用巧，而终于以不巧为巧"，还是《庚辰集·序》《我法集·序》中所一再阐明的"我法"，都是以承认法度为前提，这是纪昀诗学理论的基础。

纪昀在早期的诗学批评中就已经充分体现对法度的重视。"迩来选本至夥，大抵笺注故实，供初学者之剽窃。初学乐于剽窃，亦遂纷纷争购

---

① 金玉：《诗法度针·序》，徐文弼：《诗法度针》，藻文堂刻本。
② 马葆善：《唐人试律说·跋》，纪昀《唐人试律说》，山渊堂重刻本。
③ 纪昀：《庚辰集·序》，纪昀《庚辰集》，坊刻本。
④ 同上。
⑤ 陈若畴：《我法集·跋》，纪昀《我法集》，嘉庆五年刻本。

之。于抄袭诚便矣，如诗法何？"① 批评坊间流行选本流于肤浅，不讲诗法。相反，纪昀的点评恰如评韩浚的《清明日赐百僚新火》所言："互相比较，可悟诗法。"② 评丁泽的《主上元日梦王母献白玉环》曰："末二句抉题之根，斡旋有力，立言有体，足为运意之法。"③ 他以明确程式，严明法度为批评目的。在评论中，是否合乎法度是评判诗歌价值的首要标准。评蒋防的《秋月悬清辉》："虽无奇语，要不失法度。"④ 评豆卢荣的《春风扇微和》曰："'官柳'、'禁花'亦平对，妙在'摇'字、'待'字炼得好，便动宕。于此可参句法。"⑤ 评程景伊的《秋澄万景清》曰："法律极细，不徒句调之清华。"⑥反之，就算是佳句迭出，如果不合法度，尚不及平淡无奇。评蒋防的《秋月悬清辉》中曰："佳句层出而语脉横隔，反不如文从字顺，平易无奇。"接着，纪昀以人为喻："人必五官四肢具足而后论妍媸，工必规矩准绳不失而后论工拙。"四肢俱全是人之为人的基础，有了基础才可追求是否美貌；试律法度是创作的基础，遵守法度才可论是否高妙。所以纪昀接着道："孟公《晚泊浔阳望庐山》诗，无句可摘，神妙乃不可思议，可悟诗法矣。"⑦以"悟诗法"为批评目的，呼应了诗学发展的时代要求。

《我法集·序》中纪昀点明何以名曰"我法"："夫天下大矣，高才博学者不知几千万亿。其文心变化浚发不穷，更不知几千万亿。岂区区一人之见，所能蠡测管窥，又岂区区一家之说所得而限量。亦曰：此为自课诸孙而作，我用我法云尔。"⑧ 用"我法"而与众法异，突出自身法度观点

---

① 纪昀：《唐人试律说·序》，纪昀《唐人试律说》，山渊堂重刻本。
② 同上。
③ 同上。
④ 同上。
⑤ 同上。
⑥ 纪昀：《庚辰集》卷1，山渊堂重刻本。
⑦ 纪昀：《唐人试律说》，山渊堂重刻本。
⑧ 纪昀：《我法集·序》，纪昀《我法集》，嘉庆五年刻本。

的独特性。再联系《庚辰集·序》可知,纪昀以"我法"题名,旨在批评坊刻试律选本纷纭议论,浅见薄识。如评曹坦的《明月照高楼》曰:"'银烛'句用谢灵运《怨晓月赋》,'灭华烛兮弄晓月'意。坊本改'停'字为'摇'字,失其旨矣。"① 批评坊本任意改窜原文。评《赋得若虞机张》曰:"坊刻《诗法入门》称'一三五不论,二四六分明',乃游氏之谬说。于古无征,误人不少。"② 直指坊刻本理论舛误,误人子弟。其对自己的诗学理论颇为自信,"学殖荒落,深愧疏芜,然较之坊贾所刊,差为不苟矣"。③ 由此可见,纪昀对于"我法"的推崇,亦以重"法"为前提。而且随着理论研究的逐层深入,他对法度的重视程度亦不断增加。

以题目出处为例。试律审题必须明白出处,创作亦须点明出处。毕竟题目大多摘自经史子集,假设不明出处,其所包蕴的内容就无从知晓,结构亦无从展开。但是《庚辰集》对此并不严格限定。如评赵青藜的《好雨知时节》曰:"题本春雨诗,作夏雨,此等题可不拘出处。"④ 题目出自杜甫的《春夜喜雨》,作成"夏雨",审题明显错误。评论对此并未点明,甚至还指出如难下笔,可不拘出处,可见纪昀早期诗学观点尚觉疏阔。评钱载的《既雨晴亦佳》曰:"杜诗此句'既'字、'亦'字本承久旱喜雨而来。然回抱来脉,殊难下笔。题有不得尽拘出处者,此类是也。"⑤ 殊难下笔,即为难题。如此避难趋易,诚非入彀良方。评万廷兰的《飞鸿响远音》曰:"康乐此诗本作于初春,故有'池塘生春草'诸句,诗竟赋秋鸿。此种题原不拘出处。"⑥ 本为"春草",赋"秋鸿"便为大谬。纪昀的《庚辰集》旨在提升士子清试律创作的自信心,且彼时试律法度尚在摸索阶

---

① 纪昀:《庚辰集》卷5,山渊堂重刻本。
② 纪昀:《我法集》卷下,嘉庆五年刻本。
③ 纪昀:《庚辰集·序》,纪昀《庚辰集》,坊刻本。
④ 纪昀:《庚辰集》卷1,山渊堂重刻本。
⑤ 纪昀:《庚辰集》卷3,山渊堂重刻本。
⑥ 同上。

段,所以竟道"原不拘出处"。

《我法集》对题目出处却颇为强调。如评《赋得东壁图书府》曰:"然题之本旨,题之出处,终须还明,方无渗漏。否则是自作颂扬诗,不必曰赋得某题矣。"① 评《赋得识曲听其真》曰:"此与他乐之赏音有别,如泛填'古'、'调'、'知'、'希'等字,是琴瑟不是筝,此中著语须有分寸。不写筝声,不是此题。"② 题目出自《今日良宴会》:"弹筝奋逸响,新声妙入神。令德唱高言,识曲听其真。"曲指筝声,而非其他乐器,必须明白题面中每一字在原文中所指。又如评《赋得江上数峰青》:"湘灵鼓瑟是寓言说,作实事便'痴';作诗是钱起,牵到屈原便'隔';题虽是数峰,事却在水际,粘定数峰,便'滞';事虽在水际,题却是数峰,脱却数峰便'漏'。"③ 他指出审题四病"痴""隔""滞""漏",都与题目出处有关。这说明纪昀在垂暮之年所作《我法集》对于法度的尊崇远胜于前期,甚至视法度为试律诗体之根本。"盖格局可变,意思可变,法律则不可变也。"④ 因此,纪昀自己亦时时反躬自省,不可一时违背法度。如评《赋得鸦背夕阳多》曰:"此诗亦只以点缀刻画还之,然'背'字未能写到,终是一病,汝诵之不觉,吾自知之也。"⑤

二 不拘于法

"始于有法,终于无法"和"我用我法"都突出主体"我"对于法度的灵活把握,即对现有法度的超越,要求不拘于法,而能左右逢源,合于法度。相对于人之性灵,法度稳定而较少变化,一味重法的创作只会凝滞刻板。相反,创作试律的主体却形形色色,千变万化。如果要达到至高无

---

① 纪昀:《我法集》卷上,嘉庆五年刻本。
② 同上。
③ 同上。
④ 纪昀:《我法集·序》,纪昀《我法集》,嘉庆五年刻本。
⑤ 纪昀:《我法集》卷上,嘉庆五年刻本。

上的写作境界，就必须通过我之性灵达到对于法度的灵活变通。如纪昀评《赋得镜花水月》曰："题本'镜花'在前，'水月'在后，而以'花'字为韵，则不能不倒转，此又不以定法拘，然倒则通首皆倒，仍不失定法也。"① 联、句层次顺序由题面限定，应是"镜花"在前，"水月"在后。迫于押韵，顺序又须倒转，成了"水月镜花"。但全篇都倒转，则能避免层次错乱，此倒彼顺。如此而来，既能顾及押韵，又不失为正确破题之法。评《赋得炼石补天》曰："见试帖有此题，以张湛注为出路。审题极确，词旨亦殊工雅，然犹用常格铺叙，直论曲终奏雅，已代说一篇荒唐话在前面矣。盖开手不驳正，不得不顺题敷衍，亦势使然也。因作此诗以示汝，使知题为情理所有而其事有失、其论未确者，可以篇终驳正。若如此出格无理之题，则入手先须叫破，如八比之有断作，与顺口气不同，不能以常格拘也。"② 试律作法本要从题目生情，章法布局、用意风格皆从题目而来。如按此规则入手，不免先要敷衍一通女娲炼石补天的"荒唐话"。纪昀提出采用入手叫破，即驳论。同样从题目生情，遵守法度，但与常格不同，能守法而又不失灵活应对。

规范化创作与自由创作是两种截然不同的创作状态，二者相反相成，具有同一性，可以互相转化和渗透。"有法"是"我用我法"的基础，"我用我法"是"有法"的升华。评《赋得野竹上青霄》曰："此种是细雕生活，用不得大刀阔斧，然细雕功夫不始于细雕，大抵欲学纵横，先学谨严；欲学虚浑，先学切实；欲学刻画，先学清楚，方有把鼻在手，无出入走作且亦易于为力。此吾五六十年阅历之言，汝其识之。"③ "谨严"是要遵守法度，它是写作的必要步骤，而非终极目标。规矩具备、恪守法度才能纵横捭阖，变化出奇，达到写作的至高境界。此与王尧衢的论点有暗

---

① 纪昀：《我法集》卷上，嘉庆五年刻本。
② 同上。
③ 同上。

合之处：

> 夫离明轮巧，不出准绳；贯札穿扬，不忘縠率。造衡者，始于权；造车者，始于舆。凡有兴作，不闻废法。或者以是解为作诗之权舆，可乎？由是潜契默悟，能神游于法之外者，即巧生于法之中。故深造者必自得，不闻不充实者可几神化也。夫诗至神化，即不拘于法而左右咸宜。冥有象以归无象，本有为以底无为。且无段落可寻，而何字句之足泥？然而难言之矣。①

此序本是雍正六年王尧衢为《古唐诗合解》所作，疑因观点与纪昀相类，所以刊刻于嘉庆年间的山渊堂重刻本便以之为序。造秤必始于秤砣，造车必始于车厢。王尧衢以之为喻，说明作诗如臻于神化境界，必始于守法。技艺纯熟之后才可达到不拘于法、不悖于法的神妙境界。不过段末"然而难言之矣"，又表明这种境界实在可望而不可即。纪昀在《四百三十二峰草堂诗钞·序》中同样提到："王、李之派，有拟议而无变化，故尘饭土羹；三袁、钟、谭之派，有变化而无拟议，故佹规破矩。盖必心灵自运而后能不立一法、不离一法，所谓神而明之，存乎其人也。"② 不立一法即我用我法，不离一法即遵守法度。能正确拿捏住其中的黄金分割点，自然可以在拟议与变化中游刃有余。关键是创作主体对法度的掌握和运用的程度，即纪昀所谓"存乎其人"。

三 自然高妙与文从字顺

"我用我法"推崇的是灵活自由的创作状态，肯定诗歌创作的自然境界，以自然为最高审美理想。评《赋得天葩吐奇芬》："题眼在一'天'

---

① 王尧衢：《庚辰集·序》，纪昀《庚辰集》，山渊堂重刻本。
② 纪昀：《纪文达公遗集》卷9，嘉庆十七年刻本。

字、一'奇'字，见自然高妙，非雕绘所能。"① 显然，与自然相比，雕绘更显刻板教条，而乏灵动之美。纪昀把自然看作诗歌审美比之雕绘更高一层的追求。不止如此，还以此为行文标准，刻铭于砚，以示提醒。"权之甲午典试江左，曾赠一水波砚。铭云：'风水沦涟，波折天然。此文章之化境，吾闻之老泉。'读此铭，吾师之为文可知矣。"② 可见，"自然"是纪昀诗学理论的重要内容，也是其一贯追求。风吹水面，自然生波，大自然的妙境亦如文章之妙境。但纪昀试律诗学中的"自然"并非所谓绝对的自由和无约束的表达，而是在自由与法度中间取一平衡点，是科举文学的文体要求和诗学"酌中"思想的体现。

　　纪昀的"自然高妙"表现于科场之中，即提倡浅近朴实、平易畅达的风格。评《赋得长江秋注》："难题险韵不能旋转自如，只求文从字顺而已，凡遇此种韵，勿求胜人，先求无病，无病即足胜人矣。"③ 好大喜功则弊病百出，远不如文从字顺切实可靠，算是比较稳妥的取胜方式。作为科场之作，试律最普遍的弊病之一就是典故繁复，雕章琢句。一次笔墨定终身，士子创作时不免使出浑身解数，炫才卖弄，以求光耀夺目。故试律在世人眼中必是穷极工巧，极尽刻画。范晔的《狱中与诸甥侄书》曾云："情志所托，故当以意为主，以文传意。以意为主，则其旨必见；以文传意，则其词不流。然后抽其芬芳，振其金石耳。"④ 文章首先要表情达意，能够达到以文传意，然后才能论及词采华美，音韵铿锵。所以，传情达意只是作文第一层次。完美的作品必然保持内容与形式相一致，既有思想内容的明白畅达，又有外部形式的赏心悦目。但在试律创作中，总是舍本逐末，内容单薄而外表华丽，或是一味求新求奇而弊病百出，或是堆砌典故

---

① 纪昀：《我法集》卷下，嘉庆五年刻本。
② 刘权之：《纪文达公遗集·序》，纪昀《纪文达公遗集》，嘉庆十七年刻本。
③ 纪昀：《我法集》卷上，嘉庆五年刻本。
④ 沈约：《宋书·范晔传》卷69，中华书局1974年版，第1829页。

而冗长驳杂。所以，纪昀提倡浅近朴实、平易畅达的风格，虽然是最基本的要求，但也是最重要的要求。

评《赋得弓胶昔干》："题本诘屈，加以险韵，仅腾挪成篇而已，凡遇此种棘手之题，只求妥帖，毋必欲出奇求工，反拙。"① 难题更易出错，"妥帖"虽显保守但也更有把握。评另一首《赋得弓胶昔干》曰："此韵较宽，亦较与题配，故旋转较为如意。此种沉闷之题须作得显豁，此种雕镂之题须作得浑成，总以达意为主，不可先存堆垛故实之心。"② 评《赋得刻鹄类鹜》曰："题难、韵险尤要安排得端委清楚，否则语多强押，意又不明，则不免见拙矣。"③ 纪昀为论析方便，总是把题目分成几类，以上观点分别就针对难题、棘手题、沉闷题、雕镂题而言。虽然只能代表题目类别的一部分，却几乎涵盖了所有难题，这些观点可以看作他对试律总体的看法。宁愿文从字顺，不可纰漏丛生；宁愿表意清楚，不可堆砌典故。然而，做到文从字顺，平易畅达却绝非易事。

四　自然的条件

体裁不同，意味着不可能用传统诗学"自然"的定义去框架试律写作。纪昀于是取其"中"，肯定雕琢、典故、藻绘存在之必要性，但是必须在一定的程度之内。过分追求形式技巧固然庸俗，而缺乏形式技巧更易铩羽科场。纪昀历来反对过分地堆砌典故，铺陈辞藻。"然窃闻师友之绪论曰：为试律者，先辨体。题有题意，诗以发之。不但如应制诸诗，惟求华美，则襞积之病可免矣。次贵审题，批窾导窽，务中理解，则涂饰之病可免矣。"④ 所谓辨体和审题的目的就是为了避免襞积、涂饰，即过度引用

---

① 纪昀：《我法集》卷下，嘉庆五年刻本。
② 同上。
③ 同上。
④ 纪昀：《唐人试律说·序》，纪昀《唐人试律说》，山渊堂重刻本。

典故、讲究藻绘。如何酌中，这个平衡点位于何处？纪昀在评论中皆有涉及。评《赋得山杂夏云多》中曰："此首尚是以我御题，未离本法……汝所作山字韵一首全是修辞上工夫，从面貌上学我，于此等处尚未理会，试以此二诗互堪自知。"① 纪昀自言，自己的诗学精神不在修辞，凡从修辞上效仿，皆未得其真传，更加反对只重修辞来代替法度。评《赋得松风水月》曰："'楼台近水湾'句，楼台暗藏一'月'字，此皆费力雕琢，而又磨去雕琢之痕者。此于诗家为小乘禅，不称高品，然试帖遇细腻题不能不如此运思。汝于此等处宜细求其用意，便有悟门。"② 他主张极力刻画而无斧凿之迹，极力雕琢而去雕琢之痕。评郑虎文的《清露点荷珠》曰："细意刻画，妙造自然。凡摹形写照之题，固以工巧为尚。然巧而纤，巧而不稳，巧而有雕琢之痕，皆非其至者也，当以此种为中声。"③雕琢为取巧，但应巧而不纤，巧而合法，巧而无迹。"中声"即合于酌中之音，指刻画与自然之间的平衡点。评赵大经的《角黍》曰："题最琐屑，刻镂处巧不伤雅。"④ 刻画之题，则不可伤雅。在刻画与自然之间，取其中，达到"巧"。如果能合于庄雅，无迹可寻，诗歌就可以臻于"自然"。

如何做到雕琢而雅，雕琢而巧，纪昀提出重风骨轻藻绘的看法，欲以风骨来弥补藻绘之弊。关于藻绘，刘勰采取肯定的态度。《文心雕龙·风骨》篇曰："若风骨乏采，则鸷集翰林；采乏风骨，则雉窜文囿；唯藻耀而高翔，固文笔之鸣凤也。"基于当时的时代环境，刘勰能够同时批判风骨乏采和采乏风骨两种创作风格，这种包容性已经难能可贵。纪昀评《赋得鸷集翰林》曰："风骨乏采，本是高手。故钟嵘记当时称鲍照为羲皇上人，以其语近质也。然鲍照亦何可及哉？特不及枚马班扬耳。故此不甚著

---

① 纪昀：《我法集》卷下，嘉庆五年刻本。
② 纪昀：《我法集》卷上，嘉庆五年刻本。
③ 纪昀：《庚辰集》卷2，山渊堂重刻本。
④ 纪昀：《庚辰集》卷5，山渊堂重刻本。

贬词。"① 钟嵘《诗品·序》中曰："次有轻薄之徒，笑曹、刘为古拙，谓鲍照羲皇上人，谢朓今古独步。"② 钟嵘只是笑时人见识浅薄，并非赞赏其古朴风格，在《诗品》中只是把鲍照列为中品，依然肯定鲍照文章不似枚马班扬般文采富丽，地位不如枚马班扬般重要。然而纪昀却并不以为然，所以才对重风骨而轻藻绘的"鸾集翰林"采取"不甚著贬词"的态度，称科场作文，不斤斤于藻绘才为高手。评金甡的《峄阳孤桐》曰："'迎阳'二句写'阳'字、'孤'字精神，此为咀出汁浆，不比描头画角。"③ 文辞只要能体现本质，表现精神即文从字顺，足矣，其他所谓"描头画角"徒具形似的多余藻绘则需剔除。

纪昀对于自然的表述是保守的，有限的，因为试律毕竟属于科举文学，不可能如别体诗一样"豪华落尽"，更不可能我行我素、随心所欲。雕琢肯定不可或缺，典故于它可谓必不可少。正如评马戴的《府试开观元皇帝东封图》中曰："'粉痕'二句，以诗法论之，点缀纤巧，所谓下劣诗魔也，在试律则不失为好句。文各有体，言各有当，在读者善别择之。"④ 评《赋得鸦背夕阳多》曰："其物琐屑，其景亦琐屑，除却点缀刻画，别无作法。"⑤ 一句"别无作法"，可见纪昀之无奈。用典亦如此，评《赋得松风水月》曰："汝祖姚安公尝曰：'诗须百炼而成，成时老妪可解，方是上乘。'用典如水中著盐，饮水方知盐味。如所用典故非注则不省为何语者，绝不是天然凑泊之句。此诗'七弦'二句，正坐非注不省之病，以束于窄韵，牵于上下文，不得不然。然不可不知之。"⑥ 用典亦须自然，不可用生涩僻典，而难于卒读。但因为押韵却不得不用某一典故，尽管可能是

---

① 纪昀：《我法集》卷上，嘉庆五年刻本。
② 钟嵘：《诗品》，古直笺，曹旭整理集评，上海古籍出版社2012年版，第3页。
③ 纪昀：《庚辰集》卷2，山渊堂重刻本。
④ 纪昀：《唐人试律说》，山渊堂重刻本。
⑤ 纪昀：《我法集》卷上，嘉庆五年刻本。
⑥ 纪昀：《我法集》卷上，嘉庆五年刻本。

僻典，也只能如此。

"自然"不仅意味作品意境的自然，还包含主体创作的自然。纪昀非常注重士子随性自如的创作状态，这是自然形成重要的主观因素，相反，过分刻意则不免拘谨，便与自然失之交臂。纪昀所赞赏的是随手点缀，挥洒自如的理想状态。评黄滔的《白云归帝乡》："以'白云'自寓，着意'归帝乡'三字，而'和霜'、'带月'、'银河'、'粉署'、'白'字即随手点缀，轻重有伦。"① 评陈德华的《禁林闻晓莺》曰："'晓'字、'禁林'字分配匀整，'待漏'二句随手带入'闻'字作收，布置严密。"② 评金甡的《葵心倾向日》曰："'回旋'句随手取喻，亦确切。"③ 在限题、限韵、限时、限处所的情况下，创作心态也要从容淡定，随性自如。惟其如此，才能有效激发出自己的道德水准、学术修养和知识阅历，表现"大家"风范。"从来大家之文，无意求工而机趣环生，总由成竹在胸，故能挥洒如意，所谓风行水上，自成文章也。"④ 无意求工乃工，试律的写作也应是士子内心世界的自然流露，而非刻意为之。诗歌是士子的性灵与题目的碰撞，如大自然的声响一般自然发声。"故善为诗者，其思浚发于性灵，其意陶镕于学问。凡物色之感于外，与喜怒哀乐之动于中者，两相薄而发于歌咏。如风水相遭自然成文，如泉石相舂自然成响。刘勰所谓'情往似赠，兴来如答'，盖即此意。岂步步趋趋、模拟刻画、寄人篱下所可拟哉！"⑤ 凡自然者皆非规矩所约束，更非单纯拟议所能企及。

然而，做到自然发露并非易事，创作主体本身的道德和学术修养必须达到更高的要求。评《赋得性如茧》曰："茧虽有丝，不抽之则丝不出；

---

① 纪昀：《唐人试律说》，山渊堂重刻本。
② 纪昀：《庚辰集》卷1，山渊堂重刻本。
③ 纪昀：《庚辰集》卷2，山渊堂重刻本。
④ 刘权之：《纪文达公遗集·序》，纪昀《纪文达公遗集》，嘉庆十七年刻本。
⑤ 纪昀：《清艳堂诗序》，纪昀《纪文达公遗集》卷9，嘉庆十七年刻本。

性虽本善，不修之则善不成。"① 凡作试律者，多被名利所累，为利欲所牵。修身养性恰如抽丝剥茧须持之以恒而行之有法。所以，纪昀曰："气不炼，则雕镂工丽仅为土偶之衣冠；神不炼，则意言并尽，兴象不远，虽不失尺寸，犹凡笔也。大抵始于有法，而终于以无法为法，始于用巧，而终于以不巧为巧。此当寝食古人，培养其根柢，陶镕其意境，而后得其神明变化自在流行之妙，不但求之试律间也。"②炼气炼神最终归结到人品、学问，并视此为士子之根底，炼气炼神才可以达到自然高妙的美学境界。如评陈至的《芙蓉出水》曰："襞积错杂非诗也，章有章法，句有句法，而排偶钝滞亦非诗也。善作者炼气归神，浑然无迹；次亦词气相辅，机法相生。"③"机法相生"即佛教中自由无碍的无上境界，以之为喻，点明只有炼气、炼神才能达到超越功利、洒脱随性的创作境界。评马戴的《府试开观元皇帝东封图》曰："命意与《观庆云图》诗同，而笔力尤健。马于晚唐诗人中，风骨本高也。故试律虽小技，亦必学有根柢乃工。"④ 他提倡创作主体刚健有力的风格特征，与科场之内富贵躁进者相区别。评秦大士的《松柏有心》曰："通首写'有心'二字，亦和平。此种题易作豪语，须有此淳实气象。"⑤ 士子须胸次淳厚朴实，中正和平，不可粗豪狂放。评柴宿的《海上生明月》曰："夫悟生于相引，有触则通；力迫于相持，势穷则奋。善为诗者，当先取古人佳处涵咏之，使意境活泼如在目前，拟议之中，自生变化。"⑥ 士子须从古人佳作中领略写作精华，不断增加学识积累，久之，自然可以摆脱模拟而另辟蹊径，从而臻于妙境。

对于法度的探讨贯穿于纪昀一生的试律诗学批评中。他在重法的基础上，

---

① 纪昀：《我法集》卷上，嘉庆五年刻本。
② 纪昀：《唐人试律说·序》，纪昀《唐人试律说》，山渊堂重刻本。
③ 同上。
④ 纪昀：《唐人试律说》，山渊堂重刻本。
⑤ 纪昀：《庚辰集》卷3，山渊堂重刻本。
⑥ 纪昀：《唐人试律说》，山渊堂重刻本。

纪昀强调主体对法度的自由把握，不可僵守成法。提升主体的自身修养，有限度的雕琢刻画，合理运用典故和藻绘才可达到自然高妙的审美境界。

第三节　对毛奇龄的批判、继承和超越

任何一种理论都是在前人研究基础上批判、继承，最终超越而来的，纪昀的试律诗学理论同样如此。在其三部试律选本中，常引用前人理论佐证自己的观点，毛奇龄就是他提到最多，也是最为欣赏的诗论家。在对作品的评论中，纪昀总是有意以毛奇龄为参照，并对其诗学思想多有借鉴。二人具有相似的仕途背景，相似的学术底蕴，对文学和考据学方面都有持之以恒的追求，又都对试律诗学情有独钟。太多的共同点，使二人虽分属于不同时代，却有着比较接近的文学思想。所以在后人的描述中，他们往往被相提并论：

> 国家自乾隆丁丑会试易表文以唐律，限五言八韵名曰试帖，而后由州郡考迄廷试靡撅不系焉，而试差尤重。诚以是事也，非含王李之韵，秋矩而春规；撷江鲍之腴，雕今而润古，则重台叠屋，既以铺叙紊次而失谋篇；牛鬼蛇神，又以陶浣不精而伤雅道。是以西河毛氏、河间纪公，提倡元音，标举程式，嗣是作者代有其人，而风气变迁，时尚递异，抉精遗粕，镕选铸骚，行气如空，含回于味，此乾嘉之间之所尚也。①

试律创作初期，无论形式技巧还是思想内容方面都不能尽如人意。"重台叠屋"则间架混乱，堆叠无序；"牛鬼蛇神"，则邪情充斥，有乖温柔敦厚之旨。正是毛奇龄和纪昀力挽狂澜，指出向上一路，才为试律带来新的生

---

① 吴蓉：《守砚斋试帖·序》，王祖光《守砚斋试帖》，光绪二十四年刻本。

机与活力。作为后学，纪昀对毛奇龄的试律诗学理论有批判、有继承，更在其基础上完成超越而自成一家。所以，深入考察纪昀试律诗学与毛奇龄的比照必不可少。

一 理性的批判

毛奇龄为后人所诟病，很大程度是由于他好改人诗。时移世易，原始的诗歌若改得面目全非，今人只会懵懂迷茫如雾里看花，虽欲识别其轮廓而不可得，更不用提分辨是非。早年的纪昀对改诗，并不全然反对。他批评的只是缺乏根据的对原作的臆改。评李勋的《泗滨得石磬》曰："'怀'字或误作'还'。西河因重一'还'字，改为'怀之昔至今'，然拘律每联以第三字平仄互换，乃定格也。'昔'字入声，不能与'喜'字上下相救，此不知音律而臆改者。"① 他批评毛西河不知律诗拗救之法而臆改原诗，但对改诗本身不置可否。评黄颇《风不鸣条》曰："八句神到，九十句拙而不切。毛西河改为'但偃绿是草，能扶出水苗'，拙如故也。"② 他指出毛奇龄的改诗其实并不能为原诗增色。如何能够成功改诗，达到点铁成金的效果，纪昀甚至亲身示范。评无名氏的《观庆云图》："题为《观庆云图》，则'图'字、'观'字乃诗之眼。泛写'庆云'，无当题旨，诗能扑题之窍。七句'犹'字复五句'尚'字，改为'如'字，即合。"③ 第五到八句为"非烟色尚丽，似盖状应殊。渥彩看犹在，轻阴望已无"，如不改，第五句和第七句，意义重复。改为"如"字，意思递进一层，更能体现观画所见所感。评黄滔的《白云归帝乡》曰："第一句破'白云'，第二句破'归帝乡'，而措语近拙。余欲以靖节咏贫士语（靖节《贫士诗》曰：万族各有托，孤云独无依。）改为'杳杳复霏霏，孤云何所依'，

---

① 纪昀：《唐人试律说》，山渊堂重刻本。
② 同上。
③ 同上。

既点'云'字，又与三四句呼应。且以'孤云'比贫士，尤与末二句秘响潜通。"① 此诗首联为"杳杳复霏霏，应缘有所依"，过于平实，而缺乏诗歌韵味。按照纪昀所改，既引用典故，而且将陈述句改成设问句，语气更加宛转。又与结句"旅人随计日，自笑比麻衣"，同点士子身份，更能起到前后呼应的效果，确实比原作高妙许多。显然纪昀对自己的改动颇为自得，用自注方式点明典故出处。但与毛奇龄不同的是，纪昀改诗，明以告之，目的是指引后学提高创作水平。而毛氏改诗，却以己诗为原诗，混淆视听，乱人心神。"文太繁者，不免删节，然皆不敢窜易字句。其有文势相承不可割裂，如'聘义气如白虹'语，不连上文则不知所指何物者，宁多载数言，亦不敢櫽括其词，以己语为古语。"② 所以，同为改诗，二者有本质的不同，后世评价亦不同。梁章钜就对纪昀改诗表示肯定："此是点铁成金手段，必有此本领，方可改定前人之诗。"③ 同是改诗，却由于处理方式不同，便收到截然不同的效果和天壤之别的评价，也可看出纪昀在后世的影响力已经超过了毛奇龄。

晚年，纪昀对改诗的态度有所转变，更为审慎而不愿轻下论断，表现出一个资深学者应该具备的稳重沉着、谦虚谨慎。如评《赋得刻鹄类鹜》曰："鹤即鹄，凫即鹜也。欧阳询《艺文类聚》有鹄部，无鹤部，鹄部所收皆鹤。故是知鹄鹤是一物。此据旧本而言，有小字本《艺文类聚》分鹤鹄为二部，乃明人所妄改也。"④ 评论中有考据，反映乾嘉汉学向诗学批评的渗透。其中纪昀特别自注，表现对明人妄改原作的不满。评《赋得羌无故实》曰："'羌'字是发语之词，《楚辞》多有，明人刻本妄改为'差'字，可谓昌黎生金根车矣，汝读古书，遇不解处，须再考慎，勿轻下雌

---

① 纪昀：《唐人试律说》，山渊堂重刻本。
② 纪昀：《庚辰集·凡例》，纪昀《庚辰集》，山渊堂重刻本。
③ 梁章钜：《试律丛话》，上海书店出版社 2001 年版，第 619 页。
④ 纪昀：《我法集》卷下，嘉庆五年刻本。

黄，即此一题，可以为戒。"① 前期改诗，是在否定原诗的基础上进行。晚年不妄改，更充分表现对原作的尊重和治学的严谨。因此，纪昀此时对毛奇龄的任意改诗，持有更加明确的反对态度。陈若畴的《我法集跋》记载纪昀曾言："西河毛氏持论好与人立异，所选《唐人试帖》亦好改窜字句，点金成铁。"② 这里彻底批判了毛奇龄改动原作的不良学风。

尽管纪昀的观点与毛奇龄时有抵牾，但无可否认二人具有很深的渊源。对某些作品的理解领悟上，二人观点的共同之处显而易见。如评《白云向空尽》（按：《唐人试帖》曰焦郁作，《唐人试律说》曰周存作），毛奇龄曰："六语刻画殆尽，亦试帖有数之作。"③ 纪昀曰："描写难状之景，而自在涌出，无刻镂艰苦之痕。毛西河以为试帖绝作，信然。"④ 肯定了毛奇龄的观点，并且将其进一步引申，阐明此诗刻画而出于自然，雕琢而绝无痕迹，确实是佳作乏陈的试律中的"有数之作"。在具体作品点评上，二人意见的分歧则表现得更明显。评《海上生明月》（按：《唐人试帖》曰宋华或朱华作，《唐人试律诗》曰柴宿作），毛奇龄曰："制题当中尚存颢气，初唐之殊于后来如此。"⑤ 盛赞其清朗博大之气。但纪昀所持论点却与之大相径庭："前六句具大神力，人所共见。七八句堆砌月事，绝不入题，七句尤不可解。九十句仍似寻常水月之景，既脱'生'字亦不称。海上月满，则蓂荚将落，末句乃曰'将荣'，殊纰漏。分别观之，'金镜'、'玉壶'今已为吟诗恶套，然自后来用滥，不得归咎创始之人。'金镜'、'玉壶'之类，本非古人佳处，而初学剽窃专在此等，昔人所谓偷语钝贼也。况诗之为道，非惟语不可偷，即偷势偷意亦归窠臼。"⑥ "具大神力"，

---

① 纪昀：《我法集》卷上，嘉庆五年刻本。
② 纪昀：《我法集》，嘉庆五年刻本。
③ 毛奇龄：《唐人试帖》卷3，嘉庆六年听彝堂本。
④ 纪昀：《唐人试律说》，山渊堂重刻本。
⑤ 毛奇龄：《唐人试帖》卷1，嘉庆六年听彝堂本。
⑥ 纪昀：《唐人试律说》，山渊堂重刻本。

是对毛奇龄批评的响应,然曰"人所共见",则无须赘言,合辙之中,亦有殊轨。纪昀认为从第七句开始,错误百出。全诗为:"皎皎秋中月,团团海上生。影开金镜满,轮抱玉壶清。渐出三山上,将凌一汉横。素娥尝药去,乌鹊绕枝惊。照水光偏白,浮云色最明。此时尧砌下,蓂荚自将荣。"七句用嫦娥奔月典故,八句化用曹操《短歌行》:"月明星稀,乌鹊南飞。绕树三匝,何枝可依。"连用典故有堆砌之嫌。九句、十句没有点明题面中"生"的含义,结句更没有点破题目。蓂荚从初一到十五,每日结一荚;从十六日到月终,每日落一荚。月明之时应该是将落而非将荣。审题错误是试律创作的硬伤,无论如何不能称为佳作。此外,纪昀所认同毛奇龄的"具大神力"的前六句,用"金镜""玉壶"形容月色,笔法平庸浅俗,缺乏创意,更不值得称道。相比之下,毛奇龄的批评采用总体性评述,较少分析细节。纪昀的品评则更加细致入微,重视细节阐发,他受到毛奇龄的影响而并未受其观点牵制,具有更加重要的指导意义。

二　从调度说到引韵法

毛奇龄试律诗学理论的突出贡献是在《唐人试帖》中提出"调度"命题。要求士子在宏观把握诗歌章法结构的基础上,对联句的位置进行有效安排,使之能够最大限度地发挥审美功能。毛奇龄评钱起的《湘灵鼓瑟》:"此题所见凡五首,然多相袭句。如钱诗最警是'流水''曲终'四句,然庄若讷诗有'悲风丝上断,流水曲中长'句,陈季、魏璀诗俱有'曲里暮山青'、'数曲暮山青'句。始知诗贵调度,此诗调度佳原不止以江上数峰见飘渺也,善观者自晓耳。"① 纪昀可谓毛氏知音,他颇为认同毛奇龄的调度之法,评陈季的《湘灵鼓瑟》曰:

---

① 毛奇龄:《唐人试帖》卷2,嘉庆六年听彝堂本。

"暮山青"语略同钱作，然钱置于篇末，故有远神，此置于联中，不过寻常好句。西河调度之说，诚至论也。此如"大江流日夜，客心悲未央""怅一秋风时，余临石头濑"作发端则超妙，试在篇中则凡语。"客檠行如此，沧波坐渺然。问我今何适，天台访石桥"，作颔联则挺拔，设在结句则索然。此意当参。①

毛奇龄提出"调度"命题，但议论无多，语焉不详。按照纪昀所言，联句是诗歌的基本组成单位，它的功能价值不能仅从其本身判定，而要放在诗歌中进行整体考量。协调一致、融会贯通是诗歌布局的基本要求，各联句之间要相辅相成，上下贯穿才能意脉流动。所以，孤立来看，"大江流日夜，客心悲未央""怅一秋风时，余临石头濑"确实从意境、用词、韵律都属上乘，但它在诗歌中处于何种位置，却决定了作品能否达到最佳审美效果。评《赋得水波》曰："夫押韵巧、琢句工、俪偶切，亦极试帖之能事。然譬诸五采之文锦诚珍饰也，而天吴紫凤不可颠倒缝纫；三代之古器诚法物也，而周鼎商彝不可杂乱堆积；又譬诸西子王嫱之美全在其面，使以入画之面生于腹上，非刑天怪物乎？故试帖层次位置最为吃紧，而佳句为次焉。"② 天吴、紫凤都是绣在丝织品上的精美的图案，但一个是海神，应在下方，一个是凤凰，应在上方，不能位置颠倒。周鼎、商彝虽然都是祭祀礼器，但必须按照各自时代顺序摆放。西子王嫱之美亦要有序，如果天仙之容貌长在腹部，也只能是刑天一样的怪物。纪昀连用三个比喻，强调联句的所在位置关系整体的审美价值，比押韵、琢句、对偶更为重要。它是唯一的，不可替换的，即每一联句体现最佳表达效果的位置只能有一个。只有安排在这个唯一的位置上，才可以保证诗歌整体的意脉相连，协调一致。所以纪昀强调凡联句前后可以互换，都不符合诗歌的创作原则。

---

① 纪昀：《唐人试律说》，山渊堂重刻本。
② 纪昀：《我法集》卷下，嘉庆五年刻本。

评李频的《风雨鸡鸣》："以'潇潇'二句移作第三联，以'阴霾'二句移作第五联，文义更顺通。'潇潇'二句是题面，在篇中则可，在篇末则嫌敷衍。'阴霾'二句是题意，移在篇末，尤与结句呼应也。"① 评潘存实的《玉磬如乐》曰："五句'玉声'也，六句'如乐'也，七句八句即从'曲成'写下，次第分明。凡诗当句句相生，前后可以易置，非法也。"②"非法"即不合乎法度，"次第""易置"都是指联句的位置而言，强调其自然形成不可更改，对于诗歌艺术表现而言具有唯一性。

一方面，确定联句的位置，也即布局合理，对于试律创作成功与否至关重要。另一方面，试律因题而作，正确破题是创作的关键所在。所以，联句位置的确定与破题的层次息息相关，也是创作的难点之一。然而，"（纪昀）先生曰：'是不难也。譬诸作器，片片雕镂而缀合，不如模铸之易也；譬诸取水，瓶瓶提汲而灌溉，不如渠引之易也。'"③ 制作器皿最简单的方法是采用模具，灌溉田地最简单的方法是挖渠引水。模铸是确定器物的轮廓，渠引是指明取水的方向，二者都需要对客观事物有宏观整体的认识。对于作诗而言，首先要安排好主体脉络线索即布局，同样需要宏观整体地把握创作思路。而对更细碎的需要片片雕镂、瓶瓶提汲的排偶、押韵、琢句等问题则采取暂时忽略的态度。联句的顺序由破题的步骤顺承而来，这与以往的先写几组对仗，再将对仗的组合连缀构成诗歌的思维方式完全不同。④ 如果诗歌是几个互相独立的对仗组合而成，将无可避免地出现联句之间可以互换甚至重复的问题，这是纪昀极力反对的写作怪象。如评《赋得松风水月》曰："凡此者皆先布局，而后落笔，便有层次浅深，

---

① 纪昀：《唐人试律说》，山渊堂重刻本。
② 同上。
③ 陈若畴：《我法集·跋》，纪昀《我法集》，嘉庆五年刻本。
④ 徐晓峰在阐释对仗和律诗的写作关系时，指出"这类两句间的对仗对于诗人而言至为关键，因为它是构建诗篇最基本的技巧，也作为一个独立单位存在，任一诗篇的写作都可视作无数独立的对仗单位的结合"。徐晓峰《唐代科举与应试诗研究》，北京大学出版社2015年版，第240页。

且不重复。若先做几联，再从平仄仄平排比连缀，前后可以互换，皆非诗法。"① 评《赋得鸦背夕阳多》曰："一起直写全体。因题绪琐碎，开手不理清，以下再层层分点，便梦如乱丝，且恐顾此失彼，左支右绌，并分点亦不暇。不如趁势先总点也。凡作诗须通盘合算，先布局而后落笔，皆当如此，若有一句即凑一句，有一联即凑一联，便是随波逐浪，全无节制操纵矣。"② 入手便厘清头绪，按照一定线索层层顺接。"同盘合算""先布局，后落笔"都是强调写作应从宏观整体上把握试律写作，确定联句关系，使诗歌意脉贯通，浑然一体。

联句之间要注意远近、深浅、虚实、轻重四对矛盾，从总体把握章法，使诗意流畅自然，圆转平滑。不但要吻合别体诗曲折婉转的审美要求，更要避免试律语意重复、堆垛典故的通病。评《赋得水波》曰："此种题更无歧径，只以摹写细腻为工。题境似极空阔，却极逼仄，如开口即扑'波'字，以下层层顺接，不敷衍堆垛不止。先从无波说起，然后说到生波，庶转落即觉精神，文境亦不窘迫……'罗纹'以下八句虽皆写题面，然联联具有层次。'罗纹'二句是初见，'波起伏'二句是细看波以次及近。而'远翠牵'二句是以波中之物点缀，'浴鸭'二句是以波外之物点缀，亦以次自近而远。"③ 题目只有两字，但却不能仅从两字泛泛写开，否则会涉堆垛之弊。所以要从"无波"到"有波"，从"初见波"到"细看波"，从"波中物"到"波外物"逐步展开，从近到远，从无至有，才能层次融贯，承接自然。评《赋得羌无故实》曰："此是写意说理之题，无可刻画，须从议论行之。首四句清题来历，中八句写不须故实之意。前四句是就作者说，后四句是就读者说，亦有浅深次第。题境甚窄，须如此分层展步，方不重复也。末四句言谢诗他篇亦然，不但此句又推出一层，

---

① 纪昀：《我法集》卷上，嘉庆五年刻本。
② 同上。
③ 纪昀：《我法集》卷下，嘉庆五年刻本。

总是于无层次中生出层次，使语有情致耳。"① 说理题是试律题目中最难的一种，因其题境狭小，难以展开。此诗先写出处，再写原因，然后分别就作者和读者来写。就破题而言，先浅后深，再浅再深，结句继续就浅处写来。深浅交替，紧扣题目，曲折和谐，开合有度。评《赋得良玉生烟》曰："戴容州言'诗家之景如蓝田日暖、良玉生烟，可望而不可即'。语本飘渺，诗语太著色相，便不是题。故'玉''烟'痴写不得，而题面又竟抛不得，略还一联，使不寂寞而已。所谓传神写照正在阿堵，四体妍媸，本无关于妙处。'暖'字不甚吃紧，然是生烟之根，脱略不得，亦沾滞不得。此诗三句'蒸'字，六句'映''日'字，九句'春'字，均是略一萦带，不作正位，此轻重详略之法。"②诗题区区几字，但一字千金，不可一字脱漏。但这不意味着要同时用力，而是要力道均匀。分清虚实，虚者不可过于坐实，如题中"玉"与"烟"，一点而过。题目虽只有"良玉生烟"，但出处"蓝田日暖"却是生烟的依据，不可不点，但不能连篇累牍，应点到即止，要分清轻重。此处涉及创作轻重虚实的关系，须层次拿捏清楚，笔墨分配合理才能疏密有致，脉理井然。

蔡梦弼辑《杜工部草堂诗话》载《诗眼》曰："黄鲁直谓'文章必谨布置'，以此概考古人法度。如杜子美的《赠韦见素》诗云：'纨绔不饥死，儒冠多误身。'此一篇立意也，故使人静听而具陈之耳。自'甫昔少年日'至'再使风俗淳'，皆言儒冠事业也。自'此意竟萧条'至'蹭蹬无纵鳞'，言误身事也。则意举而文备，故已有是诗矣。"③ 这是普通律诗写作的构思过程，主题观点与布局层次同时进行，所以"意举而文备"。感情直泻而下，文章血脉贯通，自然无扭捏之态。但在试律写作中，立意明显滞后于布局。无论立意如何，有两条法则必须遵守，这是创作成功与

---

① 纪昀：《我法集》卷上，嘉庆五年刻本。
② 纪昀：《我法集》卷下，嘉庆五年刻本。
③ 蔡梦弼：《杜工部草堂诗话》，见丁福保《历代诗话续编》，中华书局2010年版，第196页。

否的关键。其一，题目限韵字，韵脚必须于此韵部中选择，称为"检韵"。其二，题面必须于内容中点明，称为"破题"，既不能脱漏，亦不可空泛。无论审题不确切、点题不清还是落韵，都注定了考试的失败。所以，布局安排必须迎合押韵与破题，并且要浑然一体，一气相生，作品立意又必须结合布局安排，这对于士子的文学功底和见识学力都是严峻的考验。

王锡侯的《唐诗试帖课蒙详解》引黄思斋语曰："（试诗）非《三百篇》、汉魏六朝乐府歌行，道性情，写怀述景，可以自为意者也。盖必试之以律，试官出题，必限之以韵，士子则按题切韵，命意敷辞，不敢一字漏于题中，一字溢于题外。"① 虽说韵脚可以在规定的韵部中选择，然而真实情况下，还需去除险怪、粗俗和与题目完全无关的字。最后，韵脚的可选范围已经远远小于韵部本身所涵盖的总数。"作诗首在审题，次当检韵，韵得则布置已定。再选料，佐料现成，不难成句矣……因字生意，即因韵成句……韵字检得，则前后布置胸有成竹矣。"② 士子在布局前，就要考虑如何合理地在层次中安排韵脚，还要做到自然协调，无拼凑痕迹，使试律在审美效果上与别体诗别无二致。针对这一要求，纪昀提出"引韵法"。以题面或出处所提供的文字或意蕴为基点，按照一定的逻辑关系或情感线索，以相关字词为媒介，合理引出韵字，使其辗转相生、隐性相连，达到浑融一体、和谐流畅的艺术效果。

早在《庚辰集》中，纪昀便提出了"引韵法"。沈德潜的《春蚕作茧》全诗为："蚕月条桑后，蚕家闭户严。缠绵丝渐吐，宛转缕俱衔。巧性形能肖，藏身裹似缄。圆时疑比瓮，掛处想栖岩。埋绪觇多蕴，文心悟不凡。已看筐满满，旋摘手掺掺。黼黻凭缫藉，荆扬足贡函，冰弦成五色，清庙奏韶咸。"检韵得"咸"字，但此字与整首诗立意相差太远。纪

---

① 王锡侯：《唐诗试帖课蒙详解》，乾隆刻本。
② 叶葆：《应试诗法浅说·诗法浅说》，叶葆《应试诗法浅说》，嘉庆间悔读斋重修本。

昀评曰:"'韶咸'字去题颇远,借'冰弦'二字转关,遂天然凑泊,为引韵之法。"①虽然"咸"与题境相差无关,但以"冰弦"二字为媒介,恰当引出。结句为"冰弦成五色,清庙奏韶咸",引出韵脚,无生涩之感。《我法集》中纪昀再次提出引韵法,其中选《赋得春帆细雨来,得帆字》"云气浓如墨,江波绿似衫。濛濛吹细雨,杳杳送征帆。斜浥丝千缕,低窥镜一函。雨行迷远树,九面转重岩。短笠欹偏稳,孤蓬障未严。汀花看滴沥,樯燕听呢喃。伫望行人至,无劳远思缄。仙舟谁共上,缥缈自超凡。"韵部中"严"与题境毫不相关,纪昀评曰:"题无深意,以险韵看押法耳……因'帆'字生出'孤蓬',因'细雨'生出'障'字,即从'孤蓬'、'障'生出'未严'字则引韵法也。"②从题面中引出"孤蓬""障",以此为媒介,所以在第五联"短笠欹偏稳,孤蓬障未严"中合情合理地出现韵脚"严",不觉突兀拼凑。《赋得黄庭换鹅,得鹅字》全诗曰:"内史工柔翰,高名擅永和。品宁争野鹜,价尚换群鹅。韬笔留真迹,携笼别旧窠。竟同风字砚,同浴墨池波。巧夺原游戏,传闻好舛讹。题曾经太白,谑遂有东坡。勾勒形终在,雕镌字不磨。尤应胜诸帖,任靖代书多。"纪昀评曰:"题有'鹅'字,韵中'波'字似易押,然细思却难。既曰'笼鹅而去',未必是水中捉出去。'波'字似近而远,即从水中捉出,从'浴'转到'捉',从'捉'转到入笼相赠,亦太迂曲矣。此从写经转到右军风字砚,从砚引出右军墨池,再引出养鹅,则写经换鹅,天然打成一片矣,此亦引韵之法。全在借事生波,随笔点化。"③ 题目出自《晋书·王羲之列传》:"性爱鹅,会稽有孤居姥养一鹅,善鸣,求市未得,遂携新友命驾就观。姥闻羲之将至,烹以待之,羲之叹惜弥日。又山阴有一道士,养好鹅,羲之往观焉,意甚悦,固求市之。道士云:'为写《道德经》,当

---

① 纪昀:《庚辰集》卷1,山渊堂重刻本。
② 纪昀:《我法集》卷下,嘉庆五年刻本。
③ 同上。

举群相赠耳。'羲之欣然写毕，笼鹅而归，甚以为乐。"① 限韵字为"鹅"，所以韵脚必须出于"歌"韵中。"波"字首当其冲，但出处中鹅并非在水里，而是被王羲之"笼鹅而归"，直接写"波"与出处不符，勉强带入又难合情理，所以只能先按下不表。从出处"写经"一步步引出"换鹅"，以此为媒介，在第四联"竟同风字砚，同浴墨池波"出现"波"字，才显得自然和谐、布局合理。

以上所论"引韵法"是先检韵、押韵而后布局层次，此法同样可以运用到破题当中。按照规则，试律创作要在前四句破题。可明破题字，在句中出现题字；也可暗破题意，只是点明题意，不出现题字。但无论何种方式，都必须使题意了然，不能脱漏。但有些题面，无论题字还是题意，都很难点出。例如《赋得日高花影重，得重字》，全诗曰："清昼春方永，深宫绣偶慵。花丛咸检点，日晷细形容。侧照阴斜转，中悬顶正冲。圆光方下射，叠影自相重。一一分疏密，层层积淡浓。玲珑惟透罅，交插莫寻踪。地尽载珠树，人如坐玉峰。云何杜荀鹤，更遣忆芙蓉。"题目中每一字都必须点到，否则为漏题。如何从"日""花"引出"重""高"？纪昀评曰："不写'高'字、'重'字，直是'赋得日中花影'，岂复成诗？一写'高'字、'重'字，则非用算法测量，断不能清出……此诗以不能不用算法，从本体春宫怨入手，以'昼长'引出'倦绣'，以'倦绣'引出'看花'，以'看花'引出'看花影'，即以'闲检点'引出'细形容'，得'细形容'三字作脉则以下接入测量日影，自然斗榫合缝，不觉突兀矣。此层层倒算上去，乃层层顺写下来，千方百计逼出此三字，此是布局之法，亦是抽换之法。"② 题目中"高"字、"重"字如何引出？如何表现出日中花影既"高"且"重"？此处先按下不提，从宫怨切入，步步相生，

---

① 房玄龄：《晋书·王羲之列传》卷80，吉林人民出版社1995年版，第1258页。
② 纪昀：《我法集》卷上，嘉庆五年刻本。

逐渐揭示出"花影重"三字。另一首《赋得秋色从西来》，难点同样在于破题，为何秋色从西边来，纪昀评曰："若抛却'西'字，铺排秋色，直是一首赋得秋色诗，不如不作矣。秋色岂必定从西来？然题是西来，不得不与讲出道理，故以《迎春东郊》为比例，又题是秋色，难以突然入手说春，故先从四序循环说起，此不得已之变法。遇此种棘手之题，须知此斡旋之法。难以下笔，斡旋处又须知此引入之法。"① 全诗曰："一气鸿钧转，循环四季推。春原自东起，秋亦定西来。谁遣惊蝉早，无端送燕回。苍茫登雁塔，萧瑟想龙堆。赤坂凉显觉，乌孙冷渐催。随河趋碣石，隔海到蓬莱。玉圃三成远，金天万里开。凭高吟壮观，岑杜忆雄才。"如何"从西来"，破题必须点明，才无可脱漏。先写四季变化，说明"春原自东起"，则"秋亦定西来"，如此水到渠成，无突兀之感。纪昀所指布局之法、抽换之法、斡旋之法、引入之法，内涵大体一致，都是指先避开题面中难以下笔之处，从他处入手，迂曲辗转引出题意，点明题面。

总之，毛奇龄的"调度说"针对某一联句的正确位置，强调其唯一性，纪昀则将其扩展为对诗歌整体布局的策略要求。并且根据创作实践，总结写作经验，从而更有效地指导士子写作。

三 八比解诗到八比为诗

毛奇龄的《唐人试帖序》集中阐发了其对于试律与八比关系的看法，提出八比解诗的诗学观点："且世亦知试文、八比之何所昉乎？汉武以经义对策，而江都平津太子家令并起而应之。此试文所自始也。然而皆散文也，天下无散文而复其句、重其语、两叠其话言作对待者，惟唐制试士改汉魏散诗而限以比语，有破题、有承题、有颔比、颈比、腹比、后比，而然后以结收之。六韵之首尾即起结也，其中四韵即八比也，然则试文之八

---

① 纪昀：《我法集》卷上，嘉庆五年刻本。

比视此矣。今日为试文亦目为八比，而试问八比之所自始，则茫然不晓。是试文且不知，何论为诗。"① 八股文起源于唐试律，试律除去首尾，中间四韵恰似八比，二者在章法结构上有相通之处。其毛奇龄评张濯《迎春东郊》曰："……皆以经书出题，前此试士并未有此，固知八比始试诗也。"② 试律也可以从经书出题，由此更加证明八比始于试律。此说似轻风拂过试律诗学泛起层层涟漪。质疑者有之，笃信者亦有之，一场关于试律与八比关系的论争悄然兴起。

徐文弼的《诗法度针》可谓一边倒地赞成毛说，无论内容编排、作品评论还是具体观点都偏袒毛奇龄。在《诗法度针·杂论》"论命题"条曰："缘题求诗，诗应乎题，则格自从而定矣，世之工八股文者，皆知以切题为要，何独于诗抛却本题，若茫无措手，是可异也。"③ 点明试律与八股都是因题而作，写作以切题为标准，二者具有同样的创作规范，因而具有可比性。徐文弼深谙八股之道，所以在选本编排上也有意与八股学习的流程相一致。"是编为诗家绣谱，专明金针秘法。顾立法莫严于杜，而杜法莫备于律。故首编少陵律诗而殿以杂体。盖仿攻八股者，先治单题而徐及长截等类也。次编试帖，急科举之先务，穷变化与于神明。"④ 在作品的评论中，他也时时以八股为参照。评莫宣卿的《百官乘月早朝听残漏》曰："此即于变化中分虚实，何异八股文细针密缕之妙。"⑤ 以八股为比，突出诗歌精妙之处。评李洞的《龙池春草》曰："题中四字，无一字轻描，诗中六十字，无一字泛设。想成此帖时，如前明价人先生作时艺，不呕血数升，谓于试事无济也。"⑥ 此种相提并论之处不胜枚举，皆为有意识地把试

---

① 毛奇龄：《唐人试帖》，嘉庆六年听彝堂本。
② 毛奇龄：《唐人试帖》卷1，嘉庆六年听彝堂本。
③ 张拜赓：《诗法度针·序》，徐文弼《诗法度针》，藻文堂刻本。
④ 同上。
⑤ 徐文弼：《诗法度针》卷10，藻文堂刻本。
⑥ 徐文弼：《诗法度针》卷7，藻文堂刻本。

第三章　纪昀的试律诗学理论及影响

律与八股相连，以凸显试律的文体特征和创作要求。

支持毛奇龄的还有王锡侯。"试帖之诗，与八股文字无异，必须字斟句酌，与题相凑。精力有所不及，行间便少光彩。然则西河毛氏谓八股文字起于试帖之诗，其言信然也。"① 依然从因题而作而强调二者的共同点。周学偯的《唐诗试体分韵序》更推而广之，认为元代词曲和八股一样都脱胎于唐律："元人尚词曲，明人擅八股，莫不胚胎于唐律，是犹《三百篇》为两仪初判，已备四时之气；唐律则雨阳寒燠，保合太和。后世作者各掇其春华秋实云尔。"② 叶葆的《应试诗法浅说》同毛奇龄一样采用八比的章法结构特点来分析试律。"初学习文，其于破题、承题、前比、中比、后比、结题等法，讲之久矣。今仍以文法解诗，理自易明。"③

一种理论命题没有被广泛认可时，很自然会有异调别响。在纪昀前，两种观点的争论几乎势均力敌。以蒋鹏翮为首的诗论家对毛奇龄的观点颇不以为然。"闲咏之作或因诗而制题，应试、应制之篇则因题制诗者也。起即点清题面，中必实发题意，入后则写余波。大率四句为一解，亦有上下六句分截者，是在临文制变。其次第、转折、照应、联络与行文一理。细评特为指出，俾初学知所据，依久之斯可变化生心。若谓是为八比所由来，则非所敢知也。"④ 他明确指出因题而作本来就是诗歌创作的传统方式，与八比无关。试律章法结构可以分为三解，即点题、阐发题意和余波三个结构单元，与八比格式完全不同。其言等于完全否定了毛奇龄的八比解诗理论。继而，蒋鹏翮在评价具体作品时，也采用了三解式来分析结构。如评钱可复的《莺出谷》："前四句完题面，中四句即承此极写，后四句借事结归干请意。步伐森然，排律体制如此，最为可法。"⑤ 朱琰的《唐

---

① 王锡侯：《唐诗试帖课蒙详解·例言》，王锡侯《唐诗试帖课蒙详解》，乾隆刻本。
② 谈苑：《唐诗试体分韵》，乾隆二十五年刻本。
③ 叶葆：《应试诗法浅说·篇法浅说》，叶葆《应试诗法浅说》，嘉庆间悔读斋重修本。
④ 蒋鹏翮：《唐人五言排律诗论·例言》，蒋鹏翮《唐人五言排律诗论》，康熙五十四年刻本。
⑤ 蒋鹏翮：《唐人五言排律诗论》卷2，康熙五十四年刻本。

试律笺》在论及句法功能时，也摒弃了八比解诗"破题""承题"的概念，而代之以"局"。"起联开局，次联接局，意脉相承，而句法宜于变换。如起联用侧，次联必承以工整。然开局贵庄严，排起者多。接局贵流动，莫如用宾主、用开合，最易出色。"①"局"与"解"虽然概念不同，但实质并未改变，都是对八比解诗的否定，从而可见，蒋鹏翮有意与毛奇龄之理论划清界限。

还有一种情况，对毛奇龄的观点拿捏不准，质疑与肯定并存，表现在文学观点上就是摇摆不定，甚至自相矛盾。比如徐曰琏的《唐人五言长律清丽集》中首先引用汪东浦论五言六韵作法曰："首联名破题，两句对仗要工。或直赋题事，或借端引起。若借端，则次联即宜亟转到题矣……次联名承题，又名颔比。破题未尽之意补出，盖全题字眼至此则全现矣。三联名颈比，如身之有颈也，即所谓转处也。破承分举，此用合摛……四联名腹比，即八股之中比也……五联名后比，或补足中比之意或衬垫余剩之情，以完一篇局势。至于结尾，所谓合也，或勒住本题或放开一步，要言有尽而意无穷，不促不泛，其法尽是矣。"② 这种八比解诗法与毛奇龄如出一辙，但同时又附录了其他完全相反的观点。"八韵作法，前人未有明言之者。虞山冯氏曰，'律诗两句一联，四句一截，自四韵以至百韵，亦止如此'。窃以此指推之，首两联，浑冒全题，点清字面，与六韵同。三联四联，正写题面，五联、六联或补写题面，或阐发题意，或旁衬或开合，末后一截，或就题中收住，或从题外推开，或映切本题，以寓怀抱，以申颂扬。"③ 此论明显采用了三解式的段落分析方法，摒弃了毛奇龄的八比解诗法。叶栋、叶忱的《唐诗应试备体》同样如此。"自古设科取士之法代

---

① 朱琰：《唐试律笺·试律举例十二则》，朱琰《唐试律笺》，乾隆二十二年刻本。
② 徐曰琏：《唐人五言长律清丽集·诸家论诗》，徐曰琏《唐人五言长律清丽集》，乾隆二十二年刻本。
③ 徐曰琏：《唐人五言长律清丽集·附论试体诗七则》，徐曰琏《唐人五言长律清丽集》，乾隆二十二年刻本。

变屡更，不相沿袭。惟八股独盛于明，海内之士翕然从风，习为举子业。专主发挥经义，考辨源流。隆万以前，风气近古，语不出经传，毋敢滥觞，此与诗学渺不相及者也。至于登高作赋，遇物能名，才人学士往往各出所见，抒写性灵，则又别为一体。"①叶栋一句"渺不相及"，已经斩断了八比与诗歌的所有联系。叶栋认为八比阐明经义，诗歌抒情咏物，二者功能不同，前者源于经传，后者来自性灵，完全无关。试律属于诗歌，自然也应与八比无关。但此书《凡例》中又表现自相矛盾的观点："唐人应试诗为八比之所由始。其起联即诗之破题，二联即诗之承题，三联即诗之起比，四联五联即诗之中比，后比末二句，即诗之结尾。是集每首注其如何起，如何承，如何转合，令阅者一目了然，知其作法。"② 这种文学观点再一次归入毛奇龄的思想轨道。

乾隆末年，对试律诗学的研究探讨将近百年，但是试律写作水平却依然难以提升。叶葆疾呼："则诗学可弗亟讲欤？特是穷乡僻邑，愧乏师承，徒事袭取，全无讲贯。既苦于诗法不合，而坊刻简略，仅列笺释，绝少发明，又苦于诗律不细。二者均失，固然其足怪。"③ 缺乏师承，就没有系统的写作指导。坊刻本旨在渔利，遂无心于法度绳尺。在熟练掌握一种文体创作前，总要有某位作家的作品或业已精通的文体作为指引，才可臻于"土地平旷，屋舍俨然"的绝美境界。前者，文学史上只有杜甫当之无愧，后者清人毫无疑问地选择唐试律作为学习对象。然而，杜甫所长并非试律，时过境迁，唐试律也与此时的创作环境无法完全契合。范式的缺失使得无论地处何处，诗学理论不论如何发展，写作水平都难以尽如人意。《我法集》中提到此种理论与实践脱节的创作窘境："今岁乡试期近，偶呼

---

① 叶忱、叶栋：《唐诗应试备体·序》，叶忱、叶栋《唐诗应试备体》，康熙五十四年最古园刻本。
② 叶忱、叶栋：《唐诗应试备体·凡例》，叶忱、叶栋《唐诗应试备体》，康熙五十四年最古园刻本。
③ 叶葆：《应试诗法浅说·序》，叶葆《应试诗法浅说》，嘉庆间悔读斋重修本。

问之，出其八比茫然不解为何语，不敢强不知以为知，姑置勿论。出其试帖，尚稍稍能解，然颇似抄撮涂饰为工，未合前人之法律。"① 从家学渊源和经济条件来讲，纪昀所问课业的"诸孙"应该可以代表当时文人试律写作的中等水平，从中可以明确感受到士子普遍对科举文学的创作规律不甚了了。《我法集》成书于纪昀七十二岁，是其一生实践经验的总结，纪昀在其中给出了解决这一困境的方法。陈若畴《我法集跋》引用其言曰："余所作试帖速于他文，不过以八比之法行之。故与树馨讲试帖，亦以八比之法教之。吾党作试帖者，如能作以八比法，其难其易，其速其迟，必有甘苦自知者，何必舍易趋难，以雕饰填缀自苦哉。"② 纪昀再一次重申了毛奇龄以八比解诗的命题，并且将八比解诗的批评方法强化为八比为诗的创作方法，以此为诗法金针，便于着实提高士子的创作水平。

尽管毛奇龄后已有不少学者对八比与试律的关系进行探讨，但真正把研究重点从八比与试律的渊源以及二者章法结构的对比分析深入创作技巧的是纪昀。

首先，纪昀强化了二者之间的联系。他评《赋得山水含清晖》："作诗原有通身不露本位，只结末画龙点睛，试帖则无此体。如作古文随人远近，正正反反，委屈以寄其意，八比只须照题目下能破格也。"③ 曲终奏雅、结尾点睛是别体诗收结方法，可以达到含蓄悠长、意味深远的艺术效果。但于试律而言，则意味着脱漏题目，有悖法则。为证明试律与别体诗创作手法不同，纪昀将八比与古文作比，明确八比的写作同样要在题目的统摄之下进行，与古文的自由挥洒完全不同。所以，从创作规律而言，试律与八比更具有可比性，那么用八比之法来比照试律创作就顺理成章了。

其次，将两种文体原本于形式结构方面的比较提升到创作层面。同为

---

① 纪昀：《我法集·序》，纪昀《我法集》，嘉庆五年刻本。
② 同上。
③ 纪昀：《我法集》卷上，嘉庆五年刻本。

科举文学,试律与八比创作上有许多相似之处。"西河毛氏持论好与人立异,所选《唐人试帖》亦好改窜字句,点金成铁。然其谓试帖之法同于八比,则确论不磨。夫起承转合、虚实浅深,为八比者类知之;审题命意、因题布局,为八比者亦类知之。独至试帖,则往往求之题面而不求之题意,求之实字而不求之虚字,求之句法而不求之篇法,于是乎凑字为句,凑句为联,凑联为篇,不胜其排纂之劳,几如叶叶而刻楮。岂知不讲题意,则题面一两联即尽,无怪其窘束也;不讲虚字,则实字一两联亦尽,无怪其重复也;不讲篇法,则句句可以互换,联联可以倒置,勿怪其纷纭胶葛也。岂非不知试帖之法同于八比,如能以米为饭,不能以米为粥哉?"① 其中涉及章法、审题法、字法、句法,属于八比与试律创作的核心问题。纪昀断言,二者如同以米为饭和以米为粥,强调他们艺术规律上大同小异,完全可以推此即彼。相比试律,士子对八比研习的时间要长得多,技法更精熟,以八比为诗正是试律写作的一条捷径。

为阐释八比为诗的创作理念,纪昀在评论中处处以之为标尺,规范试律写作。他评《赋得炼石补天》:"题为情理所有而其事有失,其论未确者,可以篇终驳正。若如此出格无理之题,则入手先须叫破,如八比之有断作,与顺口气不同,不能以常格拘也。"② 试帖正格要求按照题面铺叙,即"顺口气",但"炼石补天"与当时盛行的朴学求真思潮相悖,不可按照常理出牌,需采用驳论。纪昀以八比断作为比,说明变格驳论作法,深入浅出,使读者触类旁通。评《赋得水波》:"曩在翰林尝与诸同馆言试帖之病莫大于开手即紧抱题面,以全力发挥,隽句清词人人激赏。而入后竟成弩末,非重复再说即敷衍旁牵。盖试帖对题作诗犹八比对题作文。八比自小讲以至末比,各有次第浅深。如小讲、小比先透发题理,占中比之

---

① 陈若畴:《我法集·跋》,纪昀《我法集》,嘉庆五年刻本。
② 纪昀:《我法集》卷上,嘉庆五年刻本。

分，则做到中比时已是后比语意，做到后比、末比，更作何语乎？此理至明，而高才博学者乃多不悟。"① 同样以八比为例，谈及试律的宏观布局，他讲究入手先构思好全局，注意章法层次，避免意尽笔枯。无论八比还是试律，审题布局都是决定创作是否成功的关键，而相似的写作规则正是二者相提并论的前提条件。以八比写作为参照更能强化试律的写作技巧，达到举一反三的学习效果。

总之，毛奇龄创造性地提出以八比解诗和"调度说"的命题，点燃了理论界的长期论争。纪昀在其基础上，继承了主体脉络和核心思想，并升华了毛氏的理论主张。他批评了毛奇龄某些不良学术作风，但瑕不掩瑜，更多的是对其理论精华的继承和在此基础上的创新，从而更加宣传和推广了毛奇龄的试律诗学观点。"毛西河检讨谓：'试帖八韵之法，当以制艺八比之法律之'，此实为作试帖者不易之定则。金雨叔殿撰《今雨堂诗墨》常引申其论，纪文达公《庚辰集》每首评论，原本此意阐发，而《我法集》所论更为推广尽致。帖括先从事于此，不患无入头处也。"② "盖试帖虽止八韵，而其中之承转开合，实与制艺同一法程。"③ 通过纪昀的诗学探讨，使毛奇龄正确的诗学观点逐渐成为定论，为更多的诗论家所认可。同时，纪昀也在毛奇龄的研究基础上不断超越，最终成为清代最有影响力的试律诗学理论家。

第四节　纪昀试律诗学理论的影响

纪昀是继毛奇龄之后最有影响力的试律诗学诗论家，他的理论形成了

---

① 纪昀：《我法集》卷下，嘉庆五年刻本。
② 林联桂：《见星庐馆阁诗话》，见张寅彭《清诗话三编》，上海古籍出版社2014年版，第4028页。
③ 钱骏祥：《水流云在馆试帖·序》，周天麟《水流云在馆试帖》，光绪二十三年刻本。

一个相当完整的系统，奠定了其在清代试律诗学领域的崇高地位。在其理论的指引下，清代试律迸发了新的生机，并开始逐渐走出唐试律的樊篱，形成了自己的创作风格。

纪昀试律诗学最重要的影响在于提高了试律的文学品格。乾隆丁丑以试律取士，只从国家政令上肯定试律的作用，但并未从根本上提升试律在文人心目中的地位。试律依然是进献之资、谄媚之辞，与文人的高风峻节格格不入。纪昀评祖咏的《终南积雪》曰："试律体卑，作者率不屑留意。摩诘之《秋日悬清光》《清如玉壶冰》，文昌之《夏日可畏》，茂政之《东郊迎春》，昌黎之《精卫衔石填海》，柳州之《观庆云图》，大抵疵累横生，不足为训，是皆百里不治，不害其为庞士元者也。"① 作者轻视，创作必然漫不经心，水平便不能尽如人意。连韩愈、柳宗元这样的一流作家都错漏百出，对于普通士子而言，水准更为低下。沈德潜评"试帖"体曰："此体凡六韵：起联点题；次联写题意，不用说尽；三四联正写，发挥明透；五联题后推开；六联收束。略似后代帖括体式，合格者入彀。当时才士，每细心揣摩，降格为之。李、杜二公不能降格，终不遇也。唐人中佳者寥寥。"② 从沈德潜仍以六韵称试律，可知此观点仍是乾隆丁丑前的认识。文人写试律是为了入彀，强调了试律选士的功能和工具属性。"文人降格为之"指出试律与别体诗并不属于同一等级，写试律者必是为名利而不惜自降品格。李、杜诗歌之美学价值不言而喻，但二人都不屑降格，遂与试律无缘。不难看出，其字里行间满是对试律的不屑。

试律是否属于诗歌，长久以来存在两种截然相反的认识。轻视试律者大多持有否定看法，认为试律自成一家，不属于诗歌。因此，凡属于别体诗创作规律的就不适用于试律。宋代即有试律与"他诗"不同的观点：

---

① 纪昀：《唐人试律说》，山渊堂重刻本。
② 沈德潜：《唐诗别裁集》，上海古籍出版社1979年版，第584页。

> 省题诗自成一家，非他诗比也。首韵拘于见题，则易于牵合；中联缚于法律，则易于骈对；非若游戏于烟、云、月、露之形，可以纵横在我者也。王昌龄、钱起、孟浩然、李商隐辈，皆有诗名，至于作省题诗，则疏矣。王昌龄《四时调玉烛》诗云："祥光长赫矣，佳号得温其"，钱起《巨鱼纵大壑》诗云："方快吞舟意，尤殊在藻嬉"，孟浩然《骐骥长鸣》诗云："逐逐怀良驭，萧萧顾乐鸣"，李商隐《桃李无言》诗云："夭桃花正发，秾李蕊方繁"，此等句与儿童无异。以此知省题诗自成一家也。①

论者认为试律不属于诗者主要有三：一是试律创作程式化，从题目生发，以偶句组合；二是试律内容有限定，无法如别体诗一样自由抒写感情；三是别体诗与试律的创作规律、价值标准不同，属于两种文体，因此"省题诗自成一家"。与纪昀大致同时代的洪亮吉也持同样观点：

> 应制应试皆例用八韵诗。八韵诗于诸体中又若别成一格。有作家而不能为八韵诗者，有八韵诗工而实非作家者，如项郎中家达贵主事徵，虽不以诗名家，而八韵则极工。项壬子年考差，题为"王道如龙首，得龙字"，五六云："讵必全身现，能令众体从。"贵己酉年朝考，题为"草色遥看近却无，得无字"，五六云："绿归行马外，青人濯龙无"可云工矣。吴祭酒锡麒诸作外复工此体，然庚午考差，题为"林表明霁色，得寒字"，吴颈联下句云："照破万家寒。"时阅卷者为大学士伯和珅，忽大惊曰："此卷有'破'、'家'字，断不可取"，吴卷由此斥落。②

洪亮吉的观点与以上诸位大同小异，肯定试律与别体诗的写作规律与价值

---

① 葛立方：《韵语阳秋》，见何文焕《历代诗话》，中华书局2011年版，第508页。
② 洪亮吉：《江北诗话》，中华书局1985年版，第26页。

标准迥乎不同,所以"有作家而不能为八韵诗者,有八韵诗工而实非作家者"。他认为不工别体诗者,只要掌握创作规范,也可以写出好的试律。反之,工别体诗而违背试律法度者,也无缘中第。这说明试律本身写作并不难,难在需要遵守层层法度规范,创作水平低的原因在于文人不屑为之,而非不能为之。

以上诸观点虽侧重不同,但归于三点:试律与别体诗不同,纯属名利之具,凡淡泊名利者皆不屑为之。试律自有法度规范和评价标准,但本身不具备写作难度。试律的抒情写意功能受限,这是与别体诗重要的区别,也是文人最不愿意迁就之处。纪昀欲提高试律的文学品格,必须针对以上观点加以讨论,并有所突破。

一 文学品格提升

提升试律文学品格,首先要提升创作主体的人品。言为心声,歌以咏志,诗歌反映作者的内心世界,包括道德水平、思想操守和人格理想。然而实际上,士子往往将真性情掩藏于虚伪的华辞之后,创作主体遂因之处于失语状态,这也是试律为人所诟病的主要方面。"唐时五言以试士,七言以应制,限以声律,而又得失谀美之念先存于中。揣摩主司之好尚,迎合君上之意旨,宜其言之难工也。钱起《湘灵鼓瑟》、王维《奉和圣制雨中春望》外,杰作寥寥,略观可矣。"[①] 挂碍于心不免于英雄气短,利益牵绊必定作诌媚之辞。而试律本身又要求干请甚至颂圣,这更加强了其中的趋附之意。其实纪昀对所谓干请颂圣,并非拒绝。试律颂扬、干请本是文体的需要,但纪昀只是有条件、有限度地肯定。在具体写作中更加强调关合题目,批评莫须有的颂圣,认为既平庸浮浅,又不合诗法,为"泛"。

---

① 沈德潜:《说诗晬语》,《原诗·一瓢诗话·说诗晬语》,人民文学出版社 1998 年版,第 251 页。

评阮芝生的《九月授衣》曰："结处亦不泛作颂语。"① 评王超会《五者来备》曰："一起叙明出处，一结归还本旨。此种题须靠实发挥，不能脱落正意，泛作颂扬者也。"②题目不适合颂扬的，绝对不能勉强成颂。评金启南的《十月陨萚》："此题景最萧索，难于挽合颂扬，就程试之律以松柏后凋为出路，善于立言。"③ 如果干请或颂圣，一定要隐含无迹，善于干请。不能一目了然，显得露骨刻意，卑躬屈膝。评濮阳瑾的《出笼鹘》："'一点青霄里'，五字入神。末四句意境不凡，不露干请之迹。"④ 评《赋得鸦背夕阳多》曰："此题离颂扬颇远，因成语凑手可以关合故如此作法。然只在若远若近、有意无意之间，方与题配，方与诗配，若小题强以庄语作结，露出牵合之痕，则反为减色矣。"⑤ 评无名氏的《霜隼下晴皋》："结亦善于干请，异乎摇尾乞怜。"⑥ 这是纪昀关于干请的底线，虽然不能逆流而上，但也要拒绝毫无原则的趋炎附势。

　　外有法度规范束缚，内有得失萦绕于心，欲其自由创作，不可得矣，而佳作名篇更无从谈起。德国20世纪著名美学家沃林格将作家的意志视为影响写作最根本的内在因素。"而对于绝对艺术意志，人们应理解成那种潜在的内心要求。这种要求是完全独立于客体对象和艺术创作方式的，它自为地产生并表现为形式意志。这种内心要求是一切艺术创作活动的最初的契机。"⑦ 对于士子而言，他们内心充满着对功利的渴望和对事业的追求。但对统治阶层而言，试律专为选拔治国理政的官僚，某种程度上，人品德行比学识韬略更重要。因此，纪昀非常重视人格修养，试图以人品的

---

① 纪昀：《庚辰集》卷5，山渊堂重刻本。
② 同上。
③ 同上。
④ 纪昀：《唐人试律说》，山渊堂重刻本。
⑤ 纪昀：《我法集》卷上，嘉庆五年刻本。
⑥ 纪昀：《唐人试律说》，山渊堂重刻本。
⑦ ［德］W. 沃林格：《抽象与移情——对艺术风格的心理学研究》，王才勇译，辽宁人民出版社1987年版，第10页。

提升带动试律文学品格。从关注士子人品出发,纪昀注重强化"风骨"的美学要求,希望通过对"风骨"的提倡将试律的工具性和趋附感减到最低,使行文刚健有力,为人正气凛然。评马戴的《府试开观元皇帝东封图》曰:"命意与《观庆云图》诗同,而笔力尤健。马于晚唐诗人中,风骨本高也。"① 此诗五六两联:"挂壁云将起,陵风仗若回。何年复东幸,鲁叟望悠哉",气度恢弘,格调雄奇。结句鲁叟期盼圣驾回銮,却以失望告终的哀怨之情体现得真挚感人,隐含对政权的讽刺和嘲笑。纪昀指出马戴的别体诗"风骨本高",所以很自然地在试律中会体现笔力劲建的特征,个人的创作风格不会因为别体诗和试律的诗体区别而发生变化。又评华正宗的《月涌大江流》曰:"一气鼓荡,风骨殊高。"② 评费奎勋的《一览众山小》:"切本诗,以泰岳立言,盖非泰山不称此语,不可泛咏也。气脉高阔,风骨遒上,不减张乔《月中桂》诗。此题须此笔写之。"③ 此诗全文曰:"泰岳巍然峙,登临渺众山。振衣千仞上,纵目万峰间。天下犹疑小,群峦讵足攀。览时形点点,望处影斑斑。但觉同垤堁,何知耸髻鬟。蓬壶浮海曲,凫峰带沙湾。白鸟时明灭。孤云自往还。不因跻岱顶,那得豁心颜。"此诗描写了泰山雄伟壮丽的气势,表现士子放眼天下,傲视一切的英雄气概。整首诗喷发出蓬勃向上的精神力量,没有颂圣与干请,更没有俯首帖耳的奴才相。笔力雄健,境界开阔,与杜甫的《望岳》异曲同工。虽脱胎于试律,但具备了别体诗的风貌气骨,与所谓进身之阶截然不同。所以纪昀高度评价其为"气脉高阔,风骨遒上"。

二 诗体的普遍性和特殊性

纪昀的《唐人试律说·序》中曰:"诗至试律而体卑。虽极工,论者

---

① 纪昀:《唐人试律说》,山渊堂重刻本。
② 纪昀:《庚辰集》卷5,山渊堂重刻本。
③ 同上。

弗尚也。然同源别流，其法实与诗通。度曲倚歌，固非古乐，要不能废五音也。"① 对于试律的评价，纪昀此言可谓入木三分。试律体卑，纪昀对此毫不隐晦，然而其中佳作频出，只是世人偏见，所以熟视无睹。诗词同源，二者本为一体，其本质是相同的。如同当代新声，即便不是古乐，但不可否认包括五音在内。试律属于诗，它具有诗歌的一切特征。这为试律找到了文体归宿，使它具有了一般诗体的普遍性。但既然作为一种文体而存在，就必须有存在的必要性，也就是其本身的特殊性。纪昀曾对外甥马葆善言道："试律固诗之流也，然亦别试律于诗之外，而后合体裁；又必范试律于诗之中，而后有法度格意。顾知诗体者皆薄视试律，不肯言；言试律者又往往不知诗体。"② "试律固诗之流"，在纪昀看来，试律从属于诗歌的范畴，这是个不争的事实。所以，诗歌创作的法度规范适用于试律。然而，它又与一般诗歌不同，具备自己的文体特征，即特殊性。普遍性与特殊性的结合，证明试律具备不容轻视的文学地位。恰如彭国忠所言："概括起来，就是既承认试律的独特性，又要求以诗歌法则对它加以规范。承认试律体的独特性，顺应了乾隆年间科考重试律诗的时代潮流，使这一流衍数百年的诗体获得继续存在的合法性，及在新朝而新生的理论支持；以诗歌法则对它加以规范，则将提升试律体格，使之获得实质性的新生。"③ 特殊性是诗体存在的必要性和依据，普遍性赋予了试律提升文学品格的可能性，也承认了试律的文学地位和价值。

从普遍性出发，纪昀将试律诗学与一般诗学理论相统一，强调试律的抒情功能和审美特性。在马葆善的跋文中，提到纪昀曾经批评坊刻选本大谬不然："将唐贤轨度尽汩没于坊贾之手，于含吐性情，鼓吹休明之本旨，

---

① 马葆善：《唐人试律说·跋》，纪昀《唐人试律说》，山渊堂重刻本。
② 同上。
③ 彭国忠：《〈唐人试律说〉：纪昀的试律诗学建构》，《文艺理论研究》2014 年第 5 期。

不大相左乎?"① 肯定试律具有吟咏情性、鼓吹休明的功能,这与纪昀一贯的诗学观点一致。"诗本性情者也。人生而有志,志发而为言,言出而成歌咏,协乎声律。其大者,和其声以鸣国家之盛,次亦足抒愤写怀。"② 试律属于诗歌,也是抒情文体。"鸣国家之盛"居情之大者,也在抒情写意的范畴内。评秦蕙田的《松柏有心》曰:"不泛作磊落粗豪语,题原非岁寒松柏,故无烦感慨为工。"③ 所谓感慨,自然是居情之小者的"抒愤写怀"。试律也可以发于性情,出于感怀,抒写一己之性情。评沈业富的《蝉以翼鸣》曰:"隐寓深情,自成别调,试帖有此,亦山谷江瑶柱。"④ 此诗原文曰:"藐尔野禅清,先秋试一鸣。蜕原连薄翼,飞亦曳残声。自觉孤高甚,难容口舌争。一丸聊羽化,两腋任风生。冷露何时饱,斜阳无限情。犹胜虫策策,独以口头鸣。"蝉向来被看作品性高洁、志趣清远的人格象征而在古典诗歌中频频出现。作者以蝉自比,诗中云:"一丸聊羽化,两腋任风生",表现自己洁身自好,不随波逐流。纪昀以江瑶柱为喻,既肯定了试律抒情的功能,又委婉地指出内容中所包含的对世俗的抨击等消极情绪。但其从个人角度叙说,对"隐寓深情"之作十分赞赏,反之,批评道学诗感情贫乏,因道废情。如评《赋得性如茧》曰:"此种是沉闷理题,须以情浅显豁出之,若作雕琢沉闷之语,添出一层沉闷,则观者思卧矣。"⑤索然无味必定消减诗歌的审美意蕴,试律要满足读者的审美期待,必须以感情取胜,才能与读者形成共鸣。

从特殊性出发,纪昀主张重视试律的文体特征,所谓"文各有体,言各有当",强调试律不同于别体诗的个性特征。异于别体诗,才是试律存在价值的根本依据。纪昀诗歌理论中,在强调试律的诗性特征之外,同样

---

① 马葆善:《唐人试律说·跋》,纪昀《唐人试律说》,山渊堂重刻本。
② 纪昀:《冰瓯草·序》,纪昀《纪文达公遗集》卷9,嘉庆十七年刻本。
③ 纪昀:《庚辰集》卷1,山渊堂重刻本。
④ 纪昀:《庚辰集》卷4,山渊堂重刻本。
⑤ 纪昀:《我法集》卷上,嘉庆五年刻本。

强调两种文体的区别。评马戴的《府试开观元皇帝东封图》:"'粉痕'二句,以诗法论之,点缀纤巧,所谓下劣诗魔也,在试律则不失为好句。文各有体,言各有当,在读者善别择之。"① 试律囿于写作规范,语句往往有生硬拼凑之弊。此二句为"粉痕疑检玉,黛色讶生苔。挂壁云将起,陵风仗若回",无拼凑之感,有恢弘气度;合于法度,虽略失自然之妙,也不失为好句。因而,试律有自己的创作标准,不应武断地用别体诗的标准去衡量试律。评王表的《花发上林》曰:"'美人'字如泛指,不切'上林';如指嫔御,则立言无体,不免语病。"② 别体诗中可随意出现的"美人"意象,用之于试律就被视为浮薄浅陋,不符合温柔敦厚原则。纪昀主张抒情,但也遵守法度,需要士子找到二者之间的平衡点。评《赋得春华秋实》:"'华''实'字不可不点缀,此试帖体也。"③ 试律因题而作,题面中的字要一一点明、落实,否则为漏题。这也是试律独有的创作原则。评元稹的《玉卮无当》曰:"试律之体有褒有贬,有颂无刺,不得不立意斡旋,此立言之体也。"④ 玉卮无当,言玉杯质贵而无底。题出《韩非子》:"今有白玉之卮而无当,有瓦卮而有当,君渴将何以饮?"若按照题面发挥,立意不免消极。虽玉卮无当,不如瓦卮有当。但如此一来,又不符合"有褒有贬,有颂无刺"的原则,所以考察士子能否立意转圜,扭转乾坤,从消极之题中找出积极的一面加以阐发。从以上具体作品评论中可知,在与别体诗的比较中,纪昀指出了试律既有普遍性,又有特殊性,从而肯定其存在的价值,为试律品格的提升提供了可能。

三 提升创作难度

人之常情,对于有难度的事情都会比较重视,而唾手可及者往往鄙夷

---

① 纪昀:《唐人试律说》,山渊堂重刻本。
② 同上。
③ 纪昀:《我法集》卷上,嘉庆五年刻本。
④ 纪昀:《唐人试律说》,山渊堂重刻本。

不屑，所谓雕虫小技，壮夫不为。所以，一般将试律水平低下的原因归结为文人的"不屑为"而非"不能为。"因为一流作家也"不屑为"，所以试律水平更加低下。正是此等平庸之作，更使人轻视试律。要改变这种恶性循环，必须把平庸的原因从"不屑为"转化到"不能为"，提高写作难度，才能引导士子反躬自身，从自己的写作功底去探求创作水平低劣的原因。

纪昀一方面承认社会上对试律普遍的轻视，一方面提出试律创作必"学有根柢"。评马戴的《府试开观元皇帝东封图》："马于晚唐诗人中，风骨本高也。故试律虽小技，亦必学有根柢乃工。"①"根柢"涵盖的内容广泛，不只是人品、心术，更有个人学殖、阅历、识见、品性等多方面。作为乾嘉朴学的代表人物以及《四库全书》的总纂修官，纪昀对学问造诣尤为重视。评《赋得黄花如散金》："南宋以此题试士，满场具误咏菊花，不知《文选》所载本皆春日诗也，五字极为浅显，而以作试帖则为稀有之难题。"② 此题出自张翰的《杂诗》，梁章钜曾解释道："南宋时，有以'黄花如散金'命题者，通场俱误作菊花解，不知此张季鹰《杂诗》：'暮春和气应，白日照园林。青条若总翠，黄花如散金。'既断非菊花，则止可以野花还之。"③ 腹笥寒俭，对传统作品涉猎不足，所以才会想当然地将黄花误为菊花。此题难点颇多，被纪昀称为"稀有之难题"，题目的目眩神迷，若无满腹诗书，绝不可能一挥而就。同时，纪昀又反对空有学问，而不能灵活运用，刻板堆砌典故的食古不化。评韦谦恒的《晓树流莺满》曰："'直将'二句写'满'字入神，诗家体物之妙岂在抄撮类书，搜寻韵府耶？"④ 评李景的《都堂试贡士日庆春雪》："未及运用，了不相关，偶尔凑泊，又然妙谛（按：疑为'天然秒谛'），盖用事之妙，全在点化有

---

① 纪昀：《唐人试律说》，山渊堂重刻本。
② 纪昀：《我法集》卷下，嘉庆五年刻本。
③ 梁章钜：《试律丛话》，上海书店出版社2001年版，第537页。
④ 纪昀：《庚辰集》卷4，山渊堂重刻本。

神。抄撮类书，搜寻韵府，虽极工切，皆成死句。"①背诵类书是运用典故的捷径，但正确运用典故就需要更多的妙手点化，慧心巧思。

即便经纶满腹，却思维刻板、缺乏识见同样无法对题目做出正确判断。文学创作不是孤立、封闭的精神活动，而是开放的，包容一切的特殊活动。在创作中，只有士子综合素质达到一定水平，才能对题目有深入的理解和认识。评《赋得西园翰墨林》曰："此压题格。魏文非贤君，其时犹为世子，并未成君。七子皆狎客，西园亦偶游，非堂陛尊严，殿廷虔拜。燕公此语可谓拟人不伦。作诗如抛却出典，则西园是何地，翰墨林是何书，无从措语。如切西园，则不能不出曹丕；如切翰林，则不得不出七子公宴诗，尚成文理乎？此亦不得已之变格。"②审题要注明出处，但也有例外，只能按照题面意思展开，巧妙避开出处，为写作变格之压题格。此题出于张说的《丽正殿书院赐宴应制》，其中"东壁图书府，西园翰墨林"，用曹丕宴饮文人典故，以曹丕比之唐皇，七子比之朝臣。但正如纪昀所说，曹丕非贤君，彼时并未登基，文人也不是臣子身份。所以，张说此诗典故本身运用错误，再以诗出题，更易以讹传讹。所以不能点明出处，只能按照题字一一展开。此题在诗歌创作中加入了历史价值判断，已经超越了简单的写作范畴，足以检测出士子的历史分析能力和整体识见水平。

试律往往从题目出发，根据题情延展生发。但也有例外，在题目中暗设陷阱，若按照平日作法，反不合题意。此时反其道而行之，采用驳论，才能置之死地而后生。此类题目要求士子必须具备超乎常人的勇气和胆魄，才敢采取驳论为之，否则一着不慎，满盘皆输。但是风险与机会并存，剑走偏锋有时也可以赢得青睐。中规中矩还是特立独行，在科举考试中的确能考察出士子的学识和胆色。纪昀评《赋得江上数峰青》曰："湘

---

① 纪昀：《唐人试律说》，山渊堂重刻本。
② 纪昀：《我法集》卷上，嘉庆五年刻本。

灵鼓瑟是寓言说，作实事便'痴'；作诗是钱起，牵到屈原便'隔'；题虽是数峰，事却在水际，粘定数峰，便'滞'；事虽在水际，题却是数峰，脱却数峰便'漏'。故此诗著笔皆在不节不离之间，结处将题宕开说明屈原当日亦未见湘灵，后人可不须凭吊，隐隐以驳题为出路。盖钱起此诗本以此句为出路，今以此句命题，不得不于出路之中又寻出路耳。"[1] 此题选自钱起的《湘灵鼓瑟》结句"曲终人不见，江上数峰青"。难点在于钱诗本身就是试律，题目出自屈原的《楚辞·远游》"使湘灵鼓瑟兮，令海若舞冯夷"，那么《赋得江上数峰青》就有两层题目出处。正确破题要立足于钱诗，与两层出处皆有照应但不即不离。若只从钱诗生发出去，而不点《楚辞》，则以寓言为实际，即"痴"。所以，士子此诗结句为"满江秋月白，恍惚本无形"，以驳题收结，与钱诗拉开距离，又照应了屈原的原作。评《赋得日高花影重》："既从宫怨入手，则结处更无出路。小题生不出议论，又万万不能转出颂扬，只得仍借本诗结句'年年越溪女，相忆采芙蓉'二语，臣赵紫芝'多少故人天禄贵，犹将寂寞叹扬雄'之意，驳题作收，方合试帖体例，盖踌躇几三四刻才能落笔，汝谓此事可草草乎？"[2] 此题出自杜荀鹤的《春宫怨》，原题带有情爱色彩，试律却万万不能从情爱生发，仍以压题格为之。结尾"云何杜荀鹤，更遣忆芙蓉"，照应出处并质疑杜荀鹤的创作动机，以驳论作结。题目出自宫体诗，结句不能颂圣是此诗的难点。士子成功地避开陷阱，以驳论为之，立意较高，可谓成功之作。如此题者，绝非才疏学浅而缺乏胆色之徒能草草了事。

陆游的《示子遹》曰："汝果欲学诗，功夫在诗外"，所谓"诗外"也包括作者的识见学殖等个人的内在修养。试律创作对士子素质要求严格，除此之外，试律本身还有严格的法度规范，要求士子有高超的文学功

---

[1] 纪昀：《我法集》卷上，嘉庆五年刻本。
[2] 同上。

底,这是另一层"诗内"的难度。为了突出创作难度,纪昀以别体诗为参照物,证明试律之难有过之而无不及。在《与陈梅垞编修书》里他提到:"试帖为诗之支流,然非深于诗者,试帖必不工。犹之不能行、草则楷字无生韵;不能写意,则钩勒皆俗格。"① 又于《嘉庆丙辰会试策问五道》中曰:"功令以诗试士,则试帖宜讲也。然必工诸体诗而后可以工试帖,又必深知古人之得失而后可以工诸体诗。"② 虽然试律与别体诗有上下等级之分,但从难易程度而言,试律却远超别体诗。士子主要擅长别体诗,具有一定的艺术素养,掌握了一定文学创作功底,然后才有可能写好试律。由此使试律从文人的"不屑为"转化到"不能为",为试律的艺术价值低下找到了完美的解释。

试律与别体诗同样具有抒情表意的功能,两种文体具有普遍共通的特质。二者最大的区分是试律有必须要遵守的法度规范。从写作而言,试律的难度要高于别体诗,它对士子的根底修养、学殖识见以及人品道德等多方面都有很高的要求,所以才限制了试律的创作水平。纪昀通过对以上三个问题的阐述,提高了试律的文学品格,强调了试律的抒情功能和审美价值,使之越来越趋向于别体诗的范畴。

小结

纪昀是清代影响最大、具有承上启下意义的试律诗学诗论家,他的三部诗学理论著作凝聚了他半生心血,也反映他对于试律诗学饱满的研究热情。首先纪昀在批判的基础上继承、总结了毛奇龄的诗学理论,并在其基础上形成了有系统、有特色的思想体系。纪昀发展了"调度说"提出"引韵说",从八比解诗引申到八比为诗,其中关于法度、拟议与变化的讨论

---

① 纪昀:《纪文达公遗集》卷12,嘉庆十七年刻本。
② 同上。

为封闭保守的清试律写作指出一条向上之路。同时，纪昀又具有着启迪后世的学者气魄。《庚辰集》《我法集》所选皆清代试律作品，结束了编选唐试律的历史。在其理论阐述中也处处褒奖清试律，提高了士子对试律创作的自信心，使清试律的写作水平高于唐试律成为清人的共识。"然唐诗各体俱高越前古，惟五言八韵试帖之作不若我朝为尤盛。法律之细，裁对之工，意境日辟而日新，锤炼愈精而愈密，虚神实义，诠发入微，洵古今之极则也。故纪文达相国《庚辰集》一出，而前人之《近光集》、唐试律诸刻集的《瀛奎律髓》等书一时俱废，学者诚能于馆阁诸诗博观约取，则试律思过半矣。"① 从此，清试律才逐渐走出唐试律的樊篱而独具自家面貌。为了提高试律的文学品格，纪昀有意缩小其与别体诗之间的距离。他强化了试律抒情写意的功能，显现向别体诗的回归，直接引发了清后期辨体与破体的理论论争。纪昀持论公允、力求全面，并且将清人试律作为立论基础，影响面超过了毛奇龄。"国朝名公巨卿多工是体，曩吾师河间纪文达公有《庚辰集》选本，上下六十年，鸿篇佳制无美不备，注释详明，评论剖析一归精密，一时应举之士及馆阁诸公无不奉为臬。故乾隆、嘉庆间，和声鸣盛，能手辈出。"② 总之，纪昀之诗学为后学所宗而嘉惠士林，为试律创作开创了一个新局面，推动了试律诗学的探索与发展。

---

① 林联桂：《见星庐馆阁诗话》，见张寅彭《清诗话三编》，上海古籍出版社2014年版，第4028页。

② 蒋予蒲：《瀛海探骊集·序》，梁章钜《试律丛话》，上海书店出版社2001年版，第493页。

第四章　道光到清末：试律诗学的新变期

从嘉庆末年开始，清代政治乱象渐繁。吏治腐败、军备废弛，民生疾苦无人问津。又有东南洪杨之乱，西北捻、回暴动，虽竭力剿除，但痼疾犹存。后接外患纷扰而国运飘摇，完全动摇了清政权的根基。生逢乱世，社会的激变强烈撞击着士子敏感的心灵，所谓结句颂圣、鼓吹休明在这个时代变得可笑又可悲。时过境迁，试律诗学的新变蓄势待发。

经过乾嘉时期的努力，试律诗学批评日趋全面深入，创作水平也有了一定程度的提升，但试律之文学地位并未完全改观，创作凝滞状态也限制了试律的进一步发展。追本溯源，走出唐试律的樊篱，才能真正形成清试律的艺术个性。为了提高试律的文学地位，破体与辨体在不同方向上向着同一目标而努力。破体为文，试律成为感情的载体，逐渐与别体诗合流，而辨体则坚守着试律的体制特征。二者在论争中互相抵消了作用力，共同推动试律文体的消解。最终，光绪二十四年，朝廷下令取消试律取士，宣告试律从政治生活中正式退出。试律从一种文体降格为诗歌独特的创作方式，清代试律诗学批评终于告一段落。

第一节　回溯《诗经》——凝滞中的反思

试律诗学经过从康熙末年到嘉庆时期一百多年的发展，无论在创作规律、法度规范还是取士标准，试律诗学都已经建立起一套相对完整的理论

第四章　道光到清末：试律诗学的新变期

体系。比起初期对试律的懵懂无知，嘉庆后的士子因为有了理论指引，按理说试律的创作水平应该有大幅度的提升。然而，事实却并非如此。

首先，虽然试律取士的基本国策不曾动摇，但试律在士子眼中的地位依然未有明显的提高。"同治丁卯马巷新建舫山书院，延师主讲文字，多能守先正典型，试帖竟少合作。揆厥由来，窗下多不课诗，迨考课，遂目为卷后诗。草率了事。阅者亦只能以文定高下，不知乡会诗文并重，即小试韵语清新，亦易见售。辛未夏，游京师与同年张香涛、周伯孙两太史晨夕过从。咸谓持衡各省有文已入彀，往往因诗见黜。何吾乡以卷后诗而忽之耶？"① 乾隆二十二年定乡试、会试首场俱考八股三篇，五言八韵试律一首，且清代科举素重首场，可见试律与八股同掌士子生杀予夺之大权。然而，实际考试中，却意外地被看作"卷后诗"而草草收场，又全不在乎写作技巧和规律法则。"诗贵审题。近人作文皆知审题，必如何方合题之法，得题之理，会题之意，肖题之神。独至试帖，则率而成篇，全不审题。"②（聂铣敏《聂蓉峰寄岳云斋论试帖十则》）对试律的轻视无关诗学理论的发展水平。事实上，虽经纪昀等诗论家的几番讨论，其拜献之资的工具角色并未彻底改变。

其次，试律的写作水平与诗学发展并不对等，理论与实践往往脱节。虽然早前已经有毛奇龄、纪昀、叶葆等诗论家对试律做出细致深入的研究，并且也有大量的试律诗学理论著作。例如，《唐人试帖》《庚辰集》《我法集》《应试诗法浅说》《唐人五言长律清丽集》等相继问世，但其影响面依然有限。"试帖至近时为极盛，然浓密者少神，工稳者少韵，纤巧者少骨，庄重者少情。欲求华不过实，质有其文，作者虽多未易一二观。"③ 此序作于嘉庆十一年，距离乾隆二十二年易表判为试律，已过五十

----

① 苏瑞书：《重刻分体试帖法程·序》，郑锡瀛《重刻分体试帖法程》，光绪十九年刻本。
② 聂铣敏：《聂蓉峰寄岳云斋论试帖十则》，见郑锡瀛《注释分体试帖法程》，光绪十九年刻本。
③ 丁子复：《莳斋试律·序》，查元偁《莳斋试律》，见《四库未收书辑刊》，北京出版社1997年印影本，第十辑第29册，第626页。

年，而写作水平不过尔尔。彼时，人皆以为是地理位置使然。京城是全国的文化中心，而地远偏僻之所必然"春风不度玉门关"。黄永纶所作《分类诗腋·序》提到："余自莅治宁都岁科试，甄别州人。士不乏文理通达，辞旨晓畅之篇，而试帖多不如法。余尝谆谆致意焉。窃维功令岁科增试帖，取士已六十稔矣，何宁之人习而尚未工欤？大都风气初更，恒由近及远，宁都据万山之上，地远，故其化迟。"① 这种地理环境决定论太过牵强。即便地处偏僻而教化迟滞，但同为科举文体，缘何八股文有文理可观之作，试律却不合法度？针对以上诗学理论与创作实践的脱节，文学地位与社会功能的错位，清后期的诗学批评首先围绕试律发展的源头来讨论，对前期试律诗学的一些命题进行了反思。

一 关于唐、清试律关系的讨论

毛奇龄的《唐人试帖》可谓清代试律诗学的奠基之作。其中一个主要观点就是将试律的源头归于唐律。"夫诗有由始，今之诗非《风》《雅》《颂》也，非汉魏六朝所谓乐府与古诗也，律也。律则专为试而设。唐以前诗几有所谓四韵、六韵、八韵者？而试始有之。唐以前诗又何曾限以三声、四声、三十部、一百七部之官韵？而试始限之。是今之所谓诗律也，试诗也。乃人日为律，日限官韵，而试问以唐之试诗则茫然不晓。是诗且不知，何论声律？"② 其观点不妥之处甚多。例如，强行将律诗整体并入科举范围内，并称唐之前无用韵，从而隔断了律诗的发展脉络。尽管如此，其理论也被后世诗学大量发展引述。以唐律为试律源头，从而在创作上亦以唐律为法成为试律源流考辨的主流观点。

夫诗之源流远矣。而五言六韵昉于三唐，然则三唐者即试帖之源

---

① 李桢：《分类诗腋》，嘉庆二十二年刻本。
② 毛奇龄：《唐人诗帖·序》，毛奇龄《唐人试帖》，嘉庆六年听彝堂本。

第四章 道光到清末：试律诗学的新变期

也。上溯齐梁则菁英未备，下沿元宋则率略转多。求其抗坠适宜而可为圭臬者，断以唐人为则，斯所谓当其可者乎？①

其诵诗必断自唐者，以有唐取士以诗，诗法大备，且言诗至唐又古今诗教升降一大关也。夫三百篇之不能不汉魏，汉魏之不能不六朝，六朝之不能不唐律，此岂古今人不相及哉？藉令《卿云》之歌如在今日，则必为杨巨源之《献寿无疆》《鼓腹》之歌如在今日，则必为王摩诘之《田家即事》……元人尚词曲，明人擅八股，莫不胚胎于唐律，是犹三百篇为两仪初判，已备四时之气。唐律则雨阳寒燠，保合太和，后世作者各掇其春华秋实云尔。②

诗不一体，亦不一法。自唐代以诗取士，用五言排律，国朝因之，是为应试定体。③

唐初进士及制科皆试策，高宗调露二年，进士加试杂文。文之高者放入策，此进士试诗赋之始也……天宝十三年，试四科举人加诗赋，此制科试诗赋之始也。《唐会要》天宝十三年十月一日，御勤政楼试四科举人，其辞藻宏丽，问策外更试诗赋各一道，制举试诗赋从此始。声律之盛，遂与一代相始终。④

如此种种，不胜枚举。直至晚清，以唐试律为试律源头的观点依然时有回响。撮其要点，大略有二：其一，《诗经》是诗歌的萌芽阶段，唐代却是诗歌集大成的高峰期，后世各种诗体皆源于唐。其二，从科举的角度讲，唐时开始以试律取士，试律的文体首次出现，因此唐律为试律的源头。总之，诗歌的源头在《诗经》，但试律的源头在唐试律。

以上观点在五个方面对试律的文学地位产生了消极的影响。

---

① 汤聘：《唐诗试体分韵·序》，谈苑《唐诗试体分韵》，乾隆二十五年刻本。
② 周学伋：《唐诗试体分韵·序》，谈苑《唐诗试体分韵》，乾隆二十五年刻本。
③ 叶葆：《应试诗法浅说·诗体须知》，叶葆《应试诗法浅说》，嘉庆间悔读斋重修本。
④ 朱琰：《唐试律笺·发凡》，朱琰《唐试律笺》，乾隆二十二年刻本。

其一，科举产生而有试律，这实际上将试律置于政治制度的附庸，片面强化了试律的选士功能，使之只能依附于科举而存在，失去了自身的独立性。其二，肯定试律属于拜献之资的工具性质，取消了试律抒情写意的功能。其三，文学是审美的，它依赖于作者本人的直觉感悟，抒发的也是作者本人的情感思绪。而科举是功利的，利益的诱惑和法度的约束遮蔽了主体的创作个性，使试律只能走向风格单一的程式化写作。其四，将试律的源头划定在唐代，抹杀了试律与《诗经》的关系，直接导致了文人对试律的轻视。吴承学在研究文体审美理想后，提到："文体正变高下的观念，反映了中国传统文化所积淀的审美理想，这就是推崇正宗的、古典的、高雅的、自然的艺术形式，相对轻视时俗的、流变的、繁复的、华丽的、拘忌过多的艺术形式。"① 所以，《诗经》是中国文学发展的源头，拥有后世文体无可企及的经典地位。任何后出的文体要提升文学品位，最终都须依附于《诗经》，这已经是文学史发展中的惯例。这一过程中，比附《诗经》以显示文体的古老，历史的久远是抬高身价必走的套路。如许宗彦在嘉庆二十三年所作的《莲子居词话·序》："文章体制，惟词溯至李唐而止，似为不古。然自周乐亡，一易而为汉之乐章，再易而为魏晋之歌行，三易而为唐之长短句。要皆随音律递变，而作者本旨，无不滥觞《楚》《骚》，导源《风》《雅》，其趣一也。"②这是晚清文人熟悉的惯例。将源头定格于唐代，等于剥夺了试律比附《诗经》的机会。试律即便妙笔生花，也无法摆脱庶出身份。其五，既然清试律源于唐律，创作上必然唯唐是法，同时很自然地认为清试律的文学价值必定低于唐试律，而造成士子缺乏自信心。有了这个上限的压制，试律发展很难突破。

除了唐试律之外，也有将源头设定为唐前诗歌的，不过如微波轻泛，

---

① 吴承学：《中国文体学研究》，人民文学出版社2011年版，第132页。
② 吴衡照：《莲子居词话》，同治六年刻本。

第四章　道光到清末：试律诗学的新变期

转瞬即逝，影响远不及前者。如王锡侯所言："三百篇，源泉也。汉魏以下，川流也。唐则汇而为海矣……顾试帖之源，虽起于《文选》，而试帖之盛实汇于三唐。"① 诗歌的源头在《诗经》，而试律的源头在《文选》，其原因在于"唐诗试帖之题，多出自《昭明文选》，其体制亦出自《文选》，观陆机等拟古诗，《十九首》中题目甚多"。② 还有观点认为试律源于颜延之、谢灵运二人最早作的五言排律。"历晋魏至宋齐梁陈之间，颜谢诸人始作五言排律。敷陈有体，寄托有情，能继古诗得三百篇之遗意。李唐因之取士，限以六韵，初盛中晚唐各自标奇领异。煌煌乎，一代才华之盛具见于斯矣。"③ 虽然诗歌创作年代都早于唐，但是对于试律的文学地位而言，终究无所裨益。

从《唐人试帖》到嘉庆初年，试律诗学不断发展，试律创作水平也在不断提高。经过几代士子的创作实践，清试律的水平远超唐试律已经是不争的事实。梁章钜的《试律丛话》刊刻于道光年间，是此前试律诗学的系统总结，辑录了大量清代（兼及少数明人如胡应麟）诗论家的诗学观点，可以真实地反映当时试律诗学理论发展和创作水平。其中提到翁方纲言曰："凡诗、文、词皆今不如古，唯今人试律实有突过古人者。非古拙而今工，实古疏而今密，亦犹算术、弈艺皆古不如今也。即如唐人喻凫《春雨如膏》诗，通篇皆'春雨'套词，并不见'如膏'之意。而嘉庆丙辰会试此题诗，则于'如膏'意无不洗发尽致者。且'膏'字必作去声读，此尤唐贤所不及知也。"④ 题目四字，必定字字点醒，方为合格。不点"如膏"即为脱漏。唐试律不如清试律严于法度。"国朝功令帖括取士，赋得之诗，小试、乡会试，翰林散馆考差，皆必试此。不精者颇难获隽，而试

---

① 王锡侯：《唐诗试帖课蒙详解·自序》，王锡侯《唐诗试帖课蒙详解》，乾隆刻本。
② 同上。
③ 叶忱、叶栋：《唐诗应试备体·序》，叶忱、叶栋《唐诗应试备体》，康熙五十四年最古园刻本。
④ 梁章钜：《试律丛话》，上海书店出版社2001年版，第516页。

帖之专门名家于是乎超越唐贤矣。"①因此，试律创作不仅质量高于唐代，名家数量也非唐代可同日而语。写作水平的差距拉大，不禁令士子对试律权舆于唐的观点产生质疑。

梁章钜的诗学理论瓣香其师纪昀，在《试律丛话》中围绕唐试律与清试律的关系进行辨析，不论其本人观点还是引用其他诗论家的观点都围绕一个命题：唐试律不是清试律的源头，不足为清试律所取法。

第一，布局结构不同。《试律丛话》引用卞斌《静乐轩排律·序》曰：

> 时人作排律，其雄者类操唐律为之。唐人止四韵，首联入题，颈联承明，三、四联正面，五联余意，末联收结，前后停匀，气度充足。今八韵诗而效唐律，其失有三焉。唐人警句多在三、四两联，今人效法即佳，亦未免前振后弱矣。唐人正意不过一两联而止，今人敷衍四、五联之多，次序繁复，未免前后可易置矣。唐人诗多有末、后两联相承作结者，今人或至第七韵犹赋正面，止剩末一韵另意作结，未免后路气促矣。余（梁章钜）按：此论盖自光禄发之，实是度人金针。今人作试律者，知此亦鲜矣。②

唐试律与清试律形式结构不同，因而章法布局颇有出入。梁章钜引用此说，批评士子以唐律为法无视二者相悖之处，画地为牢无益于清试律的发展。

第二，政权介入程度不同。梁逢辰作《试律丛话·例言》指出："制义及经义之题以四子书文及五经为范围，试律之题则不拘何书皆可用。唐人试律之题皆考官所命，而本朝会试及顺天乡试试律各题悉由钦命，至有轶出四部书之外者，如'灯右观书''南坍北涨'等题是也。故本朝试律相题之法，押韵之宜，有非唐人格式所能尽者。"③试律最重要的文体特征

---

① 郭钟岳：《守砚斋试帖·序》，王祖光《守砚斋试帖》，光绪二十四年刻本。
② 梁章钜：《试律丛话》，上海书店出版社2001年版，第560页。
③ 同上书，第495页。

就是因题而作。题目决定试律的写作风格、内容意境，甚至章法布局。唐试律出题主要由考官负责，帝王很少参与。清科举尤其是会试，试律皆由钦命，如"灯右观书""南坍北涨"皆为皇帝即兴命题，并非出于任何典籍。《龚文恭公艳雪轩试帖诗话》载："乾隆辛亥大考翰詹以'眼镜'命题，圣制诗云'八旬不用他'。其时应考人员有云'重瞳不用他'，有云'圣明焉用此，臣昧必须他'，皆在前列。至道光年间，亦以此命题，则以圣寿六旬以上，批览奏章，需用花镜故限用'明'字耳。"① 不论出题还是审题都可以体会强烈的皇权威慑。比起唐代，清政权的文化控制已经无孔不入，皇权尤其淋漓尽致地体现于对试律的管控上。结句颂圣、材料选择、思想内容都必须考虑皇帝的个人状况。因而比起唐试律，清试律与政权的联系更为紧密。

第三，题目出处要求不同。清人因为乾嘉朴学求真之风的影响，要求试律题目必须信而有征。而唐试律题目范围宽泛，甚至可以从小说出题。例如，梁章钜的《试律丛话》载纪昀和毛奇龄评《李都尉重阳日得苏属国书》："纪文达师曰：'重阳得书，此事不省出何书，亦不省命题何意。诗则浑灏流转，迥出诸试律之上。'又云：'此题颇难措语，就题还题，一字不著论断，可谓善于用笔者矣。'毛西河曰：'《文选》有《李陵答苏武书》，唐李翰注曰：'《汉书》曰：陵降后，与苏武相见匈奴中，及武归，为书与陵，令还汉。'今考《汉书》无武与陵书事，而此题且有重阳日得书，事不可解。唐人以小说家事命题，宜为议贡举者所薄视也。'"② 其实纪昀又何尝不知道此题出自小说。"就题还题"，即用其所谓压题格，不考虑题目出处。纪昀委婉地表现对唐试律从小说中出题的不满，而毛奇龄则是直接批评，显示两代诗论家对题目出处共同的要求。

---

① 龚守正：《龚文恭公艳雪轩试帖诗话》，见郑锡瀛《注释分体试帖法程》，光绪十九年刻本。
② 梁章钜：《试律丛话》，上海书店出版社2001年版，第529页。

第四，解题方式不同。梁章钜曰："余谓此题（'节俭正直'）四字平列，若以唐人之格绳之，自以合写、浑写为正。若以近时风气论之，必以分帖四字为工。六韵者可用一层分帖，八韵者竟须两层分帖。"① 唐试律破题可以根据士子对题目的理解，以意破之，即"合写""浑写"。与之相反，清试律则要求题面逐字点清，"分帖四字"。唐试律是试律发展初期，法度尚未明确，清试律经过唐之后律诗的不断发展，理论的深入探讨，技巧日臻完善，法度愈见严密，此都非唐试律可比。

写作规范、政权介入程度、题目出处要求、解题方式都存在差异，两代试律分属于不同的写作模式，所以唐试律不可为清试律所取法，也不是清试律的源头。按照文学史的一般规律，只有回溯《诗经》，才能将试律归入传统诗歌的发展脉络，从而提高试律的文学品格。

二 割裂的《诗经》

前期诗学理论中也有将试律与《诗经》联系在一起的。乾隆丁丑二十二年，虽然以诗取士，但试律诗学尚在摸索阶段，各种理论尚未完善。毛曙在乾隆二十二年七月所作的《野客斋拟赋试帖体·序》中提到："夫击壤高歌，爰开声韵，陈诗观政，用辨淳漓，故孔氏为雅言之首务，而周家作敷化之常经。修齐备于《二南》，终始交乎五际，递是而还，作者代兴。由今稽古，格沿时易。绮丽穷于陈季，宫商协自唐初。按律调音，扬清汰浊，士缘此而登庸，学唯兹以淬砺。云蒸霞蔚、玉振金声，继三百篇之遗响，集十二代之大成。有诗以来于斯为盛。"② "登庸"即为士子科举中第。他指出试律为《诗经》遗响，这种观点大概与人们对试律源头的构想并不一致，所以应者寥寥，很快湮没于后出的大量唐试律选本当中。此

---

① 梁章钜：《试律丛话》，上海书店出版社2001年版，第656页。
② 毛曙：《野客斋拟赋试帖体》，乾隆二十二年敦厚堂刻本。

后,在考证试律源头时,虽然也会着眼于《诗经》,但是将之割裂,《风》《雅》《颂》四始缺《风》,赋、比、兴三纬重赋,实际效果却是将试律踢出文学发展之正脉。归结起来,大概有以下几种观点:

第一,虽然肯定试律是诗歌发展的支流,但是强调彼时试律已经与古时诗歌大相径庭,突出其相异性。

> 《国风》《楚》《骚》、汉魏乐府古诗,诗之源也,近体诗,诗之流也。近体中有长律,又其分支衍派也。为体益变,去古益远。然而格和以庄,律严以细,鼓吹休明,觇考蕴蓄,必资乎此。有唐用以试士,而一代公私永言之作,铿锵炳蔚,流传至今,可覆按也。①

所谓"为体益变,去古益远"正是强调试律与《诗经》的距离感。

第二,试律所继承的只有《诗经》中的《雅》《颂》,艺术手法只有赋。对于比兴和《风》,则抹杀或弱化。尤其抽离出《风》和《雅》诗中表现男女恋情和悲怨愁苦、讥讽世事之作,但这些恰好是《诗经》核心作品,也是其审美价值的集中体现。

> 诗有六艺,三经、三纬。是已今之科举试以五言,其体实兼赋、《颂》。盖依题敷绎,惟在意切辞明,所谓赋也。言必庄雅,无取佻纤,虽源本《风》《雅》,如闺房情好之词,里巷忧愁之作不容一字阑入行间。三颂具存,体式固可考而知也。②

肯定试律以"颂"为主,而排斥怨愤、爱情题材。

第三,强调《雅》《颂》中的颂美之词,突出试律鼓吹休明、吟咏太平的政治功能和颂圣的创作要求。

---

① 沈德潜:《唐人五言长律清丽集·序》,徐曰琏《唐人五言长律清丽集》,乾隆二十二年刻本。
② 姚文甲:《瀛海探骊集·序》,朱埏之《瀛海探骊集》,嘉庆十九年刻本。

《瀛海探骊集》为朱椒雨所选，实可为应制模式。其弟虹舫少司成尝述其说曰："三百篇若《鸳鸯》《鱼藻》诸什，即今应制之祖也。"学者苟能从是说而引申之，则凡瑰奇隐瘦、钉铛琐屑、纤巧偎薄，有暌扬对之体者，皆宜汰除殆尽，不可令其稍犯笔端耳。①

《鸳鸯》《鱼藻》皆存于《诗经·小雅》。朱熹的《诗集传》中评《鸳鸯》曰："鸳鸯于飞，则毕之罗之矣。君子万年，则福禄宜之矣。亦颂祷之词也。"② 评《鱼藻》亦曰："此天子燕诸侯，而诸侯美天子之诗也。"③ 可见两诗均为颂美之词。而"瑰奇隐瘦、钉铛琐屑、纤巧偎薄，有暌扬对"则是论者一再反对的男女之情，穷愁之词，庸俗之语。

《诗三百篇》，《风》以言男女，《雅》以道政事，《颂》以美功德。若是其不伦，然未闻谓《风》出性情，《雅》《颂》非性情，知政事功德，同出于性情，而后又真政事，真功德。试帖之近乎《雅》《颂》者也。④

显然，陈文述很清楚《风》表现男女之情，但明言试律近于《雅》《颂》，实际将试律的感情内容定义为表现政事、功德的政治感情，且归于颂美，而排斥以男女恋情为主的个人感情和审美感情。

长期以来，试律对《诗经》的接受是片面和有限的，诗论家偏激、狭隘的观点更加不利于试律的发展。早在乾隆二十四年，试律取士之初始，蒋世铨就已经预见以上观点其弊之深，其害之巨。

---

① 林联桂：《见星庐馆阁诗话》，张寅彭《清诗话三编》，上海古籍出版社 2014 年版，第 4028 页。
② 朱熹：《诗集传》，中华书局 2013 年版，第 214 页。
③ 同上书，第 219 页。
④ 陈文述：《蒋斋试律·序》，查元偁《蒋斋试律》，《四库未收书辑刊》，北京出版社 1997 年印影本，第十辑第 29 册，第 626 页。

第四章　道光到清末：试律诗学的新变期

> 诗者，性情之感发，而形于言之余也。古之人莫不能诗，天子巡守命太师陈诗以观民风，盖不特朝廷郊庙有篇什焉。后世学者以《三百篇》为经，虽童而习之，及皓首不解为韵语者多矣。时或以诗取士，则又偏求于声律之工，而性情旨趣所归未能悉穷其蕴蓄。致称仙拟圣之才，毕生不得一第。而竖儒俗子，揣摩剿袭者咸猎取科名而去。于是诗之体格日变于伪，而其所以为教者遂亡。①

《诗经》内容丰富，其思想意义和审美价值尤在于《风》和《雅》。将试律从《诗经》系统中割裂出去，等于抽离出试律的抒情功能和主体性特征。内容上一味颂圣，个性掩蔽于文字背后，必然会降低试律的审美效果，形成千篇一律的格式化写作。试律也必然会在远离古典文学脉络的过程中越走越远，成为徒具诗歌样式而缺少精神内核的伪文学，更无怪乎士子视其为附着于科举制度而猎取科名的手段。

三　回溯《诗经》

梁章钜的《试律丛话》中极力称许路德。二人活动年代大致相同，前后中第，同殿为臣。所不同的是，其后路德因为眼疾回乡，病愈亦不复出仕，曾主讲关中宏道、象峰、对峰书院。据《清史列传》载，其门徒有千数百人之多，② 遂使其诗学观点不胫而走，在嘉庆后期和道光时期影响极大。其作传世颇多，有《柽华馆试帖》《关中书院课士诗》《仁在堂全集》。不论试律还是八股文写作，有关科举的内容在当时可谓风靡一时。梁章钜记载："（其）所作试律益多，其及门诸子为之注释以行，几于家传户诵矣。"③ 长期的试律写作实践和讲学经历，使得路德的试律诗学理论更

---

① 蒋世铨：《诗法度针·序》，徐文弼《诗法度针》，藻文堂刻本。
② 《清史列传·儒林传·路德传》载李元度谓其人曰："德行宜为文名所掩，其诗、古文又为时艺、试律所掩。然德弟子著录千数百人，所选时艺一时风行，俗师奉为圭臬。"
③ 梁章钜：《试律丛话》，上海书店出版社2001年版，第587页。

加深刻独到。他的诗学观点主要体现在试律选本《关中书院课士诗》和学生编选的《柽华馆试帖汇钞辑注》以及《柽华馆文集》的各种序跋中。

对于以往论者倡导学习唐试律，路德并未全面反对，但也指出了士子只求形似，盲目模仿，不能深入领会唐诗精髓，致使诗歌圆熟平庸的弊病。路德的学生胡葆锷载其言曰：

> 凡学唐诗而窃其似者，其人其诗皆与草木同腐。我与若安得而读之？所得读者，皆不似唐诗者也。不似真矣，似则伪矣。似者得其皮，不似者得其骨，或得其髓矣。岂惟宋元以后之诗不似唐人哉，就唐一代而论，工部远祖《风》《骚》，熟精《文选》，亦未始不学初唐，而首创变体，不类其所学。昌黎、香山、义山、樊川诸人皆学工部而各各不同。楂梨橘柚，其味相反，尝焉而可，于口则皆为蓑果。鸡痈豕零，其性相反，用焉而当其时，则皆为妙药。世之论诗者，拘守一编，不务博采，欲以一知半解，概天下万有不齐之作。①

唐诗是一个时代的象征，也是古典文化中不可或缺的瑰宝。学习诗歌，诗法唐诗是必由之路。但不能只满足于"窃其似"，还要"得其骨""得其髓"，领悟其创作精神。路德从唐诗风格多样性的角度分析，倡导学生广泛学习诗歌各家各体，形成多元化创作格局。唐诗的经典绝不在于风格统一、形式整饬。恰恰相反，其内在的求新求变的创新精神才是唐诗的独特魅力所在。不拘泥于一体，不教条于一律，才能造就杜甫、韩愈、白居易、李商隐、杜牧这些诗人的光辉业绩。他们尽皆唐诗，但风格多变，各有特色。即便如杜甫一人之作，也是巧于变化，符合唐诗的创新精神。此皆唐诗花团锦簇、万紫千红的本来面貌。楂梨橘柚，皆为水果，而味道不同；鸡痈豕零，药性不同，皆可治病，这只是万物的差异性所在。作品风格

---

① 胡葆锷：《柽华馆试帖汇钞辑注·序》，路德《柽华馆试帖汇钞辑注》，来鹿堂刻本。

多元化，亦是文学发展的必然。如果强制用一种标准去衡量和约束，只会限制诗歌的发展，造成风格单一，徒重形式，一片黄茅白苇的凝滞状态。

只从形式上模拟唐试律而不求变化，无疑失之皮相，其流弊却从主司到士子代代相传，弥漫不止。路德一针见血，指出考风不正传于士风，士风不正殃及文风："当其业诗赋也，各择所悦者习之，凡所不悦皆其所不习者也。及其出而相士也，凡所未习，皆其所不悦者也。于是，能者不必售，售者不必能。学者苦其途之迂也，又见斯事之无定评也，遂避难就易，相率而趋于便捷之途。而斯道乃几几乎弊。"① 士子所习皆为唐试律。入仕后若有为主司者，选士标准亦是唐试律。新一代士子更加投其所好，专习唐试律而不顾其他。遂使士风浅薄浮躁，文学趋于功利，堕落为追求功名的工具，无怪乎诗道之弊。

前期试律诗学在源流考辨上过分强调唐试律，而在创作上一味主张以唐为法，不主变革，遂至陈陈相因，故步自封。试律本身就带有急功近利的世俗色彩，考风腐败更加剧了其工具化、格式化的特点，而成为只重形式、没有内核的文学快餐。毫无疑问，路德的观点可谓真知灼见，看穿了试律的前世今生。要改变这一困境，试律必须真正地回溯《诗经》，找到其生命的土壤，才能焕发新的生机。

如前所述，前人论及试律源头，也有涉及《诗经》者，但却割裂支离，不得其要领。三经去除《国风》，以防男女恋情以及怨恨悲愁，只强调《雅》《颂》。三纬去除比兴，因为感物生情，表现在艺术手法上即为比兴。摒弃比兴，当然有关于试律因题而作的文体特征，但最重要的是对于抒发感情的限制。路德超越前人之处有二，首先，肯定《诗经》为后世所有体裁包括试律的唯一源头，将试律拉入古典文学的发展脉络中。

---

① 路德：《关中书院课士诗赋·序》，路德《关中书院课士诗赋》，《柽华馆文集》卷2，光绪七年刻本。

> 今为业试律、律赋者日取《三百篇》而与之讲肄，鲜不以为迂阔。或且谓言大而夸，无裨于用试。平心思之，今之试律、律赋何自来乎？有唐人古近体诗而后有试律，有徐、庾以下之骈体文而后有律赋，此学者之所知也。而其源皆出萧《选》，所录莫不古于《骚》。《骚》也者，近接《三百篇》而变化以出之。其题实兼诗赋，为后来诗赋家之祖。无《风》《雅》《颂》则无《骚》；无《骚》则无诗赋，安得有试律、律赋哉？学者不讲明《三百》，读《骚》必茫然矣，读汉魏以下诗赋亦茫然矣。虽宗法唐诗，规模徐、庾，而源头未瀹，流亦不长。况又束之高阁，专取近人之试律、律赋，简练以为揣摩，其能役万景于坐驰，明百意于片言哉？①

在科举功令的引导下，士子的学风也染上了名利的俗气，学习《诗经》被认为是大而夸的迂阔之举。路德因势利导，总结出试律的发展线索：《诗经》→《骚》→《文选》→唐人古近体→试律。《诗经》是文学产生的原点，后世的文学体裁无不在其影响下形成和发展。由于学术思潮、政治环境等客观条件的影响，不同的历史发展阶段的文体特征各不相同，但都源出于《诗经》，是《诗经》在每一个历史阶段的不同表现。同时倒推上去，"由试律而溯唐诗，由唐诗而溯曹、刘、鲍、谢，由律赋而溯徐、庾，由徐、庾而溯扬、马、班、张，又上而溯屈、宋又上而溯《三百》，则诗赋之道且汇而为一。《风》《雅》《颂》之情，皆可得而见也。"②此说为试律正名。试律虽然处于发展脉络的下端，回溯上去，却同唐诗一样是《诗经》发展到彼时的变体。"斯事虽微，盖亦萧《选》之支流，《三百

---

① 路德：《关中书院课士诗赋·序》，路德《关中书院课士诗赋》，《柽华馆文集》卷2，光绪七年刻本。
② 同上。

第四章 道光到清末：试律诗学的新变期

篇》之余裔，而不可废焉者也。"①（路德《关中书院课士诗赋·序》）路德抬高试律身份，指出其虽为科举文体，但同样源于《诗经》。

找到试律的源头，就必然追本溯源，以《诗经》为宗。胡葆锷记其言曰："我今告汝以诗法，自《风》《雅》迄六朝，唐诗之源也。自宋元以来迄于今，唐诗之变也。不讨其源，虽读唐诗不能入也；不穷其变，虽学唐诗不能化也。入乎其中，而变化以出之。而后唐诗可得而学，试律可得而工。由此而为古文，为骈体，与夫撰子解经，体例虽殊，其道亦不出乎此。"② "讨其源"，入乎《诗经》之中，才能"穷其变"，出乎《诗经》之外。路德认为，汉唐作者浸润《诗经》既深，文学才有辉煌的成就。反之，如果不能追溯源头，创作必然枯竭。"汉唐作者皆能读周秦以上之书，如浮大河者发乎昆仑，放乎溟渤，顺流而东，势如破竹。此其所以盛也。今之学者，占毕而外罕所睹闻。其于汉唐诗赋，若知之若不知之，或见之或不见。萧《选》以上读者益稀。《三百篇》虽人人成诵，而究心者少，泳其沐，忘其源，此其所以衰也。"③ 路德批评士子去取不当，对《诗经》不能深入学习。试律之衰，皆源于不能本诸根柢，夯实基础。

其次，路德在论证《诗经》为试律源头时，非但没有特意去除《风》，反而强调以《风》为基础。

> 凡作诗赋，写景抒情者，《风》之意也；揆时审势者，《雅》之遗也；歌功论德者，《颂》之体也。就一篇论之，其中端而虚者，得于《风》者也，和而庄者得于《雅》者也，雍容揄扬而近实者得于《颂》者也。业诗赋者，必先学为风人，然后本之于《雅》，以大其

---

① 路德：《关中书院课士诗赋·序》，路德《关中书院课士诗赋》，《柽华馆文集》卷2，光绪七年刻本。
② 胡葆锷：《柽华馆试帖汇钞辑注序》，路德《柽华馆试帖汇钞辑注》，来鹿堂刻本。
③ 路德：《关中书院课士诗赋·序》，路德《关中书院课士诗赋》，《柽华馆文集》卷2，光绪七年刻本。

规；和之于颂，以要其止。《雅》难于《风》，《颂》难于《雅》。《雅》《颂》不被于《风》，则雅亦非雅，颂亦非颂。必使三者兼得而后能鉴古，能鉴古而后能准今，能鉴古准今而后能自为诗赋，能自为诗赋而后可以万变不竭。①

《风》《雅》《颂》确实功能侧重不同，但却是不可分割的整体。哪怕就一篇文章而言，其中任何一个因素都不可或缺。学诗时，三者顺序有先后，难度有深浅。《风》最易掌握，是作诗的基础，应该最先被了解。同时，《雅》《颂》中必须含有《风》，三者互相渗透、相互依存。没有孤立的，毫无联系的《风》《雅》《颂》。不能强行分离《风》，否则将取消《雅》《颂》存在的依据。三者的结合才能成为试律取之不竭的源泉。

路德之后，试律源于《诗经》便逐渐为人所接受而成为共识。王琛《守砚斋试帖·序》曰："自夫三百五篇，叙四始以明义，一十九首缀五字以成章，炎汉以还，体随时变，有唐之代，律为试程，于时户习讴吟，人服歌咏。珠尘耀烛夜，来明月之篇；玉宇低绳河，淡微云之句。桂生蟾窟，滋雨露于丹霄；柳灈龙池，漾风烟于青琐。五言帖体有自来矣。"② 唐陈昌称许《守砚斋试帖》道："编分甲乙，《三百篇》余韵犹存，辞协庚辛，千万言有谁能敌。"③ 并且明指四始，强调《国风》。郭祖翼评《读书延年堂试帖》曰："凌云澡雪之才，祖《风》述《骚》之学，锵金戛玉之节，细针密缕之思，仅以试帖目之，岂知雨胪者？"④更有甚者，极力鼓吹路德理论。"窃尝考之《三百篇》为学诗之祖，而《二南》《国风》诸什，其篇首亦率以《关雎》《麟趾》为目，比兴属辞，取法在古也。夫善结构

---

① 路德：《关中书院课士诗赋·序》，路德《关中书院课士诗赋》，《柽华馆文集》卷2，光绪七年刻本。
② 唐陈昌：《守砚斋试帖·序》，王祖光《守砚斋试帖》，光绪二十四年刻本。
③ 同上。
④ 瑞麟：《守砚斋试帖·序》，熊少牧《读书延年堂试帖辑注》，同治五年刻本。

者能于坏壤之地安花木竹石,工渲染者能于尺寸之绢写名山大川。要其胸有丘壑,乃能开拓万象,吐纳九有。不为才限,不为境拘。"① 《关雎》《麟趾》皆属《国风》,比兴更是《风》诗中的常用手法,都是路德之前论者认为试律没有资格谈及的。而瑞麟肯定作品文学价值的高低不在于何种文体,而取决于作家本人的创作水平高下。即便如试律,取法于《诗经》同样可以妙笔生花。李宝章在《守砚斋试帖·序》中曰:"盖诗之为道,自《国风》《雅》《颂》、汉魏齐梁、乐府而后至五言别体诗即为试帖之滥觞,盛于唐,流于宋,亦无非赋物言情,因文见道,岂徒以靡丽为工。"② 其强调肯定了试律言情写意的功能,也多是从继承《国风》着眼。

以《诗经》为试律源头,强调《国风》和比兴,确实为试律找到了高贵的出身,可以提升文学地位,为其在文学史中正确定位。在清末试律退出历史舞台前,为其争取到了宝贵的上升空间。然而,这种作用却是有限的。

第一,路德在理论上提出以《诗经》为试律源头,批评以往取法唐律,致使学习范围狭窄,对象单一。但他并没有注意到,文学创作的根本来源于社会生活。即便模拟对象从唐试律变换到《诗经》,也没有改变试律因题而作、缺乏社会基础的事实。所以,只是变换了模仿对象,不可能从根本上提高试律的审美价值。

第二,任何文体在产生之初,都有其相对的自足性和完整性。但破体,也即文体之间的交流与互渗也无异于发展的必要环节。文学史上诗、词、赋都有类似破体为文的经历。破体可以为文体发展打开新路,但如果把握不好分寸,一旦两种文体合流,必将取消居于下位的文体的存在价值。这就是路德所担心的问题:"又恐怕迟之又久,高才博学之士将争奇

---

① 瑞麟:《守砚斋试帖·序》,熊少牧《读书延年堂试帖辑注》,同治五年刻本。
② 王祖光:《守砚斋试帖》,光绪二十四年刻本。

炫异而流为破体也。是当举《风》《雅》《颂》之义大为之闲，使咸归于醇正。"① 但以《诗经》来阻止破体，无异于抱薪救火。《诗经》尤其是《国风》抒情的丰富性和强烈的主体性都在力促试律向别体诗转变，如此更加会取消试律的存在价值。所以，路德的理论本身就是矛盾的，或者他的主观想法和实际所能达到的效果南辕北辙。

第三，理论观点与实际批评存在矛盾，二者不能统一。路德反对以唐试律为法，曾直言："凡学唐诗而窃其似者，其人其诗类皆与草木同腐。"② 但在其选评的《课士诗》中以唐试律为标准衡量写作水平者可谓比比皆是。如评吴锡岱的《渭北春天树》曰："情文相生，非善读唐诗者不辨。" 又评阎敬铭同题诗曰："唐音，格高调逸。"③ 此言分明强调"似"唐试律，如何不"得其皮"而"得其骨""得其髓"则语焉不详。说明路德认识到清试律必须要走出唐试律的藩篱，却无法找出解决办法，只能随俗俯仰，亦步亦趋。

基于以上三点，路德在清试律诗学源流考辨环节中可谓关键人物。但他虽然给试律带来了向上发展的动力，由于思想本身的矛盾却限制了其理论的影响力，最终无法改变试律逐渐枯萎的命运。

第二节　辨体与破体：试律诗学的重构

事物的发展不会一成不变，辉煌之后紧接着是令人叹息的沉寂。百年的努力，清代试律不论创作还是诗学理论都发展到了高峰。试律名家、作品选集层出不穷，诗论家在文体规范、创作技巧等多方面的探讨也可谓面

---

① 路德：《关中书院课士诗赋·序》，路德《关中书院课士诗赋》，《柽华馆文集》卷2，光绪七年刻本。
② 胡葆锷：《柽华馆试帖汇钞辑注·序》，路德《柽华馆试帖汇钞辑注》，来鹿堂刻本。
③ 路德：《课士诗》，《仁在堂全集》，道光十五年刻本。

面俱到。水满则溢,和其他文体一样,试律也面临着发展的瓶颈。《文心雕龙·通变》载:"文律运周,日新其业。变则堪久,通则不乏。趋时必果,乘机无怯。望今制奇,参古定法。"变则通,通则久,向古取法,追本溯源,是以路德为代表的诗论家提升试律文学地位改变困境的核心思想。但与他们的初衷相悖的是,却因此开启了诗学辨体与破体的论争,最后直接导致了清代试律诗学的重构。

吴承学在《中国古代文体学研究》中如此定义辨体与破体:"宋代以后直到近代,文学批评和创作中明显存在着两种独立倾向:辨体和破体。前者坚持文各有体的传统,主张辨明和严守各种文体体制,反对以文为诗、以诗为文等创作手法;后者则大胆地打破各种文体的界限,使各种文体互相融合。"① 文体形成是一个动态发展的过程。在初期,体制规范不断变化整合,但当其最终确定下来,这种文体就具有了相对的稳定性和自足性。在一定的时间跨度内,稳定性难以打破,形成了某一文体存在的基本依据和外部形态,比如诗歌的用韵、词的音乐性等。这期间,辨体在理论批评中居于主导地位,维护着此种文体存在的合理性,使其保持基本的风格和体制特征,即文体特质。当这种文体发展到了一定阶段,必须采取突破手段来获得另外的发展空间时,破体自然应运而生。比如中唐后杜甫的以文为诗,宋代苏轼的以诗为词,以及骈散结合,运骈入散。破体为文使文体彼此之间泯除了绝对的界限,不论在文学的表现手法还是艺术风格上都开辟了新路,是文体发展的手段,甚至是必由之路。虽然在文体的发展过程中,辨体维护文体之间的界限,破体主张破体为文,方向不同,过程各异,但都是为了确保文体的不断发展。具体到试律而言,二者从不同方向向着提高试律的文学地位而努力。在文体发展的不同阶段,它们所处地位不同。显然康乾时期辨体的主导作用体现得更加明显。

---

① 吴承学:《中国文体学研究》,人民文学出版社2011年版,第113页。

一 康乾时期之辨体批评

试律的创作水平和诗学发展与其社会功能之间并不平衡。乾隆二十二年，易表判为诗，对应举士子而言，绝对是巨大的挑战。几百年来对八股的过分强调，与对诗学的漠视形成强烈的对比。士子非但不了解试律，即便对别体诗写作亦不甚清楚。"诗道之不明于世也，久矣。高旷者骋其才而不究所归，卑靡者疏于法而莫得其绪，是以言诗者多而其理益晦。"① 为了适应科举考试的需要，符合时代的潮流，此时在辨体和破体的对立中，辨体居于绝对优势。试律诗学的主要任务就是确定创作规范，明晰体制特征，让士子了解试律的前世今生，深入学习试律，从而在科场一举夺第。"所谓诗各有体者，凡作某诗必按体而为之，庶乎彼此不相紊。紊则不合其体，又奚论诗之工拙耶。"② 简而言之，就是解决试律是什么和怎样写的问题。除了追本源头和举例论证外，通过与其他文体进行比对是最直接和明了的批评方式。尤其是与试律一线之隔的别体诗，其在形式特征、审美风格和艺术手法上似乎和试律相差无几，所以就更有比较二者的必要。因此，与别体诗的对比是辨体的主要内容。

试律与别体诗的对比主要围绕以下三个方面展开：

其一，创作特征，强调试律因题而作。试律不能如别体诗一样随意吟咏情性，这是二者最重要的区别，也是试律文体存在最重要的依据。"以诗试士，取科第，惟唐代始然。既谓试诗，非《三百篇》、汉魏六朝乐府歌行，道性情、写怀述景，可以自为意者也，盖必试之以律。试官出题，必限之以韵。士子则按题切韵，命意敷辞，不敢一字漏于题中，一字溢于

---

① 袁式宏：《唐诗应试排律笺注·唐诗六韵浅说·序》，袁式宏《唐诗应试排律笺注》，康熙刻本。
② 黄六鸿：《唐诗筌蹄集·凡例》，黄大鸿《唐诗筌蹄集》，乾隆十二年新刻本。

第四章　道光到清末：试律诗学的新变期

题外。"① 明确试律与以《诗经》、乐府为代表的别体诗最重要的区别在于因题而作，以点题与否作为评判标准。"因题而作"与传统的"感物论"不同，不能自由抒发性情。"唐人省试诗，唐诗之一体也。选唐诗者多矣，而选省试诗者独少。或以其限以排比，束以声韵，非性情之为，而姑置之。"② 虽然如此，试律依然可以表达感情，但感情必须是群体感情，而非个人喜怒哀乐；政治道德感情而非世俗感情；积极正面感情而非消极负面感情。另外，必须审题、点题，比附题目。这些都是区别于别体诗的"第一义"。"诗家感触都由兴象，即事成章、因诗制题，试律则先立题而后赋诗，大要以比附密切为主。然事近对扬，立言有体。用古事为题者，亦须归美于时。或题主一端，诗必于大处起议。郭求《日暖万年枝》曰'阳德符君惠'，裴度《中和节赐尺》曰'倾心立大中'是也又或题境索莫，亦必于淡中着相。此试律第一义也。"③

其二，重视法度，突出试律的写作规范。"至试律本非唐人上品，李杜大家竟在孙山之外而无名。子以一篇一句，遂传其人多矣。然既讲此体或则娴于矩矱，或则命意超群，亦俱为标出。乃就体论诗，非通论作诗之极则也。"④ "就体论诗"，表明此中理论只限于试律，并非全体诗歌通则。而试律一体，则首重矩矱。相比别体诗，更讲究法度严密。归纳起来，试律有审题法、修辞法、章法、句法、词法，而尤以审题法为重。叶葇评戈涛的《绕屋树扶疏》："试律最忌不肖题神，味先差，虽诗极琢炼，皆成滞相，安望其意惬飞动。"⑤ 试律章法安排、修辞技巧等等均在题目的统摄之下完成，这与别体诗完全不同。如《唐人五言长律清丽集》里评崔琮的《长至日上公上寿》："'五夜'四句开，'率舞'四句合，篇法自排荡。但

---

① 王锡侯：《唐诗试帖课蒙详解·论作诗法》，王锡侯《唐诗试帖课蒙详解》，乾隆刻本。
② 顾桐村、朱辉珏：《唐人省试诗笺·序》，顾桐村、朱辉珏《唐人省试诗笺》，康熙刻本。
③ 朱琰：《唐试律笺·试律举例十二则》，朱琰《唐试律笺》，乾隆二十二年刻本。
④ 李因培：《唐诗观澜集·凡例》，李因培《唐诗观澜集》，乾隆二十四年刻本。
⑤ 叶葇：《应试诗法浅说》卷4，嘉庆间悔读斋重修本。

试体第三联宜正写题面，此用开笔，非稳格。"① 按照一般诗歌的标准，章法讲究开阖转折，曲折回环。但是却不符合试律的审题法，所以只能算"非稳格"。祖咏的《终南积雪》在唐试律中可谓难得佳作，但在清人看来依然不符合试律标准。"祖咏试《终南积雪》云：'终南阴岭秀，积雪浮云端。林表明霁色，城中增暮寒。'甫四句，即纳于有司，或诘之，曰'意尽此'，破例用二韵，且不用题字，俱不可训。而诗颇佳，附识于此。"② 只用二韵，不符合唐代六韵写作规范，不用题字，更不符合点题之法。即使"诗颇佳"，也不足为训。徐曰琏辑录此诗之目的就是指明试律之法度，其意义远重于审美价值。凡突破法度之作，即便作者才情万丈，也不过是大放厥词。"顾唐诗之流布于今者不下数十百种，而应试诗独寥寥无几，盖应试诗如今日之乡会墨，大率皆敛才就法帖，然于规矩准绳之中非如嘲风弄月、对景兴怀之大放厥词而驰骋其才华者可比。"③

其三，写作技巧，强调文体的相异性。试律写作不是为了怡情悦性或聊佐清欢而是在科举考试中脱颖而出。文笔朴素、平淡乏味的作品可能会余韵悠长、耐人寻味，但被阅卷官细细品味的机会却微乎其微。比起别体诗，试律的写作技巧要更张扬夺目，才能具有辨识度。纪昀评马戴的《府试开观元皇帝东封图》："'粉痕'二句，以诗法论之，点缀纤巧，所谓下劣诗魔也，在试律则不失为好句。文各有体，言各有当，在读者善别择之。"④ 别体诗以含蓄蕴藉、闲远古淡为美，凡刻意雕琢者皆等而下之。试律要在尺寸之间描绘山高水长，八韵之内极尽心思巧力，雕琢刻画自然必不可少，否则就会显得笔墨干涩。又评蒋防的《空水共澄鲜》曰："凡律诗仄起平受者，第一句入韵则调响，'风劲角弓鸣，将军猎渭城'句是也。

---

① 徐曰琏：《唐人五言长律清丽集》卷2，乾隆二十二年刻本。
② 同上。
③ 叶之荣：《应试唐诗类释·序》，臧岳《应试唐诗类释》，乾隆四十年刻本。
④ 纪昀：《唐人试律说》，山渊堂重刻本。

平起仄受者,第一句入韵则调哑,如此诗起句是也。古人二格并用,然此调终不流美,用者审之。"① 仄韵音调激越,节奏短促有力,比轻柔飘逸的平韵更能吸引阅卷官的注意力。所以,用韵要考虑这一特定读者的欣赏口味,取舍之间满是迎合之意。试律句法尤重结句,讲究照应题目,颂圣干请。别体诗的结句可以写得兴味悠悠,余音袅袅。但试律结句必须表达忠臣赤子之心。这是最为人所诟病的俳优之气、拜献之姿的表现。为了突出试律的文体特征,论者不得不一再申明。陶元藻屡试不第,品评诗歌时有怨愤之气,但评南巨川的《赋得沽美玉》结句"终希逢善贾,还得桂林枝"曰:"不夸张,又不自贬,结以望遇之意,殊为得体"②,仍以干请为试律正体。纪昀评陈圣时的《夜雨滴空阶》曰:"题太萧索,作试帖难于收束,后四句翻转结之,最为得法。"③ 与别体诗的"欢愉之辞难工,穷苦之音易好"不同,试律要避讳负面感情和衰飒字眼,所以纪昀强调必须翻转题意,才能吻合试律写作要求。

康乾时期,通过与其他文体的比较,从不同角度、不同层面辨析文体异同,全面把握试律的创作风格,明确其文体特征和写作规范,最终肯定了试律的合理性存在。士子逐渐意识到试律虽然与别体诗具有相似的形式结构,但两者实质完全不同,是两种不同的诗体。显然,这时期的辨体批评颇有成效。然而,试律特定的文体特征也决定了其品格底下,因此辨体终将无法实现提高其文学品格的目标。

二　辨、破之争

清朝选士,有正异二途。正途以科举考试为重,寒门士子亦可入仕。然而,从乾嘉时起,异途即以捐纳、纳资为主的卖官鬻爵,竟然变为主要

---

① 纪昀:《唐人试律说》,山渊堂重刻本。
② 陶元藻:《唐诗向荣集》卷2,衡河草堂刻本。
③ 纪昀:《庚辰集》卷4,山渊堂重刻本。

入仕门径。官场壅滞,即便科举中第也不见得能入仕,相反,富家子弟哪怕酒囊饭袋也能头戴乌纱。更可怕的是,这不是少数人的官场劣迹,而是朝廷所允许的政府行为。残酷的现实击破了士子美好的幻想,科举对士子的影响力空前降低。与之相关的是科举文学尤其是试律,本来文学品味就不高,仅凭科举而勉强进入士子的精神生活。随着科举的没落,其文学地位更加岌岌可危。刘源灝的《课士诗·序》载:"丙申仲冬,余奉命擢任督粮陕西。关中书院旧有诗赋课在署考校,次年春间,各士子按时就业。意匠虽极经营,腹笥颇形俭薄。嗣后贤书届举,率皆专攻制艺,未遑俪白妃青,比至揭晓,各生徒又旋归,卒岁应试者寥寥数人,斯事有名无实。"① 此处记载道光年间,士子对科举的态度已大不如前。考场之上,虽然八股和试律同在首场,但却只重八股,对试律则似有若无,甚至对试律的选士功能提出质疑:"夫士通经史,原不必以赋见长。然八股文经解史论或可场外预拟,以其无韵也。诗虽有官韵,而一韵亦可以预拟。"② 最初以试律选士便是为了杜绝科场舞弊,如今试律也沦落成科场舞弊的工具。历史的循环似乎预示了试律的出局。士子关注程度降低,更加促使试律写作水平止步不前。路德评《士先器识》曰:"今之业试律者,不溯其源,不穷其流,但模仿皮毛,剽窃字句。遇风花雪月等题,便能作几句诗。一遇此等题,便作不出一句,反谓题太陈腐,不能作清新语;题有理障,不能作风雅语。试问《三百篇》中其所吟咏者,果皆山川草木鸟兽虫鱼也邪?"③ 此语揭示了乾隆后试律创作的困境和整体的凝滞状态。不论文学品格还是写作技巧,试律都已经面临求新求变的境况。

如何提高文学地位,辨体和破体两种批评方式从不同方向向着同一目标做着不同的努力。与前期的绝对优势相比,嘉庆后辨体风头已过,破体

---

① 路德:《课士诗》,《仁在堂全集》,道光十五年刻本。
② 陈澧:《科场议》,陈澧《东塾集》卷2,光绪十八年刻本。
③ 路德:《课士诗》,《仁在堂全集》,道光十五年刻本。

后来居上，为士子所接受。辨体一派以梁章钜为代表，通过严守试律体制规范，强化写作法度来明确试律与别体诗的区别，证明试律的存在合理性，提升试律价值，从而提高文学地位。梁章钜的试律诗学理论集中表现于《试律丛话》中，此书辑录了康熙到道光年间的主要诗论家的观点。通过他的评选标准和穿插的理论表述可以窥见梁章钜个人的诗学观点。

梁章钜主张严格区分试律与别体诗的文体区别，遵守试律程式法度。"王楷堂比部廷绍曰：或问试帖与古近体诗有以异乎？余曰：同而异，异而同，唯善学者参之耳。古今体义在于我，试帖义在于题。古近体诗不可无我，试帖诗不可无题。古近体之我，随地现形；试帖诗之题，随方现化。泥之者土偶也，失之者游魂也。此同而异，异而同之说也。"① 王廷绍卒于嘉庆十四年，说明试律与别体诗的区别至少在乾隆中期仍无定论。梁章钜的回答辨析甚精，为其他论者所未道。诗歌表现主体对于心灵世界的观照和直觉的感悟，是诗人的性灵与外界相互作用的结果。任何诗歌都应该有强烈的主体性，是诗人通过语言文字满足自己内心的诉求和渴望，憧憬和怨愤，表达他的思想、情感、心境和愿望。《诗经·柏舟》："我心匪石，不可转也。我心匪席，不可卷也。"《诗经·无衣》："岂曰无衣？与子同袍。王于兴师，修我戈矛。与子同仇！"这些诗歌都表现作者内心剧烈的情感激荡，"我"字的高频使用反映鲜明的主体特征。别体诗延续《诗经》一脉，大多具有强烈的主体性，表现独特的"我"的所见所闻、所想所思。这种写作是审美的，富有创造性的、自由的思想活动，惟其如此，才能真实地反映主体的心灵世界。试律因题而作的特性与之南辕北辙。因为有题目的统摄，士子不能自由地抒发感情，他的感情是功利的而非审美的，政治的而非世俗的，群体的而非个人的。感情的多样性和丰富性远小于别体诗。同样因为题目要求，因题生情，写作必然趋同而缺乏创造性。

---

① 梁章钜：《试律丛话》，上海书店出版社2001年版，第515页。

别体诗以个人情感表达为要，试律则以审题为要。试律之"我"已经被掩蔽在题目之后，造成主体性弱化。所以，别体诗与试律有共同点，也有相似点。太过拘泥于此，创作会缺乏灵动之气；毫无领会，又掌握不了试律写作要领。以往的辨体确是指出了题目是二者区别所在，但梁章钜更引申出创作主体性，见解细密深入，"辨体"得更加彻底。

然而，不管辨体如何努力深化两种文体之间的界限，其中的联系却越来越凸显。文体从来不是保守封闭的系统，不同文体之间的互渗交融已经是文体发展求新求变的必然规律。对于试律而言，破体为文，以别体诗为试律，融合二者也是诗体发展的必然趋势。《试律丛话》载："《芳草堂诗》纯以古近体诗之法行之，故俊语虽多，而不能掩其粗气。如《李愬雪夜入蔡州》云：'三更驱鹳鹤，一箭叫鸱鹠。收还银世界，提出血骷髅。'句虽动人，而不及有正味斋之蕴藉矣。"①"以古近体诗之法行之"就是以别体诗为试律，破体为文。试律讲究抒情中正平和，风格雍容典雅。此诗用字给人以强烈的感官刺激，在试律中确属特例，梁章钜批评其"粗"，明确反对以别体诗为试律的作法。馆阁诸公因试律而入仕，闲来无事，常相聚谈论试律作法。《试律丛话》载："蒋云簪侍御泰阶尝与余同直禁廷，谈艺最密，一日谓余曰：'近日馆阁诸巨公论试律，以豪迈为上，丽密次之。'余绌于才，故但从事于其次者。"②梁章钜的态度貌似谦虚，实际很明确地对所谓"豪迈"表示拒绝。密丽是试律的主导风格，豪迈则过于张扬，不符合试律中正平和的抒情要求，这是梁章钜无法认同的。但同僚之言似乎在陈述一个普遍的社会现象，而非一家之言。可见，试律创作中融合别体诗已经渐成趋势。

文体形成之后，其体制特征、创作方法、美学风格等元素之间就会相

---

① 梁章钜：《试律丛话》，上海书店出版社2001年版，第576页。
② 同上书，第589页。

互支撑、相互协调而形成一个相对稳定的系统。在一定时间之内，这个文体会不断发展完善，但必须在系统允许的有限空间内。或早或晚，当文体发展到高峰时，就会后续乏力难以为继，必将寻求突破才能击碎困境。刘勰认为："夫设文之体有常，变文之数无方，何以明其然耶？凡诗、赋、书、记，名理相因，此有常之体也；文辞气力，通变则久，此无方之数也。名理有常，体必资于故实；通变无方，数必酌于新声。故能骋无穷之路，饮不竭之源。"① "有常"与"通变"共存于文体发展过程中。"有常"指文体固有的本质特征，文体的存在依据。"通变"即顺应当下的时代背景和文化潮流，融会贯通、灵活运用。二者相反相成，共同作用，构成了文体不断发展的动力。穷则思变，变则持久。这是文学发展史上的普遍规律。刘勰也指出了"通变"的方法："契会相参，节文互杂，譬五色之锦，各以本采为地矣。"② "契会相参，节文互杂"即破体为文。文体的概念并不意味着保守封闭，而是一个相对稳定的、具有开放性的系统。文体之间可以互相参用，艺术手法也可以灵活机动。发展到极致的文体，系统内部已经没有可开掘的可能性，各个要素也已经僵化，因此只能从外部吸收新的成长因子，才能为自己拓展空间。但有一个前提，必须保持自身的本质特征，即"以本采为地"。历史上以文为诗、以诗为词、以文为词，都因为破体为文而给文体创造了新的生命力，正如吴承学所言："辨体而不受其束缚，破体而不失去本色，从心所欲而不逾矩，这是创作中的一种高妙的境界。"③

另外，破体为文都是以上位文体的写作精神渗透入下位文体中去。"文体互参有一定的方向性，高可入卑，而卑不得入高。"④ 一般认为，先

---

① 《文心雕龙·通变》
② 《文心雕龙·定势》
③ 吴承学：《中国文体学研究》，人民文学出版社2011年版，第126页。
④ 蒋寅：《古典诗学的现代诠释》，中华书局2009年版，第144页。

出的文体属于上位文体，是文学发展的正脉，因其距离《诗经》近，古朴而正宗。这些文体已经得到充分发展并且受到文人的普遍重视，当然文学地位更高，如诗和文。相反，后出的文体例如试律，自然属于文学地位低的一类。因此，以别体诗为试律成为破体的必然选择。首先，嘉庆以后，试律源于《诗经》的观点已经为广大文人所接受，这不仅为试律赢得了一个高贵的出身，而且还让其与别体诗成为脱胎于同一母体的不同诗体。这两种文体之间不论在形式特征还是写作手法上都必然有很大的相似性。其次，别体诗早出于试律，文学品格亦远高于试律。完全可以通过以别体诗破体为文，用别体诗的创作精神来提升试律的文学品位。最后，其他文体虽然也与试律有相同点，如八股文与其都属于科举文学，但文学地位却远不及别体诗，所以被排除于破体对象之外。

　　破体为文，具体而言就是以别体诗的创作精神来创作试律。首先，要强化别体诗与试律的关系。赵昀的《遂园试律诗钞·序》就提到："先师萧山汤文端公尝课昀以试帖，曰八韵，左规矩、右准绳，非若古近体玉石杂陈，江河不择也。然神而明之，开合动荡，纵横变化，何尝无轶。"① 其师信守前期维护试律体制的辨体观点，严守试律与别体诗的界限。但时移世易，随着破体观念的普及，也不得不承认试律亦有超越法度之时，那么从法度上就不足以区分试律与别体诗。在品评作品时，视野拓宽，以别体诗为创作标尺，而非仅仅局限于试律之一隅。"鸾鹤响霄，万吭息寂，龙蛇戏海，双辉合离，登风骚之堂，夺沈宋之席。"② "盘雅颂之根柢，撷枚马之精华，规沈宋之体裁，具杜韩之笔力。"③ 相比之前动辄以单一的唐试律马首是瞻，这种开放性多元化的批评昭示着试律不同以往的发展走向。

　　其次，以别体诗诗学理论来指导试律创作。"元遗山诗法，诗要字字

---

① 赵昀：《遂园试律诗钞》，咸丰十一年刻本。
② 梅钟澍：《读书延年堂试帖辑注·评语》，熊少牧《读书延年堂试帖辑注》，同治五年刻本。
③ 同上。

吟，亦要字字读，此最为诗家妙诀，复于古人名篇妙句囫囵吞枣，滑口读过，作者之苦心不见，则我之精神志气亦不能与之为一。欲撷取其神味丰韵，其焉能乎？故读诗之时不细，则作诗之时亦不细。试帖而至于能细则诸病不治而自除矣。"① 以元好问诗法指导士子学习，并高度评价其为"诗家妙诀"。路德评杨驹的《士先器识》曰："此处需润以丹采，干以风骨，方算作诗，不然便不是诗。"② 将别体诗的创作要求列为试律的写作标准，必从别体入而从试律出。单纯从试律一体已不可能在艺术上有所超越。"自序有言，工试帖者，不必于试帖求之也。必能超于试帖之外而后能入于试帖之中。"③ "试帖之外"，指向别体诗学习写作技巧；"试帖之中"，则强调以试律为前提，来提高试律写作水平。即便依然囿于辨体"试律非诗"的观点，也要承认试律写作技巧的升华有赖于对别体诗的掌握程度。"试帖非诗也，然非深于诗者，不能工。"④

最后，深化试律抒情写意的功能，突出主体性特征，进一步向别体诗靠拢。诗歌是作者心灵的折射，以不同层次和角度反映主体的内心世界。因此，真正的诗歌应该具有强烈的主体性、感情的丰富性和独特性。然而，感情的抒发恰是试律的短板。《唐诗试帖课蒙详解·作法论诗》引黄思斋语曰："试诗非《三百篇》、汉魏六朝乐府歌行，道性情、写怀述景，可以自为意者也。盖必试之以律，试官出题，必限之以韵，士子则按题切韵，命意敷辞，不敢一字漏于题中，一字溢于题外。"⑤ 有情，但情生于题，而且要限之以重重法度。试律的取士功能规定试律的感情表达的强度必须中正和平，范围必须是群体、政治、积极的感情，尤其排除了男女恋情和激扬怨愤之情，最后归结于颂圣，遂将主体掩蔽于题目之下。法度规

---

① 陈青：《陈青文学使试帖论》，见郑锡瀛《重刻分体试帖法程》，光绪十九年刻本。
② 路德：《课士诗》，《仁在堂全集》，道光十五年刻本。
③ 谭莹：《黎烟篷孝廉听秋阁帖体诗·序》，谭莹《乐志堂文集》，续修四库全书本，第1528册。
④ 黄芳：《读书延年堂试帖辑注·评语》，熊少牧《读书延年堂试帖辑注》，同治五年刻本。
⑤ 王锡侯：《唐诗试帖课蒙详解》，乾隆刻本。

范无异于对试律抒情功能的破坏。清晚期的国运飘摇，试律发展的凝滞状态，促使士子反思试律的文学品格和一系列的法度规范。《文心雕龙·定势》曰："夫情致异区，文变殊术，莫不因情立体，即体成势也。"根据感情抒发的需要来选择、改变文体是时代发展的需要。社会的变迁要求文学作品可以表现纷繁复杂的感情。但试律的感情表达单一弱化，主体性缺失却与时代潮流格格不入。破体为文是其发展的必然趋势。

"当我描写那些强烈的激起我情感的东西的时候，作品本身自然就带着一个目的。如果这个意见是错误的，那我就没有权利享受诗人的称号。一切好诗都是强烈情感的自然流露。"① 诗歌的本质和目的是抒情，"诗言志"是古典诗论第一个命题。从这个标准看，晚清的试律才真正可以称为诗。"悲歌慷慨之风，于诗为宜。而五言八韵则与古今体不同，限于篇幅拘于体例，非可以抒其胸臆，是集则以我驭题，若忘其为试帖也者。"② 此言明确了破体在与辨体的论争中已经处于实际的优势地位。辨体划清试律与别体诗的界限，严明试律法度，最终无法自由抒发情致。破体则突出主体性，要求表现个人情怀。此时，试律能否抒发个人感情，成为文人普遍思索的问题：

> 诗发乎性，止乎情，抚景抒怀，托物寄慨，各随其意。所欲言者，著之于辞，辞取达意而止，不以富丽为工。独试帖则异是，其体胎元五律，昔人评五律谓四十贤人中著一个屠沽不得，言其体制矜严以工力悉敌为上，非比他诗可游行自在。今增至六韵八韵以之甄陶品类，歌咏升平，期间有绳尺有范围，而与作诗者之性情不相维系焉。然言为心声，端方者诗必宏整，秀雅者诗必风华。反是而或失之板

---

① [英]华兹华斯：《抒情歌谣集·序》，伍蠡甫《西方古今文论选》，曹葆华译，复旦大学出版社1984年版，第117页。
② 许等身：《槐云馆试帖·序》，恩锡《槐云馆试帖》，同治十年刻本。

第四章　道光到清末：试律诗学的新变期

重，或失之轻佻，靡不根心而出，虽限以韵、拘以法而性情亦于此可见。①

"根心而出"，强化了试律表情达意的功能，作者感情、性情的体现不会因为"法"和"韵"而有所改变。"诗本性情，观人之诗可以觇其人之才分如何，品地如何，并可以决其人之福命如何，历验不爽。然特为所作之古近体而言，至于试律则有绳尺以拘之，固未可一概论也。余以为古近体然，即试律亦未始不然。其抒性灵，运才藻，以神明于规矩之中者，盖未尝不视其天资之所成，学力之所专，与其福泽精神之所至也。"②针对以往的辨体观点进行反驳，认为试律与别体一样源于性灵，兼以才情，是创作主体的内心写照。

在破体与辨体的论争中，显然破体已经后来居上。即便在一些诗学理念中仍然存在着两者不分轩轾，甚至游移不定的矛盾现象，但在创作时，却坚定不移地站在了破体一边。复杂的社会环境，让士子道路以目。然而，必须以诗歌来浇心头块垒，于是"又不敢作古体诗。以余生性粗豪，蓄于心者放斯，发于口者妄。无诗则已，凡有题咏类皆目空一世，不欲作寻常语，而自夸自大未免近于狂而纵矣。不得已而寄意于排律，盖为题所缚，斯粗豪之性□由得而逞焉"。③粗豪之人易于狂纵不羁，为远祸存身见，只能写试律。显然，徐守真从理论上信服辨体，但其创作实践与诗学观点却并不一致。如其作品《旧时王谢堂前燕》"笑指今朝燕，风流忆旧时。都言双倚附，岂不好栖迟。掠水惊飞汝，居堂间记谁？王门皆画栋，谢氏亦云楣。投到乌衣巷，穿开玉树枝。曾同公子小，没见主人卑。第宅多更换，楼台屡改移。也来依百姓，可有故家思"。虽从题目出发，确实

---

① 凌泗：《长春花馆试帖·序》，徐元璋《长春花馆试帖》，光绪十四年刻本。
② 郭柏荫：《棣萼山房试帖·序》，王葆修《棣萼山房试帖》，同治十二年刻本。
③ 徐守真：《韦每斋试帖·序》，徐守真《韦每斋试帖》，光绪二十四年刻本。

因题而作，但联系社会现实，格调悲凉沉郁，体现对国家命运的深切焦虑。结句没有以往的颂圣，更不强颜欢笑，而是对统治者的讽刺嘲笑，体现忧国忧民的爱国情怀。从创作来看，属于后期破体一脉，反映了个人感情，流动着别体诗的气质，完全突破了辨体的樊篱。同样是审题、破题，在题目的笼罩下创作，由题目而生情，此时的题目变成了士子抒发个人感情的媒介。士子往往浑写题目，笔锋一拐落脚于感情的抒发。如汪少霞评《姑苏台》曰："起一唱三叹俯仰情深。三四追忆从前，高谈霸业，是其盛也。五六七直穷究竟，凭吊遗墟，何其衰也。结连谋吴沼，吴者并归无何有之乡。千古兴亡，浑如棋局，奈何奈何！"① 前后对比，盛衰难测，终归于无何有之乡，表现作者深沉的感喟，无尽的幽怨悲凉。而论者也不再斤斤于起四句点题，中段起承转合，结句颂圣回环，而是士子如何多层次、逐步深化地渲染忧国之情。又评《迎秋》曰："起飘然而来，中间实写不脱不粘，句句超妙。其感慨老气横秋，所谓伤心人别有怀抱。非揣摩试帖者所知。"②伤心人，自然指作者本人；别有怀抱，即指其不同于以往的个人感情。士子浑写题目，论者也不再考虑如何点"迎"，再如何点"秋"。内容凸显主体性，表达丰富的感情成为论者批评的核心问题。

从清初到嘉庆末年，试律诗学理论从初步构建到系统深入，逐步建立起以唐试律为艺术典范，以遵守法度为创作原则，以审题法为核心，以颂圣为主旨，秉承温柔敦厚的美学要求，抒情中正平和，风格典丽庄雅等一系列艺术准则的完整体系，凸显了试律的文体特征，使士子明确试律为特殊的以选士为基本功能的文体，与别体诗截然不同。然而，破体打破了文体之间的壁垒，以别体诗为试律，将别体诗的创作精神融合到试律中去，加强了作者的自我表现力度，张扬了试律抒情写意的功能。破体倡导"根

---

① 王葆修：《棣萼山房试帖》卷3，同治十二年刻本。
② 王葆修：《棣萼山房试帖》卷4，同治十二年刻本。

心而出",取消了两种文体之间的绝对界限,继而克服了法度规范对于试律的绝对限制,走出了程式化写作的套路。试律逐渐背离了传统的写作模式,突破了自身保守封闭的文体系统,促使以往的试律诗学理论体系发生重构,终于走上了向别体诗回归的道路。

第三节 法度的松动与程式的淡化

法度与程式是任何一种文体存在的基础。一定的法度决定了程式特点,程式的存在又为法度提供了保证。二者相辅相成,缺一不可。律诗顾名思义,以律为重,试律则有过之而无不及。清人延续明代文学思想而尊崇唐诗,但唯独对试律颇为自信,关键就在于法度的严明。"唐以试律取士,率限六韵,风格固清,而法度犹或疏略。五排则杜、李、元、白,动辄数十韵至百韵。波澜亦自宏阔,究非试律正体。国朝八韵试帖诗超轶前贤,法律之细,裁对之工,意境日辟而日新,锤炼愈精而愈稳,于实义虚神字字诠发入微,洵试帖之极则也。"① 唐诗虽有杜、李、元、白为后人难以企及,但唐试律却不是试律正体,只有清试律才可称为典范。其原因在于清人更讲究法度的严整细密,以此来寻求对唐试律的超越。

试律文体的存在与法度密不可分,但严明法度绝不能以削弱抒情功能、取消个性化创作为代价。明代王世贞曾经提到:"五言至沈宋,始可称律。律为音律、法律,天下无严于是者,知虚实平仄不能任情而度明矣。二君正是敌手。排律用韵稳妥,事不傍引,情无牵合,当为最胜。"② 二君指法度与感情,重法度有碍于感情的抒发,重视感情抒发必然要突破法度的限制,而创作必然要在两者中寻求平衡点。遵守法度,但要以"情

---

① 蒋予蒲:《瀛海探骊集·序》,朱埏之《瀛海探骊集》,嘉庆十九年刻本。
② 王世贞:《艺苑卮言》,见丁福保《历代诗话续编》,中华书局2010年版,第1004页。

无牵合"为度。感情的抒发需要有灵活自由的创作状态，才能反映真实的自我，发掘到灵魂的深处。这一点上，显然别体诗要远胜于试律。试律的法度由官方规定，为选士服务，它的重要性已足以碾压试律作为诗歌的其他一切特征。既然辨体认为法度与程式是试律的主要特征，自然二者就成为破体主要的突破对象。所以，法度的松动与程式的淡化是试律破体为文的主要表现。

嘉庆之前，为适应科举的需求，论者高标法度以立程式。当程式逐渐被士子熟悉，法度的促退作用就越来越凸显，士子对法度的态度也从之前的一味遵守转到批评进而突破。梁章钜持辨体观点而重视法度，他也注意到，"乾隆间《我法集》之刻，一时风行海内，近日踵事增华，喜新厌故，老辈法程束之高阁矣"。①《我法集》以及《唐人试律说》和《庚辰集》都是纪昀所创作的试律诗学理论著作。其中"立程式"是重要的批评目的。当然，纪昀也意识到法度对于创作的束缚，提出"无法"观点，在法度范围内自由创作。但其出发点仍然是倡导法度、遵守规矩，达到随心所欲而不逾矩的写作境界，与后期的破体不同。此时的"束之高阁"体现了士子不愿意墨守成规，而法度对试律的绝对权威正在消失。诗学理论层面，论者对法度的认识也有了明显的变化。"古人作诗每用疏密相间之法，有浓处即有淡处；有极矜练处即有极不经意处。今之试帖，一以词采富丽，通体绵密为主，然绳之以律，或不免臃肿之讥。"②试律文体本质上仍然属于古典诗歌一脉，但过分地遵守法度破坏了试律作为文学的审美效果，使之缺乏艺术美感。论者对试律的评判已经不再以谨守法度为标准，而更倾向采取传统诗学的美学标准去衡量。从中可见，以别体诗为试律，对法度的大胆突破已经成为时代潮流。

---

① 梁章钜：《试律丛话》，上海书店出版社2001年版，第594页。
② 延清：《锦官堂试帖·例言》，延清《锦官堂试帖》，光绪十一年刻本。

第四章　道光到清末：试律诗学的新变期

法度的松动和程式的淡化是试律破体的重要环节，相关的讨论主要围绕批评颂圣、个性化创作与多样化风格、融俗入雅三个方面展开。

一　颂圣的剥离

试律最使人诟病处无过于结句颂圣。刘熙载曾言道："诗以悦人为心，与以夸人为心，品格何在？而犹于谖谖品格，其何异溺人于必笑耶？"①"溺人必笑"以喻处于不利的环境下而不自知。刘熙载认为诗歌若以取悦于人为目的，就没有资格谈及品格。在传统文人看来，诗歌与道德政治紧密相连，是儒家文化的载体。若仅为博一人之喜乐，而沦为俳优之具、拜献之资，便脱离了儒家文化之正轨，只能称为"小道"。而最能代表这种俳优品质的就是颂圣，也就是刘熙载所谓"悦人"与"夸人"。唐人对此不作要求，清人则严于法度，以颂圣为创作正格。"末韵收结，即文字之锁题也。唐人试律结法不一，有以自谦意作结者，如《日暖万年枝》是也；有以祈请作结者，如《禁中春松》诗是也；有以言志作结者，如《秋山极天净》诗是也；有以勉励作结者，如《出笼鹘》诗是也。要皆借题寓意，不粘不脱。但细为衡量，祈请者邻于干进，言志者涉于矜张，即自谦自励，亦是俗套，总非应试体裁。论应试还当以颂圣作结为正式。"②其论标举颂圣，竟然颇有自诩之意。纪昀评元稹的《玉卮无当》同样持此论调："试律之体有褒有贬，有颂无刺，不得不立意斡旋，此立言之体也。"③之后的林联桂作《见星庐馆阁诗话》更进一层，曰"结句有宜颂圣者，亦须颂扬得体，不可庸俗相因。题有难于颂结者，须善于持论。如纪晓岚尚书《指佞草》云：'盛世原无佞，顾芳自效忠'，戈荩园《饶屋树扶疏》：

---

① 刘熙载：《艺概注稿》，中华书局2010年版，第397页。
② 叶葆：《应试诗法浅说·诗法浅说》，叶葆《应试诗法浅说》，嘉庆间悔读斋重修本。
③ 纪昀：《唐人试律说》，山渊堂重刻本。

'倘令生盛世，肯许乐匏悬。'"① 题目可以颂圣的，固然要颂圣，但是无法颂圣的，也需归结到颂圣，"善于持论"即做到颂扬自然，又不可露出勉强之色。

嘉庆之后，随着破体为广大士子所接受，论者对"颂圣"的态度开始有了微妙的变化。虽然仍把颂圣作为创作规则之一，但并不做硬性规定，反而一再强调与题目相一致，不能过分牵强。李桢的《分类诗腋》论起结曰："至结处不可衰飒，不可平便，尤不可泛作颂扬。莫讲此处无关紧要，只是糊涂成篇。"又曰："起难，结尤难。一宜有兴会，一宜不松泛。咏古须有远神远情，颂扬贵于不庸不滥。若随意足成应试，固必见抑，并足关人一生受用处。"② 已经不再强调颂扬是否为正格，而是颂扬应符合"不庸不滥"的标准。"至于颂扬，贵合体制，祈请贵有身份，总须在本题上生情。若与题毫无干涉，反致阅者生厌。"③ 时移世易，牵强附会地无端谄媚，会引起阅卷官的审美疲劳，更无助于成事。"试帖原以应制，遇句可以颂圣题，即当颂圣，不可过于别致。亦不可抬头过多，至使题意蒙糊不清。宜切定本题，引入颂扬，不纤不滥，方为合法。如讲到草木便云'宸衷动茂对'，讲到雨露便云'盛朝多厚泽'，此最取厌。矫此弊而走入尖巧一路，亦为大雅所讥。"④ 聂蓉峰虽然肯定颂圣，但也反对因颂圣而尖巧庸俗，而颂圣也以"可以颂圣题"为基本条件，并不强作要求。尽管从"草木"到"宸衷动茂对"，从"雨露"到"盛朝多厚泽"，可以关联得自然和谐，以颂圣作结，顺理成章，但论者依然觉得不妥。

以上对于颂圣的观点虽与前期不尽相同，但也认为题目允许即当颂

---

① 林联桂：《见星庐馆阁诗话》，见张寅彭《清诗话三编》，上海古籍出版社 2014 年版，第 4038 页。
② 李桢：《分类诗腋》卷 7，嘉庆二十二年刻本。
③ 翁昱：《试律须知》，黄秩模《逊敏堂丛书》，宜黄黄氏仙屏书屋本。
④ 聂铣敏：《聂蓉峰寄岳云斋论试帖十则》，郑锡瀛《注释分体试帖法程》，光绪十九年刻本。

圣，而路德《课士诗》更进一步，题目允许亦可不颂圣。在评自作《吹葭六管动飞灰》中曰："此题应用颂扬，而颂扬颇难切题。佀（按：疑为'但'）切吹管，仍不算切。若要切葭灰飞动势，不能为吉祥语，故不得不别寻径路耳。"①此题本应颂扬，但为了切合"葭灰飞动"之态而放弃了颂圣。应颂圣而不颂圣，这在前期是不可想象的。评吴锡岱的《天作高山》中曰："初看此题，似乎宜用颂扬，却不便用颂扬。其所以然故，学者须静思之。"②客观来讲，这两个题目都应颂圣，也易于颂圣。前者为冬至日，阳气动，写"葭灰动势"正可宣扬帝王威力，且因为阳气而"灰飞"正为吉祥语。后者从出处就可与颂圣关联。"天作高山"来自于《诗经·周颂·天作》，歌颂了王开辟岐山，造福后人。"天"本就可指"天子"，题目来自《颂》，内容为歌颂王的功业。如果颂圣，顺理成章，毫无牵强。既然从题目出发，可以颂圣，当然也就可以切题。所以路德所谓"此题应用颂扬，而颂扬颇难切题"之语才显得牵强，似乎在着力掩饰自己反对颂圣的观点，又不愿明言此种缘由，所以只能以"须静思之"点化士子。

二 个性化和多样化

追求个性化创作，讲究风格多样化。个性化创作是诗歌具有独特风格并保持长期审美价值的必要条件。在试律的创作中，也应该将作者的个人情感心绪，对社会的感悟见解等带有个性特征的内容带入作品中去，从而提高试律的审美价值。《文心雕龙·体性》载："然才有庸俊，气有刚柔，学有浅深，习有雅郑；并情性所铄，陶染所凝，是以笔区云谲，文苑波诡者矣。故辞理庸俊，莫能翻其才；风趣刚柔，宁或改其气；事义浅深，未

---

① 路德：《课士诗》，《仁在堂全集》，道光十五年刻本。
② 同上。

闻乖其学；体式雅郑，鲜有反其习：各师其心，其异如面。"人心不同，各如其面。作者的阅历学识、修养性格皆有差异，渗透写作中去，就会产生风格多样的不同类型的作品，呼喊出"自己"的声音，表达出只属于他本人的，独一无二的情怀。这就是作品经久不衰的艺术魅力。当然，反过来也是试律审美价值长期走低的主要原因。

试律作品显然缺乏这种个性化创作和多样化的风格。《试律丛话》记载："《四勿斋随笔》云：读晓岚师诗，不可不兼读覃溪先生诗，两家古今体诗门庭各别，不可强同，而两家试律则如骖之靳……（翁诗）杂之《馆课存稿》中不能复辨……此种龙跳虎卧之笔，敛入试律，正与晓岚师异曲同工，他家罕有其匹也。"① 纪晓岚与翁方纲，各有一套诗学理论，别体诗也各有不同的艺术风格。而且，即便同一人所作的诗歌，际遇心态不同，风格也不尽相同。但是试律却大同小异、难分彼此，如马身攀胸上的皮革一样，左右对称，不分彼此。梁章钜以肯定的语气描述文学怪象，可见这在试律写作中非常普遍。另外一例更能证明这类辨体的观点。"宗室果益亭将军果奇斯欢《烟波钓徒》句云：'耕樵都作伴，风雨不须归'，《以龤尝麦》句云：'甘芳凭鼎鼐，风味忆糟糠'，以金枝玉叶之贵，而吐属不异书生，亦足尚矣。"② 作为叱咤风云的将军，诗歌的风格应该是豪放壮丽、洒脱高远。不幸的是，在试律的枷锁下，将军也消磨了粗犷之风沾染了书生的酸腐之气。更不幸的是，这在试律而言，确是"亦足尚"之事。汪道昆的《诗薮·序》曾提到："夫诗，心声也，无古今一也。顾体由代异，才以人殊。世有推迁，道有升降，说者以意逆志，乃为得之。"③ 以意逆志要求通过诗歌所表现的思想内容推导出作者的情志意趣等，体现了创作主体强烈的个性特征与内容之间完全契合、协调一致的艺术境界。试律创作

---

① 梁章钜：《试律丛话》，上海书店出版社 2001 年版，第 555 页。
② 同上书，第 614 页。
③ 胡应麟：《诗薮》，上海古籍出版社 1979 年版，第 1 页。

中，作者的个性特征已经全然被规范法度所扼杀，根本无法实现传统"以意逆志"的艺术批评原则。试律中无数平庸圆熟但中规中矩的作品都诞生在程式化的生产线上。由此，可以理解文人对试律为何不屑，又为何将试律手稿随写随扔。缺乏个性的作品千篇一律而无灵动之气，它的审美价值只能停留在某时某刻，失去了审美持久性，不能不说是古典诗歌的悲哀。然而，此种个性缺失却与试律的创作法则相契合，从一"尚"字可见梁章钜对此十分赞赏。

在辨体阶段，个性缺失、风格单一符合试律的法度规范。因题而作，要求试律的内容只能表现对题目的理解和诠释，感情的抒发也必须符合题情。选士功能决定了试律的创作不可能是纯粹的、单一的写作过程，其中必然包含了世俗心、求胜心。程式化写作生产的只能是整齐划一的作品，而排斥独特性。对唐诗的顶礼膜拜拖住试律前进的脚步，只能画地为牢。士子的个性被题目所限定，被功名所污染，被法度所扭曲，被典范所牵引。最终个性与感情无法正常带入作品中去，不能充分自由地表现自己。"钱箨石先生诗笔傲兀，与覃溪先生略同，而作试律乃极细腻熨帖，信此事之须敛才就范也。"① 此中之"才"不专指才华，而泛指本性或个性，"敛才就范"突出规范写作对"才"的限定。"试帖虽小道，然准绳规矩尺寸惟谨，即高明之士不能以盛气争也。"② 哪怕巨笔如椽也要低眉顺眼、束缚才情以就法度。法度限制了个性化创作，扼杀了多样性风格，使最终出现一片黄茅白苇成为必然。

破体是文体发展的动力，它的本质是创新求变，与沉闷的规范化写作完全相悖。当破体成为不可逆转的创作潮流时，突破法度束缚，讲究个性化创作必然接踵而至。"迩来风气渐变，词藻不寻本原，对仗务求纤巧，

---

① 梁章钜：《试律丛话》，上海书店出版社2001年版，第555页。
② 郭柏荫：《还砚斋试帖·序》，赵新《还砚斋试帖》，光绪八年黄楼刻本。

俪越规绳,弟求速化,剽袭割裂,词意乖舛,鲜有能讲明而切究者。"① 此论显然对风气之变颇多微词,但破体影响所及,对法度的突破已然势不可当。路德评任葆贞的《水火金木土谷惟修》曰:"诗律虽严,作诗时却要变化,不变化不能如律也。今学者非茫然无律,即为试律所缚,鲜知变通,安得不动辄得咎耶?"② 即便提到了守律,但更倡导的是变通而不为律所囿。法度形成了单一的程式化写作,而法度的松动就要求打破程式。评阎敬铭的《如南山之寿》曰:"此颂扬题也,二诗纯用颂体,作法相同而机杼自别。题同韵同,诗却不同。即有同处,其对法必不相同。若好旧对旧韵,便如黄茅白苇一望皆同矣。"③ 即便同题同韵,也要同而不同,具有不同的风格。又评胡葆锷的《士先器识》曰:"遇此等题作应试诗,安得不敛才就范。但其人胸襟之雅俗,手笔之高低,只此八十字中未始不留露几分。何以辨之,辩之于神情气韵而已。"④ "敛才就范"消磨了士子的胸襟和才情,路德对此持有明显的反对态度。从"未始不留露几分"看,其作为破体的领军人物,大力阐扬士子的个性化特征和作品的风格多样化。

　　嘉庆以前,试律诗学讨论的核心是法度,很少有论者关注风格。即便谈到风格,内涵也趋于单一。俞璠的《历朝试帖应制诗类笺·凡例》提到了试律的风格:"是集录唐宋元明试帖应制诗,皆取端庄流丽、清新俊逸之什,别类分门。"⑤ 用八个字就可以概括尽试律的风格。陶元藻评张子容的《长安早春》标出试律创作的几种风格,但也只有雄深博大、富丽鲜艳、细腻熨帖、精警夺目、神韵悠长。⑥ 与同样论述风格的《文心雕龙·体性》将文章分为八种风格,司空图《诗品》中提及的二十四种风格相

---

① 吴廷琛:《试律丛话·序》,梁章钜《试律丛话》,上海书店出版社 2001 年版,第 493 页。
② 路德:《课士诗》,《仁在堂全集》,道光十五年刻本。
③ 同上。
④ 同上。
⑤ 俞璠:《历朝试帖应制诗类笺》,文汇堂刻本。
⑥ 陶元藻:《唐诗向荣集》卷 2,衡河草堂刻本。

比，不可不谓之单一。辨体对试律风格多样化采取排斥的态度。如叶葆评沈清瑞的《鲲化为鹏》："试律诗以高华典重为贵，遇此等题，尤须气象峥嵘，方见寄托不凡。"① 已经限制试律的风格为高华典重。同样，纪昀评《赋得以雷鸣夏》曰："题太狰狞，不放手极写则不肖题，一放手极写则破山擘海，诸字齐来，欲不粗犷不得矣。"② 试律的风格受题目所限，此题题面本就"狰狞"在前，但纪昀依然反对由此而生的粗犷之风。《试律丛话》载："若《目送飞鸿》句云'流水绿无尽，数峰青欲深'，《枣花帘子水沉熏》句云'画烛谁家笛，清风别院琴'，琢句虽工，而按之题位则未免过于超脱矣。"③ 可见纪昀和梁章钜并不认同豪放粗犷、超脱飘逸这些凸显个性特征的风格。与前期诗论探讨法度不同，后期的诗论多重作品的审美感受，而对不同风格都加以提倡。路德评胡葆锷的《虎啸风生》曰："不惟写得雄壮，兼能写得生动。此真兴到之作。"④ 又评董道淳的《白云无尽时》："右丞此诗以冲淡胜，此作亦颇得其意。"⑤ 汪少霞评《生涯在钓船》曰："野渡横舟得鱼沽酒，烟波钓徒之乐。不知修到几生，此诗却已道尽。愈平淡愈绚烂，品格最高。"⑥ 又评《孙供奉殉唐》曰："起发议论，感慨无穷，通体悲壮、凄凉，可歌可泣，读之令人起敬。"⑦ 以上评论中就有冲淡、雄壮、悲壮、凄凉等不同风格，与之前仅限于高华典重的风格相比起来，显得异彩纷呈。除此之外，仿照司空图的《诗品》，李桢的《分类诗腋》专设一章论述试律风格，细分之为华贵、雄警、阔大、悲壮、感慨、浑脱、矫健、奇僻、新逸、秀炼、绮丽、潇洒、工细、疏通、隽爽、轻

---

① 叶葆：《应试诗法浅说》卷5，嘉庆间悔读斋重修本。
② 纪昀：《我法集》卷上，嘉庆五年刻本。
③ 梁章钜：《试律丛话》，上海书店出版社2001年版，第604页。
④ 路德：《课士诗》，《仁在堂全集》，道光十五年刻本。
⑤ 同上。
⑥ 王葆修：《棣萼山房试帖》卷4，同治十二年刻本。
⑦ 王葆修：《棣萼山房试帖》卷1，同治十二年刻本。

灵、神韵、俊拔、大雅、流利等二十种风格特征并加以阐释，体现清晚期士子对于试律创作方面已经有了明显的风格意识。一向被视作雕虫小技的试律融入了士子的个性化元素，真正可以与别体诗一样抒发性情，逐渐摆脱与科举的附庸关系，体现独立的文学地位。

宋湘嘉庆八年曾作《红杏山房试帖诗·序》云："应试排律诗与诸体诗不同。诸体诗精骛八极、心游万仞，可我为政，而应试排律则必题为政者也。"① "以题为政"强调题目对于试律创作的统摄作用，士子因题生情，布局由题延展。同治十年许等身作《槐云馆试帖序》曰："悲歌慷慨之风，于诗为宜而五言八韵则与古今体不同，限于篇幅拘于体例，非可以抒其胸臆，是集则以我驭题，若忘其为试帖也者。"② "以我驭题"，强调的却是士子本人对题目的把握和理解。题目成为抒发感情的开端，在审题、点题的过程中，折射出士子本人的内心世界。同样是因题而作，从之前的"以题为政"而一变为"以我驭题"，个性化创作给试律带来不同的韵味，凸显主体特征。试律具有了"悲歌慷慨之风"，也昭示着作品风格的多样化。这一变化过程无疑伴随着法度的松动。"今增至六韵八韵以之甄陶品类，歌咏升平，期间有绳尺有范围，而与作诗者之性情不相维系焉。然言为心声。端方者诗必宏整，秀雅者诗必风华，反是而或失之板重，或失之轻佻，靡不根心而出，虽限以韵、拘以法而性情亦于此可见。"③ 经过破体长期的努力，法度的地位终于被排在性情之后。试律写作突出了士子的主体风格，弱化了重重法度限制，提升了作品的审美效果，从而促使其向别体诗进一步靠拢。

---

① 宋湘：《红杏山房试帖诗》，嘉庆二十五年刻本。
② 恩锡：《槐云馆试帖》，同治十年刻本。
③ 凌泗：《长春花馆试帖·序》，徐元璋《长春花馆试帖》，光绪十四年刻本。

三 融俗入雅

贯通雅颂，融俗入雅。任何一种艺术形式都含有雅、俗两种维度，但雅俗之间并非水火不相容的对立两极，而是可以互相贯通、互相转化的矛盾统一体。雅中有俗，以雅为基调；融俗入雅，以俗添韵味。拘于雅俗，便止步于雅俗，拒绝异质因子的加入，不会维持文体内部的稳定性，反而会加速其枯萎凋谢。试律文学地位不高，但从广义上却属于馆阁诗，亦属于雅文学的范畴。张之洞任四川学政时，曾将其举业经验整理成《輶轩语》，以用来教习士子。其中《语文第三·试律诗》"宜看馆阁诗"条曰："体格未必甚高，气息却甚平静，字句必求妥帖。此为应试正宗。"①张之洞从文学地位、抒情特点、法度三方面来界定试律正格。在其看来，馆阁诗就是试律。持此论者颇多，如毛张建的《试体唐诗·序》曰："今天子注意风雅，集有唐一代之诗，刊布天下。乙未会试后，朝议欲于闱中兼命诗题，而以唐之五言六韵为准。意欲时文相辅，而行使学者习之有素，以为异日朝庙之用也。"②沈德潜曰："徐中翰商澄族孙文声荟萃，《全唐诗》录其尤者，辑《清丽集》六卷，分应制、应试、酬赠、记述四门，自六韵之百韵咸具，不独资场屋揣摩，亦以备馆阁用也。"③意谓试律可为选士，亦可用于成为翰林后，君臣以及学士之间的交游唱和，即试律与馆阁诗是同一诗体在不同创作背景下的不同称名。林召棠的《见星庐馆阁诗话·序》曰："帖括肇兴，唐贤最古。观其运思绵密，敷藻整丽，信台阁之鸿制，方来之懿矩也。然篇幅所检，巧力未骋，局于一体，未能赅有万殊，我朝馆阁诸公，奋龙鸾之文，耀卷握之宝，匠心独运，着手成春，振采必

---

① 张之洞：《輶轩语详注》，华东师范大学出版社2010年版，第245页。
② 毛张建：《试体唐诗·杂说》卷1，毛张建《试体唐诗》，康熙刻本。
③ 沈德潜：《唐人五言长律清丽集·序》，徐曰琏《唐人五言长律清丽集》，乾隆二十二年刻本。

鲜，生趣迥出。所谓百家腾跃，并入环中。试体之工，兴欢观止。"① 林联桂亦曰："学者诚能于馆阁诸诗博观约取，则试律思过半矣。"②馆阁诗的范畴等同或者更大于试律。叶葆的《应试诗法浅说》将两个概念任意调用。"唐人试律不皆颂圣。惟国朝馆阁诗曲尽其妙，姑就其浅易可学者言之。"③ 纪昀《庚辰集》是试律选本，但亦明言："六十年馆阁之诗，益以试卷行卷，仅钞二百余首，不亦隘乎。"④

馆阁诗属于雅文学，试律自然也属于雅文学。虽然其体有关世俗名利，为文人雅士所不齿，但其作者却身份特殊，或为官僚，或是想当词臣而不得的落第文人。与词、曲作者相比，其来自馆阁，少了市井的庸俗鄙陋，也没有山野农村的乡土气息。因而论者看来，试律与馆阁诗虽分而合，虽二实一。馆阁诗产生于馆阁同僚之间的酬唱赠答，特定的发生条件决定了其创作必以皇帝好尚为标准，体现官方的审美情趣，风格宏深典丽、高华庄雅，禁止一切放言逸响，更不会允许任何放浪不羁、桀骜不驯。又因作者多拘于书斋，眼界受限，所以内容狭窄，只能用来鼓吹休明、粉饰天平，表现盛世之音。

宁静安逸的生活掀不起心灵的波澜，生活的同调必然带来思想内容和审美标准的同一。馆阁诗同试律一样，审美价值极为有限，更为相似的是他们对"雅"的追求。试律选本，尤其在清前期，评选标准都是雅驯或者雅正。"间取唐人试帖诸本，选其尤雅正者，得若干首，复为之注。"⑤ "试律中尽美之作原不能多，兹选自气体极高，下逮稍稍雅驯者，并广为

---

① 林联桂：《见星庐馆阁诗话》，见张寅彭《清诗话三编》，上海古籍出版社 2014 年版，第 4025 页。
② 同上书，第 4027 页。
③ 叶葆：《应试诗法浅说·诗法浅说》，叶葆《应试诗法浅说》，嘉庆间悔读斋重修本。
④ 纪昀：《庚辰集·序》，纪昀《庚辰集》，山渊堂重刻本。
⑤ 顾桐村、朱辉珏：《唐人省试诗笺·序》，顾桐村、朱辉珏《唐人省试诗笺》，康熙刻本。

搜罗，以资考镜。"① 为了坚持"雅"的审美标准，论者在试律措辞及立意上严加规范。"凡吐辞造句，须争上流。于以挽回乎民风世运。赓歌飏拜，当如元首之光，昌忠君爱国，当如少陵之恳挚；悠游闲适当如靖节之高旷，感时述志当如屈宋之骚辨，引喻而含蓄，大抵总归于淳厚而已。若夫号冤诉怨，直刺显讥，与夫绮语嘲歌，淫词艳曲，乃夫村夫俚妇轻儇狎浪所为，益形世运民风之浇薄。愿勿效之。"② 言辞典雅，吐属高华，立意或可表忠君之意，或可抒文士情怀。避免怨刺和恋情之作，一为鄙俚，二因与吟咏太平的宗旨相违背。所以，诗学理论亦以此规范试律写作。纪昀评《赋得天葩吐奇芬》："韵限'葩'字太俗，吴修龄所谓第一等恶字是也。"③《诗法度针》评李沛的《海水不扬波》："试场遇此题，务为恢张之语，是作独以恬雅致胜。"④ 叶葆的《应试诗法浅说》系统总结了试律的创作规律，其中尤为强调雅的美学标准。评张叔良的《长至日上公献寿》："颂圣题固着不得一庸俗语，然务求冠冕。" 又评吴秘的《吴宫教战》："凡以旧事命题，作者须识明此事实义何在，着笔方中肯綮。如此题，若作游戏小题看，或涉香艳，便不合体。是作中写教战，未免稍涉浓艳，然尚不大伤雅道。而起结两处独见大意，洵为得体。"⑤ 正是因起句"客献陈兵计，功成欲霸吴"与结句"至今孙子法，犹可静边隅"颇陈忠君之情，才能补救"涉浓艳"而幸免于俗。辨体论者更加执着于"雅"，推而广之，凡涉俗之物一概拒绝。梁章钜的《试律丛话》记载："《春色满黄州》句云：'清钟长乐树，暖鼓太平人'，然钟鼓互举，究竟近声而不切色，余记得先生原稿是'万家元夕酒，一路曲江人'，似胜今本，或后以'酒'字

---

① 李因培：《唐诗观澜集·试律》，李因培《唐诗观澜集》，乾隆二十四年刻本。
② 黄六鸿：《唐诗筌蹄集·凡例》，黄大鸿《唐诗筌蹄集》，乾隆十二年新刻本。
③ 纪昀：《我法集》卷下，嘉庆五年刻本。
④ 徐文弼：《诗法度针》卷6，藻文堂刻本。
⑤ 叶葆：《应试诗法浅说》卷3，嘉庆间悔读斋重修本。

不宜于试帖而改之。"① 原稿无论从用字还是意境都远胜过今本，但因为有"酒"字而不得不舍弃。戏曲、小说亦因"俗"，不可出现于内容中。"吾乡某孝廉会试文已中式，以诗中'一鞭残照里'句摈落。盖题为'草色遥看近却无'，闱中嫌其用《西厢》语黜之，其实本人并不知《西厢记》中有此句也。"② 总之，通过对"雅"的追求，试律的体制规范进一步明确，但表情达意功能却因此而进一步受限。

"雅"为标准，凡不雅者皆为"粗"或"俗"。"初学看诗，料不知运化，多事堆垛，不顾何等字是此题应用，更不论此等字非诗中宜用，又何怪其杂凑无章，而戾语丛出也，必择其的切者用。方不涉泛，必择其雅炼者用，方不涉粗。"③ 用语准确而不"泛"，雅炼而不"粗"。将"粗"与雅相对，意义等同于"俗"。《试律丛话》载："《芳草堂诗》纯以古近体诗之法行之，故俊语虽多，而不能掩其粗气。"④ 此处将别体诗的特点等同于粗，也就是俗。以别体诗为试律，不符合辨体关于"雅"的标准，自然是"俗"的。针对辨体主张"雅"的审美标准，融俗入雅、以俗为雅，同样是破体的主要理论观点。

首先，作者的身份特点决定了所要表现感情的属性。不论是否为馆阁文人，试律的作者都是或者准备是最接近于政治中心的官僚，这就注定了作品表现的感情不是平民而是贵族，不是个人而是群体，不是世俗情感而是道德或者政治情感。所抒发的感情符合标准的即为"雅"作。恰如"裁云刻露，寓才子之性灵；啸月歌风，极文人之乐事。矧乃笔擢木天之秀，含毫自婉转生香；人从阆苑而来，随手俱拈成妙谛。"⑤ 感情应该有关国运民生，或者形而上的精神追求，排斥世俗生活的体验和单纯的感官欲望。

---

① 梁章钜：《试律丛话》，上海书店出版社2001年版，第572页。
② 同上书，第559页。
③ 叶葆：《应试诗法浅说·诗法浅说》，叶葆《应试诗法浅说》，嘉庆间悔读斋重修本。
④ 梁章钜：《试律丛话》，上海书店出版社2001年版，第576页。
⑤ 唐陈昌：《守砚斋试帖·序》，王祖光《守砚斋试帖》，光绪二十四年刻本。

"雅"的标准拉开了试律与别体诗的距离,也将士子推上了凌驾于平民之上的神坛。虽然明确了试律文体的独特性,但也限制了它的功能和发展。破体融俗于雅,将大量世俗平民的个人情怀融进试律的写作,扩展了感情的内容属性,强化了试律的抒情功能。

相比起对于国家命运的关注,平常的喜怒哀乐当然属于世俗情感,也是破体所提倡的情感表达内容。朱凤标的《广四时读书乐诗试帖跋》:"然则读书所以求道而真知道之可乐者,未有不乐于读书者也。恭邸以明敏之资渊雅之学,孜孜焉读书之不倦。因取翁森《四时读书乐》诗,句栉而字梳之,以所心得者托之扬风挖雅。而其胸次悠然,无入不自得之概,隐然见于言表,且深愿人之有以□味斯乐也。此则乐道主人之意也夫。"① 以阅读试律为乐,能产生这样的阅读体验,作品风格应该是多样化的而非一味典雅庄重。最能产生"乐"感的自然是幽默诙谐类的作品。以幽默笔法来写试律,是对"雅"的反驳,这在清晚期的评论中俯拾即是。王荫樾评《钟馗嫁妹图》曰:"题近游戏,非此风雅之笔安得机趣横生。"② 此种无理之题,不会出现在清中期辨体之时。而论者用"游戏""机趣"来解释"风雅",可见论者眼中"雅"的标准已经今非昔比。与之相似的还有汪少霞,其评《明皇设五王账》曰:"三四浑写鸳鸯句,所谓竹外一只斜,更好也。五典丽,六堂皇,结尤有趣。"③ "鸳鸯"意象别具内涵,所包蕴的世俗情感决定了其绝少出现在前期试律之中。这里不但堂而皇之地出现在作品中,论者还以"典丽""堂皇"曰之,以之为雅。"结尤有趣"反映出论者对"趣"的美学追求。《分类诗腋》中李桢将"趣"又分成笔趣、意趣、生趣、冷趣。如评倪鸿的《秋山如状》"只有眉难画,须衔月一钩"

---

① 恭亲王:《广四时读书乐诗试帖》,咸丰同治间刻本。
② 蔡琳:《荻华堂试帖》卷上,光绪十八年刻本。
③ 王葆修:《棣萼山房试帖》卷2,同治十二年刻本。

曰："意笔俱有趣味，如此用事方灵。"① 又评梁上国《红绫饼》"莫宛新袍袖，从矜老齿牙"曰："诙谐。"② 王荫樾评《博士买驴》曰："嬉笑甚于怒骂，语语皆足解颐。"③ 啼笑解颐本有悖于庄重典雅之旨，论者却对试律的风趣幽默持赞赏态度而大力标举，可见此时的试律更注重平民化的展颜一笑而非官僚唱和应酬的板正庄严。世俗的感情将士子与试律都拉下了神坛，但也为他们赢得了更广阔的表现空间。感情的多元化色彩提高了试律表达感情的功能，强化了作者的个性存在。清末，越来越多的人将试律视为表达感情的普通诗歌，而忽略了其科举文学的功利性质，试律与别体诗的距离进一步拉近。

其次，以往被诗学理论所拒绝的粗俗的意象、表述、题材纷纷被吸纳进后期的试律创作中。语言最能直观体现诗歌的风格，所以"雅"的美学范畴对语言的要求尤为苛刻。"诗语贵典雅，不得用鄙俚村俗等字句。又贵庄重，不得用僧尼妇女及近于禅语讥讽诗歌词曲中尖巧等字句。"④ 例如，从工雅的角度出发，梁章钜颇不喜"酒"字。《试律丛话》两次提及"酒"字。除前文所引之外，对吴锡麒诗中用"酒"也颇有微词。"闱中应试之诗忌用'酒'字，吴谷人先生之'万家元夕酒'，此会课游戏之作，不可为例也。"⑤ 可见，言辞是否符合雅的标准，比是否为名家名作更为重要。然而，梁章钜肯定想象不到在清末，"酒"非但出现在试律的题目、内容中，而且符合"雅"的审美标准为论者所推崇。《守砚斋试帖》中有《酒债》《酒帘》二诗。其中《酒债》夹评为"胸襟高雅"，宝斋赵林评曰："'债'字写得高逸，豪情雅兴，洒落如题。"⑥ 常润伯夫子评《酒帘》

---

① 李桢：《分类诗腋》卷6，嘉庆二十二年刻本。
② 同上。
③ 蔡琳：《荻华堂试帖》卷上，光绪十八年刻本。
④ 郑锡瀛：《重刻分体试帖法程·忌用字样》，郑锡瀛《重刻分体试帖法程》，光绪十九年刻本。
⑤ 梁章钜：《试律丛话》，上海书店出版社2001年版，第640页。
⑥ 王祖光：《守砚债试帖·二集》卷1，光绪二十四年刻本。

曰："有情有景，琢句工雅，具见匠心。"①在论者看来，"酒"非但不俗，而且是雅的表现。如果以"酒"为俗，尚觉吹毛求疵，那么猪、羊入诗，却是于传统写作都为罕见的现象。《荻花堂试帖》载《脏神梦诉羊蹴蔬》，全诗曰："痛唊肥羊后，神难五脏居。诉频来幻梦，蹴竟向嘉蔬。澹泊亲尝久，腥膻独战余。境方酣蚁国，情恍达鱼书。肉坦应牵尔，涎垂岂相予。处脂原不润，恶莠定非虚。一觉迎风簟，三生带雨锄。长斋思绣佛，须索断花猪。"王荫樾评曰："第六联寄托语而以诙谐出之，是为名仕风流。"② 诗中"唊""肥羊""五脏""腥膻""涎垂""猪"都是极具民间风味的通俗表述，充满了生活的真实感。士子采用寓言的形式，委婉地表达了心中的愤懑，生动活泼而饶有趣味。而"名仕风流"的评语却是将通俗的意象看出雅的内涵，似乎正要用曾经的"低俗"意象去冲淡"雅"的既有观念。汪少霞评《袁宝儿司花》："临风嘱咐，吹气如兰，细语人不闻，当无殊于《拜月》也。"③ 题目有关隋炀帝荒淫无道，本已不雅，评语却津津乐道，更涉佻纤。末以《拜月亭》相比，肯定其缱绻之情。用前期所明令反对的通俗文体如小说、戏剧入诗，可见对"雅"的理解已然不同于从前。后期破体之雅，能够融俗入雅，不执于一端，更加通达。

消除颂圣这一预设环节，倡导风格多样化和创作个性化，融俗入雅，从以上三个方面，破体取消了以往对于试律的价值评判，为试律赢得了自由抒写的空间。强化了其表意功能，缩短了与别体诗的创作距离，提升了试律的文学品格，激发了士子的创作乐趣，促进了其进一步向别体诗的回归。

---

① 王祖光：《守砚斋试帖·二集》卷1，光绪二十四年刻本。
② 蔡琳：《荻华堂试帖》卷上，光绪十八年刻本。
③ 王葆修：《棣萼山房试帖》卷2，同治十二年刻本。

第四节　试律地位的提升与文体的消解

破体为文在试律稳定的文体系统中加入了异质因子，势必打破原本相互支撑的各种元素所构成的平衡状态，使之在各方面呈现不同以往的态势。嘉庆前，士子对试律的定位泾渭分明，誉之者谓其鼓吹休明，吟咏天平；贬之者谓其俳优之作，拜献之资。而此时，试律的文体性质出现变化，对试律的认识也在潜移默化发生着改变。朱德根在《两强勉斋试帖·序》中就记载了两代士子，师徒之间对试律认识的差异。"德根乞重付于民，以惠来学。先生曰：'子言何易？唐韩昌黎谓，礼部所试诗赋皆耻过作非者为。欧阳永叔亦谓，学者徇时之文皆为急希利禄。是区区者乌足以问世？'德根以夫子自道良然。然宋明以降，诸钜工外集中往往而有。"①先生的观点依然以辨体为主，认为试律不过是为求名利而权且为之罢了。学生却对老师的观点加以反驳，认为试律不可小觑，文学大家亦不免染指其间，显然受破体影响更多。但即便如此，老师仍然采纳了学生的意见，将试律编辑付梓，可见破体已经主导了人们对试律的认识。由此产生诗学观点上的错位，要求论者对其功能及地位进行重新考察。

一　试律文学地位的提升

首先，试律文学品位的提高，使之成为伦理道德和政治思想的载体。文体的功能是其文学地位的决定因素。能够作为儒家文化的载体，可以宣传儒家伦理道德才配具有至高无上的正统地位。诗、文无不是在儒家文化的背景下备显荣耀。试律依附于科举制度而存在，作为应用性文体，其功能只是选士，而与儒家义理教化无关。在士子眼中，它只是打开名利大门

---

① 倪文蔚：《两强勉斋试帖》，光绪九年刻本。

第四章 道光到清末：试律诗学的新变期

的钥匙，即所谓"速化之学"。随着破体观念的逐渐推广和深入，别体诗的创作精神融入试律写作中去，试律发展呈现向别体诗回归并且与之合流的特点。其文学地位升高的表现之一就是士子以之来宣传儒家道德观念，使之成为儒家文化的载体，或者赋予其国家社会发展兴替的政治使命。由此，试律便如过了凌云仙渡，脱了世俗名利之貌，瞬间提升了文学品格。

试律题目来源广泛，以儒家经典为题者殊少。即便有之，不过了解出处，逐字点题而已，对于义理的阐发并非考核内容。嘉庆之后，试律文体特质出现变化，才逐渐得到儒家文化的青眼。光绪时期全心斋著《朱子格言试帖》，其中题目有《黎明即起》《洒扫庭除要内外整洁》《一粥一饭当思来之不易》《关锁门户必亲自检点》《宴客切勿流连》《自奉必须俭约》《半丝半缕恒念物力维艰》等，都以朱子格言为题，训导学子。因为可以"蒙馆课诗，使子弟兼知礼仪；芸窗闲玩，于身心尤得箴规，是诗也亦如《雅》《颂》之篇，同为不可不学者"。①。试律担负起教育士子的高尚使命，与《诗经》皆为"不可不学者"。更有甚者，将试律赋予更为神圣的"劝善惩恶，赏功罚慝"的道德准则，以之为拯救国运民生、改良世道人心的利器。张宝森的《锦官堂七十二侯试律诗·序》曰：

> 孔子曰："王者之迹熄而诗亡，诗亡然后《春秋》作。"盖诗之为道，固以理性情，而实有关于政事。凡劝善惩恶，赏功罚慝之举，无不由诗乎见之。自诗教亡而风俗衰、人心靡，乱臣贼子乃接迹于天下矣。庚子之变，蜩螗沸羹。近今罕有士大夫奔走僵踣，枕藉沟壑者不可胜数。而吾友延子澄独屹然不少动，未尝跬步出国门。迨事稍定，则哀其三十年前所为《七十二侯诗》，并武清杨竹士茂才所为笺注，将留以付诸手民。嗟乎！子澄何若此之好整以暇乎？吾固是而服子澄

---

① 回道人：《朱子格言试帖·序》，全心斋《朱子格言试帖》，光绪十七年刻本。

之有守矣……余因述诗教之有关于治。忽感衰者如此,至其诗之典雅与《有正味斋》相颉颃,笺注之详明与《柽花馆》相仿佛,乃有目共见之技,不待鄙人之烦言也。①

上文中,试律与别体诗已经没有明显的界限。试律不仅有关士子的操守,还要"寓褒贬,别善恶",挽救风俗,提振人心,成为道德善恶的标尺。相反,因循守旧,以试律为雕虫小技的虚伪之徒则被论者大加嘲讽。"顾或谓'以子澄之才、之学,固宜研部务、审时变,志其大且远者,而顾分心力于此,奚为耶?'仆曰:'噫,软红尘中车马奔驰,日逐逐焉,劳精敝神于酬酢之地,果皆为其大且远者乎?又何讥试帖之为雕虫小技,弃置而弗道也。矧其韵语所造,实乃刌精铢虑,积累而成,□非率尔操觚者所能学步,而可听其散佚耶?坊间旧有选本,久播艺林,无俟赘美……诗云乎哉?试帖云乎哉?'"② "大且远者"即政治经济与道德教化之类形而上的层面,试律本来与之无缘。但随着其向别体诗的渐次回归,这些"大且远者"的内涵逐渐为试律所吸纳,使之思想内容更加充实,题材范围更加广阔。

其次,试律艺术个性的形成。模仿与新变是文体发展的两种路径,二者相互交叉,并行不悖。在文体发展初期,以模仿为主,强调对以往作品的因袭。达到一定的水平之后,新变必将代替模仿成为主流,进而寻求自己的艺术个性。任何艺术形式如果不追求新变、抛弃以往的程式,都将永远栖身于复制品的行列,缺乏独立的存在价值。所以,新变会带来新的生长点,是文体发展的必然。试律从开始的与唐试律求同而力求工稳,转化到嘉庆后,为形成艺术个性而追求新变,这一过程符合一般文体的发展规律。

---

① 延清:《锦官堂七十二候试律诗》,民国六年石印本。
② 支恒荣:《锦官堂试帖·序》,延清《锦官堂试帖》,光绪十一年刻本。

第四章 道光到清末：试律诗学的新变期

从科举文学的角度来看，为了选拔人才，评阅的标准在异而不在同。"泯然众人矣"对于脱颖而出毫无助益。想得到阅卷官的青睐，就必须别具一格。但试律取士初期，士子对其并不熟悉。为求形似于唐试律，无论写作还是科场，都以"稳"为第一要义。"使非格律稳谐，有合体制，难以入彀。则诗学可弗亟讲欤？"① 在叶葆看来，试律诗学的目的就是指导士子写作，达到格律稳谐以便于入彀。"应试之作，以稳惬为第一义。彼失粘失韵、误解题旨、字犯不祥、言涉违碍，有一于此，固在必斥。"② 出于入彀的考虑，论者都把守法工稳作为写作的主要标准。嘉庆后，试律写作技巧越发精湛，只求"稳"已经太过保守，不足以突出自己。"对法不可太熟，须是在人意中，恰又出人意外，方为入妙。开合流水均当求其可对，岂得过于脱洒。相沿既久，厌故喜新，仅工稳尚不能出色，必取巧以胜人矣。"③ 工稳意味着技艺圆熟平庸，仅仅满足于求稳就等同于落败。路德评吴锡岱的《学古人官》："有心求好，反不能好；极力为之，不过工稳而已。工稳二字，不足尽此事之能也。"④ 在"工稳"的引导下，试律写作不免拘谨。打破以往的思维定式，求新求变，才能突破"稳"的束缚，显现主体的创作个性。

无论从文体发展，还是从科举要求来看，新变都是试律发展的必然。所谓"新"指不同以往的新的艺术手法、评价标准；"变"，更注重艺术个性的时代感和应变性。新变的内核就是超越前人、另辟蹊径，在创作中脱去笔墨畦町，自成一种意度。破体为文肯定了士子的主体意识，将其个人气质带入作品中去，张扬了个性，使试律成为能表达自己的意志，呼喊出

---

① 叶葆：《应试诗法浅说·诗法百篇弁言》，叶葆《应试诗法浅说》，嘉庆间悔读斋重修本。
② 徐曰琏：《唐人五言长律清丽集·附论试体诗七则》，徐曰琏《唐人五言长律清丽集》，乾隆二十二年刻本。
③ 聂铣敏：《聂蓉峰寄岳云斋论试帖十则》，见郑锡瀛《注释分体试帖法程》，光绪十九年刻本。
④ 路德：《课士诗》，《仁在堂全集》，道光十五年刻本。

内心想法的个性化创作。创作主体性的觉醒,加速了试律新变,使之成为试律艺术个性形成的主导因子和主要内容。文体的艺术个性是文体发展中某一阶段形成的创作特点,是文体成熟的标志,具有群体性和稳定性,非指某一个人或者某一篇作品。路德评自作《扪虱而言》曰:"凡作前人已作之题,须存突过前人之意,下笔时方有精神。若因前人已说,我辈更无可说,便意存依傍,不复自出机杼,此乃甘居人下,不能自立之士也。有志者,须力矫此习,方可勉为佳士。持衡者须痛抑此辈,方能搜出真才。"① 优秀的试律作品必须超越前人,突出"我辈"的意愿,绝不能人云亦云。路德表现出明显的主体性觉醒和对新变的向往,并且以"佳士真才"为号召,力倡此风。

"新变"不是路德个人的想法,在其之前,纪昀就曾涉及。《聂蓉峰寄岳云斋论试帖十则》:"诗笔最忌平朴,必有新隽之思,用笔须纵横如意,恰又恪守规矩之内,方为合度。以浑雅之旨,发新隽之思,和平蕴藉,大雅不群,斯为得之。晓岚先生曰:'欲学纵横,先学谨严',此定论也,盖取以为法焉。"② 纪昀此言就有变化的因素,但重在守法和在守法基础上纵横。聂蓉峰引用此言,也更强调要"恪守规矩",只允许在一定范围之内的变化。与清后期相比,他们的诗学观点显得保守拘谨。冯晟的《读书延年堂试帖辑注·序》曰:"能运神明于斤削,脱尘封于蹊径,离乎群垢,杳然空踪。拈花在手而笑花,见月竖指而非月。"③ 花、月皆指唐试律,对于清人而言,现在已经全面超越了唐试律,所以可以"笑花""非月"。但要脱去蹊径,才能另外打拼出一片天空。徐宝善的《养云山馆试帖·序》中亦持此论:"其用法之密,选言之雅,隶事之精,铸韵之稳,时而妙相

---

① 路德:《课士诗》,《仁在堂全集》,道光十五年刻本。
② 聂铣敏:《聂蓉峰寄岳云斋论试帖十则》,见郑锡瀛《注释分体试帖法程》,光绪十九年刻本。
③ 熊少牧:《读书延年堂试帖辑注》,同治五年刻本。

庄严，时而明妆艳冶，时而朱弦疏越，时而铁板豪吟。不废雕刻而总归于浑成，自辟町畦而不逾夫规矩。真所谓巧力并到，似易实难者。"① 强调创作多元化，风格多样化。"其为诗也，魄力沉雄，格调高古，且往往于险韵中出奇制胜，同人莫不辟易。"② 凡心所向，素履以往。新变成为嘉庆后士子创作的普遍追求和制胜法宝。试律不再意味着单一无效地模式化生产，而是饱含艺术个性的独特创作过程。

最后，试律审美价值的推崇。文学是人们交流感情的工具。作者通过文字、音律将自己对生活的感悟或者对生命的思索传达出去，读者通对内容的接受而引起感情的激荡。其中，诗歌所具有的形式、音乐和文字的美感使其具有比其他体裁更强的感染力。读者通过审美而受到感染的程度是衡量一首诗艺术价值的唯一标准，审美功能是诗歌作为文学的最重要的价值体现。试律的本质是诗歌，应该按照文学的发展规律和价值标准去考察和衡量。但同时其又属于科举文学，是具有选士功能的特殊的文学体裁。嘉庆前，试律诗学以讨论法度为主，通过严明法度达到抡才的目的。嘉庆后，科举改革逐步进行，试律取士制度遭受质疑，选士功能随即弱化。抛开功利的浑浊气味，试律作为文学的审美功能却凸显。似乎此时的试律才更像文学，而非名利工具。

托尔斯泰在《什么是艺术》一文中提到真正的艺术与虚假的艺术之间的区别：

> 要区分真正的艺术与虚假的艺术，有一个肯定无疑的标志，即艺术的感染性。如果一个人读了、听了或看了另一个人的作品，不必自己作一番努力，也不必设身处地，就能体验到一种心情，这种心情把他和那另一个人联合在一起，同时也和其他与他同样领会这艺术作品

---

① 许球：《养云山馆试帖》，道光二十七年刻本。
② 胡俊章：《锦官堂试帖·序》，延清《锦官堂试帖》，光绪十一年刻本。

的人们联合在一起，那末唤起这种心情的那个作品就是艺术作品。如果一个作品不能在人的心里唤起一种和所有其他感情全然不同的喜悦的感情，不能使这个人在心灵上跟另一个人（作者）、跟欣赏同一艺术作品的另一些人（听众和观众）相一致，那末，无论这一艺术作品多么诗意，多么象真正的艺术作品，多么打动人心或者多么有趣，它仍然不是一件艺术作品。①

注重选士功能的试律不光在艺术形式上遵守法度，其思想内容、感情基调都必须在题目的统摄下，所以只能以鼓吹休明、歌功颂德为主。士子个人的审美感情无法注入，所以也不可能达到《诗大序》中所提到的"手之舞之，足之蹈之"的审美境界。破体为文后，试律的创作主体得到彰显，士子可以表现自己独特真挚的内心感情，反映个人的内心世界，这样的试律作品无疑更有感染力。《清稗类钞》"粤寇以考试杀诸生"条记载了清末士子所作的一首试律。"咸丰时，粤寇所开某科，试题为'四海之内皆东士'，有诸生郑之侨者，作诗痛诋之，起句云：'四海皆清土，安容鼠辈狂。人皆思北阙，世忽有东王'，秀清大怒，肢解之。又诸生夏宗铣者，被胁就试，终卷有骂詈语，亦被磔。"②士子并没有受题目和法度的束缚，在作品中痛斥对方，几乎一针见血。寡淡无味的试律被写成匕首投枪，将作者满腔的愤怒喷薄而出。程式的淡化和主体性的加强，充实了试律的思想内容，强化了作者的主观表现，提升了试律的感染力和整体的审美价值。

相比前期对于法度的探讨，嘉庆后的试律诗学主要围绕作品的审美功能进行讨论，即作品能否通过语言的魅力，吸引读者进入审美境界，产生

---

① ［俄］托尔斯泰：《什么是艺术》，伍蠡甫《西方古今文论选》，丰陈宝译，复旦大学出版社1984年版，第349页。

② 徐珂：《清稗类钞》，中华书局1984年版，第731页。

精神的愉悦和满足。路德评吴锡岱的《渭北春天树》曰："抚景怀人，情见乎词，妙在不著一字，能令读者动心。"①"动心"即作品能使读者有心灵的跃动。《读书延年堂试帖辑注·评语》载梅钟澍语曰："鸾鹤响霄，万阮息寂，龙蛇戏海，双辉合离，登风骚之堂，夺沈宋之席，反复诵味，心神旷然。"②强调了试律的阅读效果。褚维垲赞美《天开图画楼试帖》曰："读之其超心炼冶如矿在熔，其豪气流行如水赴壑。红炉点雪，融迹象以无痕，彩管生花，选色香而俱古。"③论者都注重突出审美所带来的心神旷达、宽宏豁达的心理感受。随着社会环境的变迁，越到清晚期对审美感受就越重视。如《棣萼山房试帖》中的《燕子楼》，何地山评为"情词悱恻，款款动人"。汪少霞评曰："饶有情致，哀艳动人。"④汪少霞评《姑苏台》曰："起一唱三叹俯仰情深。三四追忆从前，高谈霸业，是其盛也。五六七直穷究竟，凭吊遗墟，何其衰也。结连谋吴沼，吴者并归无何有之乡。千古兴亡，浑如棋局，奈何奈何。"⑤千古兴亡皆归虚无，不仅士子在文中叹息，论者亦是唏嘘不已。又评《古塞》曰："三四句凄楚，惨目伤心。五忽雄壮起来，令人欲驰域外之观，作万里封侯想。结有情韵，谁谓春风不度玉门关耶。"⑥又评《孙供奉殉唐》曰："起发议论，感慨无穷，通体悲壮、凄凉，可歌可泣，读之令人起敬。"⑦阅读可令人生无尽之遐想，发思古之幽情。俯仰古今，亦同作者一样生出千般感慨。时代风尚的转变，催生了新的审美趣味。苍白而虚伪的颂圣和保守封闭的法度，都无法支撑起试律完整的情感表达。试律作为文学的审美价值必然会得到充分

---

① 路德：《课士诗》，《仁在堂全集》，道光十五年刻本。
② 熊少牧：《读书延年堂试帖辑注》，同治五年刻本。
③ 褚维垲：《天开图画楼试帖·序》，郭伯荫《天开图画楼试帖》，同治刻本。
④ 王葆修：《棣萼山房试帖》卷3，同治十二年刻本。
⑤ 同上。
⑥ 王葆修：《棣萼山房试帖》卷4，同治十二年刻本。
⑦ 王葆修：《棣萼山房试帖》卷1，同治十二年刻本。

体现,并且为论者所广泛认同。

二 破体、辨体理论的误导

破体理论的深入传播赋予了试律抒情写意的新面貌。法度的松动,程式的淡化,审美功能的强化都加快了试律向别体诗的转变,这些新变实现了最初提高试律文学地位的初衷。但同时,辨体也在不同方向做出努力,同样以提升地位为目的,他们则重视试律独立的存在价值,肯定试律自身的创作特点,推崇唐试律,遵守法度,提倡程式化写作,标举试律诗体的本质特征。基于此,辨体对试律的文体之新变极为不满。

首先,新变可视为在试律发展趋于凝滞的状态下一剂有效的强心剂。但变须有度,不能改变文体的本质特征。否则,过度的新变将使试律徒具外表,失去本身的创作精神,变得似是而非。《文心雕龙·定势》:"夫通衢夷坦,而多行捷径者,趋近故也;正文明白,而常务反言者,适俗故也。然密会者以意新得巧,苟异者以失体成怪。旧练之才,则执正以驭奇,新学之锐,则逐奇而失正;势流不反,则文体遂弊。"在破体流行的情况下,新变成为潮流。士子往往别出心裁而一味追求新巧别致,甚至无视旧制。流弊所及,不仅所写不知所云,士子对创作的掌握也更加模糊不清。

例如运用虚字。罗大经的《鹤林玉露》载:"作诗要健字撑住,要活字斡旋。"① 使用虚字可以强化诗歌的韵律,使之具有抑扬顿挫的音乐美感,有助于感情的表达,并有一唱三叹的韵味。对于试律而言,运用虚字甚至可以打破或者重组原本呆板的句式,使之跳脱而富有活力。叶葆就非常提倡虚字的运用。《应试诗法浅说》选张乔的《月中桂》,全诗曰:"与月转洪濛,扶疏万古同。根非生下土,叶不坠秋风。每以圆时足,还随缺

---

① 罗大经:《鹤林玉露·甲编》卷6,中华书局1983年版,第108页。

处空。影高群木外，香满一轮中。未种丹霄日，应虚白兔宫。何当因羽化，细得问元功。"叶葆评曰："笔致圆转，团结一气，全在善用虚字。'非''不''每以''何''得'等字用得轻松，活脱便觉笔挟飞动之势。初学可向此种悟入。"① 采用虚字化板滞为灵活，显得整个句势灵巧飞动。纪昀的《我法集》评《赋得孤月浪中翻》曰："凡作试帖须从虚字上求路，不可在实字上铺排，是第一关键。"② 在以实字为主的诗歌中用虚字，不失为一种讨巧技法。本为特立独行，但在嘉庆后却被越来越多的士子普遍采用而日趋泛滥。"近来诗多喜用虚字，意亦期于流丽动目。然过多则失之薄，以作诗原有异于为文也。每首中或间以一二联则可，必须出自成语，方有隽味，不可任意杜撰……迩来有通首全用虚字，绝不似诗家口吻。破度败律，莫此为甚，初学者戒之。"③ 诗歌原比散文有更明显的形式感，试律尤甚。选用实字，才能在有限的字词空间内表现丰富的意蕴。过多使用虚字，影响诗歌内容的表达，即为"薄"。运用虚字，亦要点到即止，如刻意为之，以至于全篇虚字，反而失去应有的形式美感和内涵韵味。

运用奇字。清末樊增祥在解析试律创作之弊时，明确反对使用奇字，称之曰"僻"。"若夫演绎幽经，标举奇字，灵明秘牍私记于绨缃，鸿烈高文窃登于中卷，非不嵚崎见赏，杰诡为工，然而毋追委儿，貌非今日之衣冠；绿字丹文，岂明时之制诰。开卉犬葆骖之习，彦伯诚非；赏雪车冰柱之奇，昌黎或过。若斯之类其失也僻。"④ "卉犬葆骖"指草扎的狗和竹子做的马。彦伯指盛唐诗人徐彦伯，其诗求奇求变，生僻艰涩。"雪车冰柱"代指诗人刘叉，其人其诗本无足称道，因作《冰柱》《雪车》为韩愈所赏，名气大涨，后人遂不断模仿其怪异之风。务求新变，反致怪异生僻而不堪

---

① 叶葆：《应试诗法浅说》卷2，嘉庆间悔读斋重修本。
② 纪昀：《我法集》卷上，嘉庆五年刻本。
③ 聂铣敏：《聂蓉峰寄岳云斋论试帖十则》，见郑锡瀛《注释分体试帖法程》，光绪十九年刻本。
④ 樊增祥：《两强勉斋试帖·序》，倪文蔚《两强勉斋试帖》，光绪九年刻本。

卒读，与破体为文的初衷背道而驰。徐继畬《茹古山房试帖·序》中曰："近年馆阁诸君子无人不工此体，顾但取对仗之工而其语或竟不可解，则其流弊亦已甚也。"① 显然，这种过度新变已经超出了最初新颖独特的美学追求，破坏了试律的整体面貌，将试律的发展逼上死角。

其次，破体要求在试律中表现强烈的主体性，克服千人一面的雷同写作。在个性化旗帜的引领下，士子被功名与规范压抑的主体意识得到了解放和张扬。作者"以我驭题"，冲破规范的束缚，跳出题目的制约，抒发主体的心灵意愿，逐渐衍生出豪放慷慨、疏放旷达、恬淡自然等多种艺术风格。《文心雕龙·才略》："嵇康师心以遣论，阮籍使气以命诗。"这种"师心"与"使气"发展到极致，就是自觉地与以往庄正典雅的风格背道而驰。《随园诗话》载："己未朝考，题是'赋得因风想玉珂'。余欲刻画'想'字，有句云：'声疑来禁院，人似隔天河。'诸总裁以为语涉不庄，将置之孙山。"② 庄正典雅曾是试律的主导风格，也是考核的主要标准。此题源出于杜甫的《春宿左省》，表现为官勤勉，恪尽职守。袁枚若从此意生发，既可贴合颂圣，又可表爱国之心。然而，他却剑走偏锋，一句"人似隔天河"，语涉纤佻，反添出暧昧之气，无怪乎阅卷官对其白眼相向。个性的张扬最终导致对其雅正风格的反拨，试律开始趋向文字游戏，一个前人不曾想象的领域。

金宝树在《批注十九年同馆试帖序》中提到："开函浏览，把卷沉吟。其义正，故不取诙谐；其词醇，故不登奥僻；其机法细而不留穿凿之痕，其节奏和而不失抑扬之致。"③其言列举了当时试律创作三弊，位居其首即是诙谐。诙谐与庄雅完全处于风格的两极。讲究诙谐，在别体诗中不乏佳作，但于试律而言，却无疑背离了最初的风格限定。更有甚者，试律变成

---

① 徐继畬：《松龛先生文集》卷1，续修四库全书本，第1543册，第149页。
② 袁枚：《随园诗话》，人民文学出版社2012年版，第5页。
③ 邵承照、陈德寿：《批注十九年同馆试帖》，同治元年新刻本。

争强斗胜的赌局。"试律之作，始于唐而盛于昭代。至近日，则尤极工巧。况考中冠参鳞粹，四方之挟荣负素与夫羁职于兹者，晦辄招邀朋，盖以为乐。征题斗韵，赌胜骚坛，盖风会所趋，从来远矣。"① 又或者将试律变成愉悦身心的文字游戏，聊以解颐。王荫樾评《东施效颦》："信手拈来，头头是道。四联尤觉妙语解颐。一结余味曲包，唐突夷光者见之毋乃自惭形秽。"评《博士买驴》曰："嬉笑甚于怒骂，语语皆足解颐。此等博士见之，当亦自顾而轩渠水也。"② 嬉笑怒骂与最初雅驯的文体风格大相径庭，体现了士子超越法度，突破程式的创新心态，但不论诙谐幽默还是嬉笑怒骂都已非试律本来面目。

最后，法度确立了试律诗体的本质特征和独立的存在价值，也是辨体用来划清试律与别体诗界限的标尺。破体鼓吹突破法度的同时，辨体却一如既往地严明法度，甚至比从前更为苛刻，以此作为提升试律文学地位和与破体抗衡的手段。嘉庆后的法度规范比康乾时期更要严苛。例如押韵，前期合格者，此时或为语病。咸丰六年状元翁同龢在其《笙华书屋试帖稿》中评《赋得竹露滴清响》曰："'银'字、'萧'字应仄。'一三五不论'，《唐人试帖》中有之，今则为失严矣。"③ 纪昀在《我法集》中明确悬脚的存在，评《赋得鸦背夕阳多》曰："诗第二首之'毛'字皆有悬脚之病，幸是杜工部已经悬脚在前，今日依样壶卢，便不算悬脚。譬如公家案牍，前人有如是行者，援以为例，便有依据。无例则不免干议矣。"④ 时过境迁，曾经的押韵之法显得疏阔宽松。此时，虽然有纪昀例证在前，但依然不允许出现悬脚。"诗押韵宜圆稳不可勉强。趁合遇险韵，正须善引有舒卷自如之致，不以仄径窘步，方可出色。吴谷人先生《反舌无声》，纪

----

① 支恒荣：《锦官堂试帖·序》，延清《锦官堂试帖》，光绪十一年刻本。
② 蔡琳：《荻华堂试帖》卷上，光绪十八年刻本。
③ 翁同龢：《笙华书屋试帖稿》，稿本。
④ 纪昀：《我法集》卷上，嘉庆五年刻本。

晓岚先生《春帆细雨来》诗，一气直注，引韵自然，最为可法。天下好诗，皆自韵生，善诗者不必执韵以求诗，究未尝离韵以索诗也。韵中有悬脚，押法更须稳妥，如悬崖独立，虽无攀援，却不颠扑，此唯老手能之，初学可不必效也。"① 又如点题，在以往标准之外，又要求顺序与题目相同。纪昀评《赋得镜花水月》曰："题本'镜花'在前，'水月'在后，而以'花'字为韵，则不能不倒转，此又不以定法拘。然倒则通首皆倒，仍不失定法也。"② 以"花"为韵，题目中"花"字在"水月"之前，按照纪昀的说法，破题顺序可以灵活掌握。如此诗之"水中明指月，镜里试拈花"，先言"水月"再说"花"。但嘉庆后，韵脚顺序必须与题目相符才为合格。"诗题两平者如'松风水月''贡玉论珠'之类，'风''月''珠''玉'必不可倒置。稍一凌乱即遭摈斥，晓岚先生作《镜花水月》诗以韵限花字，遂通首先'月'、后'花'，恐亦非定格也。"③ 纪昀在清代试律诗学史上具有举足轻重的地位，但为了严明押韵方法，不惜以纪昀为例，批评纪昀之作为非定格，足以证明后期试律讲究法度更甚于前。

律诗既为律，法度和规范是其本质特征，也是其诗体存在的根本依据。但法度的讲求也必须恪守平衡点。一定限度内的法度可以证明诗体的存在，超出范围的法度就会影响诗歌本身思想内容的正常表达。袁枚的《随园诗话》对此论析详明：

> 西崖先生云："诗话作而诗亡"，余尝不解其说。后读《渔隐丛话》，而叹宋人之诗可存，宋人之话可废也。皮光业诗云："行人折柳和轻絮，飞燕含泥带落花"，诗佳矣，裴光约訾之曰："柳当有絮，燕

---

① 聂铣敏：《聂蓉峰寄岳云斋论试帖十则》，见郑锡瀛《注释分体试帖法程》，光绪十九年刻本。
② 纪昀：《我法集》卷下，嘉庆五年刻本。
③ 龚守正：《龚文恭公艳雪轩试帖诗话》，见郑锡瀛《注释分体试帖法程》，光绪十九年刻本。

或无泥。"唐人"姑苏城外寒山寺,夜半钟声到客船",诗佳矣,欧公讥其夜半无钟声。作诗话者,又历举其夜半之钟,以证实之。如此论诗,使人夭阏性灵,塞断机栝,岂非"诗话作而诗亡"哉?或赞杜诗之妙。一经生曰:"'浊醪谁造汝?一醉散千愁'。酒是杜康所造,而杜甫不知,安得谓之诗人哉?"痴人说梦,势必至此。①

诗歌的灵魂是感情,感情的表达需要有灵活自由的空间。无论对其典故的考证,还是手法的评析都是在强化法度对诗歌的影响。斤斤计较于所谓字法、句法、修辞等皆足可以"夭阏性灵,塞断机栝"。法度窒息着士子的情感,吞噬着试律的生命。越是吹毛求疵地讲究法度,扼杀创作的自由,诗歌越是走向自我消解。"自近时专讲对仗,于是妃红俪白,竞求工巧,而诗之本旨亦稍戾矣。"②

三 试律文体的消解

徐师曾在《文体明辨序说·序》曾提到明辨文体和文体法度规范的重要性:"夫文章之有体裁,犹宫室之有制度,器皿之有法式也。为堂必敞,为室必奥,为台必四方而高,为楼必陕而修曲。为笛必圆,为筐必方,为簋必外方而内圆,为簠必外圆而内方,夫固各有当也。苟舍制度法式,而率意为之,其不见笑于识者鲜矣,况文章乎?"③文体自有其内在规定性,它是写作之规矩准绳,标示着作品的形式特征。无视文体规定,很有可能出现似是而非的作品,对于试律更是如此。康熙时黄六鸿曾提到:"所谓诗各有体者,凡作某诗必按体而为之,庶乎彼此不相紊。紊则不合其体,又奚论诗之工拙耶。"④分辨体制特征是作诗的第一步,然后才能谈及是否

---

① 袁枚:《随园诗话》,人民文学出版社 2012 年版,第 249 页。
② 钱骏祥:《水流云在馆试帖·序》,周天麟《水流云在馆试帖》,光绪二十三年刻本。
③ 吴纳、徐师曾:《文章辨体序说·文体明辨序说》,人民文学出版社 1962 年版,第 77 页。
④ 黄六鸿:《唐诗筌蹄集·凡例》,黄大鸿《唐诗筌蹄集》,乾隆十二年新刻本。

工拙。纪昀在《唐人试律说》中引用师友之言曰:"为试律者,先辨体。题有题意,诗以发之。"①"辨体"就是要区分不同文体的本质特征,了解试律创作要求,然后才能有的放矢。相较于别体诗,作为科举文学的试律具有文学功能与政治功能的双重属性,对文体的要求应该更为严格。

文体随着时代的发展而不断变化,但其内部由结构特征、创作方法、美学风格等元素之间相互支撑、相互协调而形成的系统却相对稳定,从而保证某种文体的独立存在。破体是文体发展的创新阶段,为文体注入了新的成长因子,对于试律而言,本身是有益无害。《文心雕龙·定势》提到文体融合的原则"虽复契会相参,节文互杂,譬五色之锦,各以本采为地矣"。破体为文,但要保持文体的本质特征。也就是说,破体的程度要以不破坏文体独立存在为底线。即便五彩斑斓,但底色不能变,这就是破体之"度"。一旦破度,文体本身的体制特征将无法维持,文体也就面临消解。试律的破体为文显然违背了这一原则。只就新奇工巧而言,已经让具有文体意识的许多诗论家惴惴不安了。吴廷琛在《试律丛话·序》中曰:"迩来风气渐变,辞藻不寻本原,对仗务取纤巧,俪越规绳,第求速化,剽袭割裂,词意乖舛,鲜有能讲明而切究之者。"② 试律文体特征中最重要的法度与规范变得没有约束力。"浮艳则失之纤,空响或疏于律。韵求巧押,倒装嗤垂露之书;对索精工,裁剪乞零星之锦。凡兹慧业,岂曰正宗?"③ 明确指出当下试律发展突破了正宗的要求,不复试律本来面貌。"纤佻衰飒,应试所忌。集中咏古诸作,间有不免于是者。盖因题制宜,原非应试之作也。"④ 此种诗歌虽然也因题而作,却脱离了科举,并非应试之作,而更像可以抒发个人的审美感情,体现纤佻衰飒的别体诗的一种。

---

① 纪昀:《唐人试律说·序》,纪昀《唐人试律说》,山渊堂重刻本。
② 梁章钜:《试律丛话》,上海书店出版社2001年版,第493页。
③ 褚维垲:《天开图画楼试帖·序》,郭伯荫《天开图画楼试帖》,同治刻本。
④ 延清:《锦官堂试帖·例言》,延清《锦官堂试帖》,光绪十一年刻本。

第四章 道光到清末：试律诗学的新变期

"洎乎咸同以降，则棘猴艾虎，巧不可阶。子夏丁冬，工无与比。然而接翮比翼，张司空或病骈枝；黄鸟青林，谢宣城亦有劣句，重外观而轻内蕴，趋时尚已背先民矣。"① 吴蓉指出清晚期的"试律"，徒具试律之形式特征，而缺乏试律之创作精神，与前人所作截然不同。

破体已经走到了试律文体特征的反面，试律文体的内在规定性正逐渐与别体诗合流。与此同时，辨体出于对文体的维护而进一步严明法度，试律的生命力越发消磨殆尽。在二者的论争中，他们坚守各自的观点反而使士子无所适从。"骏祥束发就傅，即学为试律，而资质鲁钝，心知其意而力未能造。习之数十年而于程式之法，仍如方枘之于圆凿焉。"② 数十年的学习，却仍然不得写作之要领，也证明了试律文体生命力的枯竭。辨体和破体都试图提升试律的文学品格却不约而同地摄取了试律最后的生命力。作为文体的试律本已如风中残烛，清末科举改革更使得文体的消解成为必然。光绪二十四年，朝廷下令："嗣后一切考试，均着毋庸五言八韵诗。"③ 如此，试律文体存在的外部依托和内在的体制特征都不复存在，文学史意义上的"试律"诗体已经消解。试律与别体诗终于实现了合流。此时，士子所作皆不以之为试律。如汪少霞评《岳少保班师》曰："唱叹有遗音，当作史家《论》《赞》读，不得以试帖目之。"④ 试律作为科举制度孕育的奇葩终于失去了赖以生存的土壤而逐渐枯萎。

然而，带有试律写作特征的创作方式并没有就此消失。光绪二十七年，人们时时凝望试律日渐朦胧的背景而发出无限感喟："近人议科场之弊，集矢时文。然八比之佳者，犹能发挥义理，包罗史籍，至试帖则真无用矣。余在政务处，倡议废八韵诗而又有此刻不无矛盾之疑。抑思古人有

---

① 吴蓉：《守砚斋试帖序》，王祖光《守砚斋试帖》，光绪二十四年刻本。
② 钱骏祥：《水流云在馆试帖·序》，周天麟《水流云在馆试帖》，光绪二十三年刻本。
③ 王炜：《清实录科举史料汇编》，武汉大学出版社2015年版，第1055页。
④ 王葆修：《棣萼山房试帖》卷3，同治十二年刻本。

以图绘取士、棋弈待诏者，后并废之，而画史棋谱自在也。是则余刻《二家试帖》之意也。"① 就选士功能而言，试律早已被视如弃物，但作为诗歌作品，如同图画棋谱一样，却仍然有自己的文学价值。

乾隆年间，冯浩编撰《玉谿生诗详注》。其中评李商隐诗《赋得桃李无言》曰："此用帖体，却非试席作也。闲居观物率笔抒怀，后二联显然矣。此章与《月照冰池》，《文苑英华》'帖体类'中初不收入，后人乃入试帖选本，误矣。"又评《赋得月照冰池》亦曰："此亦非试帖作。中间全是寓意，结羡得意者之游赏，反托己之寂寞也。毛西河选入《试帖》，误矣。"② 按其所言，唐诗中就有一类作品借用了试律的写作模式，因题而作，六韵成诗。此类脱离开科举选士的创作背景，同时不要求颂圣，不限定感情的诗歌名为"帖体诗"。"体"的概念并非如文体一种，而仅指这类作品的创作特点。清代毛奇龄将之选入《唐人试帖》，后试律诗学均沿毛氏一路，混淆了试律与帖体诗的概念。

维持文体的实存状态，需要外部的历史文化背景和内在的文体规定性。试律依傍科举产生，随着科举制度的消亡，作为文体的试律随之消解，但这种创作模式依然存在。它承载着几百年士子的科举情怀，充溢着梦想与毁灭，最终还原为"帖体诗"。光绪二十六年，樊增祥的《二家试帖序》中曰："光绪庚子孟春，余有西河之戚，王廉生祭酒过余，曰：'吾属皆老人，当善自排遣。吾久欲刻四家馆课，子盍助我？'四家者张督部师、宗室伯熙、祭酒廉生与余也。督部师稿多散佚，惟己丑考差以前与同人会课，作帖体诗二十余首。"③ 废除试律取士后，试律由一种文体降格为贴体诗，脱离开政治背景，成了排遣之物，真正融入别体诗的行列，而试律也在历史的尘埃中渐行渐远。

---

① 樊增祥：《二家试帖·序》，张之洞、樊增祥《二家试帖》，东溪草堂刻本。
② 冯浩：《玉谿生诗详注》，同治七年重修本。
③ 张之洞、樊增祥：《二家试帖》，东溪草堂刻本。

结　语

　　清人试律诗学材料留存丰富，各种诗话，选集、别集序跋、信札书简、诗文评点注释，或为专题研究，或为零散提及，都体现一代文人对试律诗学的苦心钻研。本书所涉及的理论著作不过九牛一毛，合而观之，聊作一斑之窥。本书结论大略有四：

　　第一，清代试律诗学从初期建构到最终重构，自有发展脉络，此为本文内容组织的主要线索。诗论家从初期极力将试律与别体诗区别开，以突出试律的文体特征，到力促试律向别体诗的回归，从而提高自身的文学地位，可为本书的次要线索。两条线索一明一暗，互相交织，贯穿于试律诗学发展的整个过程。

　　第二，试律诗学仍属于传统诗学的范畴，研究试律诗学可形成对清代诗学以至于整体古典诗学的有益补充。就个人而言，如毛奇龄、沈德潜、纪昀同时研究别体诗和试律，不同诗体理论之间必然形成互动。试律诗学发展自有体系，但必须置于传统诗学的背景中考察，才能清晰地展现理论的发展演变。同样，由唐到清的诗学发展也必须联系文人的科举情怀才能精准掌握。

　　第三，科举是中国古代特有的人才选拔制度，试律依附于科举，是最具有民族特色和时代精神的诗体。在古典诗学理论体系中，它独具个性，感情的受限表达、颂圣的情感要求等美学标准标示试律诗学的独特属性。

考察试律诗学的特征应首先明确其科举文学的文体归属，才可能避免与古典诗学混淆。

第四，文学与政治各有其发展轨道，试律却是两种不同意识形态的交集。皇权强势介入，其影响力直接作用于试律文体，并影响了试律诗学的建构，试律文体的消解。这于古典诗歌发展史而言，是政治影响诗歌发展比较极端的例证。考察试律诗学将有助于研究文学发展的社会根源。

禅宗六祖曰："不是风动，不是幡动，仁者心动。"文体无论尊卑，自有其存在价值。世人俗眼，徒惹尘埃。从公元705年，唐神龙元年进士试诗赋始，至光绪二十四年即公元1898年，试律彻底退出科举制度体系止，除去明代八股取士，试律影响文人的精神生活近乎千年。其中有太多问题值得开掘探讨，但限于时间，也只能止步于此。驻足回首，又何止半折心始。略辩一二，其心足矣。若蒙大雅君子授而教之，今日所是，或为异日之非。余虽不敏，诚以待之。

参考文献

蔡琳：《荻华堂试帖》，光绪十八年刻本。

蔡梦弼：《杜工部草堂诗话》，丁福保《历代诗话续编》，中华书局2010年版。

查元偁：《䇹斋试律》，《四库未收书辑刊》第十辑29册。

陈岸峰：《沈德潜诗学研究》，齐鲁书社2011年版。

陈澧：《东塾集》，光绪十八年刻本。

陈水云、陈晓红：《梁章钜科举文献校注二种·试律丛话》，武汉大学出版社2009年版。

程千帆：《唐代进士行卷与文学古诗考察》，商务印书馆2014年版。

程树德撰：《论语集释》，程俊英、蒋见元点校，中华书局1990年版。

丁福保：《历代诗话续编》，中华书局2010年版。

董恂：《荻芬书屋试帖》，咸丰董氏刻本。

恩锡：《槐云馆试帖》，同治十年刻本。

冯浩：《玉谿生诗详注》，同治七年重修本。

高继珩：《铸铁砚斋试帖》，《清代诗文集汇编》，据培根堂全稿本影印。

葛立方：《韵语阳秋》，何文焕《历代诗话》，中华书局2011年版。

顾龙振：《诗学指南》，乾隆二十四年敦本堂刻本。

顾桐村、朱辉珏：《唐人省试诗笺》，康熙刻本。

郭伯荫：《天开图画楼试帖》，同治刻本。

郭昭弟：《中国抒情美学论要》，人民出版社2013年版。

洪亮吉：《江北诗话》，中华书局1985年版。

胡适：《胡适文存》，华文出版社2013年版。

胡应麟：《诗薮》，上海古籍出版社1979年版。

黄六鸿：《唐诗筌蹄集》，乾隆十二年新镌。

纪昀：《庚辰集》，山渊堂重刻本。

纪昀：《纪文达公遗集》，嘉庆十七年刻本。

纪昀：《纪晓岚文集》，河北教育出版社1995年版。

纪昀：《唐人试律说》，乾隆二十五年刻本。

纪昀：《唐人试律说》，山渊堂重刻本。

纪昀：《我法集》，嘉庆五年刻本。

纪昀：《瀛奎律髓刊误》，嘉庆五年刻本。

蒋鹏翮：《唐人五言排律诗论》，康熙五十四年刻本。

蒋寅：《古典诗学的现代诠释》，中华书局2009年版。

蒋寅：《清代诗学史》，中国社会科学出版社2012年版。

蒋寅：《清诗话考》，中华书局2005年版。

皎然：《诗式校注》，人民文学出版社2003年版。

金甡：《今雨堂诗墨续编》，乾隆石渠阁刻本。

金埴：《不下带编·巾箱说》，中华书局1982年版。

［美］勒内·韦勒克：《文学理论》，刘象愚译，江苏教育出版社2005年版。

李存：《唐人五言排律选》，敬业堂本。

李学勤编：《十三经注疏》，北京大学出版社1999年版。

李因培：《唐诗观澜集》，乾隆二十四年刻本。

李桢：《分类诗腋》，嘉庆二十二年刻本。

梁启超：《清代学术概论》，上海古籍出版社 2014 年版。

梁启超：《中国近三百年学术史》，商务印书馆 2014 年版。

梁章钜：《试律丛话》，上海书店出版社 2001 年版。

梁章钜：《退庵随笔》，江苏广陵古籍刻印社 1997 年版。

刘师培：《清儒得失论》，吉林人民出版社 2013 年版。

刘文忠：《温柔敦厚与中国诗学》，上海古籍出版社 2015 年版。

刘熙载：《艺概注稿》，中华书局 2010 年版。

刘勰撰，黄霖编：《〈文心雕龙〉汇评》，上海古籍出版社 2005 年版。

陆以湉：《冷庐杂识》，上海古籍出版社 2012 年版。

路德：《柽华馆试帖汇钞》，来鹿堂刻本。

路德：《柽华馆文集》，光绪七年刻本。

路德：《课士诗》，仁在堂全集，道光十五年刻本。

罗萱：《蓼花斋试帖》，光绪三年刻本。

毛奇龄：《唐人试帖》，嘉庆六年听彝堂本。

毛奇龄：《西河诗话》，嘉庆间重修印本。

毛曙：《野客斋拟赋试帖体》，乾隆二十二年敦厚堂刻本。

毛张建：《试体唐诗》，康熙刻本。

倪文蔚：《两强勉斋试帖》，光绪九年刻本。

彭国忠：《〈唐人试律说〉：纪昀的试律诗学建构》，《文艺理论研究》2014 年第 5 期。

彭国忠：《唐代试律诗》，黄山书社 2006 年版。

彭国忠：《唐代试律诗的称名、类型及性质》，《学术研究》2007 年第 1 期。

启功：《文体两种》，北京师范大学出版社 2013 年版。

钱穆：《国史新论》，九州出版社 2011 年版。

全心斋：《朱子格言试帖》，光绪十七年刻本。

全祖望：《鲒埼亭集·外编》，嘉庆十六年刻本。

阮元：《研经室集》，续修四库全书本。

商衍鎏：《清代科举考试述录》，故宫出版社 2014 年版。

邵承照、陈德寿：《批注十九年同馆试帖》，同治元年新刻本。

叶燮、沈德潜、薛雪：《原诗·一瓢诗话·说诗晬语》，人民文学出版社 1979 年版。

沈德潜：《沈德潜诗文集》，人民文学出版社 2011 年版。

沈德潜：《唐诗别裁集》，上海古籍出版社 1979 年版。

沈廷芳：《唐诗韶音笺注》，乾隆二十四年刻本。

沈约：《宋书》，中华书局 1974 年版。

司马朝军：《牺轩语详注》，华东师范大学出版社 2010 年版。

素尔讷：《钦定学政全书校注》，武汉大学出版社 2009 年版。

谈苑：《唐诗试体分韵》，乾隆二十五年刻本。

谭莹：《乐志堂文集》，续修四库全书本。

汪廷珍：《逊敏堂丛书》，道光二十七年刻本。

汪晓洋：《科举文体研究》，天津古籍出版社 2005 年版。

王葆修：《棣萼山房试帖》，同治十二年刻本。

王德昭：《清代科举制度研究》，中华书局 1984 年版。

王士禛：《诗问四种》，齐鲁书社 1985 年版。

王炜：《〈清实录〉科举史料汇编》，武汉大学出版社 2009 年版。

王锡侯：《唐诗试帖课蒙详解》，乾隆刻本。

王运熙：《中国文学批评通史》，上海古籍出版社 2011 年版。

王钟翰：《清史列传》，中华书局 1987 年版。

王祖光：《守砚斋试帖》，光绪二十四年刻本。

翁同龢：《笙华书屋试帖稿》，稿本。

吴承学：《中国文体学研究》，人民文学出版社 2011 年版。

吴澄：《道德真经注》，华东师范大学出版社 2010 年版。

吴衡照：《莲子居词话》，同治六年刻本。

吴纳、徐师曾：《文章辨体序说·文体明辨序说》，人民文学出版社 1962 年版。

吴棠：《望三益斋试帖》，同治十三年成都使署刻本。

吴锡麒：《国朝试帖诗选》，钞本。

伍蠡甫：《西方古今文论选》，复旦大学出版社 1984 年版。

小横香室主人：《清朝野史大观》，上海书店 1981 年版。

熊少牧：《读书延年堂试帖辑注》，同治五年刻本。

徐复观：《中国文学论集》，九州出版社 2014 年版。

徐继畬：《松龛先生文集》，续修四库全书本。

徐珂：《清稗类钞》，中华书局 1984 年版。

徐守真：《韦每斋试帖》，光绪二十四年刻本。

徐文弼：《诗法度针》，藻文堂刻本。

徐晓峰：《唐代科举与应试诗研究》，北京大学出版社 2015 年版。

徐元璋：《长春花馆试帖》，光绪十四年刻本。

徐曰琏：《唐人五言长律清丽集》，乾隆二十二年刻本。

许球：《养云山馆试帖》，道光二十七年刻本。

延清：《锦官堂七十二侯试律诗》，民国六年石印本。

延清：《锦官堂试帖》，光绪十一年刻本。

杨春俏：《清代试帖诗限韵及用韵分析》，《山东师范大学学报》2009 年第 6 期。

杨钟羲：《雪桥诗话全编》，人民文学出版社 2011 年版。

叶葆：《应试诗法浅说》，嘉庆间悔读斋重修本。

叶忱、叶栋：《唐诗应试备体》，康熙五十四年最古园刻本。

[美]叶维廉:《中国诗学》,人民文学出版社 2006 年版。

袁枚:《随园诗话》,人民文学出版社 2012 年版。

袁式宏:《唐诗应试排律笺注》,康熙刻本。

臧岳:《应试唐诗类释》,乾隆四十年刻本。

张伯伟:《中国古代文学批评方法研究》,中华书局 2002 年版。

张少康:《中国文学理论批评史》,北京大学出版社 2006 年版。

张维屏:《纪昀与乾嘉学术研究》,"国立"台湾大学出版委员会 1998 年版。

张毅:《唐诗接受史》,人民文学出版社 2012 年版。

张寅彭:《清诗话三编》,上海古籍出版社 2014 年版。

张之洞、樊增祥:《二家试帖》,东溪草堂藏版。

赵尔巽:《清史稿》,中华书局 1998 年版。

赵新:《还砚斋试帖》,光绪八年黄楼刻本。

赵畇:《遂园试律诗钞》,咸丰十一年刻本。

郑伟:《〈毛诗大序〉接受史研究》,人民出版社 2015 年版。

郑锡瀛:《重刻分体试帖法程序》,光绪十九年刻本。

中国第一历史档案馆:《康熙起居注》,中华书局 1984 年版。

中国第一历史档案馆:《乾隆起居注》,广西师范大学出版 2002 年版。

钟琦:《皇朝琐屑录》,国家图书馆出版社 2011 年版。

周天麟:《水流云在馆试帖》,光绪二十三年刻本。

朱埏之:《瀛海探骊集》,嘉庆十九年刻本。

朱熹:《诗集传》,中华书局 2013 年版。

朱琰:《唐试律笺》,乾隆二十二年写刻本。

后　记

　　书稿即将收尾，我却放慢了脚步。生命中每一段时光都是不同寻常的，四年的读博即将在这书稿中落幕，无力遮挽，却如此不舍。一间斗室，一方书桌，浸润了我最后的学生时代。此时，便如画卷展开，丝丝袅袅，娉娉婷婷。春雨过后，玉兰花开，又几回让我心醉驻足。

　　感谢华东师范大学，年近不惑的我又能融入这迷人的芬芳之中；感谢中文系每一位老师，你们的笑脸荡漾在蓝天白云，我会永远铭刻在心；感谢各位同学，同窗共读，友情如清泉流淌。感谢你们，每一次梧桐树下的散步，每一声秋日枫林里的欢笑。一点一滴，全都收入脑海。垂暮之年，回忆起这些笑颜如花，该是多么温馨与明亮。

　　感谢我的导师彭国忠先生，是他引领我走进这片奇妙的景色，继而亲授论文题目，撰写过程中亦时时垂问，处处提点。从选题到完成写作，每一步都饱含着老师的辛勤付出。此题前人研究较少，有时会因缺少理论参照而困惑、气馁，都是导师不断鼓励和启发，才可以引领我超越自己，不断前进。其治学方法和严谨态度，更是润物无声。读博四年，对于古代文学和理论的系统化的学习，将会和老师的言传身教一起支撑起我今后科研的决心。门墙之内，春风细雨；先生之德，秋月冰心。恩长纸短，无以言表。

　　感谢华东师范大学的胡晓明、查正贤、杨焄老师和复旦大学的陈尚君、陈引驰、周兴陆、朱刚老师。几位先生都在我的论文答辩过程中提出了宝贵意见或建议。撰文之时，每每心领神会，却只能叹息于时间匆匆，有些部分只能于今后慢慢实现。

最后，感谢我的先生丁锐。四年的时光，为使我无掣肘之憾，独自照顾孩子。个中辛苦，百般滋味，岂可一一道也。对于我亲爱的宝贝，我只能是愧疚。求学之初，儿始扶床。唤母之声，虽越千里而不绝于耳。从此以后，愿用千万倍的爱，牵住你的小手陪你看月缺月圆，朝辉夕霞。

本书的出版还要感谢宁夏大学人文学院胡玉冰院长、刘鸿雁副院长和丁峰山系主任等院系领导，感谢宁夏大学科技处李建设处长、史晓娟老师以及宁夏大学优秀学术出版基金评审组的各位专家、学者的支持。中国社会科学出版社郭晓鸿编辑和负责校对的各位老师，都为本书的出版付出了辛勤的努力，在此一并致谢！

思绪飘飘，不觉又回到往昔，遥望见一株白色晚樱，树冠硕大，童童如盖。簇簇团团，如烟如雾。眼前却又浮现当年身影，也来到这株樱花树下，痴痴凝眸，良久方去。